SABINE FINK

Judasbrut

VERTRAUENSBRUCH Kaum ist die Erlanger Kommissarin Maria Ammon gut erholt aus dem Osterurlaub zurück, wartet nicht nur eine quirlige junge Kollegin, sondern viel Arbeit. Der Fall einer ertrunkenen Obdachlosen scheint eindeutig, doch ein anderer hat es in sich: Die temperamentvolle Ehefrau des Biochemikers Dr. Eichmüller hat offensichtlich versucht, ihren Mann umzubringen, als sie ihn in flagranti mit seiner Geliebten ertappte. Seitdem ist sie wie vom Erdboden verschluckt. Dann verschwindet auch noch Eichmüllers Freundin unter mysteriösen Umständen …

Als gäbe es beruflich nicht schon genug Aufregung, kehrt Marias beste Freundin Nina nach einer unerfreulichen Begegnung mit einem Fremden verstört aus der Fränkischen Schweiz zurück. Kurz darauf wird Nina entführt. Maria dämmert der Zusammenhang zwischen den drei Fällen und sie erkennt, dass nicht nur die Besucher des »Bergs«, Erlangens größtem Volksfest, in Gefahr schweben.

Der Feind deines Feindes ist dein Freund – doch wer ist wer in diesem makabren Spiel aus Liebe, Wissenschaft und Idealismus?

Sabine Fink, 1969 in Dortmund geboren, lebte in Köln, Braunschweig und Hongkong. Die gelernte Informatikerin war in der Erwachsenenbildung tätig. Heute arbeitet sie als freie Autorin in Mittelfranken und betreut Kinder und Jugendliche in einer Ganztagsschule. Sie treibt gern Ausdauersport und kümmert sich um Familie, Haus und Hund. Mit »Judasbrut« legt Sabine Fink ihren zweiten Kriminalroman um die fränkische Kommissarin Maria Ammon vor.

Bisherige Veröffentlichungen im Gmeiner-Verlag:
Kainszeichen (2011)

SABINE FINK

Judasbrut

Kriminalroman

GMEINER *Original*

Personen und Handlung sind frei erfunden.
Ähnlichkeiten mit lebenden oder toten Personen sind rein zufällig und nicht beabsichtigt.

Besuchen Sie uns im Internet:
www.gmeiner-verlag.de

Im Ehnried 5, 88605 Meßkirch
Telefon 07575/2095-0
info@gmeiner-verlag.de

1. Auflage 2013

Lektorat: René Stein
Herstellung: Julia Franze
Umschlaggestaltung: U.O.R.G. Lutz Eberle, Stuttgart
unter Verwendung eines Fotos von: © laforme / photocase.com
Druck: GGP Media GmbH, Pößneck
Printed in Germany
ISBN 978-3-8392-1383-4

Vielen Dank an die Band *Viva voce* für den inspirierenden Song und ihren ›Auftritt‹ auf dem Berg.

PROLOG

Erlangen, Eröffnung der Bergkirchweih, Donnerstag, 28. Mai 2009

Ich streich durch die Stadt, es ist halb drei,
heut geb ich mir mal Hitzefrei.
Die Sonne treibt ihr heißes Spiel
und Leute schlecken Eis am Stiel.
Die Frauen sind der pure Traum,
mit kurzem Kleid und so schön braun.
Ein Tag, den einfach jeder mag,
bei über 30 Grad!
Summerfeeling, ich hab Summerfeeling, jieäah,
Summerfeeling, o oh Summerfeeling, jieäah …

Die in Franken beliebte A-cappella-Band ›Viva voce‹ hatte gerade das letzte Lied zur Eröffnung der Bergkirchweih beendet und die Bühne verlassen. Eine Reihe Fans skandierte lauthals »Zugabe«, daher kamen die fünf Musiker unter lautem Gejohle der Menge noch einmal zurück und setzten zu dem Song an, den ein paar Zuschauer in der ersten Reihe mit lauten Rufen einforderten.

Summerfeeling, ich hab Summerfeeling, jieäah,
Summerfeeling, o oh Summerfeeling, jieäah …

Der typische Duft, der allen Volksfesten gleichermaßen inne war, waberte zwischen den Buden und Karussells am Fuße des Burgbergs umher. Nürnberger Bratwürste brutzelten auf den Grills, ebenso wie Fisch, Fleisch und Gemüse. Das Aroma der riesigen, frisch gebackenen Bergbrezn vermischte sich mit dem Geruch nach gebrannten Mandeln und Nüssen. Vor dem Lángos-Stand nahm die Schlange kein Ende. Unter den Schatten spendenden Bäumen tummelten sich Besucher jeden Alters. Ein kleiner Junge bettelte um Zuckerwatte. Ein Mädchen zupfte aufgeregt am Ärmel ihrer Mutter und deutete auf das Karussell. Zwei Teenager liefen um die Wette zum Autoscooter.

Der Lärm ringsum war ein buntes Durcheinander von Popmusik und Kinderliedern, von den Rufen der Losverkäufer und des Blumen-Auktionators und natürlich von den lautmalerisch unübertroffenen Äußerungen der Mikrofonhüter an den Fahrgeschäften.

Drei Polizeibeamte in Uniform gingen ohne besondere Eile den Hauptweg entlang. Für Schlägereien Betrunkener war es noch zu früh, daher behielten sie mit ihrer üblichen Routine die Festbesucher im Auge, die sich nach dem Anstich am Entlas-Keller allmählich zerstreuten. Einer der Uniformierten blieb plötzlich stehen. Er sah zu einer rothaarigen Frau, die mit einem jungen Paar sprach, das einen Kinderwagen mit einem sehr kleinen Baby bei sich hatte. Die Rothaarige runzelte die Stirn, während sie auf den Weg in Richtung Parkplatz wies. Ein kleiner Mann mit Glatze kam auf die Rothaarige zu und legte in vertrauter Geste eine Hand auf ihre Hüfte. Lauschend neigte sie ihren Kopf zu ihm herunter. Als er geendet hatte, nickte sie, hakte sich bei ihm unter und schlenderte mit ihm zusammen in Richtung der Karussells. Hin und wieder sahen sie sich um, als würden sie Ausschau halten. Ihre Mienen waren ernst.

Der Polizist schloss zu seinen Kollegen auf, die einige Meter entfernt auf ihn warteten.

…»Du, ich kann das auch in Moll!«
Summertime, and the livin' is easy.
Fish are jumpin', and the cotton is high …

Die langen Tische der Keller waren voll. Menschenmassen drängten sich überall. Heute wurden am Berg die ersten 50.000 Besucher erwartet. Rund eine Millionen ausgelassene und fröhliche Festbesucher sollten in den nächsten zwölf Tagen folgen.

Ich lauf entspannt am Beckenrand
und fühl mich hier fast wie am Strand.
Auch wenn die mein Lied nicht wirklich mag,
isses immer noch ein geiler Tag!
Summerfeeling, ich hab Summerfeeling, jieäah,
Summerfeeling, o oh Summerfeeling, jieäah …

SAMSTAG, 18. APRIL 2009

Aus: Fränkischer Morgen, ›Unbekannte Tote in der Regnitz‹

Kanufahrer haben gestern in der Regnitz nahe Baiersdorf die Leiche einer unbekannten Frau gefunden. Der Körper hatte sich im Ufergestrüpp verfangen. Die Tote ist 165 cm groß, schlank, hat kurze, braune Haare und ist etwa 30 bis 40 Jahre alt. Die Kriminalpolizei bittet um Hinweise.

Hochstahl, Fränkische Schweiz

Nina Langenbach lehnte an dem dunkelroten Campingbus und betrachtete die Menschen auf dem Wohnmobilstellplatz hinter der Brauerei. Da waren die Rentner, die sich vermutlich jedes Wochenende hier oder anderswo trafen, um von alten Zeiten zu reden und neue Wehwehchen zu diskutieren oder die Familien mit großen und kleinen Kindern, die lärmend auf dem Spielplatz tobten. Zahlreiche Hunde lungerten entweder träge im Schatten herum oder sprangen wild kläffend umher. Der Wind trug Kaffeeduft herüber. Neben der Brauerei wurden Bierfässer in einen LKW verladen.

»Jens, wo bleibst du?«, rief Nina und schob mit ihrer Sonnenbrille den blonden Bob zurück. »Wenn wir jetzt nicht gehen, wird es zu spät.«

»Mach doch nicht so einen Stress«, brummelte Jens und kletterte aus dem Bus. Während er abschloss, warf er einen kritischen Blick zum Himmel. »Meinst du nicht, wir sollten lieber hierbleiben? Es soll heute noch regnen.«

Nina schielte zu der einsamen Schäfchenwolke am strahlend blauen Himmel und sog theatralisch die Luft ein. »Oh Gott! Du hast recht! Da – das Unwetter naht!«

Jens knuffte sie. »Hast du deine Regenjacke?«

»Bin ich aus Zucker?«, gab sie zurück. »Nun komm schon.«

Während sie über den Stellplatz marschierten, deutete Nina auf ein Wohnmobil mit den Ausmaßen eines Reisebusses. Ein älteres Ehepaar saß davor und spielte Kniffel. »Rollendes Eigenheim«, meinte sie süffisant. »Da gehört eine Großfamilie rein und nicht zwei Persönchen.«

Schief lächelnd zuckte Jens mit den Schultern. »Weißt du, was so ein Ding kostet? Die meisten Familien sind schon froh, wenn sie sich überhaupt einen Urlaub leisten können.«

Nina schluckte eine Bemerkung herunter. Sie wollte sich die Wanderung nicht gleich zu Beginn verderben, denn die leidigen Diskussionen über die Vor- und Nachteile eines Familienlebens führten sie für ihren Geschmack viel zu häufig. Im Gehen holte Nina die Wanderkarte aus der Seitentasche ihres Rucksacks, um diese eingehend zu studieren.

»Da müssen wir links.« Sie deutete auf den befestigten Weg, der sich über die Felder zum Wald hin schlängelte.

Ninas vormals gute Laune hatte sich verflüchtigt. Eigentlich hätten sie gar keine Zeit für einen Kurztrip gehabt, denn ihr neues Haus beanspruchte all ihre Freizeit. Der Rohbau stand beinahe und es gab unzählige Dinge zu planen. Jens, Polizist beim Einsatzzug in Erlangen, war in den zwei Osterferienwochen für Kollegen mit schulpflichtigen Kindern eingesprungen. Nina, die als Lehrerin Osterferien hatte, schlug sich daher meist allein mit den üblichen Problemen am Bau herum. An diesem Wochenende wäre nun endlich Zeit gewesen, um gemeinsam ein paar liegen gebliebene Dinge zu erledigen, doch als sie am Morgen das schöne Frühlingswetter sahen, hatten sie sich spontan entschlossen, lieber in die Fränkische Schweiz zu fahren. Jens hatte nach den anstrengenden Diensten der letzten zwei Wochen allerdings eher ein ruhiger Nachmittag vorgeschwebt, daher hatte es Nina einige Überredungskunst gekostet, den Brauereiweg rund um Aufseß zu gehen.

»Nina, nun renn doch nicht so!«

»Wenn wir zu langsam gehen, schaffen wir das bis heute Abend nicht.«

»Ich habe ja gleich gesagt, dass es eine bescheuerte Idee ist, die komplette Tour zu machen«, knurrte Jens mit zusammengebissenen Zähnen. »Das sind 15 Kilometer. Das dauert Stunden! Es reicht doch, wenn wir einfach ein Stück spazieren gehen.«

Nina warf ihm über die Schulter denselben strengen Blick zu, mit dem sie seit fast dreizehn Jahren ihre Realschüler bedachte, wenn die den Unterricht störten. Jens seufzte verdrossen. Schweigend erreichten sie zehn Minuten später den Wald. Der Boden war bedeckt mit Tannennadeln und dämpfte ihre Schritte. An einer Weggabelung blieb sie stehen. Ein Trampelpfad führte links am Waldrand entlang. Geradeaus erkannte man eine mit hohem Gras überwucherte Traktorspur, die zwischen einer Wiese und einem Getreidefeld hindurchführte. Es war still und friedlich, nicht einmal Autos in der Ferne waren zu hören.

»Wo lang?«, fragte Nina, nachdem sie vergeblich nach Hinweisschildern Ausschau gehalten hatte.

Jens runzelte die Stirn. »Keine Ahnung. Vielleicht haben wir irgendeinen Abzweig verpasst. Gehen wir einfach nach links – bestimmt kommen wir dann zum Stellplatz zurück.«

»Woher weißt du das?«, fragte Nina schnippischer als beabsichtigt.

»Das ist doch wohl völlig klar!«, meinte Jens. »Wir sind von dort gekommen, dann einmal links abgebogen, und der Weg hat da hinten einen leichten Linksknick gemacht. Wenn wir jetzt ...«

»Ist ja gut«, unterbrach Nina ihn und zückte die Wanderkarte. »Dein Orientierungssinn in allen Ehren, aber wir wollen nach Sachsendorf und das ist irgendwo anders als links.« Sie sah sich um, wobei sie versuchte auf der Karte irgendeinen Anhaltspunkt zu finden.

»*Du* willst nach Sachsendorf«, korrigierte Jens. »Ist doch egal, wenn wir woand...«

»Dir vielleicht!«, brauste Nina auf. »Mir nicht. Da!« Nina deutete auf einen Wegweiser an einem Baum, der versteckt hinter einem Ast befestigt war. »Da müssen wir lang. Also, was ist? Kommst du jetzt mit oder willst du lieber zurück?«

Jens sah sie verdrossen an. »Du bist heute echt nicht gut drauf, oder?«

Ohne ihn noch eines Blickes zu würdigen, schulterte Nina ihren Rucksack und marschierte weiter.

»Nina!«, rief Jens ihr hinterher.

Nina stellte sich vor, wie Jens mit den Händen in den Hüften da stand und wartete, dass sie umkehrte. Sie hörte ihn noch ein paar Mal rufen, aber sie drehte sich nicht um. Erst nach einigen Minuten blieb sie stehen. Jens war nicht hinter ihr hergekommen. Sie schnaubte. Typisch! Sollte er mitsamt seiner verdammten Sturheit bleiben, wo der Pfeffer wächst. Von wegen, sie war nicht gut drauf!

Sie folgte dem Weg weiter durch den Wald und über die Felder. Zwei Mal verpasste sie einen Wegweiser, darum brauchte sie viel länger als erwartet, bis sie endlich in Sachsendorf an der

Brauerei ankam. Allmählich war ihr Ärger über Jens verraucht. Wahrscheinlich würde auch er sich beruhigt haben, wenn sie zurück in Hochstahl war. Es wäre nicht das erste Mal in ihrer zehnjährigen Beziehung, dass sich jeder nach einem Streit in einen Schmollwinkel verzog. Zu Anfang ihrer Beziehung hatten sie sich mit ein paar gegenseitigen Sticheleien schnell versöhnt. Heute dauerte es meist länger. Resolut schob Nina das unschöne Gefühl beiseite, dass Jens eines Tages in sein altes Eifersuchts- und Kontroll-Muster zurückfallen konnte, das ihnen vor ein paar Jahren große Probleme bereitet hatte.

In dem kleinen Biergarten der Brauerei Stadter in Sachsendorf war viel los, daher setzte sie sich an einen der langen Biertische zu einer Familie. Während sie auf ihr Essen wartete und dabei in einer herumliegenden Tageszeitung blätterte, kam sie irgendwann mit den Eltern ins Gespräch. Die beiden Kinder spielten *Uno*. Nina ließ sich gern zu ein paar Runden mit der ganzen Familie überreden. Sie vergaß die Zeit, daher war es schon nach vier, bis sie schließlich weiterging. Am Himmel waren inzwischen mehr als nur ein paar Schäfchenwolken aufgezogen –vielleicht sollte sie Jens darum bitten, sie abzuholen? Sie konsultierte die Wanderkarte. Auf ihrem Weg befände sie sich stets in der Nähe einer Straße und konnte später jederzeit anrufen.

Während sie durch Sachsendorf und Neuhaus wanderte, dachte sie darüber nach, sich trotzdem bei ihm zu melden, entschied sich dann allerdings dagegen, um keine Diskussion am Telefon zu provozieren. Wenigstens bis Aufseß wollte sie noch wandern. Möglicherweise fuhr von dort ein Bus nach Hochstahl, dann war sie gar nicht auf Jens angewiesen. Es war im Grunde albern, aber eine kleine Genugtuung würde es sein, wenn sie den Weg zurück allein schaffte. Ein paar spitze Bemerkungen über seine zunehmende Bequemlichkeit würde Jens über sich ergehen lassen müssen. Sie kicherte vor sich hin. Spätestens nach ein paar Spötteleien würde der Rest des gemeinsamen Tages schön werden. Wie immer.

Eine Stunde später, irgendwo mitten im Wald, war ihre gute Laune verflogen. Sie setzte sich auf einen Holzstapel am Rande einer Lichtung und nahm die Wanderkarte zur Hand. Nachdem sie in den Wald eingebogen war, hatte sie eine ganze Weile keine Wegmarkierungen mehr zu Gesicht bekommen, außerdem war von einer Straße weit und breit keine Spur. Der kühle Wind ließ sie frösteln. Es hatte angefangen zu nieseln.

»Na toll«, murmelte sie, als sie trotz der Karte immer noch keinen blassen Schimmer hatte, wo sie gelandet war. Es wäre wohl besser Jens anzurufen. »Und was sage ich ihm, wo ich bin?«, fragte Nina einen Ohrenkneifer, der gerade Anstalten machte, auf ihren Oberschenkel zu klettern. Sie schnippte ihn herunter. Ein GPS-Gerät wäre gut. Oder ein Handy, mit dem man seine Koordinaten bestimmen konnte. Sie prüfte, ob ihr Smartphone irgendeine brauchbare App besaß, doch außer einer Tonfolge und der Meldung, dass der Akku leer sei, gab es nichts von sich.

Sie ärgerte sich über sich selbst – und besonders darüber, dass sie keine Regenjacke mitgenommen hatte. Im Geiste streckte sie Jens die Zunge raus. Sie hasste es, wenn er recht behielt.

Als sie eine halbe Stunde später zum zweiten Mal an demselben Holzstoß vorbeikam, musste sie sich wohl oder übel eingestehen, dass sie sich gründlich verlaufen hatte. Inzwischen regnete es stark, ab und zu grollte der Himmel. Ein besonders heller Blitz ließ sie unwillkürlich zusammenzucken. Sie zählte die Sekunden bis zum Donner.

Fünf. Wenigstens nicht direkt über ihr.

Noch nicht.

Das Haar klebte an ihrem Kopf und ihre Kleidung war triefend nass. Sie marschierte weiter. Minuten später erhellte ein greller Blitz den Himmel, beinahe gleichzeitig ertönte ein gewaltiger Donner, der ihr wie ein Paukenschlag durch den Körper fuhr. Mit einem Aufschrei flüchtete sie weg vom Weg, einen Hügel hinauf und suchte unter einem niedrigen Felsvorsprung mitten im Wald Schutz. Zitternd kauerte sie sich auf den Boden, legte ihren Kopf auf die Knie und hielt sich die Ohren zu, um sich zu beruhigen. Eigentlich neigte sie nicht zur Hysterie, aber das hier war ihr einfach zu viel. Ringsum tobte sich das Gewitter aus. Nach einer Weile hatte sie sich wieder im Griff, allerdings fror sie erbärmlich. Ihre Finger waren steif.

»Scheiße!« Nina schloss die Augen, weil ihr das Wasser aus den Haaren über die Stirn rann. »Wie blöd muss man eigentlich sein?«

Sie war halbwegs geschützt hier, aber das war das einzig Positive. Das Unwetter machte keine Anstalten nachzulassen. Sinnlos, jetzt weiterzugehen. Trübsinnig starrte sie vor sich hin. Jens würde sich bestimmt Sorgen um sie machen.

Sie konnte nicht sagen, wie lange sie schlotternd unter dem Felsvorsprung gehockt hatte, als sie ein Geräusch hörte, das vorher nicht da gewesen war. Eine schemenhafte Gestalt ging den Weg entlang. Zwischen den Bäumen erkannte sie nicht mehr als eine dunkle Jacke sowie einen großen Wanderrucksack. Ohne lange zu überlegen, sprintete Nina los.

»He! Warten Sie!«

Als Nina unmittelbar hinter dem Mann auf den Weg lief, wirbelte er herum und packte sie am Arm. Nina kreischte erschrocken und riss sich los.

»Verzeihung!« Die leise Stimme des Mannes klang kratzig, beinahe heiser. »Sie haben mich ziemlich erschreckt.« Da er eine Kapuze trug, konnte Nina von seinem Gesicht nicht viel erkennen – außer, dass er eine rechteckige Brille mit dunklem Rand trug, auf deren Glas Wassertropfen glänzten.

»Ist schon okay. Ich bin ja auch wie eine Furie auf Sie losgegangen.«

Sie lachten beide gezwungen.

»Ich habe mich verlaufen«, gab Nina unumwunden zu, denn nachdem der Schreck vorbei war, begann sie vor Kälte mit den Zähnen zu klappern. Das Wasser lief ihr über das Gesicht in die Augen. »Sie haben nicht zufällig eine Ahnung, wie ich nach Aufseß komme?«

Er zögerte kurz. »Wohnen Sie dort?«

»Nein, ich … wir sind mit einem Campingbus in Hochstahl bei der Brauerei. Ich bin den Brauereienweg gegangen und in Neuhaus wohl irgendwo falsch abgebogen.« Sie zuckte mit den Schultern. »Ich habe keine Ahnung, wo ich hier bin.«

»Da haben Sie sich gründlich verirrt. Kommen Sie mit.«

»Danke, Sie sind ein Engel«, sagte Nina mit unverhohlener Begeisterung. »Ich heiße übrigens Nina Langenbach.«

Der Mann zögerte kaum wahrnehmbar. »Georg.«

Gemeinsam marschierten sie los. Der Regen verwandelte sich zwischenzeitlich in Hagel, daher mussten sie sich von Zeit zu Zeit unterstellen.

Während sie unter einer Tanne abwarteten, bis ein Hagelschauer nachließ, erkundigte sich Nina: »Hat Sie das Wetter auch überrascht?«

Georgs Mundwinkel zuckten kurz. »Ja«, antwortete er schlicht.

»Wohnen Sie hier in der Fränkischen?«

»Nein.«

»In Erlangen? Oder Nürnberg?«, fragte Nina weiter, um ein Gespräch in Gang zu bringen.

»Nein.« Er wandte den Kopf ab. »Gehen wir weiter.«

Nina kam die Zeit, die sie durch den Wald und über Wiesen und Felder trabten, endlos lang vor. Während allmählich die Dämmerung hereinbrach, fühlte sie sich, als tauche sie durch eiskaltes Wasser.

»Ist es noch weit?«, fragte Nina, der vor Erschöpfung die Füße schwer wurden. Immer öfter stolperte sie.

»Noch ein kurzes Stück.«

Redselig war dieser Georg wirklich nicht, allerdings war Nina gerade nicht wählerisch. Einige Minuten später bog Georg ohne ersichtlichen Grund ab, mitten in den Wald hinein. Nina hielt sich dicht hinter ihm, denn hier zwischen den Tannen war es noch dunkler und sie wollte zu allem Überfluss nicht auch noch auf der Nase landen. Unvermittelt standen sie am Zaun eines kleinen, nicht sonderlich gepflegten Grundstücks, mit einem kleinen Haus mit Flachdach darauf, von dem Nina in der Dunkelheit nur Umrisse erkennen konnte. Es wirkte verlassen. Hinter den winzigen Fenstern konnte man weiße Spitzengardinen erahnen. Georg führte sie am Zaun entlang bis zu einem Gartentor, vor dem ein befestigter Weg endete. Er verlor sich irgendwo in der Dunkelheit des Waldes. Das Tor war nicht abgeschlossen.

»Warten Sie hier!«, wies Georg sie vor der Haustür an.

Frierend und mit geschlossenen Augen tat Nina es. Was blieb ihr anderes übrig? Mit einem Mal flammte innen Licht auf. Nach einem Rumoren hörte sie, wie sich ein Schlüssel im Schloss drehte, dann schwang die Haustür mit leisem Knarren auf, mit ihr ein Schwall abgestandener Luft.

»Darf ich bitten?«

»Wie sind Sie reingekommen?«

»Auf der Rückseite des Hauses war ein Fenster nicht richtig verschlossen.«

Nina rührte sich nicht. »Sie sind jetzt aber nicht hier eingebrochen, oder?«

Georg, der gerade seine nasse Jacke auszog und an einen Haken hängte, zwinkerte Nina zu. Sein leichter Silberblick gab dem kantigen Gesicht einen eigenwilligen Charme. Das sehr kurz geschorene Haar wirkte dunkel, mit ein wenig grau durchsetzt. Erst jetzt fiel Nina auf, dass er genau so groß war wie sie. Er war drahtig, wirkte eher kräftig als dick und die forschen Bewegungen, mit denen er einen alten Lappen aus einem Schrank holte und unter seine tropfende Jacke legte, unterstrichen den militärischen Eindruck seines Erscheinungsbildes.

»Kennen Sie die Leute, denen das hier gehört?«

»Die Eigentümer haben bestimmt nichts dagegen, dass wir hier sind.«

Nina gab ein zweifelndes Geräusch von sich.

»Nun kommen Sie schon rein, es ist ungemütlich draußen.« Da sie immer noch keine Anstalten machte sich zu bewegen, zog Georg sie kurzerhand hinein. Dabei steckte er den Kopf hinaus und wandte ihn von links nach rechts. Dann schloss er die Tür ab. Nina fühlte sich unbehaglich. »Woher haben Sie den Schlüssel?«

Demonstrativ hängte er ihn neben ein halbes Dutzend anderer in ein Kästchen neben der Tür.

»Oh …«

»Sie müssen dringend aus den nassen Sachen raus, sonst werden Sie noch krank«, erklärte er kategorisch und schob Nina vor sich her.

Einige Sekunden später stand Nina in einem winzigen, altmodischen Bad mit blassgelben Fliesen und einem schmalen Fenster. Die Toilette besaß sogar noch einen Spülkasten mit Strick. Neben dem Waschbecken hing eine Handbrause an der Wand. Zögernd drehte Nina den Warmwasserhahn auf, aber wie befürchtet war das Wasser eiskalt. Sie schälte sich bis auf die Unterwäsche aus ihren nassen Klamotten, während sie nebenbei in einem schmalen Einbauschrank neben dem Waschbecken nach etwas kramte, mit dem sie sich abtrocknen konnte. Die dünnen, ordentlich geplätteten Handtücher hatten ein Muster, das vor Jahrzehnten modern gewesen sein mochte, und deren Geruch Nina an ihre Großmutter erinnerte. Ein Handtuch um ihren Kopf geschlungen, rubbelte sie kräftig über ihre Haut, um die Durchblutung anzuregen.

»Ich habe etwas für Sie zum Anziehen gefunden«, hörte sie Georgs raue Stimme von draußen.

Nina hielt sich das Handtuch vor den Körper und spähte durch einen Türspalt. Georg reichte ihr einen schwarz-weiß gestreiften Herren-Morgenmantel im Stil der 60er.

»Danke!«

Bevor sie das Bad verließ, hängte sie ihre nassen Sachen auf. Allerdings bezweifelte sie, dass sie trocknen würden und der bloße Gedanke, sie sich später überstreifen zu müssen, verursachte ihr eine Gänsehaut. Sie fand Georg in einem Raum auf der Rückseite des Hauses, den eine schummrige Lampe in ein diffuses Licht tauchte. Hier wirkte es ebenfalls, als wäre die Zeit vor einigen Jahrzehnten stehen geblieben.

»Ob das hier ein Wochenendhaus ist?« Neugierig sah sie sich um.

Georg, der gerade mit seinem Rucksack beschäftigt war, warf einen Blick über seine Schulter. »Dort auf dem Sofa liegt eine Wolldecke.«

Nina nahm Platz. Obwohl von der Decke ein muffiger, abgestandener Geruch ausging und sie sich ein wenig klamm anfühlte, wickelte sie sich hinein. Wenigstens war ihr nicht mehr kalt. Georg nahm einen Apfel aus seinem Rucksack, schnitt ihn entzwei und bot Nina ein Stück an.

»Nein, danke.«

Herzhaft biss er ein Stück ab, während er kauend zu einem Schrank ging.

Nina überlegte, ob sie Jens Bescheid geben sollte. Seine

Nummer hatte sie höchstwahrscheinlich auf einem Zettel in ihrer Geldbörse, auswendig wusste sie die nicht. »Ich würde gern meinen Mann anrufen. Er wird sich Sorgen machen, wo ich bleibe, aber der Akku an meinem Handy ist leer. Darf ich vielleicht Ihres benutzen?«

Georg lächelte unverbindlich. »Hier gibt es keinen Empfang.«

»Ach so«, sagte Nina, unsicher, ob sie ihm das glauben sollte. »Ich sollte nicht allzu lange bleiben. Wo sind wir jetzt eigentlich? In Aufseß?«

Georg holte zwei Schnapsgläser aus einem Schrank. Erst jetzt bemerkte Nina die Flasche auf dem Tisch.

»Hier, trinken Sie den, damit Ihnen warm wird.« Er reichte ihr ein fast randvolles Schnapsglas. »Zum Wohl.«

Nina betrachtete das Glas. »Hatten Sie den etwa dabei?«

»Nein, er stand in der Küche«, antwortete er und nippte. »Kirschwasser. Probieren Sie.«

»Ich trinke normalerweise keinen Schnaps«, erwiderte Nina, der nicht wohl bei dem Gedanken war, sich an den Vorräten der unbekannten Eigentümer zu vergreifen. Trotzdem nahm sie einen großzügigen Schluck, weil sie immer noch fröstelte. Sie schüttelte sich bei dem hochprozentigen Alkohol.

Georg lachte kehlig. Er stellte die Flasche auf den niedrigen Wohnzimmertisch, bevor er sich auf einen der beiden Ohrensessel setzte. Während er mit seinen Fingerspitzen auf der Armlehne herumtappte, sah er auf die Uhr. Der Regen trommelte leise auf das Flachdach.

Nina räusperte sich. »Also, Sie kommen nicht aus der Gegend und wandern durch die Fränkische. Ihr Rucksack sieht aus, als hätten Sie eine längere Tour vor.«

Bedächtig trank Georg einen Schluck. »So etwas in der Art.« Er machte dazu eine vage Handbewegung.

Während der neuerlichen Gesprächspause zupfte Georg an seinem Ohrläppchen herum. Vor lauter Verlegenheit setzte Nina noch einmal das Glas an. Der Schnaps hinterließ eine brennende Spur bis in ihren Magen. Während sie Georg musterte, kam er ihr mit einem Mal bekannt vor.

»Waren Sie vorhin zufällig in Sachsendorf im Biergarten?«

Georgs leichter Silberblick wirkte ein wenig melancholisch, als er den Kopf schüttelte. »Nein.«

»Sind wir uns vielleicht woanders mal begegnet?«

»Nicht, dass ich wüsste.«

»Sie erinnern mich an jemanden … hm.« Nachdenklich kratzte sie sich am Kopf.

Er zog seine Brauen zusammen. Nina hatte den Eindruck, dass ihm ihre Fragerei lästig war, daher bohrte sie nicht weiter, sondern setzte das Schnapsglas an die Lippen – nur um festzustellen, dass es leer war.

Georg schenkte ihr nach. Sein Blick hing dabei wie festgeklebt an ihr. Nervös strich Nina sich durchs Haar.

»Ich glaube, Sie kannten das Haus hier, oder?«, stellte sie bemüht fröhlich fest. »Gehört es vielleicht Ihren Eltern oder irgendeiner Verwandtschaft?«

Langsam schüttelte Georg den Kopf. Sekunden später stand er auf, schob eine Gardine zur Seite, um hinauszuspähen. Schließlich lehnte er sich mit dem Hintern gegen die Fensterbank. »Woher kommen Sie eigentlich?«

»Aus Erlangen. Wir wohnen in Frauenaurach, falls Ihnen das etwas sagt.«

»Natürlich. Aus den Verkehrsnachrichten von der A 3.«

Nina lachte – lauter als beabsichtigt – und war froh, dass nun die Initiative von Georg ausging.

»Oh, sind Sie … hin und wieder mit dem Auto in Erlangen unterwegs?«

»Hin und wieder«, bestätigte er.

Anfangs noch zäh, plätscherte ihr Gespräch dahin. Er erkundigte sich, was sie beruflich machte und sie erzählte von der Realschule am Europakanal, an der sie Deutsch, Mathe und Geschichte unterrichtete. Dann unterhielten sie sich über Ninas Hobby, das Laufen, und schließlich über den Bau ihres Hauses in Weisendorf. Irgendwann erwähnte sie sogar ihren Streit mit Jens und wie sie in die prekäre Situation geraten war. Nachdem das Eis einmal gebrochen war, war es nicht mehr schwer, mit Georg zu reden – obwohl ihr auffiel, dass er dabei fast nichts über sich erzählte.

Allmählich war Nina nicht mehr kalt. Doch mit der Wärme kam die Müdigkeit, und als ihr Gespräch irgendwann ins Stocken geriet, dachte sie ohne große Begeisterung daran, dass dies vielleicht ein guter Zeitpunkt sei zu gehen. Georg beobachtete sie mit seinen seltsamen dunklen Augen und Nina unterdrückte den Impuls, den Bademantel enger zu schnallen. Die Luft schien zu knistern. Vielleicht lag es an den gelegentlichen Blitzen, die immer noch über dem Himmel zuckten – oder an den intensiven Blicken, die Georg ihr zuwarf?

Schließlich gab sie sich einen Ruck. »Danke für Ihre Hilfe. Ich gehe jetzt. Sie müssen natürlich nicht mitkommen – wenn Sie mir vielleicht sagen, wo ich lang muss und wie der nächste Ort heißt?« Sie stand auf.

»Sie würden sich wieder verlaufen«, antwortete Georg leichthin, während er sich ebenfalls erhob. »Es ist dunkel. Der Weg führt mitten durch den Wald und verzweigt sich mehrmals. Hier ist weit und breit nichts – und niemand.« Langsam näherte er sich. »Willst du wirklich gehen?«, fragte er, als er vor ihr stand. Seine Finger berührten federleicht ihr Gesicht. »Der Abend hat gerade erst angefangen.«

Nina trat einen Schritt zurück. »Ich bin verheiratet!« Sie bemühte sich, empört zu klingen.

Georg lachte sein raues Lachen und folgte ihr. Seine Hand kroch ihren Arm hinauf, ihre Schulter entlang, verharrte an ihrem Hinterkopf. Anstatt sich von ihm loszumachen oder noch besser, ihm gleich einen Tritt zwischen die Beine zu verpassen, starrte Nina ihn an. Ihr wurde schwindelig. Sie hätte nicht so viel trinken sollen.

»Wen interessiert das schon?«, wisperte er in ihr Ohr.

Sie fühlte die Bewegung seiner Lippen auf ihrer Haut, den Hauch seines Atems. Ein Prickeln lief ihre Wirbelsäule entlang. »Nein … ich … gehe jetzt …«

»Dein Mann ist nicht hier, Nina«, wiederholte er leise. Seine heisere Stimme klang wie die des Wolfes, der die sieben Geißlein zu betören versucht. »Niemand ist hier … niemand weiß, wo du bist.«

Er küsste sie mit unvermuteter Leidenschaft. Zu verblüfft über diese Dreistigkeit hielt sie zunächst still, bevor sie sich gegen seine Brust stemmte, um sich ihm zu entziehen. Trotz ihrer Gegenwehr hielt er sie eine Weile fest, bevor er sie freigab. Ihre Beine fühlten sich an wie Pudding. Was sollte sie tun?

Niemand war hier. Niemand wusste, wo sie war – niemand würde sie hören, wenn sie schrie.

Was würde er mit ihr tun, wenn sie sich wehrte? Wenn sie versuchte zu fliehen?

Und was, wenn sie es nicht tat?

Die Haustür war abgeschlossen. Konnte sie den richtigen Schlüssel schnell genug aus dem Kästchen holen?

Das Herz schlug ihr bis zum Hals.

MONTAG, 20. APRIL 2009

Aus: Fränkischer Morgen, ›Linker Terror in Deutschland fordert erneut Todesopfer‹

Der am vergangenen Freitag bei dem Bombenanschlag am Berliner U-Bahnhof Kurfürstendamm verletzte Polizist erlag gestern im Krankenhaus seinen schweren Verletzungen. Die Zahl der Todesopfer erhöht sich somit auf drei.

In einem Bekennerschreiben übernahm das »kämpferische bündnis« (kb) die Verantwortung für den Anschlag. Terrorismusexperten des BKA befürchten weitere Attentate in deutschen Großstädten. Wer die Täter sind und welche Motive sie haben, liegt, so ein BKA-Sprecher, weiterhin im Dunkeln.

Dechsendorf

»Mamaaaaaa! Beeil dich, sonst komm ich zu spät zur Schule!«

»Wenn du deinen Wecker richtig gestellt hättest, hättest du den Bus nicht verpasst!« Mit wehenden roten Haaren und dem Telefonhörer am Ohr flitzte Kriminalhauptkommissarin Maria Ammon quer durch den Flur und sprintete die Treppe hoch. »Und jetzt halt mal die Luft an! Was? Nein, nicht du … ja, es war wunderbar … heute Abend sieht es schlecht aus, ich muss noch zu meiner Mutter ins Krankenhaus und … oh, klar hab ich dich vermisst …«

Franziska verdrehte derweil die Augen. »Wir hätten eben nicht erst letzte Nacht von Mallorca zurückfliegen sollen!«, rief sie ihrer Mutter hinterher. »Was machst du denn jetzt noch?«

»Soviel ich weiß, fahren um diese Zeit mehrere Busse! Nimm einfach den nächsten, wenn du nicht auf mich warten willst!«, rief sie ihrer Tochter von oben zu. »Steinbachbräu? Ja, ... nein, heute Abend nicht, Olaf.«

»Mit dem Bus komm ich erst recht zu spät!«

Aus der Küche erklang ein dumpfes Brummen, das ohne Worte ausdrückte, was der Verursacher dieses Geräusches von der morgendlichen Hektik hielt. Ein älterer Mann mit ausgebeulten Hosen und einer grauen Strickjacke schlurfte mit einer Kaffeetasse in der Hand heran. »Soll ich dich bringen?«

»Nee, schon gut, Opa. Ich glaube, Mama ist gleich fertig.«

»Ja, in Ordnung. Morgen um sechs. Klar kommt Franzi mit.« Maria polterte gerade die Treppe herunter, vorbei an ihrer Tochter, die energisch den Kopf schüttelte. »Und sie freut sich auch, dich zu sehen ... Servus.« Sie legte auf und warf das Telefon auf die Kommode im Flur. »Übrigens dachte ich eigentlich, dass du alt genug bist, selbst an deinen Wecker zu denken!«

»Es war mitten in der Nacht, als wir wiederkamen! Da war ich nicht mehr zurechnungsfähig.«

»Es war erst elf! Wie oft muss ich dich sonst um die Uhrzeit erst noch daran erinnern, dass du endlich schlafen sollst, weil am nächsten Tag Schule ist!«

»... kann sie fei bringen«, meldete sich Hermann Ammon zu Wort.

Maria winkte ab. »Nein, ist in Ordnung. Los Franzi, schick dich!«

Franzi stöhnte theatralisch, während sie sich ihre Büchertasche schnappte. »Tschüss, Opa. Ich habe heute sechs Stunden. Kann sein, dass ich anschließend noch mit zu Pia gehe.«

»Dann rufst du an und sagst Bescheid«, ordnete Maria an.

»Ja, Mama. Und ja – ich hab mein Handy einstecken.«

Maria deutete einen Klaps an, dem Franzi kichernd auswich.

Hermann, der wieder auf dem Weg in die Küche war, rief über seine Schulter: »Is scho recht. Ade ihr zwei.«

Kurz darauf startete Maria den Wagen und setzte schwungvoll rückwärts aus der Einfahrt des Einfamilienhauses im Erlanger Stadtteil Dechsendorf.

Franzi schaltete das Radio ein. »Opa ist echt nicht gut drauf heute.«

»Er ist halt nicht gern allein.« Maria bog in die Naturbadstraße ein. »Es war ja nicht abzusehen, dass Oma ausgerechnet ihre Knie-OP vorziehen kann, wenn wir in Urlaub sind.«

»Oma ist erst letzten Donnerstag ins Krankenhaus gekommen und er hat sie jeden Tag besucht. So schlimm kann das eigentlich nicht sein.«

»Oh doch. Die beiden sind fast fünfzig Jahre verheiratet und waren noch nie für längere Zeit getrennt.«

Franzi grinste. »Dabei hat man manchmal das Gefühl, sie wünschen sich gegenseitig auf den Mond. Wie lange muss sie eigentlich in der Klinik bleiben?«

»Ungefähr drei Wochen, glaube ich. Anschließend noch zur Reha.«

»Tolle Aussichten«, meinte Franzi düster. »Hoffentlich kann sie danach mit ihrem Ersatzteil im Knie wieder gut laufen.«

»Erst mal auf Krücken«, seufzte Maria. »Ich bin gespannt, wie es ihr heute geht. Ich fahre gleich nach der Arbeit hin.«

»Hm.« Franzi sah aus dem Fenster, während sie im Takt zu ›Poker face‹ nickte. »Und was wollte Olaf?«, fragte sie betont beiläufig.

Maria verkniff sich ein Grinsen. »Wissen, wie der Urlaub war.«

»Aha.« Franzi nickte weiter und bewegte ihre Lippen stumm zum Refrain. »Und sonst?«

»Sonst?«

»Ach komm schon, Mama, du weißt genau, was ich meine. Er war sauer, weil du gesagt hast, er soll nicht mit uns nach Mallorca kommen, nachdem du gemerkt hast, dass er *ganz zufällig* für die Zeit Urlaub eingereicht hat. Ist er das immer noch?« Die Intonation der letzten beiden Worte lag um eine Terz höher als bei einer gewöhnlichen Frage.

»Nein.«

»Oh.« Pause. Dann sagte sie: »Gut.«

Da Maria keine Lust hatte, sich die Laune am Morgen ihres ersten Arbeitstages durch die leidige Diskussion über die Aversion ihrer Tochter gegen ihren Freund vollends verderben zu lassen, drehte sie den Lautstärkeknopf am Radio nach rechts, um den Rest der Nachrichten zu hören.

»…hard Eichmüller, der Leiter des in Erlangen ansässigen Felix-d'Herelle Instituts für Medizinforschung, ist auf dem Wege der Besserung. Nach seiner Frau, die Ärztin Dr. Sara Eichmüller, wird mit Hochdruck gefahndet.

Genf: Die Zahl der durch Schweinegrippe Infizierten wächst stetig. Die Weltgesundheitsorganisation …«

In diesem Moment ertönte von irgendwo aus dem Beifahrerfußraum die gedämpfte Melodie von ›Hotel California‹.

»Franzi, hol bitte mein Handy raus. Das ist Paul«, wies Maria ihre Tochter an.

Anstatt das Handy an die Freisprecheinrichtung anzuschließen, nahm Franzi das Gespräch entgegen und flötete: »Guten Morgen, Onkel Paul. Wie viele Verbrecher hast du heute schon gejagt?« Franzi lauschte andächtig auf die Antwort. »Ja, gestern *Nacht.* Es war to-tal spät.« Sie warf einen Seitenblick zu Maria, die ihr bedeutete, dass sie das Handy gefälligst in die Vorrichtung stecken sollte. »Wir haben verschlafen und Mama fährt mich gerade zur Schule und kann nicht ans Telefon …«

Sie warf ihrer Mutter einen kopfschüttelnden Hundeblick zu, den Maria mit einem Seufzer quittierte. »… nö, der war ja nicht mit, weil Mama das nicht wollte … ja echt super …« Begeistert erzählte Franzi von ihrem einwöchigen Urlaub, während Maria am Europakanal entlangfuhr und ihn am Kosbacher Damm überquerte. »… und dann sind wir noch mit dem Mietwagen nach Sa Calobra gefahren … oh, Mama, lass mich raus. Da ist Pia.«

»Macht zehn Euro, die Dame.« Sie streckte die Hand aus.

Franzi drückte ihr das Handy hinein und einen Kuss auf die Wange: »Danke, Mama!«, und war schon auf dem Weg zu ihrer Freundin.

Maria stellte den Motor ab. »Zur Schule geht es nach links«, stellte sie kopfschüttelnd fest, während sie das Handy ans Ohr hob. »Von wegen zu spät … morgen, Paul!«

Paul Holzapfel, Erster Kriminalhauptkommissar, war während ihrer Dienstzeit im Polizeipräsidium Mittelfranken ihr Vorgesetzter und Mentor beim Kriminaldauerdienst in Nürnberg gewesen. Schon vor ihrer Versetzung zum Erlanger KK1 hatten sie nicht nur beruflich miteinander zu tun.

»Morgen, Maria. Ich hab ja gehört, dass für deine Tochter der Urlaub schön war. Und wie war's für dich?« Paul Holzapfel redete extrem schnell, wobei diese Eigenschaft im Gegensatz zu seiner ansonsten eher bedächtigen und gewissenhaften Persönlichkeit stand.

»Sehr erholsam. Franzi hat gleich Anschluss gefunden, war den größten Teil des Tages mit sich selbst beschäftigt und ich hatte tatsächlich zwischendurch so ein vages Gefühl von Langeweile. Stell dir vor, ich habe meine Nase in ein Buch gesteckt! Morgens vor dem Frühstück war ich sogar joggen. Herrlich sag ich dir. Eine Woche ganz ohne Leichen – daran könnte ich mich glatt gewöhnen.«

»Keine Leichen, nicht mal im Buch? Was hast du denn gelesen? Heftchenromane?«

Maria kicherte. »Schlimmer. Jane Austen.«

»Dass ich das noch erleben darf«, dröhnte Paul Holzapfels Bass aus dem Handy. »Hab ich das nicht deiner Mutter vor Ewigkeiten ausgeliehen?«

»Hast du. Ich habe vergessen, es zurückzubringen.«

»Kein Problem«, brummte Holzapfel. »Ist Olaf eigentlich noch sauer?«

»Nicht du auch noch!«, stöhnte Maria. »Franzi hat mich damit genervt. Nein, ist er nicht. Er hat verstanden, dass ich allein sein wollte. Themawechsel: Schieß los mit ›was-auch-immer-du-zu-sagen-hast‹. Du rufst mich nicht umsonst vor Dienstbeginn an.«

Durch das Telefon war ein rasselndes Geräusch zu hören, dass man mit etwas Fantasie als Kichern interpretieren konnte. »Hast du Zeitung gelesen oder Radio gehört? Die Sache mit Dr. Eichmüller?«

»Es kam gerade in den Nachrichten – was war da los?«

Holzapfels Tonfall wurde nun dienstlich. »Gestern Morgen ging ein Notruf von Eichmüller selbst ein. Herzanfall. Als der Notarzt eintraf, öffnete niemand und die Rettungskräfte gelangten durch eine unverschlossene Terrassentür hinein. Dr. Eichmüller lag fast bewusstlos im Flur des Obergeschosses. Weiß der Himmel, wie er es überhaupt geschafft hat zu telefonieren. Es stand wohl auf Messers Schneide, deshalb konnte ich gestern nur sehr kurz mit ihm sprechen. Er beschuldigt seine Frau, ihn umbringen zu wollen.«

»Warum?«, fragte Maria sachlich.

»Nun, sie kam frühzeitig aus den Ferien zurück und hat ihn mit seiner Geliebten im Ehebett erwischt. Er hatte bereits länger ein Verhältnis. Seine Frau hat es wohl geahnt und völlig die Nerven verloren, als die Dame plötzlich im Evakostüm aus dem Schlafzimmer kam.«

»Und darüber wundert er sich?«, erwiderte Maria mit triefendem Sarkasmus.

»Maria«, tadelte Holzapfel sanft.

Sie schnaubte. »Männer! Die sind alle gleich!«

»Du telefonierst gerade mit einem«, erinnerte Holzapfel sie. »Wie ich sehe, war meine Entscheidung goldrichtig, dich vor Dienstantritt mit dem Wesentlichen bekannt zu machen – und dem lieben Gott dafür zu danken, dass du damals deine Dienstwaffe nicht dabei hattest.«

Maria stieß ein paar derbe Verwünschungen aus, die Holzapfel nicht weiter kommentierte, weil er wusste, dass sie nicht an ihn, sondern an Marias Ex-Mann gerichtet waren. Holzapfel hatte die familiäre Katastrophe, die sich lange angebahnt und vor mehr als vier Jahren ihren Höhepunkt gefunden hatte, in ihrer vollen Bandbreite mitbekommen. Er hatte Maria beigestanden – und ihre Versetzung unterstützt, als sie sich entschlossen hatte, mit ihrer Tochter zurück nach Erlangen zu ziehen.

Schließlich atmete sie tief durch. »So, jetzt bin ich ganz Ohr! Danke, Paul. Also: Sie hat die beiden im Bett erwischt. Und was passierte dann?«

»Er sagt, sie hat sich furchtbar aufgeregt und seine Geliebte vor die Tür gesetzt – nackt.«

Maria kicherte schadenfroh.

»Sie hat ihr die Sachen samt Autoschlüssel hinterher geworfen. Dr. Eichmüller bekam durch die Aufregung einen Herzanfall.«

»Der Ärmste«, sagte Maria ohne großes Mitleid.

»Seine Frau ist Allgemeinärztin in einer Gemeinschaftspraxis in Neustadt. Sie wusste natürlich, dass ihr Mann mit dem Herz Probleme hat. Als er einen Anfall bekam, hat sie ihm nicht geholfen, sondern anscheinend alles dafür getan, damit es ihm schlechter ging. Details findest du im Bericht, den ich dir geschickt habe.«

»Hört, hört«, murmelte Maria.

»Sara Eichmüller ist seitdem verschwunden. Haftbefehl liegt vor. Eichmüller ist noch in der Uni-Klinik.«

»Aha. Sonst noch was?«

»Ja.«

Maria runzelte die Stirn. »Muss ich mir jetzt Sorgen machen? Du klingst so komisch.«

Holzapfels Bass dröhnte erneut durchs Telefon. »Mädel, du hast heute wirklich einen Sinn für Zwischentöne. Nein, du musst dir keine Sorgen machen. Du bekommst Zuwachs, um den du dich ein Weilchen kümmern sollst.«

»Oh, oh«, unkte Maria. »Er oder sie?«

»Diesmal eine ›sie‹.«

»Oho?«

»Ganz hoher Besuch von unserer exklusiven Fachhochschule des Bundes aus Wiesbaden. Eine Kriminalkommissarin zur Ausbildung, die seit Anfang April hier im Präsidium ist und den Wunsch geäußert hat, möglichst viel Abwechslung zu haben.«

»Und deswegen schickst du sie ausgerechnet zu mir?«

»Schließlich hast du noch keinen Ersatz für deine Kollegin Susanne, daher dachte ich, du hast Hilfe nötig und hab ein gutes Wort eingelegt. Außerdem wohnt sie in Erlangen und es schadet nichts, wenn sie eine Weile bei euch Dienst schiebt. Hast du eigentlich was von Susanne gehört?«

»Zuletzt vor meinem Urlaub, da ging es ihr blendend. Jetzt hat sie noch zwei Wochen bis zur Entbindung. Ich ruf sie in den nächsten Tagen an. Soll ich sie von dir grüßen?«

»Mach das«, antwortete Holzapfel. »Elfriede hat übrigens

durch die Blume anklingen lassen, dass sie dich lange nicht gesehen hat.« Elfriede war seine Frau, die Maria gegenüber immer gern ihre mütterliche Seite zeigte – obwohl sie gerade einmal zwölf Jahre älter war.

Maria lachte. »Wie wäre es mit dem 30.? Tanz in den Mai – oder von mir aus auf einen Keller oder ins Brauhaus. Wollt ihr kommen oder sollen wir?«

»Ich frag' Elfriede, wenn's recht ist.«

»Tu das ... Sag mal, was macht eigentlich Christoph? Spricht er wieder mit dir?«

Holzapfel holte tief Luft. Sehr tief. »Mein Sohn zieht es vor, mich nicht mehr über sein Leben zu informieren. Er hat seine Ausbildung endgültig geschmissen und ist zu seinen sogenannten *Freunden* gezogen.« Er schnaubte abfällig. »Ich weiß nicht mehr, was in dem Jungen vorgeht.«

Sie verabschiedeten sich kurz und bündig. Nachdem sie sich auf der Schallershofer Straße in den Verkehr eingereiht hatte, konzentrierte sich Maria für einige Minuten ausschließlich auf das Fahren. Sie öffnete eine Seitenscheibe und atmete tief ein. Es war kühler als auf den Balearen und die Natur noch lange nicht so weit. Doch es roch intensiv nach Frühling. Die vertraute Umgebung, die Geräusche der Stadt und nicht zuletzt die langjährige Übung, in bestimmten Situationen ihren Kopf frei von Gedanken und Gefühlen zu machen, brachte sie zur Ruhe. Am meisten wunderte sie sich darüber, dass der neue Fall sie persönlich berührte. Maria hatte gedacht, sie habe die Sache mit ihrem Ex-Mann Andreas abgehakt. Sie begegnete ihm, wenn sie Franzi zu ihm brachte oder er sie abholte – seine Verantwortung als Vater nahm er Gott sei Dank ernst.

Rein äußerlich betrachtet war also alles in Ordnung, allerdings vermied es Maria, über ihren Verflossenen nachzudenken. In der Rückschau betrachtet, kam sie sich dumm und naiv vor. Andreas war ein Frauenheld gewesen – aber erst, als sie längst verheiratet waren und Franzi geboren war, begann sie zu begreifen, dass sie ihn nicht hatte ändern können. Lange Zeit verschloss sie die Augen, redete sich ein, Andreas sei einfach jemand, der schnell Freundschaften schloss, ohne dass etwas dahintersteckt. Sie wollte eine Familie und ihren Job und Andreas war genau der Richtige dafür. Wenn sie ihn darauf ansprach, nahm er sie nicht ernst, stritt es ab und redete ihr ein, sie sei eifersüchtig oder er fand einleuchtende Erklärungen für sein Verhalten. Bis zu dem Nachmittag, als Maria für Andreas unerwartet die Wohnung betrat …

»Arschloch!«, flüsterte Maria inbrünstig und schob die hässlichen Details der Szene beiseite, als sie Andreas mit der Mutter von Franzis bester Freundin in eindeutiger Pose im Wohnzimmer erwischt hatte.

Besser als sie selbst hatte Paul erkannt, dass ihre persönlichen Erlebnisse hochkämen, wenn sie den Fall von Dr. Eichmüller bearbeiten würde. Es war gut, dass er sie vorher informiert hatte, denn so konnte sie sich innerlich wappnen und ihre Gefühle ausblenden – denn die hatten nun gar nichts bei ihrer Arbeit zu suchen.

Inzwischen hatte sie die Stadt durchquert und stellte ihren Wagen hinter dem roten Gebäude der Polizeiinspektion in der Schornbaumstraße ab. Sie grüßte einen Kollegen der Verkehrspolizei. Bei diesem Wetter hätte Maria sich lieber für einen Einsatz im Außendienst entschieden, anstatt sich mit den Akten zu befassen, die sich während ihres Urlaubs ganz sicher auf dem Schreibtisch angesammelt hatten. Als sie eintrat, warteten im Vorraum drei Besucher. Maria hob grüßend die Hand in Richtung des Kollegen, der Pfortendienst hatte. Er winkte Maria zu sich.

»Morgen, Axel. Was gibt's?«

Axel deutete auf jemanden. »Besuch für dich.«

Hinter ihr erklang ein Räuspern. Sie wandte sich um.

»Ja?«

»Frau Ammon?« Eine kleine, zarte Blondine von Anfang zwanzig streckte ihr die manikürte Rechte entgegen. Die Farbe der Fingernägel harmonierte perfekt mit dem rosaroten Lippenstift und dem Chiffonschal. Was sie sagte, klang ein wenig, als entweiche zischend die Luft aus einem Gummitier. »Schbinmischelleschmitz.«

Unwillkürlich ergriff Maria die ihr dargebotene Hand. »Grüß Gott, Frau … Verzeihung, wie ist Ihr Name?«

»Michelle Schmitz.«

»Ah, Frau Schmitz. Was kann ich für Sie tun?«

»'sch bin die Neue.« Sie lächelte – etwas gezwungen allerdings und sah sich dabei um, als fühle sie sich nicht recht wohl in ihrer Haut.

»Die Neue?«, fragte Maria verständnislos. Dann fiel der Groschen. »Ach so. Sie sind die Kriminalkommissarin zur Ausbildung.«

»Genau. Die Azubine.«

Maria lachte über die Ausdrucksweise. Offenbar hatte sie weder einen Hörfehler, noch war Michelle betrunken, sondern die junge Frau besaß einen ausgeprägten Dialekt, der ganz sicher nicht aus dem Süddeutschen stammte. »Kommen Sie mit rein. Entschuldigen Sie, aber heute ist mein erster Arbeitstag nach dem Urlaub und bis gerade eben wusste ich noch nicht, dass Sie kommen. Ein Kollege hat mich erst vorhin darüber informiert – Axel, Frau Schmitz kommt mit mir.«

»Passt schon.« Der Beamte betätigte den Türöffner.

Maria machte eine einladende Handbewegung.

»Danke«, sagte Michelle und wirkte ein wenig entspannter.

»Hier sind drei Dienststellen unter einem Dach«, informierte

Maria Michelle, während sie durch das Gebäude marschierten. »Die Polizeiinspektion Erlangen-Stadt, die Verkehrs- und Autobahnpolizei und natürlich die Kriminalpolizei. Wir machen später noch einen Rundgang, damit Sie alles kennenlernen.«

Als sie im zweiten Stock ankamen, erregten sie und ihre neue Begleiterin natürlich Aufsehen. Daher standen sie bald zu mehreren auf dem Flur herum. Michelle war wortkarg, erwiderte aber freundlich die Begrüßung und sah sich um, während Maria von ihrem Urlaub berichtete.

»Also ich, wenn ich könnt, würd' nicht ins Ausland fahren im Moment«, sagte Franz Meyer von der Spurensicherung im Brustton der Überzeugung. »Die Schweinegrippe! Die is fei auf Mallorca, hab ich gehört.«

»Schmarrn – des is ein Verdacht«, antwortete Ralf Sollfrank vom K1. »Kam heute früh im Radio. Mach dich nicht gleich narrisch. Ich hätt jedenfalls nichts dagegen, a weng in der Sonne zu liegen.«

Maria vertröstete die anderen auf später, doch bevor sie zu ihrem Büro weitergehen konnte, winkte Friedrich Zirngiebl, der Leiter des K1, sie noch einmal beiseite.

»Am Freitag hatten wir eine Leiche in der Regnitz. Wir vermuten eine der Obdachlosen vom Bahnhof. Vielleicht zu viel getrunken und dann in den Fluss gefallen – nichts Aufregendes. Jochen hat den Fall, aber ich dachte, vielleicht wäre das was für Frau … wie heißt sie noch gleich? So zum Einstieg?«

»Michelle Schmitz. Ist gut, ich sag's Jochen. Am besten nehm' ich den Fall gleich zu mir rüber.«

Schließlich ging Maria in ihr Büro, fuhr den Computer samt Bildschirm hoch und durchkämmte den Posteingangskasten nach den neuesten Unterlagen. Sie wies Michelle den Platz ihr gegenüber an: »Sie können dort sitzen. Meine Kollegin ist vor vier Wochen in Mutterschutz gegangen – es sei denn, Sie legen Wert darauf, den Katzentisch zu benutzen.« Sie deutete auf einen Tisch, der quer vor den beiden Schreibtischen stand und auf dem sich unzählige Akten und Papiere stapelten. »Sagen Sie, würde es Ihnen etwas ausmachen, mir einen Kaffee zu besorgen? Wissen Sie, wo die Küche ist?«

»Finde ich schon. Ist ja alles ziemlich übersichtlich hier.« Kurzerhand drapierte Michelle Jacke und Handtasche über der Stuhllehne. »Milch? Zucker?«

Maria war nicht sicher, ob die Frage schnippisch oder tatsächlich ernst gemeint war. »Schwarz, bitte.«

Als Michelle mit dem Kaffee zurückkam, bedankte sie sich knapp, weil sie gerade Olaf anrief.

»Hier ist Maria. Weiß du zufällig etwas über den Fall Eichmüller?«

»Zufällig war ich der Staatsanwalt, der den Haftbefehl beantragt hat. Ist das etwa jetzt dein Fall?«

»Hmm.« Maria reckte sich. »Ich hab noch nicht alles durchgesehen, aber … bist du sicher, dass die Frau wegen versuchten *Mordes* gesucht wird? Ist das nicht ein bisschen übertrieben?«

Am anderen Ende der Leitung war ein tiefes Einatmen zu hören. »Die lange oder die kurze Variante?«

»Die Kurze, bitte.«

»Ja.«

»Danke für das Gespräch.«

Olaf lachte. »Du hast es so gewollt. Also die mittlere Variante: Wäre Frau Eichmüller einfach abgehauen, wäre sie nur wegen unterlassener Hilfeleistung dran gewesen. Doch ihren Mann unter die kalte Dusche zu bringen, anstatt ihm das Nitrospray zu geben … was ja auch spurlos verschwunden ist, wie du gelesen haben dürftest. Maria, die Frau ist Ärztin und wusste genau, was das bewirken kann. Der Haftrichter hat sich nach vorläufiger Aktenlage ohne Weiteres meiner Meinung angeschlossen.«

»Aha.« Maria rieb sich über die Augen. Was hätte sie an Saras Stelle getan?

Olaf schwieg einen Moment, dann wurde seine Stimme weich. »Hey. Ich glaube, ich weiß, woran du gerade denkst. Aber so ist nun mal das Gesetz.«

Maria lächelte schwach. »Ich muss jetzt weitermachen.«

Nach dem Telefonat vertiefte sie sich in den Bericht über Eichmüller. Erst einige Zeit später hob sie den Kopf, um festzustellen, dass ihre junge Kollegin den Raum wieder verlassen hatte. Auf dem Schreibtisch gegenüber lag ein Ordner, der das Logo der Fachhochschule des Bundes trug, sowie Block und Stift. Gähnend nahm Maria ihre fast leere Kaffeetasse in beide Hände und lehnte sich zurück. Im Stillen dankte sie Holzapfel für seine Initiative. Flüchtig las sie den Bericht über die tote Obdachlose, den Jochen ihr erfreut überlassen hatte. Sollte sie selbst in der Rechtsmedizin anrufen oder das gleich der Neuen überlassen? Der Eingangston einer SMS riss sie aus ihren Überlegungen. Sie holte gerade ihr Telefon, um nachzusehen, als Michelle hereinkam. Maria warf einen Blick auf die Kurznachricht von Olaf. Die Antwort konnte warten.

»Haben Sie sich umgesehen?«, erkundigte sie sich bei Michelle, die ebenfalls eine Tasse in der Hand hatte, aus der das Ende eines Teebeutels heraushing.

Michelle zuckte mit den Schultern. »Ein bisschen. Einer Ihrer Kollegen – Rottenhäuser …?«

Maria nickte. »Fabian Rottenhäuser, er ist noch nicht lange hier beim K1.«

»Ah ja, also der hat mir einen Tee spendiert.« Michelle setzte sich hin und schlug die Augen interessiert auf. »Und jetzt? Erzählen Sie mir, woran Sie gerade arbeiten? Ich meine, kenne ja die Zahlen aus Großstädten, aber wie das hier aussieht … vielleicht … ist das hier anders …«

Maria unterdrückte ein Schmunzeln wegen der Mischung aus unverhohlenem Eifer und Unsicherheit. »Wieso sollte es *hier* anders sein?«

»Na ja, ich dachte, hier in der Kleinstadt …«

»Kleinstadt?« Jetzt kicherte Maria doch. »Mit über einhunderttausend Einwohnern ist Erlangen eine Großstadt. Woher kommen Sie eigentlich? Irgendwo aus dem Rheinland würde ich tippen. Düsseldorf?«

Michelle riss in gespielter Empörung die Augen auf. »Du leeve Joott! Nein! Us Kölle!«

»Oh, na, das sind andere Dimensionen«, meinte Maria. »Und was hat Sie ausgerechnet nach Mittelfranken verschlagen? Ich war früher im Präsidium in Nürnberg und da waren natürlich öfter Praktikanten, aber wenn ich ehrlich bin, kann mich nicht mal dort erinnern, ob jemand von der FHB dabei war.«

»Na ja …« Michelle lief rot an. »Eigentlich wollte ich für das Praxissemester gern in die Nähe der Alpen, ich geh' nämlich Mountainbiken und Klettern. Nach München wollten schon so viele, und da Nürnberg ja auch in Bayern liegt, dachte ich, das ist okay.«

»Nürnberg liegt in Franken«, korrigierte Maria Ammon entschieden.

»Nicht in Bayern?«, fragte Michelle verwirrt.

»Franken gehört zwar politisch zu Bayern –aber wir sind und bleiben Frrrranken«, verfiel Maria ins Fränkische. »Allmächd! Etz sachen's bloß Ihna is des noch ned aufg'falle! Mir rrred'n fei scho ganz anners. Oder habens amol ein Bayern g'hört, der so rrrrichig rrrrrrote Rrrrrüben sacht?«

Michelle grinste. »Ach so, dann ist das, als würde man in der kölschen Kneipe jemanden bitten, ne ›Blutwurst‹ zu bestellen.«

Maria hob fragend die Brauen.

»Der *echte* Kölsche bestellt beim Köbes natürlich ne Flönz«, antwortete Michelle mit erhobenem Zeigefinger.

Jetzt lachte Maria laut. »Ah, das verstehe ich. Übrigens – ich bin Maria.«

»Oh.« Die junge Frau war sichtlich überrascht, so schnell und unkonventionell das ›Du‹ angeboten zu bekommen. »Michelle.«

»Bleibst du eigentlich während deines ganzen Praxissemesters hier in Erlangen?«

»Erst mal ist bis Ende Mai vorgesehen.«

»Aha«, sagte Maria. »Gut. Gleich gehen wir noch durchs Haus, damit ich dir alles zeigen kann. Vorher beschäftigen wir uns mit der mittelfränkischen Geografie – nicht, dass du am Ende noch glaubst, die Alpen lägen vor der Haustür, nur weil jemand von der Fränkischen Schweiz redet.«

Michelle verdrehte die Augen. »Geografie war noch nie meine Stärke. Wozu gibt es ein Navi oder eine App fürs Handy?«

»Das wirst du wohl brauchen. Sieh mal unseren Zuständigkeitsbereich.« Maria stand auf und deutete auf die Landkarte, die an der Wand hing. »Das Erlanger Stadtgebiet und der gesamte Landkreis Erlangen-Höchstadt«, sie beschrieb ein Oval, »von Wachenroth und Vestenbergsgreuth im Nord-Westen bis nach Eckental, Heroldsberg und den Erlenstegener Forst im Süd-Osten. Ungefähr 50 Kilometer in der Breite und rund 30 Kilometer in der Länge. Ich schätze, das Gebiet hat – im Vergleich zu Köln – weniger als ein Viertel der Einwohner, aber es ist größer und wir haben weniger Personal.«

»Und weniger Tote«, unkte Michelle.

»Was ja nicht unbedingt von Nachteil ist«, erwiderte Maria. Anschließend referierte sie noch über die umliegenden Landkreise und die diversen Zuständigkeiten anderer Polizeiinspektionen. Schließlich schob sie Michelle aus dem Büro und berichtete ihr dabei von der Leiche in der Regnitz und dem Mordversuch an Dr. Leonhard Eichmüller, denn an beiden Fällen würden sie gemeinsam arbeiten. Manchmal waren erste Arbeitstage doch nicht so unangenehm.

Universitätsklinikum Erlangen, Medizinische Klinik 2

An der Tür des Krankenzimmers ließ Maria Ammon ihre Hand einen Augenblick auf der Klinke ruhen: »Also, Michelle, du musst nicht wie ein Ölgötze daneben stehen. Beteilige dich ruhig am Gespräch – und mach dir am besten Notizen.«

Michelle biss sich auf die Unterlippe und nickte, während Maria anklopfte und die Tür öffnete. Das Krankenzimmer war ein Einzelzimmer, in dem ein großer Strauß roter Rosen auf dem Tisch stand. Der wohlbeleibte Mann im Krankenbett wandte den Kopf.

»Ja?«

»Dr. Eichmüller? Grüß Gott, ich bin Maria Ammon vom K1 und das ist meine Kollegin Michelle Schmitz.« Maria wedelte mit ihrem Dienstausweis. »Ihr Arzt hatte keine Einwände, Sie zu fragen, ob Sie möglicherweise heute ausführlicher mit uns über den Vorfall gestern sprechen könnten.« Sie bot Dr. Eichmüller ihre Hand.

Er drückte sie und begrüßte auch Michelle, deren Hand er länger festhielt als nötig. »Ein wahrlich angenehmerer Anblick als die Herrschaften gestern.«

Obwohl Dr. Eichmüller gesundheitlich in mäßiger Verfassung sein musste, sah er lediglich ein wenig blass und müde, aber nicht krank aus. Seine gleichmäßig dunklen Haare waren mit Sicherheit gefärbt, denn er hatte die fünfzig schon deutlich überschritten. Sein bordeauxfarbener Seidenpyjama unterstrich hervorragend den Teint seiner Haut und betonte den Gegensatz zu seinen hellen Augen.

»Also, was kann ich für Sie tun?«, erkundigte sich Eichmüller höflich. »Ich habe Ihrem Kollegen, wie hieß er noch gleich, Holzapfel?, gestern bereits einiges erzählt. Muss ich das etwa noch einmal wiederholen?«

Maria lächelte bemüht trotz des andeutungsweise unhöflichen Untertons. »Ja, bitte.«

Eichmüller lächelte ebenso zurück. »Also haben die Segnungen der modernen Technik bei der Polizei immer noch nicht Einzug gehalten. E-Mail zum Beispiel.« Er seufzte übertrieben. »Hat Ihr werter Kollege Ihnen denn noch keinen Bericht geschickt?«

Maria zog sich einen Stuhl heran. »Sogar die Polizei verfügt inzwischen über solch ungewöhnliche Kommunikationsmittel wie Telefon oder Computer. Hauptkommissar Holzapfel vom Kriminaldauerdienst *hat* mich über alles informiert.« Sie tippte auf die Aktenmappe, die sie dabei hatte. »Es wurde Haftbefehl gegen Ihre Frau erlassen und einen vorläufigen Bericht der Spurensicherung habe ich ebenfalls. Da ich nun den Fall übernehme, möchte ich mir gern ein eigenes Bild machen – ich nehme an, auch Sie verlassen sich bei Ihren Forschungen nicht ausschließlich darauf, was andere Ihnen zutragen.« Sie gab sich keine Mühe, ihr Missfallen über Eichmüllers anmaßendes und überhebliches Benehmen zu verbergen.

Im Versuch einzulenken, schlug Eichmüller einen jovialen Ton an: »Oh, ja, natürlich. Bitte halten Sie mich nicht für unhöflich, aber der Tag gestern sitzt mir wirklich noch in den Knochen. Es war …«, jetzt wurde seine Stimme leise, »… es war schrecklich. Wissen Sie, eine Zeit lang dachte ich wirklich, ich sterbe.« Er senkte den Blick zu seinen auf der Bettdecke verschränkten Fingern.

Plötzlich tat er Maria gegen ihren Willen leid. Egal, wie die Umstände lagen, er war immerhin das Opfer. »Wie geht es Ihnen denn heute?«

Eichmüller zog eine Grimasse und rieb sich die Herzgegend. Mit einer abschätzigen Geste deutete er auf die Apparate, an die er angeschlossen war. »Nach dem Herzkatheder gestern sollte ich noch länger auf der Intensivstation liegen, aber Sie können sich vielleicht vorstellen, dass man dort noch weniger zur Ruhe kommt. Zum Glück bin ich ja im Klinikum kein Unbekannter und daher kümmert man sich wirklich rührend um mich.«

Maria glaubte an Michelles leisem Räuspern zu hören, dass der jungen Frau Eichmüllers Arroganz genauso missfiel.

»Ihr Institut arbeitet eng mit der medizinischen Fakultät zusammen, nicht wahr?«, meinte Maria.

»Ja, wir forschen im Bereich Immunologie und Molekularbiologie. Die Friedrich-Alexander-Universität hat diesen Studiengang vor zehn Jahren als erste eingeführt. Daran waren wir vom Institut natürlich nicht ganz unschuldig.«

Maria hatte den Eindruck, er warte förmlich darauf, dass sie oder Michelle in Entzücken darüber ausbrächen. Doch den Gefallen taten sie ihm nicht.

In noch enthusiastischerem Tonfall fuhr Eichmüller fort: »Mein ganz persönliches Steckenpferd ist allerdings die Phagentherapie. Als ich das Institut Anfang der 90er gründete, war Felix d'Herelle mein großes Vorbild – ein Pionier, ein Visionär.«

»Interessant …« Maria spitzte die Lippen. »Wir möchten Sie möglichst wenig beanspruchen, Dr. Eichmüller, damit Sie bald wieder auf den Beinen sind, daher wäre es gut, wenn wir uns zunächst auf den Tathergang konzentrieren.«

Eichmüller nickte ein wenig indigniert, weil Maria abrupt zum eigentlichen Grund ihres Hierseins umschwenkte, anstatt auf seine Begeisterung einzugehen.

»Im Bericht steht, Ihre Frau sei vom Urlaub heimgekommen. Wo ist sie gewesen?«

»Sara war mit unserem Sohn in der Schweiz zum Skifahren«, erwiderte Eichmüller. »In Grindelwald – dort sind wir früher oft gemeinsam gewesen. In diesem Jahr sind die beiden jedoch allein gefahren. Ich hatte viel zu tun im Institut und konnte mir keine ganze Woche freinehmen.«

Und er hatte die Gelegenheit genutzt, um mit seiner Freundin ungestört zu sein. Aber das ging sie nichts an. »Also Ihre Frau und Ihr Sohn waren im Skiurlaub. Ihr Sohn war gestern Morgen nicht anwesend?«

»Nein. Zum Glück blieb Elias das Drama erspart.«

»Kümmert sich jemand um ihn?«, fragte Maria besorgt und rief sich die Angaben über den Dreizehnjährigen in Erinnerung, der in einem Internat lebte.

»Ja, Matti ist gestern gleich hingefahren, um Elias alles schonend beizubringen, bevor er es aus den Medien erfährt«, erwiderte Eichmüller mit einem tiefen Seufzer und fügte erklärend hinzu: »Ich meine Professor Mattityahu Leibl. Die Kollegen in der Klinik haben ihn sofort informiert, als ich hier ankam. Vorhin habe ich mit ihm telefoniert. Wissen Sie, wer er ist?« Er wedelte mit der Hand in Richtung der Papiere in Marias Hand.

»Ja, das weiß ich.« Leibl war Saras Onkel väterlicherseits und hatte bis zu seinem Ruhestand den Lehrstuhl für Epidemiologie an der Universität innegehabt. »Professor Leibl ist an Ihrem Institut beschäftigt?«

Eichmüller lächelte. »Er ist kein regulärer Angestellter, doch er hat seit Jahren ein Büro und Zugang zu unseren Laboren. Er ist ein Vollblutwissenschaftler und mit seinen Forschungen verheiratet. Seitdem er im Ruhestand ist, vertritt er mich häufig, wenn ich verhindert bin.«

»In dieser Woche zum Beispiel?«, erkundigte sich Michelle aus dem Hintergrund.

Eichmüller hob die Hände. »Er wird vermutlich den einen oder anderen Termin für mich wahrnehmen. Hauptsächlich wird er sich um Elias kümmern.«

»Ihr Sohn ist also zurzeit im Internat in Windsbach?«

»Ja, das ist er. Elias singt seit drei Jahren im Knabenchor.« Man konnte Eichmüller den väterlichen Stolz anhören. »Am Samstag hatten sie einen Auftritt in Interlaken – und da das nicht weit von Grindelwald entfernt liegt, ist Sara direkt mit ihm dorthin gefahren. Elias sollte am Sonntag gleich mit dem Chor nach Windsbach zurückfahren, weil ja heute die Schule wieder beginnt. Sara wollte im Laufe des Sonntags zurück sein. Eigentlich habe ich frühestens am Nachmittag mit ihr gerechnet, schließlich sind es mehr als 500 km. Plötzlich stand sie in der Tür und …«

»Um wie viel Uhr war das?«

»Ich weiß es nicht«, antwortete Eichmüller.

»Der Notruf ging um acht Uhr sieben in der Rettungsleitstelle ein«, meldete sich Michelle zu Wort, die zu Marias Überraschung den Bericht anscheinend sehr ausführlich gelesen hatte.

Maria nickte ihr mit anerkennendem Lächeln zu. »Also vor acht Uhr. Wissen Sie, warum Ihre Frau es sich anders überlegt hat und früher zurück war?«

Eichmüller schüttelte den Kopf und hob die Brauen. »Ich nehme an, Sie haben Verständnis, wenn ich sage, ich hatte keine Gelegenheit, danach zu fragen.«

Maria überging den Zynismus und notierte sich, Entfernung und Fahrzeit zu überprüfen, doch – sofern Sara tatsächlich direkt aus der Schweiz gekommen war – musste sie irgendwann in den frühen Morgenstunden losgefahren sein.

Es klopfte, ehe eine attraktive Brünette von vielleicht Ende zwanzig den Raum betrat.

»Oh. Hallo! Störe ich?«

Eichmüller streckte seine Hand aus. »Nein, Liebes, komm herein. Das ist Frau Ammon, die Kommissarin, die jetzt für mich zuständig ist. Und den Namen der jungen Dame dort habe ich leider vergessen.« Er lächelte zu Michelle herüber, die das jedoch ignorierte und stattdessen die Dunkelhaarige musterte. »Das hier ist Bianca Esser, meine ... Assistentin. Da Bianca gestern Morgen ebenfalls zugegen war, nehme ich an, dass Sie ebenfalls mit ihr sprechen möchten, Frau Ammon.«

Bianca bekam bei Eichmüllers Worten Farbe auf den Wangen, während sie das Bett umrundete, um auf der gegenüberliegenden Kante Platz zu nehmen. »Gestern war jemand bei mir. Den Namen habe ich vergessen. Muss ich jetzt alles noch mal erzählen?«

Maria lächelte unverbindlich. »Es wäre schön, wenn Sie mir erlauben, mir ein eigenes Bild zu machen.«

Bianca nickte, während Eichmüller ihre Hand liebevoll tätschelte. Maria kritzelte ein paar Kringel in ihr Notizbuch, nur um das Geturtel nicht sehen zu müssen. »Wusste Ihre Frau von Ihrer Affäre?«

»Ich nehme an, sie hat es geahnt. Es liegt wohl auf der Hand, dass wir das nicht weiter thematisiert haben.«

»Seit wann sind Sie mit Frau Esser liiert?«, fragte Maria sachlich weiter.

Eichmüller nahm sich ein paar Sekunden Zeit, bevor er antwortete. »Seit Juli letzten Jahres.« Das stimmte mit Biancas Aussage überein, die Holzapfel gestern aufgenommen hatte.

»Also könnte Ihre Frau absichtlich früher nach Hause gekommen sein, um Sie zur Rede zu stellen?« Maria sah Eichmüller an, dabei ignorierte sie Bianca, die leicht die Stirn runzelte.

»Um unsere Ehe stand es schon länger nicht zum Besten.«

»Verzeihung, aber das ist keine Antwort auf meine Frage«,

sagte Maria betont liebenswürdig. »Vielleicht ist es besser, wenn Frau Esser draußen wartet.«

Eichmüller seufzte tief. »Das ist nicht nötig. Und die Antwort lautet: Ich weiß es nicht. Sara ist eine sehr temperamentvolle Frau, müssen Sie wissen. Es hätte mir klar sein müssen, dass sie die Beherrschung verliert, sobald sie davon erfährt.«

»Ich dachte, um Ihre Ehe stand es nicht zum Besten«, hakte Maria ein.

»Ist das etwa ein Grund, sich nicht aufzuregen, wenn man plötzlich einer anderen Frau im eigenen Schlafzimmer gegenübersteht? Wir sind immerhin seit über fünfzehn Jahren verheiratet, Frau Ammon, und ich habe Sara mit meinem Verhalten verletzt. Das tut mir leid, aber ich kann es nicht ungeschehen machen.«

Maria, die gerade dabei gewesen war, eine Seite in ihrem Notizbuch umzublättern, hielt unwillkürlich inne. Sie hob den Kopf und begegnete Eichmüllers Blick. Es wunderte sie, dass er so unverblümt antwortete, doch anscheinend war er kein Mann, der sich oder anderen etwas vormachte – zumindest nicht, wenn die Tatsachen offen lagen. Widerwillig nötigte dieser Umgang mit der Wahrheit Maria einigen Respekt ab und sie dachte an Andreas, der trotz eindeutiger Hinweise darauf bestanden hatte, dass es ein einmaliger ›Ausrutscher‹ gewesen wäre und Marias Reaktion als völlig übertrieben gewertet hatte. Maria fand nach wie vor, es war keine Übertreibung gewesen, ihm seine gepackten Koffer vor die Tür zu stellen und höchstpersönlich den Ehemann der anderen zu informieren. Schon bevor sie ihn in flagranti erwischt hatte, war ihre Beziehung nicht mehr dieselbe gewesen. ›Es stand nicht zum Besten‹ war ein treffender Ausdruck für viele unausgesprochene Dinge, die sich im Laufe der Ehejahre abgespielt und ihre Beziehung verändert hatten. Dass Maria nicht eine Sekunde darüber nachgedacht hatte, um Andreas und den Fortbestand ihrer Ehe zu kämpfen, zeigte deutlich genug, wie stark sie sich voneinander entfernt hatten.

Eichmüller war Marias Schweigen nicht entgangen. Er legte den Kopf schief, und als Maria ein Seufzer entfuhr, umspielte ein ahnendes Lächeln seine Lippen.

»Gut«, murmelte Maria zusammenhanglos. Dann riss sie sich zusammen. »Ist Ihnen bekannt, ob Ihre Frau ebenfalls eine Affäre hat – oder in der Vergangenheit eine hatte?«

Eichmüller kniff die Augen zusammen, als sei dieser Gedanke vollkommen neu für ihn. Langsam schüttelte er den Kopf. »Ich denke nicht. Nein.«

»Sind Sie sicher?«

Jetzt klang er überzeugter. »Ich bin sicher.«

Maria notierte sich jedoch, dem nachzugehen und wandte sich nun an Bianca. »Frau Esser, wir waren gerade dabei, den Ablauf zu rekonstruieren. Wissen Sie, wann Frau Eichmüller nach Hause gekommen ist?«

Nachdenklich pustete Bianca die Luft durch die Lippen. »Gegen halb acht schätze ich. So um drei viertel acht bin ich nämlich ins Auto.«

»Wann?«, wollte Michelle irritiert wissen.

Maria drehte sich zu ihr herum. Michelle saß mit Stift und Block bewaffnet auf dem Stuhl. Maria unterdrückte ein Schmunzeln über den Eifer. »Viertel vor acht«, half sie Michelle auf die Sprünge.

»Kann auch ein paar Minuten später gewesen sein. Jedenfalls war ich gegen viertel neun zu Hause. Da habe ich auf die Uhr gesehen. Und ich brauche ungefähr zwanzig Minuten von Niederndorf bis zu mir.«

»Viertel nach acht«, soufflierte Maria in Richtung Michelle, während sie einen Blick auf ihre Unterlagen warf. »Sie wohnen in Spardorf, ist das richtig?«

»Ja. Genau. Hohe Warte. Ich bin letztes Jahr von München hierher gezogen und war froh, überhaupt erst mal was zu finden.«

»Gut, also, Herr Dr. Eichmüller, Ihre Frau kam gestern Morgen – sagen wir zwischen viertel und halb acht nach Hause. Was geschah anschließend?«

»Ich bin aufgestanden, weil ich ins Bad musste«, antwortete Bianca. »Als ich die Schlafzimmertür öffnete, stand Leonhards Frau im Flur. Sie kennt mich ja und hat natürlich sofort kapiert, was los ist. Sie ist ziemlich explodiert.« Unsicher sah sie Eichmüller an, der die ganze Zeit ihre Hand streichelte, ihren Blick jedoch nicht erwiderte. Einige Sekunden sagte niemand etwas. Nur die Geräusche des Krankenhauses bildeten eine gleichmäßige Hintergrundkulisse.

»Ist sie handgreiflich geworden?«, erkundigte sich Maria bei niemand bestimmten. Die Spurensicherung hatte Hinweise auf eine Auseinandersetzung gefunden.

Biancas Blick huschte umher. Eichmüller antwortete: »Nun, Sara war sehr aufgebracht.«

»Also ist sie?«, bohrte Maria nach.

Es dauerte einige Sekunden, bis Eichmüller antwortete. »Nicht gegenüber Bianca. Sara gab ihr nicht die Schuld. Es ging um mich.«

Bianca schien etwas sagen zu wollen, doch Eichmüllers Blick ließ sie verstummen, noch bevor sie ein Wort herausbrachte. Maria registrierte es und beschloss, Bianca später einzeln zu befragen.

Eichmüller, der Marias Einwurf übergangen hatte, schilderte nun sachlich das Geschehen. Sara hatte ihren Mann angeschrien, dabei hatte sie Dinge umhergeworfen, Leonhard geschubst und versucht, ihm eine Ohrfeige zu verpassen. Er habe ihr die Hände festgehalten, woraufhin sie sich zuerst gewehrt, aber dann von weiteren Tätlichkeiten abgesehen habe. Stattdessen hatte sie alle Dinge, die sie von Bianca finden konnte, durch das Fenster geworfen. Das Ganze habe sich in der oberen Etage abgespielt.

»Leonhard hat gemeint, ich soll lieber gehen und er ruft mich später an – da ist Sara noch mehr ausgeflippt und hat von Leonhard verlangt, dass er mir fristlos kündigt und mich nie wieder sieht.« Schuldbewusst bewegte Bianca die Schultern. »Irgendwie konnte ich sie ja verstehen.«

Maria bedachte die junge Frau mit einem Lächeln, das hoffentlich einigermaßen nachsichtig wirkte. »Nachdem Sie, Frau Esser, fort waren, was passierte dann?«

»Sara und ich stritten weiter«, setzte Eichmüller nun seinen Bericht fort. Unwillkürlich rieb er sich die Brust, als würde ihm die Erinnerung daran die Qualen zurückbringen.

»Hatten Sie da bereits Schmerzen?«

Eichmüller nickte. »Ja.«

»Als ich gegangen bin, warst du total blass und hattest Schweiß auf der Stirn«, meldete sich Bianca zu Wort. »Ich hatte das Gefühl, dass du einen Anfall hast, und wollte dir dein Spray holen, aber dann dachte ich, ich geh lieber … wegen Sara.«

»Also müsste auch Ihre Frau das bemerkt haben«, stellte Maria fest. »Eigentlich sollte sie die Symptome kennen. Was tun Sie normalerweise dagegen? Sie leiden an …« Sie blätterte in ihrer Mappe.

»Koronarer Herzkrankheit. Ich nehme regelmäßig Medikamente und zur Sicherheit habe ich Nitrospray. Eines liegt meist griffbereit in der Küche und ein anderes normalerweise im Schlafzimmer.« Er räusperte sich. Gewisse Anstrengungen schienen zu Anfällen zu führen – weswegen Bianca die Symptome gut kannte. »Das Nitrospray lag nicht mehr auf meinem Nachttisch. Ich habe es überall im Raum gesucht, weil ich dachte, dass Sara es in ihrer Wut mit all den anderen Dingen herumgeworfen hat. Doch ich habe es nicht gefunden.«

»Die Spurensicherung auch nicht«, warf Maria stirnrunzelnd ein, während sie in den Papieren blätterte. »War sonst noch jemand im Haus?«

»Einmal dachte ich, von unten ein Geräusch gehört zu haben. Sicher bin ich mir nicht, allerdings hinderte Sara mich daran, die Treppe hinunter zu gehen. Ich muss gestehen, dass meine Erinnerung an das, was danach passierte, recht lückenhaft ist – die Schmerzen waren … enorm. Sara schrie weiter auf mich ein, bis ich schließlich zusammenbrach. Das war im Bad, weil ich hoffte, dort im Medizinschrank ein Spray zu finden. Anstatt mir zu helfen …«, er schluckte schwer und seine Stimme wurde leiser, »… anstatt mir zu helfen, nahm sie die Handbrause aus der Badewanne und spritzte mich mit eiskaltem Wasser ab … sie … ich hatte das Gefühl, meine Brust würde zerreißen …«

Maria sagte nichts, als Eichmüller eine Weile vor sich auf die Bettdecke starrte. Schließlich fragte sie vorsichtig: »Verzeihen Sie, aber … warum hat Ihre Frau das eigentlich getan?«

»Mich nass gespritzt?« Er verzog seinen Mund. »Nun, wenn einem kalt wird, erhöht der Körper die Herzfrequenz, um das Blut schneller durch den Körper zu pumpen. Das Herz benötigt mehr Sauerstoff. Aber durch meine akute Angina Pectoris war der Herzmuskel bereits unterversorgt. Je nachdem, wie lange diese Unterversorgung dauert, entstehen Schäden … irgendwann stirbt man. Sara … ließ mich einfach dort liegen … Sie wusste genau, was passieren könnte.« Dem Klang seiner Stimme nach zu urteilen erschien es ihm immer noch unerklärlich, was seine Frau getan hatte.

Maria wartete eine Weile, bis Eichmüller seine Fassung zurückgewonnen hatte. Im Stillen musste sie Olaf recht geben.

Sara Eichmüller *hatte* gewusst, was sie tat. »Wissen Sie, ob sie sofort das Haus verlassen hat?«

Eichmüller zuckte die Schultern und schüttelte den Kopf.

»Sie konnten selbst den Notarzt verständigen?«

»Ja, wobei ich mich beim besten Willen nicht mehr daran erinnern kann, wie ich das geschafft habe. Ich hatte einfach Glück, dass das Telefon auf dem Tischchen neben der Badezimmertür lag …« In einer hilflosen Geste hob er die Arme. »Gibt es … gibt es etwas Neues von Sara?«

Bedauernd schüttelte Maria den Kopf. »Nein, leider nicht.«

Eichmüller nickte. Plötzlich kniff er die Augen zusammen und rieb sich mit Daumen und Zeigefinger über die Nasenwurzel. »Mein Gott«, murmelte er. »Sara.«

Maria erhob sich. »Ich glaube, wir lassen Sie jetzt lieber allein. Danke, Herr Dr. Eichmüller. Frau Esser.« Sie nickte beiden zu. Michelle hinter ihr stand ebenfalls auf.

Eichmüller war blass. »Kommissar Holzapfel bat mich gestern um Namen und Adressen von Freunden und Verwandten, an die Sara sich vielleicht noch wenden könnte … ich weiß nicht …«

Beschwichtigend hob Maria die Hand. »Ist schon in Ordnung. Sie haben ja gestern bereits Namen genannt und wir haben noch weitere bekommen. Überlegen Sie in Ruhe und rufen Sie mich später an.« Sie reichte sowohl ihm als auch Bianca ihre Visitenkarte. »Frau Esser, ich würde Sie gern noch einmal sprechen.«

Unsicher sah Bianca auf. »Ja, gut. Wann?«

Maria zückte ihren Terminkalender. »Morgen Nachmittag gegen 15 Uhr? Oder ist Ihnen ein anderer Zeitpunkt lieber?«

»Ja … weil … ich bin da noch im Institut.«

»Rufen Sie mich bitte an und nennen mir eine Uhrzeit, wann

Sie morgen Zeit haben«, sagte Maria freundlich. »Falls es Ihnen lieber ist, komme ich zu Ihnen. Also dann ade!«

Maria und Michelle verabschiedeten sich. Auf dem Weg zum Auto fiel ihr nicht auf, wie schweigsam Michelle war. Erst, als sie in den dunkelblauen BMW stiegen, seufzte die junge Frau.

»Was ist los?«, fragte Maria, während sie den Motor anließ.

Michelle spitzte die Lippen. »Ich glaube, er liebt seine Frau immer noch.«

»Er hat sie betrogen und sie hat versucht ihn umzubringen – oder sagen wir, sie hätte seinen Tod in Kauf genommen. Sehr liebevoll, wirklich.«

»Stimmt schon – aber er hat gerade ja beinahe geweint und das, obwohl wir dabei waren. Ich meine, er ist ein Mann!« Sie machte eine beredte Pause.

»Er ist fassungslos«, erwiderte Maria sachlich. »Ich glaube, er war eigentlich nicht überrascht, wie Sara reagiert hat – er macht sich selbst Vorwürfe, weil er sie unterschätzt hat. Die Gefühle seiner Frau waren ihm egal, sonst hätte er keine Affäre gehabt. Für mich klang vieles eher nach Selbstmitleid.«

Michelle sah sie stirnrunzelnd von der Seite an. »Selbstmitleid? Ich weiß nicht.«

»War das eigentlich deine erste Vernehmung?«

Michelle nickte eifrig. »Ich hab sehr viel mitgeschrieben. Wie geht es jetzt weiter?«

»Wir fahren zurück in die Dienststelle und dann werde ich mit den Kollegen aus Ansbach telefonieren. Frau Eichmüller könnte in der Nähe ihres Sohnes in Windsbach auftauchen. Außerdem möchte ich möglichst bald selbst mit diesem Professor Leibl reden.«

»Das war der Onkel, oder?«, erkundigte sich Michelle. Es war ihr anzusehen, dass ihr die Ermittlungsarbeit gut gefiel.

»Der zurzeit bei dem Sohn ist. Elias. Oh, guck mal ... die Straße heißt ja Loewenichstraße.«

Maria, die gerade nach rechts abbog, fragte belustigt: »Ja, sie wurde nach einem Tabakfabrikanten benannt, der irgendwann im 19. Jahrhundert hier lebte.«

»Wow. So was weißt du?«, wunderte sich Michelle.

»Mein Vater hat ein Faible für Stadtgeschichte«, seufzte Maria. »Und wenn man Dinge gefühlte 500 Mal gehört hat, merkt man sich die, ob man das will oder nicht. Also, falls du da mal Interesse hast ...«

»Um Himmels willen, das ist ja noch schlimmer als Erdkunde!«

»Warum ist dir denn ausgerechnet dieser Straßenname aufgefallen?«, wollte Maria wissen.

»Heimweh zum Dom. In Köln gibt es einen Stadtteil, der heißt Lövenich. Mit ›ö‹ und ›v‹ geschrieben. Da wohnt eine Freundin von mir, die habe ich ewig nicht mehr gesehen. Das fiel mir jetzt gerade ein. Ich glaube, seitdem ich an der FHB bin, haben wir es nicht mehr hinbekommen uns zu treffen, obwohl ich ja von Wiesbaden aus jedes Wochenende nach Hause gefahren bin.« Sie seufzte tief. »Oh Mann, jetzt quassel ich wieder dummes Zeugs. Mach dir nichts draus und sag einfach, wenn's dir zu viel wird. Da drüben wohne ich übrigens – Breslauer Straße, da muss ich immer rein und dann irgendwann links. Memelweg.«

»Ah, die Sebaldussiedlung. Dahinter ist übrigens Eichmüllers Institut. Gleich neben der naturwissenschaftlichen Fakultät in der Erwin-Rommel-Straße. Da müssen wir später auch noch hin.« Maria steuerte den Wagen über die Paul-Gossen-Straße. »Weißt du was? Bevor wir ins Büro zurückfahren, lade ich dich auf eine Butterbrez'n ein – dazu ein Kaffee, wenn du magst.«

Michelle zog die wohlgezupften Brauen hoch. »Jetzt? Im Dienst?«

»Klar«, Maria zwinkerte, »besprechen kann man sich auch woanders als im Büro – und telefonieren kann ich vom Handy.«

»Geht auch ein Latte macchiato?«

»Wegen mir auch zwei«, erwiderte Maria.

Frauenaurach

Die Spaghetti waren fast fertig und Nina hatte den Tisch für das Abendessen bereits gedeckt. Während sie überlegte, was noch fehlte, strich sie sich unwillkürlich mit der linken Hand die Haare aus dem Gesicht. Zischend sog sie die Luft ein, als sie dabei die Beule an ihrer Schläfe berührte. Sofort zupfte sie die Haare zurecht, auch wenn sie die blau-violette Stelle nicht ganz kaschierten. Sie holte das Stück Parmesan aus dem Kühlschrank und stellte die Reibe daneben. Sie beschloss, gleich nach dem Essen den Elternbrief über den anstehenden dreitägigen Schullandheimaufenthalt für ihre fünfte Klasse zu verfassen und eine Ex für Geschichte in der neunten Klasse vorzubereiten.

Nach den Erlebnissen vom Wochenende tat es ihr gut, sich mit ganz normalen Alltagsdingen zu beschäftigen. Als sie sehr früh am Sonntagmorgen aufgewacht war, hatte Georg das Haus bereits verlassen. Nina hatte sich in ihre feuchte Kleidung gezwängt und war ebenfalls gegangen, aber sie verlief sich erneut. Nachdem sie schon wieder der Verzweiflung nahe war, hatte sie Motorengeräusche gehört und kurz darauf eine Straße entdeckt. Ein freundlicher Autofahrer hatte sie bis Aufseß mitgenommen und den Rest war sie gelaufen – diesmal immer an der Straße entlang. Bei ihrer Rückkehr zum Stellplatz nach Hochstahl war Jens erleichtert gewesen, denn er hatte sich große Sorgen um sie gemacht. Nachdem er am Vorabend vergeblich versucht hatte, Nina anzurufen, war er selbst herumgefahren, um Nina zu suchen. Als er sie nicht gefunden hatte, war er drauf und dran gewesen, seine Kollegen zu alarmieren. Allerdings wusste er aus Erfahrung, dass die am Abend nicht mehr unternehmen würden, als er selbst tun konnte. Also hatte er gewartet.

Jens hatte ihr Vorhaltungen wegen ihrer Sturheit gemacht, woraufhin sie in Tränen ausgebrochen war. Stockend und zerknirscht log sie ihm vor, sie habe in einem Gasthof übernachtet. Sie habe ihn nicht angerufen, weil sie seine Handynummer nicht auswendig kannte und der Akku leer gewesen sei. Sie hatte ihm jedoch angesehen, dass er nicht verstand, warum sie kein Taxi geholt oder den Gasthof in Hochstahl angerufen hatte, damit der Wirt Jens informierte. Zu ihrer Erleichterung hatte Jens es dabei belassen – doch Nina spürte den schalen Nachgeschmack der ganzen Episode.

Energisch riss sie sich zusammen. Da das Wochenende vorbei war, würde sich zwischen Jens und ihr schon alles wieder einrenken. Das hatte es in den vergangenen zehn Jahren noch immer getan.

»Essen ist fertig!«, rief sie, während sie die Nudeln abgoss.

Keine Antwort aus dem Wohnzimmer, nur der Fernseher lief. Nina ging hinüber, um nachzusehen, ob Jens sie vielleicht nicht gehört hatte. Tatsächlich saß er nicht mehr auf dem Sofa.

»Jens?«

Anscheinend telefonierte er gerade auf dem Balkon. Im Vorbeigehen suchte sie die Fernbedienung, um den Fernseher auszumachen.

»Zu dem Brandanschlag auf die Fahrzeuge der Bundespolizei vor einer Woche in Berlin und der Bombenexplosion am vergangenen Freitag am Berliner U-Bahnhof Kurfürstendamm, bei dem drei Menschen, darunter ein Polizist, starben, bekannte sich die radikale linksautonome Splittergruppe ›kämpferisches bündnis‹ …«, sagte der Nachrichtensprecher gerade.

Die Fernbedienung in der Hand, drehte Nina sich zum Fernseher. Jens, der sein Telefonat beendet hatte, kam zurück ins Wohnzimmer.

»In einem Schreiben kündigten sie an, den Terror auf ganz Deutschland auszuweiten. Die Polizei ist überall in erhöhter Alarmbereitschaft …«

»Das war mein Vater. Herr Bruns hat ihm gesagt, das mit der falschen Lieferung Steine hat sich geklärt. In den nächsten Tagen wird am Obergeschoss weitergearbeitet, wir sollen uns keine Sorgen über einen Terminverzug machen.«

Nina antwortete nicht. Am Samstag hatte sie dieselben Fotos in der Tageszeitung gesehen, die im Biergarten in Sachsendorf auf dem Tisch gelegen hatte: eine Frau, zwei Männer. Der eine hatte einen ungepflegten Zopf und graue Bartstoppeln auf den Wangen. Die Brille fehlte.

Fassungslos starrte sie in die Augen mit dem irritierenden Silberblick, die ihr von dem Fahndungsfoto auf dem Bildschirm aus zuzublinzeln schienen.

»… sind Mika Großmann, Stefan Falk und Heidrun Lorenz. Die Mitglieder der Terrorgruppe sind wahrscheinlich bewaffnet und gelten als gefährlich. Für sachdienliche Hinweise wenden Sie sich bitte an die nächste Polizeidienststelle.«

MITTWOCH, 22. APRIL 2009

Aus: Fränkischer Morgen ›Linksautonome in Deutschland – Die neue Gefahr?‹

Die neuen Anschlagsdrohungen der radikalen Splittergruppe des dem Linksterrorismus zugerechneten »kämpferischen bündnis« (kb) halten alle Sicherheitskräfte in Alarmbereitschaft.

Seitdem das kb im Jahr 2001 erstmals in Erscheinung trat, verübte es bis zum Jahresanfang rund 30 Anschläge, unter anderem in Berlin und Hamburg, die alle nach demselben Muster abliefen: Nachts wurden Brandsätze auf Fahrzeuge der Bundespolizei, Gebäude der Justiz oder andere öffentliche Einrichtungen geworfen. Es wurden wenig oder keine Spuren hinterlassen, Menschen sollten offenbar nicht in Gefahr gebracht werden. Das BKA vermutet, dass es sich bei den Mitgliedern des kb um so genannte »Feierabendterroristen« handelt, die ansonsten eine bürgerliche Existenz leben. In zahlreichen Bekennerschreiben erklärten sie immer wieder, ihr Ziel sei es, die vorherrschenden kapitalistischen Strukturen in ihren Grundfesten zu erschüttern. Die Aktivitäten der Gruppe ließen sich keinen Einzeltätern zuordnen.

Eine kleine Gruppe aus den Reihen des kb droht nunmehr Anschläge mit weitreichenden Folgen an. Sie war aus der Anonymität herausgetreten, um so ihre Ziele der Öffentlichkeit eindringlicher zu präsentieren und einen Wiedererkennungsfaktor für ihre Sympathisanten zu schaffen, erklärte ein Sprecher des BKA. Genaueres ist dazu jedoch nicht bekannt.

Kriminalpolizeiinspektion Erlangen

Maria starrte auf den Bildschirm, ohne den Bericht, an dem sie gerade arbeitete, wirklich wahrzunehmen. Sie war allein im Raum, denn Michelle hatte für Friedrich Zirngiebl etwas zu tun.

Das Klingeln des Telefons riss sie aus ihrer Lethargie. »Ammon?«

»Paul hier. Was gibt's Neues?«

»Danke, gut. Und wie geht es dir?«

Holzapfel lachte. »Also habt ihr sie noch nicht?«

»Nein«, antwortete Maria seufzend. »Wir haben wie immer nicht genug Leute, um überall gleichzeitig zu sein. Du hast nicht zufällig noch ein paar übrig?«

»Leider nicht. Apropos: Wie macht die junge Dame sich denn?«

»Oh, gut. Sie kann Susanne zwar nicht ersetzen, aber sie legt sich echt ins Zeug. Ich hatte sie auch bei den Vernehmungen dabei.« Dann erstattete sie Holzapfel von den bisherigen Ermittlungen Bericht. »Gestern waren wir in Windsbach und haben mit Professor Leibl und Eichmüllers Sohn gesprochen. Der Junge trägt es mit Fassung. Leibl kümmert sich wirklich rührend um ihn. Die Kollegen aus Ansbach haben ein Auge auf die beiden, falls Sara Eichmüller dort auftaucht, aber sie können auch nicht 24 Stunden vor Ort sein.«

»Was würdest du anstelle von Frau Eichmüller tun?«

Maria stieß die Luft aus. »Gute Frage. Ich weiß nicht … ich glaube, ich wäre gar nicht weggelaufen.«

»Sicher?«

»Höchstens zu dir und Elfriede. Und ihr hättet mich dann davon überzeugt, mich zu stellen.«

Holzapfel brummte. »Wen hat Frau Eichmüller in diesem Fall?«

»Eine Freundin in Würzburg«, begann Maria ihre Aufzählung. »Mit der habe ich gesprochen, dort hat sie sich nicht gemeldet. Saras Eltern sind beide tot. Ihr Vater starb vor zehn Jahren bei einem Autounfall, ihre Mutter vor ein paar Monaten ganz plötzlich an einem ruptierten Aneurysma der Bauchschlagader.«

»Kein schöner Tod«, fand Holzapfel. »Wie hat Frau Eichmüller das verkraftet?«

»Sehr schwer. Vielleicht hat sie deswegen am Sonntag die Kontrolle verloren. Ihre Eltern nicht mehr da und jetzt geht auch noch ihre Familie den Bach runter …«

Einige Sekunden war es still. »Wäre es dir so gegangen, Maria?« Holzapfels Tonfall war väterlich.

»Ja, ich glaube schon … Bleibt also noch ihr Onkel. Professor Leibl ist in Windsbach, ansonsten wohnt er schon seit Jahrzehnten in Saras Elternhaus. Wir schicken dort immer wieder eine Streife vorbei, falls sie sich dort blicken lässt. Und dann gibt es noch ihren Zwillingsbruder Perez Leibl. Der hat mich gestern übrigens angerufen. Er ist Gastdozent an der biologischen Fakultät in Tel Aviv, deswegen wird sie ihn kaum besuchen. Er hat mir versprochen, seiner Schwester zuzureden, sich zu stellen, falls sie sich bei ihm melden sollte. Er glaubt, auf ihn würde sie hören.« Maria gab einen genervten Laut von sich. »Ganz ehrlich, Paul: So richtig vorwärts kommen wir nicht. Nachher fahre ich mit Michelle in das Institut. Ich hoffe, wir treffen dort Bianca Esser. Gestern hat sie den Termin abgesagt, weil sie krank war. Sie klang zwar erkältet, aber ich glaube eher, ihr ist die ganze Sache ziemlich peinlich, deswegen war sie froh über eine Ausrede.«

»Sei nicht zu streng mit ihr.«

»Sie wusste, dass er verheiratet ist!«

Holzapfel lachte sein dröhnendes Lachen, bis Maria widerwillig einstimmte. »Schon gut, du hast recht.«

»Hm.«

»Anschließend fahren wir noch nach Neustadt in die Gemeinschafts-Praxis, in der sie arbeitet. Gestern haben wir das nicht mehr geschafft.«

»Dann viel Erfolg. Ich muss jetzt Schluss machen. Elfriede sagt übrigens, Tanz in den Mai würden ihre Knie nicht mitmachen und ich soll dich fragen, was du vom Entlas-Keller hältst.«

»Eine ganze Menge.«

Nach dem Gespräch ließ sie den Fall noch einmal Revue passieren. Ein Eifersuchtsdrama, so sah es aus. Aber irgendetwas passte nicht – warum war Sara so spurlos verschwunden? Jemand, der kopflos handelte, kam immer recht bald zur Besinnung. Vielleicht brauchte sie einfach noch ein paar Tage. Energisch schob Maria ihre Überlegungen beiseite, um sich wieder dem Text am Computer zu widmen, als ein Klopfen am Türrahmen sie zusammenfahren ließ. Ein uniformierter Beamter lehnte daran.

»Jens! Hast du mich erschreckt!«

»Du hast ausgesehen, als wolltest du in den Bildschirm kriechen.« Jens ließ sich auf dem Stuhl am Schreibtisch gegenüber fallen.

»Das wirkt nur so«, erwiderte Maria sarkastisch. »Eigentlich war ich gerade mit meinen Gedanken ganz woanders.«

»Eichmüller?«

Maria nickte. »Ihr habt auch noch nichts Neues, oder?«

Jens hob bedauernd die Hände. »Nein. Später bin ich auf Streife in der Nachbarschaft der Eichmüllers unterwegs. Hältst du es tatsächlich für möglich, dass die Frau da auftaucht?«

»Ich kenne sie nicht, aber irgendwie habe ich nicht das Gefühl, dass sie das tun würde. Nein … nein, sie kommt nicht dahin.«

Jens hob die Brauen. »Was hast du genommen? Bewusstseinserweiternde Drogen?«

»Schmarrn – ich hab heute früh das Pendel befragt.« Bedeutungsvoll wies sie erst auf ihre roten Haare, anschließend auf eine Kette aus knallbunten Glasperlen, die an einer Ecke ihres Bildschirms hing. Franzi hatte ihr die vor Jahren als Glücksbringer gebastelt.

»Ach so«, erwiderte Jens trocken. »Und den Drudenfuß hast du mit Tipp-Ex auf ein weißes Blatt gemalt – damit ihn niemand bemerkt.«

Maria zog die Nase kraus, lehnte sich zurück und streckte ihre Beine aus. »Sara Eichmüller hat gleich, nachdem sie das Haus verlassen hat, Geld von mehreren Konten abgehoben. Sie ist wie vom Erdboden verschluckt. Wir haben auch keine Spur von ihrem Auto. Ich schätze, das finden wir erst in ein paar Monaten per Zufall, weil Anwohnern auffällt, dass da eins ewig lange geparkt steht, wo es eigentlich nicht hingehört. Oder sie ist überhaupt nicht mehr in der Gegend. Vielleicht in Tschechien – was weiß ich. Jedenfalls muss sie sehr zielstrebig gehandelt haben, nicht planlos und unüberlegt. Es würde nicht passen, wenn sie plötzlich irgendwo auftaucht, wo wir sie erwarten. Vielleicht später, wenn sie sich sicherer fühlt.«

»Klingt alles nicht nach impulsiver Handlungsweise.« Jens schnappte sich einen Kugelschreiber, der auf dem Schreibtisch lag.

»Eher nach Sinn und Verstand«, stimmte Maria zu. »Ich weiß noch nicht, wie das mit der Tat als solches zusammengeht – denn laut Eichmüllers Aussage und der seiner Freundin passierte das Ganze eher aus der Situation heraus.«

»Oder sie wollte das nur so aussehen lassen. Vielleicht hat jemand sie informiert, dass ihr Mann Besuch von seiner Freundin hat?«

Maria nickte. »Möglich. Jedenfalls ist es seltsam, dass sie sich mitten in der Nacht auf den Rückweg aus der Schweiz gemacht hat. Laut Hotel hatte sie das Zimmer bis zum nächsten Tag. Sie hat unerwartet mitten in der Nacht ausgecheckt. Der Hotelangestellte sagte, sie wirkte mitgenommen, als sei irgendetwas geschehen. Den vorliegenden Daten vom Hotel nach hat sie mit niemandem telefoniert – wobei es ja ein Dutzend andere Möglichkeiten gibt, eine Nachricht zu bekommen. Wir haben fast alle Personen aus ihrem näheren Umfeld überprüft – bis jetzt noch keine heiße Spur.«

»Was ist mit ihrem Handy?« Die ganze Zeit kritzelte Jens auf der Schreibtischunterlage herum.

Maria hob die Brauen. Warum war Jens nervös? »Ausgeschaltet. Auf die Daten vom Mobilfunkanbieter warten wir noch. Also, wenn du mich fragst, hat Sara Eichmüller von der Affäre ihres Mannes gewusst. Sie war ja nicht dumm und das Ganze ging über Monate. Vielleicht ist sie absichtlich früher nach Hause gekommen. Ob ihr jemand zusätzlich einen Tipp gegeben hat, ist gar nicht mehr wichtig. Meiner Ansicht nach *wollte* sie ihn und seine Freundin erwischen. Ich würde nicht ausschließen, dass sie mit fester Tötungsabsicht nach Hause kam.«

»Hätte sie dann nicht *vorher* Geld abgehoben?«, mutmaßte Jens, während er begann, den Kugelschreiber zu zerlegen.

Maria hob den Zeigefinger. »Guter Einwand, Euer Ehren. Spricht also eher für Spontaneität. Wie auch immer, jedenfalls kam ihr sein Herzanfall wohl gelegen, meinst du nicht?«

»Hm«, machte Jens, wobei er ganz darin vertieft schien, den Kugelschreiber wieder zusammenzusetzen.

Draußen klirrte es, als sei Porzellan zersprungen. Eine Frau fluchte leise. Eine Männerstimme bot an, eine Kehrschaufel zu holen.

Maria stützte ihre Ellbogen auf den Tisch und legte ihr Kinn auf die verschränkten Hände. »Was ist los?«

Jens reagierte nicht. Sie stand auf, schloss die Tür und setzte sich wieder in die gleiche Position ihm gegenüber. Dabei fixierte sie ihn mit zusammengekniffenen Augen.

Ein betrübtes Lächeln huschte über Jens' Lippen.

»Stell dir einfach vor, ich sei ein Mann«, riet Maria. »Hm. Halt – ich weiß es. Stell dir lieber vor, du seist eine Frau und ich deine beste Freundin.«

Jens warf den Kugelschreiber auf den Schreibtisch. Er rieb sein Gesicht mit beiden Händen, bevor er eine rastlose Wanderung durch den Raum antrat. »Eigentlich ist gar nichts, aber … keine Ahnung, ich weiß nicht, wo ich anfangen soll …«

»Am Anfang? Geht es um Nina?«

»Ja. Nein. Sie ist so komisch. Sie … ich … kannst du nicht mal mit ihr reden?«

»Und worüber genau?« Maria verbiss sich ein kleines Lächeln wegen seiner ungeschickten Versuche, seine Probleme in Worte zu fassen.

Jens ließ sich auf den Drehstuhl fallen, der mit einem Ächzen ein Stück tiefer sackte. Mit einem genervten Laut hob Jens seinen Hintern ein Stück, wobei er nachdrücklich den Hebel betätigte, um die Sitzfläche höher zu stellen.

»Keine Ahnung. Du kennst sie schon so lange. Vielleicht erzählt sie dir was.« Er zuckte mit den Schultern. »Also, was sie hat. Was weiß ich.«

Maria musterte ihn kritisch, weil er erneut mit dem Kugelschreiber herumzuhantieren begann. Mit Nina war sie seit der Schulzeit befreundet. Irgendwann hatte einige Jahre zwischen ihnen ohne besonderen Grund Funkstille geherrscht – jede hatte ihr Leben gelebt und sie hatten sich einfach aus den Augen verloren. Nachdem Maria nach Erlangen versetzt worden war und bei einem zurückliegenden Fall einige Male zufällig mit Jens zu tun gehabt hatte, hatten sie ihre alte Freundschaft aufgefrischt. Jens wusste, wie gut sie sich verstanden und dass sie sich vertrauten.

»Was glaubst du denn, was sie hat?«

Jens schwieg eine Weile, bevor er sagte: »Sie hat was.«

»Weswegen redest du nicht selbst mit ihr?«

»Hab ich ja schon ein paar Mal versucht. Aber in den letzten Monaten streiten wir uns oft über irgendwelchen Schwachsinn. Letztens zum Beispiel – da war sie sauer, weil ich Ostern den Dienst getauscht und die Ferien mehr oder weniger durchgearbeitet habe. Ich hab halt Harald den Vortritt gelassen, weil seine Kinder zur Schule gehen und da dachte ich …«

»Deine Frau geht auch zur Schule«, bemerkte Maria.

»… ja, schon, aber ich dachte, ich brauche den Urlaub oder muss den Dienst tauschen, wenn wir Umziehen oder kurz vorher, wenn nicht alles rechtzeitig fertig ist oder wenn wir hinterher die alte Wohnung renovieren müssen. Wenn dann gerade keine Schulferien sind, hat Nina auch kaum Zeit. Ach, was weiß ich. Beim Bau geht immer was schief. Jetzt gerade sind zum Beispiel falsche Steine geliefert worden. Während der Rohbauphase ist ja für uns noch gar nicht so viel zu tun – höchstens was zu organisieren oder was für den Innenausbau ansehen, und das hat sie prima allein hinbekommen.«

»Willst du hören, dass sie dich lieber trotzdem dabei gehabt hätte?«

Er verdrehte die Augen. »Normalerweise ist sie nicht so.«

»Wie? So?«

»So. Anders. Klar streiten wir uns oder sind unterschiedlicher Meinung. Aber wir reden drüber und fertig. Dann letztes Wochenende: Da hatte ich frei und wir sind nach Hochstahl gefahren. Nina war die ganze Zeit irgendwie … total launisch.«

Maria schmunzelte. »Frauen sind das manchmal.«

»Ha, ha«, machte Jens. »Jedenfalls haben wir uns unterwegs in die Haare gekriegt, weil sie den ganzen Brauereienweg gehen wollte – zwölf Kilometer! –, und ich hatte keine Lust dazu. Tja, sie ist allein weiter. Aber das Beste kommt erst noch: Sie ist abends nicht zurückgekommen.«

Maria pfiff durch die Zähe. »Wo war sie denn?«

»Es gab ein Unwetter und sie sagt, sie hat sich auf dem Weg von Sachsendorf nach Aufseß verlaufen. Ihr Handyakku war leer, und als sie einen Gasthof gefunden hat, hat sie da übernachtet.«

»In welchem Gasthof?«

»Sie weiß angeblich nicht mehr, wie der hieß. Irgendwo in der Nähe von Aufseß, sagt sie.«

Maria zog die Brauen hoch. »Und sie hat dich nicht angerufen?«

»Sie weiß meine Handynummer nicht auswendig. Und auf die Idee, beim Wirt in Hochstahl anzurufen oder ein Taxi oder einen Fahrdienst zu nehmen, ist sie angeblich nicht gekommen.«

»Ach?«

»Genau. Ach. Am Sonntagmorgen stand sie einfach da. Ihre Klamotten waren dreckig und noch nass, und sie hatte eine Prellung am Kopf. Sie ist im Wald gestürzt, sagt sie. Außerdem …«, er räusperte sich, »… außerdem hat sie noch ein paar … Kratzer.«

»Kratzer?«

»Ja«, antwortete Jens gedehnt.

»Was für Kratzer?«

Er zögerte. »Kratzer, eben. Da und da.« Unbestimmt wedelte er mit seiner Hand in Richtung Schultern und Oberschenkel.

»Du nimmst ihr das alles nicht ab?«, wandte Maria ein.

Jens zuckte ratlos mit den Schultern. »Klingt reichlich seltsam, oder?«

»Was ist denn deiner Meinung nach passiert?«, erkundigte Maria sich vorsichtig.

Jens sah sie einen Moment wortlos an. Dann schaute er zur Seite. »Wir waren lange nicht mehr in Hochstahl und es war mein Vorschlag gewesen, dort hinzufahren. Ganz spontan. Soviel ich weiß, kennt sie da niemanden.« In komischer Verzweiflung raufte er sich die Haare. »Au Mann, Maria, ich weiß auch nicht, was ich da rede.«

Maria legte ihre Handflächen aneinander und tippte mit ihren Fingern rechts und links gegen die Nasenspitze. »Okay. Gibt es sonst noch irgendwas, das ich wissen sollte?«

Er schüttelte den Kopf. »Redest du mal mit ihr?«

Leise wurde die Tür geöffnet und Michelle steckte den Kopf herein. »Stör ich?«

Jens sprang unvermittelt auf.

»Ich rede mit ihr«, erklärte Maria.

»Danke, du bist ein Engel.« Mit einem Gruß in Richtung der blonden jungen Frau verließ er eilig das Büro.

Unschlüssig stand Michelle in der Tür. »Ich wollte jetzt wirklich nicht stören.«

»Hast du nicht. Er war sowieso gerade dabei zu gehen«, erwiderte Maria mit leicht ironischem Unterton, den Michelle natürlich nicht verstand. Jens war die Sache unangenehm genug, daher war er bestimmt froh, dass Maria ihn nicht weiter ausquetschen konnte.

Maria kannte Jens' Neigung zu übermäßiger Eifersucht, deswegen war er zu ihr gekommen. Er glaubte wohl, Nina habe ihn angelogen, wollte sich nicht hineinsteigern und traute sich nicht, Nina zu fragen. Trotzdem ließ es ihm keine Ruhe und selbst Maria musste zugeben, dass Ninas Verhalten merkwürdig war – auch die »Kratzer«, die Jens nicht näher beschrieben hatte. Sie wusste nicht, was sie davon halten sollte.

Kurz entschlossen nahm sie ihr Handy und tippte eine Nachricht an Nina, ob sie nicht Lust hätte, am Abend mit ihr joggen zu gehen. Im Winterhalbjahr hatten sie selten Zeit dazu gefunden, doch allmählich konnten sie ihre Gewohnheit von letztem Sommer wieder aufnehmen, einmal in der Woche zusammen Sport zu treiben.

»Wie war es bei Friedrich?«, erkundigte sie sich währenddessen bei Michelle. »Musstest du dir viele von seinen Geschichten anhören?«

Michelle kicherte. »Es geht. War jedenfalls spannend zu hören, wie früher ermittelt wurde. So ohne Computer und Handy.«

»Tja, Friedrich gehört zu den Dinos hier. Er geht bald in Rente.«

»Das hat er mir erzählt. Und, dass er mit seiner Frau eine Tour durch Europa machen will. Mit dem Wohnmobil. Finde ich echt cool. Wenn ich mal in Rente gehe, mache ich das auch.« Michelle setzte sich Maria gegenüber.

»Sag mal … Hast du eigentlich schon mal einen Bericht geschrieben?«

»Nö, wieso? Was soll ich machen?« Sie tat so, als kritzle sie in der Luft herum.

»Die Obdachlose?«

»Echt jetzt?« Die Begeisterung stand ihr ins Gesicht geschrieben.

Maria nickte feierlich, während sie die Akten zu Michelle hinüber schob. »Hast du da schon mal reingesehen?«

»Ja, hab ich. Die Frau heißt Gudrun Schreiber und ist ungefähr zwei Wochen vor ihrem Auffinden ertrunken. Sie war stark alkoholisiert, deswegen ist sie vermutlich beim Campingplatz in die Regnitz gestürzt. Da wurden nämlich ihre Habseligkeiten gefunden. Sie litt unter einem Infekt … vielleicht hat sie deswegen so viel getrunken? Sie hatte ja keine andere Medizin …«

»Gut möglich«, pflichtete Maria ihr bei.

»Keine Fremdeinwirkung«, fuhr Michelle fort. »Hab ich was vergessen?«

»Ich glaube nicht. Frau Schreiber sollte so bald wie möglich beerdigt werden. Also fang an.«

»Aber du kontrollierst doch, was ich mache, oder?« So ganz geheuer schien es Michelle nicht zu sein.

»Na klar, schließlich muss ich am Ende unterschreiben.« Maria stand auf. »Wir fahren nachher übrigens ins Felix d'Herelle Institut und nach Neustadt in die Praxis von Sara Eichmüller. Kaffee mit Milch und Zucker?«

»Sicher das! Blond und süß – wie ich.«

Neustadt an der Aisch

Der schwarze BMW mit Erlanger Kennzeichen bog kurz hinter dem Chausseehaus von der B 8 in Richtung Neustadt ab. Sie durchquerten ein kleines Waldstück, um der Nürnberger Straße auf dem Höhenrücken zu folgen. Sie waren früher dran als geplant, denn Bianca war nicht im Institut gewesen. Laut Sekretärin hatte sie sich am Morgen für den Rest der Woche krankgemeldet, nachdem sie gestern das Institut bereits früher als gewöhnlich verlassen habe.

Maria hatte die Gelegenheit genutzt, um ein paar Mitarbeiter zu befragen. Hinter vorgehaltener Hand schien bekannt zu sein, dass Eichmüller in den vergangenen Jahren häufiger Affären gehabt hatte. Es hieß sogar, Sara akzeptiere die Seitensprünge stillschweigend, denn niemandem waren außergewöhnliche Spannungen in der Ehe Eichmüller aufgefallen.

»Wie cool«, entfuhr es Michelle, während sie über holpriges Kopfsteinpflaster durch das Nürnberger Tor nach Neustadt hineinfuhren. »Das ist ja richtig alt hier. So mit Stadttor und Stadtmauer und den alten Häusern. Und hier gibt es einen ›FC Geißbock‹! Sehr sympathisches Städtchen.«

»Wieso?«

»Dem Kölner FC sein Maskottchen ist der Geißbock. Bist du etwa kein Fußballfan?«

Maria wartete geduldig, bis das Auto vor ihnen ganz gemächlich auf einen Parkplatz rangierte. »Nein, gar nicht. Aber es heißt FG Geißbock – Faschings Gesellschaft.«

»Fasching? Hey, Karneval gibt's hier auch? Da fühlt man sich so als Exil-Kölner gleich heimisch.«

Lachend folgte Maria der Straße, die sich leicht bergab schlängelte.

»Du kennst dich aber gut aus«, meinte Michelle mit unverhohlener Bewunderung. »Ohne Navi wäre ich hier völlig aufgeschmissen.«

»Da stellt sich glatt die Frage, wie die Menschheit ohne diese Technik den Weg von Afrika bis nach Franken gefunden hat«, erwiderte Maria trocken, während sie nach einem Parkplatz Ausschau hielt.

»Also ich bin froh, dass es so ein Teil gibt. Versuch mal in Köln ohne zurechtzukommen.« Sie verdrehte die Augen. »Lauter Einbahnstraßen, permanentes Linksabbiege-Verbot und Baustellen noch und nöcher. Das Kölsch in der Kneipe kannst du quasi schon sehen, aber du hast keine Chance hinzukommen.«

»Und lass mich raten: Parken kann man da auch nicht«, warf Maria ein, steuerte den BMW auf einen freien Parkplatz am unteren Ende der Ludwigstraße, direkt vor einem Fischspezialitätenladen.

Nachdem sie ausgestiegen waren, deutete Maria auf ein altes Fachwerkhaus, das einige Meter hinter ihnen stand. »Da vorn ist es. Aber wir sind noch zu früh. Hast du was dagegen, wenn wir kurz in eine Buchhandlung gehen? Franzi hat am Freitag Geburtstag und sie wünscht sich den vierten Teil von dieser Vampir-Geschichte. Bis zum ... keine Ahnung, bis wohin diesmal. Im Buchladen werden sie es wohl wissen.«

»Bis zum Ende der Nacht«, half Michelle, während sie losliefen. »›Biss‹ mit zwei s und das letzte in Klammern. Das hab ich letztes Jahr auf Englisch gelesen, weil ich wissen wollte, wie es ausgeht. Kennst du das etwa nicht?«

»Den ersten Teil musste ich mit Franzi im Kino sehen.«

Während Michelle sie in aller Ausführlichkeit darüber in Kenntnis setzte, wie die Vampir-Saga weiter ging, bogen sie erst rechts in die Wilhelmstraße ein, um dann den Marktplatz zu überqueren. Zwischendurch blieb Michelle stehen, um die alten Häuser im fränkischen Stil und das barocke Rathaus mit seinem Säulengang zu bewundern. In der Bamberger Straße betraten sie schließlich eine kleine Buchhandlung. Die Dame, die gerade Taschenbücher in ein Regal gleich hinter dem Eingang sortierte, schickte sie weiter ins Obergeschoss. Das uralte Haus war wenige Meter breit, daher passte sich die genauso schmale wie steile Holztreppe in ihrer Dimension den Räumlichkeiten an.

»Die haben echt Charme, diese alten Häuser«, fand Michelle, während sie die knarzende Stiege erklomm.

Mit den dunklen Fachwerkbalken mitten im Raum und den Wänden voller Bücher verströmte das verwinkelte Obergeschoss eine heimelige Atmosphäre. Während Michelle im Stapel der Neuerscheinungen am Treppengeländer stöberte, stand Maria ratlos vor den Regalen der Kinder- und Jugendbuchecke.

Noch während sie stirnrunzelnd nach dem Buch suchte, kam ihr eine Frau mit Brille zur Hilfe, indem sie das gesuchte zielsicher aus dem Regal zog.

»Soll ich es Ihnen gleich als Geschenk verpacken?«, erkundigte sie sich.

»Das wäre wunderbar«, seufzte Maria. »Bei so etwas habe ich zwei linke Hände.«

»Na, dafür sind wir ja da«, kam die fröhliche Antwort. Während Maria wartete und sich dabei gern in einen Plausch mit der Buchhändlerin verwickeln ließ, hatte sich auch Michelle in ein Gespräch mit einer blonden jungen Frau vertieft, von der sie sich gleich mehrere Bücher empfehlen ließ.

Als sie zurück zum Auto gingen, begann Michelle zu sinnieren. »Sind die Menschen hier eigentlich immer so? So … unaufgeregt. Gemütlich, als hätten sie alle Zeit der Welt. Selbst die Kunden, die auf uns warten mussten, sahen nicht aus, als hätte sie das gestört. In Köln gibt es das nicht. Da wirken immer alle, als seien sie auf der Flucht und wehe, man muss irgendwo länger als zehn Sekunden rumstehen – das geht gar nicht.«

»Das ist Franken«, antwortete Maria schlicht.

Kurz darauf standen sie vor der Gemeinschaftspraxis, die sich in einem liebevoll restaurierten Fachwerkhaus befand. Als sie die Räume betraten, verließ gerade der letzte Patient das Wartezimmer in Richtung Behandlungsraum, daher dauerte es nicht lange, bis Maria beginnen konnte, die Sprechstundenhilfen zu vernehmen. Eine nach der anderen holte sie ins Wartezimmer, das sie kurzerhand als Verhörraum benutzte. Zunächst erfuhr sie lediglich übereinstimmend, dass Sara Eichmüller eine wundervolle Arbeitgeberin und Ärztin sei. Wegen ihrer einfühlsamen Art sei sie bei den Patienten und besonders bei Kindern beliebt. Wie der Praxismitinhaber Dr. Frank Hüttner setzte sie auf Naturheilkunde und alternative Therapien.

»Wissen's, Frau Kommissarin«, sagte Karla, die den Empfang der Gemeinschaftspraxis seit zehn Jahren betreute, »da wo die Frau Doktor Zöller vor zwei Jahren in Rente ging und der Doktor Cohen dazu kam, da dacht ich – Allmächd, hab ich gedacht – das wird doch nie was. Er ist ja sehr – wissen's – sehr anders als der Doktor Hüttner und vor allem als die Frau Doktor.«

»Wie meinen Sie das?« Maria unterdrückte ein Gähnen. Die Lobhudelei war schrecklich ermüdend. Wie es schien, hatte Sara Eichmüller Privates vollkommen aus der Praxis herausgehalten, denn bis jetzt schienen alle überrascht gewesen, dass Sara und Leonhard überhaupt Eheprobleme gehabt hatten. Das geradezu ungläubige Erstaunen der Angestellten über Saras Tat war für Marias Empfinden nicht gespielt.

»A weng verschlossen ist er, der Doktor Cohen – ja wissen's, so ernst. Manchmal ist er direkt unheimlich, wenn er einen so ansieht mit seinen schwarzen Augen und dann, wenn er spricht – manchmal verstehn's ihn nicht – das sagen auch die Patienten. Und wissen's was«, sie beugte sich vor und senkte verschwörerisch die Stimme, »einmal hatte er Streit mit der Frau Doktor. Da hab ich schon gedacht, gleich passiert es! Gleich schmeißt sie ihn raus. Sie haben sich angeschrien, dass ich dachte, das hört man sogar auf dem Marktplatz.«

»Wann war das?«

»Wann? Jessas, naa, da fragen's mich was, also das war Mittag. Gott sei Dank waren die letzten Patienten gerade weg und der Doktor Hüttner war an dem Tag gar nicht da. Und die anderen waren auch schon heim, weil es war ein Mittwoch und da haben wir ja nachmittags zu – wie heute. Allmächd! Wenn das jemand gehört hätte, wissen's, ich rede über so etwas ja eigentlich nicht …«

»Ich meine eher: Wie lange ist das her?«, korrigierte Maria ihre Frage, wobei sie krampfhaft Michelle ignorierte, die sich die

Nase zuhielt, um wegen des ungebremsten Redeschwalls nicht loszuprusten. »War das erst kürzlich oder ist das länger her?«

»Ja, des wenn ich wüsst … Kürzlich? Nein, das war … Moment, das war … im Sommer. Genau. Vor den Ferien.«

»Letztes Jahr also.«

»Ja. Ich weiß leider nicht, worum es ging, weil sie haben kein Deutsch gesprochen. Aber wenn man sich streitet – ich mein, das hört man ja, wenn man sich streitet und …«

»Ja, da haben Sie recht«, unterbrach Maria sie. »Hatten Sie das Gefühl, es sei wichtig? Etwas, das die beiden schon länger beschäftigte?«

Karla dachte ernsthaft nach. Dann schüttelte sie den Kopf. »Also an dem Tag hab ich die beiden ja nicht mehr gesehen. Ich bin lieber gegangen, wissen's, das geht mich ja nichts an. Und am nächsten Tag hatte der Doktor Cohen frei und danach war alles wieder in Butter.« Sie zuckte mit den Achseln.

»Gut, danke sehr. Wenn ich noch etwas von Ihnen brauche, melde ich mich. Würden Sie bitte Dr. Hüttner hereinschicken?«

»Ja, freilich. Aber bitte sagen Sie nicht, dass Sie das von mir haben. Das mit dem Streit, meine ich.«

Maria versicherte es ihr. Kaum hatte Karla die Tür hinter sich geschlossen, kicherte Michelle los. »Du leeve Jott!! Was kann die reden.«

Dr. Hüttner kam herein. Er sah aus wie ein typischer Landarzt, mit grauen Haaren, freundlichen Augen und einer Ausstrahlung, als könne ihn nichts aus der Ruhe bringen.

»Ja, ich wusste von Saras Problemen mit ihrem Mann«, erklärte er betrübt, nachdem sie die Formalitäten geklärt hatten. »Allerdings hätte ich nie für möglich gehalten, dass sie so etwas tut. Sie ist manchmal impulsiv, vor allem, wenn sie unbedingt etwas durchsetzen will oder ihr gründlich gegen den

Strich geht – Sie müssten sie mal erleben, wenn sie mit Krankenkassen streitet, weil die eine Behandlung nicht zahlen wollen – aber das passiert sehr selten. Ich hätte nie gedacht, dass sie jemandem Hilfe verweigert, und dann auch noch ihrem eigenen Mann …« Er schüttelte den Kopf. »Sein Verhalten muss sie wirklich sehr, sehr getroffen haben, anders kann ich mir das einfach nicht erklären.«

Maria stellte noch ein paar allgemeine Fragen, doch Dr. Hüttner konnte keine neuen Erkenntnisse beisteuern. Als Letzter betrat Dr. Cohen den Raum.

Verschlossen und ernst waren durchaus Adjektive, die sie ihm zuordnete, unheimlich fand sie ihn nicht. Der Mittdreißiger hatte schwarzes, halb langes Haar und einen Vollbart, was seine Gesichtszüge verbarg. Seine schwarzen Augen wirkten ein wenig, als würde er jemanden durchleuchten, die kleinen Falten drum herum zeugten von Humor.

»Also lassen Sie mich zusammenfassen«, sagte Maria, nachdem sie seine Daten notiert hatte. »Geboren und aufgewachsen in Tel Aviv. Während Ihres Medizinstudiums kamen Sie nach Berlin und beendeten dort Ihre Ausbildung. Anschließend kehrten Sie nach Israel zurück und sind jetzt seit rund zwei Jahren wieder in Deutschland.«

Cohen nickte beifällig. »So ist es, Frau Kommissarin.«

»Und Sie kannten Frau Dr. Eichmüller bereits?«

Die Falten rund um Cohens Augen vertieften sich. »Wir sind Verwandte dritten Grades. Unsere Großmütter waren Schwestern. In den dreißiger Jahren flohen sie mit ihren Familien zunächst in die USA, meine Großmutter ging später mit Mann und Kindern nach Israel, Saras Großmutter aber blieb. Ihre Tochter lernte in den USA Saras Vater kennen, der mit seiner Familie aus Erlangen kam. Irgendwann in den 50ern wagten sie hier einen Neuanfang. Wussten Sie das nicht?«

»So genau habe ich mich mit der Familiengeschichte noch nicht beschäftigt«, wiegelte Maria ab.

»Sara und ich haben allerdings nie viel Kontakt gehabt. Es war meine Mutter, die von Professor Leibl erfuhr, dass eine Ärztin aus Altersgründen aus Saras Praxis ausschied. Es hatte mir in Deutschland gut gefallen und so bin ich hierher gekommen.«

»Wie ist Ihr Verhältnis zu Frau Dr. Eichmüller?«

Indigniert zog er seine Brauen zusammen. »Entschuldigung?«

»Ihre persönliche Beziehung, Ihr Kontakt zueinander. Sicher nicht nur rein beruflich, wenn Sie Verwandte sind.« Maria fand es interessant, dass er offensichtlich dem Wort »Verhältnis« noch eine andere Bedeutung beimaß.

»Oh.« Seine Gesichtszüge entspannten sich. »Wir verstehen uns gut.«

Keine erschöpfende Antwort. »Keine Streitigkeiten?«

Er lächelte leicht. »Hin und wieder. Sie regt sich schnell auf. Aber sie ist nie nachtragend.«

»Trauen Sie Ihrer Cousine die Tat zu?«, fragte Maria rundheraus.

»Ja.«

Überrascht sah Maria auf. »Wirklich?«

Unter dem dichten Bart war erkennbar, dass Cohen lächelte. »Ihr Temperament ist mit ihr durchgegangen.« Es war dasselbe, was Maria bisher von nahezu allen gehört hatte, die sie dazu befragt hatte.

»Also Sie glauben tatsächlich, dass Frau Dr. Eichmüller Ihren Mann umbringen würde?«

»Nein.« Entschieden schüttelte er denn Kopf.

»Ja, was denn nun?« Das war Michelle, der die Verwirrung deutlich anzuhören war.

Cohen lächelte der jungen Frau zu, bevor er sich an Maria

wandte. »Sie haben mich gefragt, ob ich ihr *die Tat* zutraue und diese Antwort lautet ›ja‹. Einen Mord traue ich ihr hingegen nicht zu. Wenn sie wütend ist – und das war sie sicher, als sie Leonhard und Bianca erwischt hat …«

»Sie kennen Bianca Esser?«

»Ja. Sie arbeitet im Institut. Also, Sara war wütend. Sehr wütend, denn sie wusste von der Affäre ihres Mannes und …«

»Sie wussten also auch davon?«

Über die neue Unterbrechung wirkte Cohen ungehalten. »Ja, das wusste ich. Und ich wusste ebenfalls, dass Sara ein Auge zudrückte, solange Leonhard diskret war. Um ihres Sohnes willen – bevor Sie mich danach fragen.«

Maria tippte mit dem Kugelschreiber aufs Papier. »Also glauben Sie, Sara hat zunächst impulsiv gehandelt, aber Sie halten es für untypisch, dass sie nicht zurückgekommen ist, um ihm zu helfen.«

»Richtig.« Er wirkte zufrieden, dass sie ihn jetzt endlich verstanden hatte.

»Hat Sara Ihnen von Leonhards Affäre mit Bianca erzählt?«

»Das hat sie. Leonhard hatte oft Affären. Wie bereits gesagt, Sara und ich haben uns gut verstanden. Es ist also nicht verwunderlich, dass sie mir ihre Probleme anvertraut hat. Tun Sie das nicht auch manchmal? Mit jemandem über Ihre Probleme reden?«

Maria ging nicht auf diese persönliche Frage ein. »Woher kennen Sie Bianca Esser?«

Cohen machte eine unbestimmte Geste. »Ich habe sie auf der Geburtstagsfeier von Leonhard im vergangenen Jahr kennengelernt. Ende Mai oder Anfang Juni.«

Es war mehr ein plötzliches Gefühl, dass Cohen möglicherweise in der Sache mit drin hing, daher ließ Maria ein paar

Sekunden verstreichen, um diese Erkenntnis sacken zu lassen, bevor sie weiterfragte. »Sind Sie näher mit ihr bekannt? Also haben Sie noch Kontakt zu ihr?«

»Ich weiß nicht, was Sie unter *näher* verstehen, aber wir telefonieren miteinander und treffen uns manchmal.« Er sah Maria direkt an.

»Haben oder hatten Sie eine Liebesbeziehung zu ihr?«, fragte Maria ohne Umschweife.

»Nein.« Er wandte den Blick nicht ab.

Ihr Gefühl festigte sich. Eichmüller glaubte, während seines Streits mit Sara Geräusche aus dem Erdgeschoss gehört zu haben. War Cohen dort gewesen? »Wo waren Sie am Sonntagmorgen?«

Cohen lachte. »Oh, ich verstehe. Sie glauben, ich habe mit Sara versucht – wie sagt man doch: Zwei Fliegen mit einer Klappe zu schlagen? Sara ist ihren Ehemann los und Bianca ist frei für mich? Ich muss Sie leider enttäuschen, Frau Kommissarin. Mir gefällt Bianca, aber ich weiß, wann ich verloren habe.«

»Das ist schön«, bemerkte Maria mit einem leisen Anflug von Ironie. So einfach war es offenbar nicht. Sie konnte Cohens Rolle nicht näher einordnen. Noch nicht. »Also können Sie ja meine Frage beantworten, wo Sie am Sonntagmorgen waren.«

»Zu Hause, denn unsere Praxis hatte ab acht Uhr Notdienst. Ab zehn Uhr war ich für ein paar Stunden hier, anschließend auf Krankenbesuch.«

Maria nickte. »Gut, Dr. Cohen. Das wäre vorerst alles. Sofern ich noch Fragen habe, werde ich Sie anrufen.«

»Jederzeit«, erwiderte er und neigte den Kopf dabei ein Stück.

Kurz darauf saßen Maria und Michelle wieder im Auto. »Glaubst du, er hat was mit Frau Sara Eichmüller?«, wollte Michelle nachdenklich wissen.

Überrascht sah Maria ihre junge Kollegin von der Seite an. »Wie kommst du darauf? Ich dachte eher an Bianca Esser.«

»Ja, mit der würde er gern«, winkte Michelle ab. »Vielleicht hatte er erst was mit Sara und deswegen haben sie sich letztes Jahr gestritten. Und vielleicht hat er sich dann an Bianca rangemacht. Aber die hatte schon was mit Saras Mann. Blöde Sache das, oder?«

»Könnte es sein, dass du eine blühende Fantasie hast?«, meinte Maria amüsiert.

»Ja, deswegen will ich zur Kripo«, erwiderte Michelle im Brustton der Überzeugung, wobei sie mit den Wimpern klimperte. »Mal Scherz beiseite, hast du nicht auch das Gefühl, dass er … er ist … keine Ahnung …?«

»Ja, unbedingt! Auf jeden Fall ist er … keine Ahnung!«, ulkte Maria. »Und weißt du, was das heißt? Wir sollten ihn im Auge behalten!«

»Sag ich ja!« Michelle grinste.

Dechsendorf

Schon die zweite Runde trabte Maria allein um den großen Weiher. Inzwischen war es fünf vor sechs. Sie hatte mit Nina verabredet, sich um 18 Uhr am Strandbad zu treffen – wenn sie es pünktlich dorthin schaffen wollte, musste sie ihr Tempo erhöhen. Sie lief am Camping vorbei und erreichte bald darauf den sandigen Parkplatz unter den großen Kiefern. Nina stand mit einem großen blonden Mann neben ihrem dunkelblauen Golf, der nahe der Bushaltestelle parkte. Maria wurde langsamer, als sie erkannte, mit wem sich ihre Freundin gerade unterhielt.

»Servus!«, rief sie, als sie die beiden erreichte. Sie umarmte

Nina freundschaftlich und nickte grüßend in Richtung des Mannes. »Dr. Ducros!«

Der stadtbekannte Bauunternehmer Johannes Ducros war vor knapp drei Jahren in einen von Marias Fällen verwickelt gewesen. Er wirkte für eine Sekunde unangenehm überrascht, dann reichte er Maria die Hand, wobei sich sein Lächeln auf seine Mundwinkel beschränkte. »Schön, Sie zu sehen, Frau Ammon. Ich hoffe, Ihnen geht es gut?«

Maria erwiderte den Händedruck. »Ja, danke der Nachfrage.«

Nina hatte kurz verwundert die Stirn gerunzelt. »Ach, ihr kennt euch ja.«

Ducros hob kurz die Brauen. »So ist es.«

Niemand sagte etwas. Nina zupfte an ihrem Pony herum.

»Was hast du denn da gemacht?«, fragte Maria, der sofort der Bluterguss an Ninas Schläfe aufgefallen war.

»Ich bin am Wochenende gestürzt, ist nicht schlimm. Ich zieh mir schnell meine Laufschuhe an, dann können wir gleich los.« Nina verschwand in Richtung Kofferraum.

Während sie auf Nina warteten, musterte Maria Ducros, dem sein Unbehagen über die Begegnung kaum anzusehen war. Maria kannte ihn inzwischen besser. Wenn sie sich in ihrem gemeinsamen Wohnort Dechsendorf zufällig über den Weg liefen, grüßte er jedes Mal nur knapp. Es schien ihr fast, als vermeide er ein Treffen. Vor ungefähr einem Jahr hatte sie ihn zu einem Gespräch in die Polizeiinspektion gebeten. Es war eine neue Spur aufgetaucht, doch Ducros hatte sich nicht als sonderlich kooperativ erwiesen und alles war im Sande verlaufen.

»Sie haben sich gar nicht mehr gemeldet«, sagte Maria unverbindlich.

»Wie ich bereits mehrfach erwähnte: Ich habe Ihnen alles gesagt, was ich weiß«, stellte er freundlich, aber bestimmt fest.

Er zögerte einen winzigen Moment, bevor er fragte: »Gibt es denn von Ihrer Seite aus etwas Neues?«

Er war nervös! Maria setzte ihr bestes Pokerface auf. »Darüber darf ich Ihnen leider keine Auskunft geben. Sobald ich Ihre Hilfe benötige, lasse ich es Sie wissen.«

Ducros' Gesichtsausdruck veränderte sich beinahe unmerklich. »Meine Nummer haben Sie ja.« Dabei sah er Maria geradewegs in die Augen. Kühl. Abschätzig.

Dann wandte er sich an Nina, die sich gerade wieder zu ihnen gesellte. »Es tut mir wirklich leid wegen der Steine, Frau Langenbach. Ich bin sicher, Herr Bruns wird dafür sorgen, dass wir nicht in Verzug geraten.«

»Das will ich hoffen. Wir müssen bis Ende Juli unsere Mietwohnung kündigen, damit wir im Oktober umziehen und anschließend noch die alte Wohnung renovieren können.«

»Sie haben mein Wort.« Höflich verabschiedete er sich.

»So ein damischer Hundsfregger …«, murmelte Maria, als Ducros in einer Seitenstraße verschwunden war.

Nina grinste über Marias derbe Wortwahl. Gemeinsam liefen sie los.

»Ich weiß schon, du darfst nichts sagen, aber es ärgert dich immer noch, dass er sich damals aus der Affäre ziehen konnte, oder?«

Maria winkte ab. »Der ist mit allen Wassern gewaschen.«

»Wusstest du, dass er im Sommer heiratet?«

»Ach?«

»Unser Bauleiter hat uns das erzählt. Herr Bruns ist ein alter Bekannter von meinem Schwiegervater und seit Jahrzehnten bei Ducros. Natürlich steht er voll hinter der Firma und sagt, es war alles ein Schmarrn, was in der Zeitung stand.«

»Genau wie damals – keiner der Angestellten, besonders diejenigen, die noch für den Senior gearbeitet hatten, haben sich negativ über Dr. Ducros geäußert. Seid ihr über deinen Schwiegervater da gelandet?«

»Jens konnte irgendwie nicht ›nein‹ sagen. Du weißt ja, wie das manchmal ist. Die Firma hat trotz der Sache damals immer noch einen guten Ruf und das Angebot war in Ordnung, von daher war mir das egal. So eine Bekanntschaft hat Vorteile, aber es kann auch nach hinten losgehen.«

»Habt ihr Probleme?«

»Nein, bis jetzt nicht, jedenfalls nicht deswegen. Irgendein Depp hat bei der Bestellung für die Steine Mist gebaut, aber jetzt passt es. Interessant, dass Dr. Ducros mich gerade erkannt und darauf angesprochen hat. Dabei war er nur einmal ganz zu Anfang da, als auf dem Grundstück eingemessen wurde.«

»Ja, *meistens* hat er ein ziemlich gutes Gedächtnis«, bemerkte Maria trocken.

Während sie in gemächlichem Tempo um den Weiher trabten, plauderten sie über Ninas Pläne, wie das Haus und der Garten gestaltet werden sollten – und schließlich über Marias Urlaub.

»Ist Olaf eigentlich immer noch sauer?«

»Der hat sich beruhigt. Gestern Abend waren wir beim Steinbachbräu. Großartig darüber geredet haben wir nicht, weil Franzi dabei war, aber er war wie immer – liebenswürdig und bemüht. Es war wirklich nicht ganz die feine englische Art, ihm zu sagen, dass ich keine Lust auf einen Urlaub mit ihm habe.«

»Hast du das wegen Franzi gemacht? Oder … auch sonst?«

Maria zuckte mit den Schultern. »Beides, glaube ich.«

Sie liefen hundert Meter schweigend nebeneinander her. Dann fragte Nina: »Wann redest du endlich mal mit ihm?«

»Worüber?«

Nina blieb stehen und hielt Maria am Arm zurück. »Dass du keine Lust mehr auf eine Beziehung mit ihm hast?« Sie sah Maria mit hochgezogenen Augenbrauen an. Dabei war deutlich zu erkennen, dass die Brauen wegen der Beule nicht auf derselben Höhe waren.

»Ach – habe ich nicht?«, fragte Maria sarkastisch.

»Hör mal, ich bin nicht blöd. Seit wann kennt ihr euch? Fast ein Jahr! Ihr habt noch nie zusammen Urlaub gemacht, nicht mal ein Wochenendtrip. Du triffst ihn selten und es scheint, als fehlt er dir nicht mal ansatzweise, wenn du ihn länger nicht siehst. Und hast du gestern etwa bei ihm übernachtet? Oder er bei dir?«

»Franzi war mit.«

»Was für ein Zufall.«

Die Frauen sahen sich einen Moment an, dann liefen sie wie auf Kommando weiter.

»Hm«, brummte Maria.

»Machs kurz und schmerzlos.«

Mit deutlich zynischem Unterton stellte Maria fest: »Versuch du mal, einem Teddybären den Kopf abzureißen, wenn er dich mit seinen Knopfaugen ansieht.«

Nina lachte, wurde aber sehr schnell ernst. »Komm schon, das hat er echt nicht verdient.«

Maria seufzte. »Ich mag Olaf – ehrlich. Und Franzi mag ihn eigentlich auch. Sie ist eifersüchtig, weil sie mich nicht mehr für sich hat, das ist alles. Irgendwann gibt sich das. Und außerdem fahre ich mit ihm am Samstag den ganzen Tag in die Therme nach Bad Windsheim.«

»Du musst es wissen.«

Sie erreichten eine Weggabelung. »Wie wäre es mit einer Schleife durch den Wald? Ich hab noch Zeit.«

Ohne allzu große Begeisterung bog Nina mit Maria ab. »Willst du eigentlich wirklich im Herbst einen kompletten Marathon laufen?«

Maria nickte. »Auf jeden Fall. Die Kripostaffel letztes Jahr beim Fränkische-Schweiz-Marathon hat viel Spaß gemacht. Im Oktober starte ich in München. Hast du nicht auch Lust?«

»Bloß nicht!«, wehrte Nina ab. »Ich steh lieber an der Strecke und jubel dir zu. Das heißt, sofern wir da nicht gerade umziehen – und außerdem hätte ich wegen der Baustelle vorher gar keine Zeit fürs Training.«

»Dann bist du entschuldigt«, erwiderte Maria augenzwinkernd. »Aber nächstes Jahr hast du keine Ausrede mehr.«

»Allmächd! Was würde Jens dazu sagen, wenn ich noch mehr Kondition hätte?«, fragte Nina Augen rollend und ahmte eine leidende Sprechweise nach: »Oh nein, doch nicht wandern! Lass uns nur ein bisschen spazieren gehen, das reicht völlig.«

Maria kicherte. »Dabei täte ihm mehr Bewegung wirklich gut, als das bisschen Schwimmen beim Betriebssport. Er wirkt ziemlich unentspannt. «

Nina wirkte plötzlich wachsam. »Warum?«

»Jens war heute bei mir«, gab Maria zu. Sie mochte kein ›Um den heißen Brei‹-Gerede, sondern erzählte von Jens' Besuch. »Ich hatte den Eindruck, er wollte aus einer Mücke keinen Elefanten machen, aber es beschäftigt ihn. Was war denn nun los am Wochenende?«

»Was soll schon los gewesen sein?« Nina klang plötzlich schnippisch. »Wie Jens es dir erzählt hat: Ich hab mich halt verlaufen.«

Maria warf ihrer Freundin einen Seitenblick zu. Ihr eigener Tonfall lag jetzt irgendwo zwischen skeptischer Belustigung und echter Besorgnis. »Nur verlaufen?«

Nina nickte ohne besonderen Nachdruck. Abrupt blieb Maria stehen. Nina lief noch ein paar Schritte und hielt ebenfalls an.

»Warum habe ich gerade ein komisches Gefühl?«

»Weiß ich doch nicht!« Nina wich dem Blick ihrer Freundin aus. Dann lief sie weiter.

Maria schloss auf. »Was hast du an deiner Schläfe gemacht?«

»Ich bin gestürzt. Im Wald. Als ich mich verlaufen habe.«

Für Marias Geschmack kam die Antwort zu schnell. »Und was war sonst noch? Außer verlaufen, meine ich?«

Abrupt änderte Nina die Richtung hin zu einem umgestürzten Baum abseits vom Weg. Mit einer Hand bedeckte sie Mund und Nase, kniff die Augen zusammen und ließ sich darauf sinken. Überrascht von dieser unerwartet heftigen Reaktion war Maria schon bei ihr und nahm sie in den Arm. Als Nina zusammenzuckte, erinnerte sich Maria, dass Jens von ›Kratzern‹ an ihrer Schulter gesprochen hatte.

»Hey, was ist passiert?«

Nina schluchzte ein paar Mal auf, bis sie tief durchatmete, um sich zu beruhigen. »Ich hab mich wirklich verlaufen. Ich hatte mein Handy nicht dabei, dann fing das Unwetter an. Ein Mann kam und … Scheiße, ich wusste nicht, was ich machen sollte. Er hat gesagt, ich soll mitkommen und … ich hatte ja keine Ahnung, wo ich war.« Sie schniefte. Maria hörte mit gerunzelter Stirn zu. »Er brachte mich zu einem Haus. Vielleicht ein Wochenendhaus oder so. Da war sonst nichts weit und breit, kein Ort, einfach nichts. Und … ich … Wir unterhielten uns und irgendwann wollte ich gehen und dann … dann …« Nina vergrub ihr Gesicht an Marias Schulter. Maria lief es kalt den Rücken hinunter. Sie zwang ihre Stimme zur Ruhe. »Was hat er getan?« Sanft löste sie sich von ihr und deutete auf Ninas Prellung. »Hat er dich geschlagen?«

Heftig schüttelte Nina den Kopf. Maria schluckte hart. Ihr Instinkt sagte, dass die Antwort wahrscheinlich falsch war. Und dass der Mann vielleicht etwas anderes – Schlimmeres – getan hatte. »Hat er … hat er dich zu irgendetwas gezwungen?«

Nina hatte die Augen geschlossen und gab ein ersticktes Geräusch von sich.

»Nina!«, rief Maria energisch. »Sieh mich an! Was ist passiert?«

Nina reagierte nicht.

»Nina!« Maria schüttelte ihre Freundin vorsichtig. »Komm schon. Erzähl es mir.«

Nina sah an Maria vorbei. Ihre Stimme klang belegt. »Er hat mir Schnaps gegeben. Ich … ich trinke ja sonst nichts … Er hatte die Tür abgeschlossen. Und …«

»Hat er dich bedroht?«

»Ich … ich dachte, er würde … und … er … hat …«

»Hat er dich vergewaltigt?«, hakte Maria diesmal sehr direkt nach.

»Ich will nicht, dass Jens davon erfährt.« Ninas Stimme war kaum hörbar.

»Warum?« Maria bemühte sich, ihre Betroffenheit nicht zu zeigen, aber es fiel ihr deutlich schwerer als im Dienst, die nötige innere Distanz zu wahren.

Nina stand auf und ging umher. Maria wartete. Sie wusste aus Erfahrung, dass es Opfern einer Vergewaltigung oft nicht leicht fiel, sich jemandem anzuvertrauen, dass viele ihre schrecklichen Erlebnisse wochen- oder monatelang mit sich herumtrugen, bis sie es jemandem erzählten, daher war sie froh, dass Nina jetzt mit ihr redete. Sie musste behutsam vorgehen.

»Es war meine Schuld. Ich hätte den Weg nicht allein gehen dürfen«, flüsterte Nina. »Du kennst doch Jens mit seiner Eifersucht. Er wird das alles nicht verstehen und … mir vorwerfen, ich hätte … mit Absicht …« Sie fing an zu weinen.

Maria hatte das Gefühl, losschreien zu müssen. Nina reagierte, wie Maria schon unzählige Frauen hatte reagieren sehen. Wortlos nahm sie Nina in die Arme, wiegte sie tröstend hin und her, bis sie sich beruhigt hatte.

»Hey, sieh mich an«, sagte sie nach einer Weile sanft. Maria strich ihr ganz vorsichtig die Haare aus der Stirn. »Es war ganz sicher nicht deine Schuld. Hat er dir sehr weh getan?«

Schniefend schüttelte Nina den Kopf. »Ich möchte es einfach so schnell wie möglich vergessen.«

»Versteh ich.« Maria zögerte, aber die nächste Frage musste sie stellen. »Glaubst du, dieser Mann könnte das bereits öfter getan haben?«

»Nein!«, sagte Nina sofort. »Nein … ich weiß nicht … ich glaube nicht. Ich … also … nein.«

»Was hältst du davon, wenn wir zusammen zu den Kollegen nach Bayreuth fahren?«, meinte Maria vorsichtig. »Du könntest dir Fotos ansehen oder ihn beschreiben und Jens würde gar nichts davon erfahren.«

Nina machte sich von Maria los. »Der Typ kam nicht aus der Gegend.«

»Woher weißt du das?«

»Er hat es gesagt.«

»Er kann viel behaupten.«

»Er war zu Fuß unterwegs. Er hat eine Wanderung gemacht und einen Rucksack dabei.«

»Das bedeutet nichts«, erwiderte Maria. »Wie hieß er?«

»Das ist egal. Es war sowieso nicht sein richtiger Name.«

»Das mag sein, aber lass uns wenigstens …«

»Nein!« Nina hatte ihre Hände zu Fäusten geballt. »Ich will das nicht, Maria. Ich hätte dir das nicht erzählen sollen. Also tu mir einen Gefallen und vergiss es einfach.« Sie wandte sich zum Weg, um weiter zu laufen.

Leise fluchend folgte Maria ihr. Natürlich konnte sie Nina und ihre Befürchtungen in Bezug auf Jens verstehen – einerseits. Andererseits war Jens Polizist, daher konnte Maria sich nicht vorstellen, dass er wirklich behaupten würde, Nina habe ihn vorsätzlich betrogen. Schließlich hatte er das Hämatom an der Schläfe und die Blessuren an ihrer Schulter und Oberschenkeln bemerkt.

»Willst du nicht lieber zum Arzt?«

Nina sah stur geradeaus. »Ich bin nicht verletzt. Außerdem habe ich gleich am Sonntag geduscht, meine Sachen sind alle gewaschen und … es gibt keine Spuren, falls du das meinst.« Beinahe trotzig schob sie das Kinn vor.

Maria biss sich auf die Unterlippe, um das nicht zu kommentieren. »Wie sah der Mann aus?«

»Warum willst du das wissen?«

»Falls dieser Typ das nicht zum ersten Mal gemacht hat, haben wir vielleicht eine Beschreibung und ich könnte …«

Mit schriller Stimme betonte Nina jedes einzelne Wort. »Ich – will – keine – Anzeige – erstatten!«

Schweigend machten sie sich auf den Weg. Maria überlegte, ob sie noch einmal mit Jens sprechen sollte. Nina würde allerdings glauben, sie falle ihr in den Rücken. Vielleicht würde sie sogar alles abstreiten und ihre Freundschaft litte darunter. Alles, was sie damit bewirken würde, wäre eine Verschlimmerung der Situation. Es widerstrebte Maria zutiefst, doch für den Moment hatte sie wohl keine andere Wahl, als abzuwarten und ihrer Freundin gut zuzureden, sooft sie die Möglichkeit dazu bekam. Nina hatte alle möglichen Hinweise auf den Täter systematisch vernichtet. In ihren Augen waren es wohl Beweise gewesen, die Jens gegen sie benutzen konnte. Insgeheim beschloss Maria jedoch, sich die Liste der im Umkreis von Bayreuth gemeldeten Sexualstraftäter zu beschaffen, auch wenn sie keine Ahnung hatte, wie der Typ aussah oder wie alt er war.

»Tut mir leid«, seufzte Maria, kurz bevor sie zurück nach Dechsendorf kamen. »Ich wollte dich nicht bedrängen.«

»Sag Jens nichts davon. Bitte, Maria. Ich will das nicht.«

»Wofür hältst du mich?« Maria bemühte sich um einen lockeren Tonfall.

»Für eine Polizistin«, antwortete Nina zynisch.

»Wenn ich diesen Scheißkerl zufällig in die Finger kriege, darf ich ihn aber verhaften, ja? Und keine Sorge, ich werde Jens nichts sagen.«

Nina, die unter der verschwitzten Röte ziemlich blass wirkte, verfiel ins Gehen. »Danke. Wenn … Also, falls ich es mir anders überlege wegen der Anzeige, rufe ich dich an.«

In Marias Ohren klang das viel zu lahm, um ernst gemeint zu sein. Zumindest für den Moment. »Oder falls du einfach darüber reden willst«, fügte sie eindringlich hinzu. »Manchmal hilft das und ich möchte nicht, dass du da irgendeinen Knacks zurückbehältst! Das ist es nicht wert.«

Vorsichtig wischte sich Nina den Schweiß von der Stirn. »Ich will einfach nicht mehr dran denken. Das reicht schon, ehrlich.«

Sie schlenderten die letzten Meter zu Ninas Auto. Maria fragte Nina entgegen ihrer sonstigen Gewohnheit nicht, ob sie noch Lust hatte, mit zu ihr zu kommen. Sie hätte wahrscheinlich wieder davon angefangen – und das wollte sie nicht, um ihre Freundin nicht noch mehr in die Defensive zu drängen. Nina schien es zu ahnen und so verabschiedeten sie sich wortkarg. Während Maria das kurze Stück nach Hause lief, ging ihr Ninas Gesichtsausdruck nicht aus dem Kopf. Er ähnelte dem, den Maria schon oft bei Tatverdächtigen gesehen hatte – eine Mischung aus Angst und schlechtem Gewissen. So schwer es Maria fiel, sie schob die Gedanken beiseite, denn sie durfte sich nicht ungefragt in Ninas Leben und vor allem nicht ihre Beziehung einmischen. Nina würde sich bei ihr melden, wenn es wichtig wäre – und Jens würde sie notfalls anlügen müssen, was ihr jedoch gar nicht behagte.

MONTAG, 27. APRIL 2009

Aus: Fränkischer Morgen ›Hasenpest im Landkreis Erlangen-Höchstadt‹

In Heroldsberg ist bei einem Wildkaninchen die sogenannte Hasenpest (Tularämie) nachgewiesen worden. Durch direkten Kontakt mit infizierten Tieren, sowie über Zecken und Stechmücken, ist die Krankheit auch auf den Menschen übertragbar. Es wird deshalb geraten, jeden toten Hasen oder Kaninchen umgehend dem Kreisveterinäramt zu melden und die Kadaver nicht zu berühren. Die Hasenpest tritt jährlich mit drei bis fünfzehn Fällen nur sehr vereinzelt in Deutschland auf und äußert sich mit grippeähnlichen Symptomen und mitunter kleinen Hautgeschwüren. Die Behandlung erfolgt mittels Antibiotika. Eine Gefahr für Besucher des in der Nähe gelegenen Vergnügungsparks Schloss Thurn besteht laut Auskunft der Behörden nicht.

KPI Erlangen

Es war fast sechzehn Uhr und der Tag verging zäh. Maria rauchte der Kopf, daher war sie dankbar für ein paar Minuten allein in der kleinen Teeküche, um in Ruhe einen Kaffee zu trinken. Sie mochte Michelle, genau wie ihre Kollegin Susanne, mit der sie bis vor einigen Wochen zusammengearbeitet hatte, doch manchmal brauchte sie ein wenig Zeit für sich allein. Sie unterdrückte ein Gähnen. Unten auf dem Bauhof lachten die Männer in ihren orangefarbenen Anzügen laut, während sie Schaufeln und andere Geräte von ihrem Wagen abluden. Maria lehnte sich mit dem

Hintern an die Fensterbank, während sie die kühle Frühlingsbrise genoss, die ihr von hinten durch das Haar strich.

Sara war immer noch wie vom Erdboden verschluckt. Der ausführliche Bericht der Spurensicherung hatte keine neuen Erkenntnisse gebracht, sondern bestätigte die Aussagen von Eichmüller und Bianca. Lediglich die nicht verriegelte Terrassentür gab Anlass zu Spekulationen, dass tatsächlich noch jemand im Haus gewesen war. Die Rettungssanitäter waren durch diese Tür ins Haus gelangt, nachdem niemand ihnen geöffnet hatte. An der Verriegelung hatte die Spurensicherung einzelne Stofffasern entdeckt, die bislang nicht zugeordnet werden konnten.

Fingerabdrücke waren im Erdgeschoss natürlich vorhanden gewesen, einige sogar in verwertbarer Qualität, doch selbst wenn sie alle hätten eindeutig bestimmen können, würde es nichts beweisen. Cohen war häufiger Gast bei den Eichmüllers.

Leonhard Eichmüller hatte sich am Samstag selbst aus der Klinik entlassen, weil er seinen Sohn besuchen wollte, und arbeitete seit heute wieder im Institut.

Mit Bianca hatte sie nicht mehr gesprochen, seit sie Maria letzten Dienstag abgesagt hatte. Mehrfach hatte sie versucht, Bianca zu erreichen, doch sie war nie ans Telefon gegangen.

Maria stellte gerade die Tasse in die Spülmaschine, als Michelle hereinkam und mit einem Handy herumwedelte. »Hier, für dich: Eichmüller!«

Maria nahm das Telefon. »Hallo? Hier Ammon!« Die Leitung war tot. »Nanu?«, wunderte sich Maria, während sie die Nummer von Eichmüller aus dem Telefonbuch heraussuchte, um die Verbindung wiederherzustellen.

»Der Anruf kam nicht von Eichmüllers normalem Handy. Jedenfalls wurde sein Name nicht auf dem Display angezeigt. Geh lieber über die Liste der letzten Anrufe«, riet Michelle. »Er hat ziemlich oft versucht anzurufen. Erst bin ich nicht rangegangen – ist ja schließlich dein Handy – aber als es ständig klingelte und immer dieselbe Nummer, da dachte ich, es ist vielleicht wichtig. Eichmüller klang total aufgeregt und wollte dich sofort sprechen. Er sagt, er hätte sich wegen seiner Frau getäuscht und sie sei immer noch wütend auf ihn und Bianca.«

Stirnrunzelnd lauschte Maria dem Freizeichen. Niemand meldete sich. »Hat er sonst noch was gesagt?« Sie wählte eine andere Nummer.

Michelle schüttelte den Kopf. Während sie in ihr Büro zurückgingen, versuchte Maria alle Anschlüsse, die sie von Eichmüller kannte, doch nirgendwo erwischte sie ihn. Im Institut erfuhr sie, dass Eichmüller früh am Nachmittag gegangen sei und bekam eine Handynummer – allerdings eine, die sie bereits probiert hatte.

Mit dem Handy tippte sich Maria ans Kinn. »Er hat nicht zufällig gesagt, wo er ist?«

Michelle machte eine vage Geste. »Es waren keine Hintergrundgeräusche zu hören, also irgendwo drinnen. Glaubst du, er meint, sie ist hinter ihm her?«

»Scheiße«, sagte Maria und griff nach dem Festnetztelefon. Sie betätigte eine Kurzwahltaste. »Felix? Maria Ammon vom K1 in Erlangen, ich brauche eine Handyortung … ja, sofort … ich weiß, mach einfach so schnell du kannst …« Sie erklärte ihm in knappen Worten, worum es ging und diktierte die Nummer. »Danke!« Sie legte auf, hielt kurz inne, wählte erneut. »Maria hier, wir hatten einen merkwürdigen Anruf von Dr. Eichmüller und haben keine Ahnung, wo er gerade steckt. Die Einsatzzentrale kümmert sich um die Handyortung, aber möglicherweise ist seine Frau aufgetaucht und … Nein, keine Ahnung, ob sie bewaffnet ist, wahrscheinlich nicht … Schickt trotzdem jemanden zu Eichmüller nach Hause – in Herzo, ja genau … und eine zum Institut in der Erwin-Rommel-Straße … ach du weißt … ja … gut …«

Maria lehnte sich auf ihrem Bürostuhl zurück und knetete die Unterlippe. Michelle stand völlig still im Zimmer.

»Irgendwas ist da faul.« Maria fixierte das E-Mail-Programm auf ihrem Computerbildschirm. Ungeduldig klickte sie mit der Maus herum. »Nun mach schon.«

Michelle setzte sich. »Und was machen wir jetzt?«

»Warten bis die E-Mail mit der Handyortung … ha!« Sie öffnete die Mail, die sich gerade durch einen Ton angekündigt hatte. Das Bild im Anhang ähnelte einem Radarbild, auf dem ein trichterförmiger Bereich gesondert markiert war. Maria kniff die Augen zusammen, während sie mit den Fingern die Seiten des Bereichs nachfuhr. »Er befindet sich höchstwahrscheinlich hier. Bereich Buckenhof oder Spardorf.«

»Bianca Esser wohnt da«, stellte Michelle sofort fest.

»Kluges Mädel.« Maria lächelte anerkennend und hatte schon den Hörer in der Hand. »Sie geht nicht ran!«, sagte sie einen Moment später. »Ihr Handy ist aus. Als ich es heute Morgen versucht habe, habe ich sie auch nicht erreicht. Letzte Woche auch nicht – das muss nichts heißen, aber …«

»Hinfahren?«, fragte Michelle, der die Aufregung ins Gesicht geschrieben stand. Sie wirkte, als sei sie bereits auf dem Sprung.

»Ja.« Wir nehmen Verstärkung mit.« Maria holte ihre Waffe aus dem Stahlschrank. »Also los.«

Spardorf

Im dunkelblauen BMW mit einem Streifenwagen vor und einem hinter sich raste Maria durch die Straßen. Blaulicht und

Martinshorn machten ihnen den Weg frei. Auf der Rückbank saß Michelle, die nervös an ihren Nägeln knabberte.

»Also du glaubst, die Eichmüller ist bei der Freundin ihres Mannes aufgetaucht?« Kommissar Jochen Brand, der den Raum auf dem Beifahrersitz nahezu komplett ausfüllte, klammerte sich mit einer Hand an den Haltegriff über der Tür.

Maria jagte in Buckenhof um die Kurve, die die Gräfenberger Straße beschrieb. Das auffällige Martinshorn schwieg inzwischen. »Ich wette darauf. Danke, dass du gleich mitgekommen bist.«

Der Hüne mit den streichholzkurzen, rotblonden Haaren brummte zustimmend. »Kann euch zwei Madle ja nicht einfach allein lassen, wer weiß, was die Eichmüller alles anstellt … und wenn sie wirklich einen Komplizen hat … Holla, nicht so stürmisch!«

Kaum gebremst bog Maria an der Ampel hinter dem Supermarkt ab, fuhr die Buckenhofer Straße hoch und dann links in die Siedlung hinein. Schließlich hielt sie abrupt hinter einem der Streifenwagen, der auf dem Parkplatz mitten zwischen den drei Hochhäusern der Hohen Warte angehalten hatte. Alle drei stiegen aus. »Haus Nummer 1. Du kannst hier bleiben, Michelle, wenn es dir lieber ist – aber wenn du mit rein kommst, dann bleibst du hinter Jochen!«

»Da passiert dir garantiert nix, Madle!« Jochen richtete sich zu voller Größe und Breite auf.

»In Ordnung.« Michelle war sichtlich froh darüber, keine Hauptrolle spielen zu müssen.

Maria gab dem am Streifenwagen zurückbleibenden Beamten ein paar Anweisungen, dann nahm sie ihre Waffe und winkte Jochen und die Übrigen heran. Sie klingelte mehrfach bei Bianca, doch es rührte sich nichts. Schließlich drückte sie auf einige andere Klingeln.

»Ja?!«, kam es aus der Gegensprechanlage.

»Maria Ammon von der Kripo Erlangen. Wir müssen ins Haus, bitte machen Sie auf.«

»Da könnt ja jeder kommen!«

Maria rollte mit den Augen. »Ich verstehe Ihre Vorbehalte. Haben Sie ein Fenster in Richtung Haustür oder Parkplatz?«

»Warum?«

»Schauen Sie aus dem Fenster. Auf dem Parkplatz sehen Sie zwei Streifenwagen und vor der Haustür stehe ich mit ein paar Kollegen. Bitte schnell – es ist dringend!«

Einen Moment lang passierte nichts. Dann trat in der zweiten Etage jemand auf den Balkon.

»Allmächd!«

Maria trat einen Schritt zurück und lächelte gezwungen zu der alten Dame hoch. »Bitte!«

»Ich komm schon!« Die Balkontür schloss sich, kurz darauf ertönte der Summer für die Haustür.

»Na endlich«, murmelte Jochen.

Maria betrat als Erste das Haus, hinter ihr folgten Jochen und Michelle sowie die uniformierten Beamten. Sie sicherten den Kellerabgang und drangen gemeinsam in die erste Etage vor, wo Maria vor der Wohnungstür stehen blieb, die nur angelehnt war. Neben der Klingel stand ›Esser‹.

»Was ist denn?«, klang von oben die Stimme der Frau, die ihnen geöffnet hatte.

Maria antwortete nicht, sondern bedeutete zwei Beamten, nach oben weiterzugehen und einem, vor der Tür zu warten. Vorsichtig drückte sie sie auf, die Waffe in der Hand, Jochen dicht hinter sich. Im Flur befand sich eine Garderobe voller verschiedener Mäntel und Jacken, daneben ein Schuhschrank, ein Spiegel sowie ein Regal mit Nippes. Mitten auf dem Boden lag ein Handy. Wahrscheinlich Eichmüllers. Eine Tür links von ihr war geschlossen, ebenso eine weitere ihr gegenüber. Rechts vor ihr ging das Wohnzimmers ab, dahinter zweigte sich die Küche ab und eine letzte Tür rund eineinhalb Meter neben Maria war ebenfalls geschlossen. Maria winkte Jochen, ihr zu folgen. Michelle bedeutete ihr wortlos, sie wolle an der Eingangstür warten. Weder im Wohnzimmer noch in der Küche und auch nicht auf dem Balkon, der von beiden Räumen aus gut einsehbar war, konnte Maria jemanden entdecken. Ebenso nicht im Bad und im Schlafzimmer. Als sie gerade den letzten Raum kontrollieren wollten, hörten sie aufgeregte Stimmen im Hausflur. Eine davon erkannte sie.

Für einen Sekundenbruchteil schloss Maria erleichtert die Augen. »Eichmüller«, formte sie mit ihren Lippen. Jochen deutete eine Bewegung an, als wische er sich Schweiß von der Stirn. Vorsichtig öffnete Maria die letzte Tür. Das Zimmer, das offensichtlich als Arbeitszimmer diente, war ebenso leer wie die anderen. Allerdings wirkte es im Gegensatz zum Rest der Wohnung ausgesprochen unordentlich – beinahe, als sei es durchsucht worden. In diesem Moment kam Eichmüller herein – atemlos und hochrot im Gesicht. Hektisch kramte er in seiner Tasche, bis er das Nitrospray fand und einen Hub davon nahm.

»Frau Ammon! Gut, dass sie da sind!«

»Was ist passiert, Dr. Eichmüller? Wo ist Frau Esser?«

Er breitete die Arme aus. »Weg!«

»Weg?«

»Weg! Verschwunden! Nicht mehr da!« In einer Geste der Verzweiflung hielt er seine Hand vor Mund und Nase. »Einfach … weg!«

»Was ist geschehen?«

»Es ist meine Schuld. Alles meine Schuld. Bianca hat mich vorhin angerufen, sie meinte, Sara sei bei ihr, ich solle kommen. Natürlich bin ich sofort losgefahren …«

»Moment«, unterbrach Maria ihn. »Sie sind allein hierher gefahren?«

Er nickte. »Ja, ich dachte, ich kann in Ruhe mit Sara über alles reden. Wegen Elias … ich will nicht, dass er noch mehr unter all dem leidet. Ich dachte, Sara würde das auch nicht wollen und dass wir eine gemeinsame Lösung finden.«

Maria würde es ihrer Tochter ebenfalls so leicht wie möglich machen wollen.

»Ich habe einen Schlüssel von der Wohnung hier«, fuhr Eichmüller fort, »und als ich hereinkam, war Bianca nicht da. Ich hatte ein komisches Gefühl, weil Biancas Arbeitszimmer …«, er deutete auf das Chaos, »… Bianca ist sonst sehr ordentlich und daher habe ich Sie angerufen, Frau Ammon. Mehrfach!« Er betonte das letzte Wort vorwurfsvoll. Maria ging jedoch nicht darauf ein. »Schließlich war Ihre Assistentin am Apparat und wollte Sie holen.«

»Die Leitung war tot, als ich übernahm«, sagte Maria. »Was ist passiert? Wo waren Sie?«

Tief seufzend rieb Eichmüller sich das Brustbein. »Während ich hier im Flur stand und wartete, ging plötzlich die Badezimmertür auf. Sara rief: ›Suchst du etwa dein Flittchen? Die ist nicht hier!‹. Und dann, es ging alles so schnell … Als ich mich umdrehte, bekam ich einen Schlag hierher, mitten auf den Solarplexus.«

»Haben Sie die Person erkannt?«

»Es war ein Mann – mehr kann ich nicht sagen. Als ich zu mir kam, dachte ich … ich weiß nicht, was ich dachte. Ich habe den Kopf verloren und bin hinausgelaufen. Als ich irgendwann klar denken konnte, war ich in Uttenreuth und dann wollte ich Sie noch mal anrufen, aber das eine Handy lag im Auto und das andere ist … ich weiß nicht wo und jetzt … mein Gott.« Heftig rieb er sich über das Gesicht, wobei er Mühe zu haben schien, sich zusammenzunehmen.

»Ein Handy liegt hier auf dem Boden. Ist es das?«

»Ja.« Er wollte sich bücken, doch Maria hinderte ihn daran.

»Liegen lassen – bitte! Die Spurensicherung kommt gleich. Also war Bianca vorhin gar nicht hier?«

»Das weiß ich nicht …«, flüsterte er und ihm schien erst jetzt zu dämmern, was das heißen konnte.

»Wo ist Ihr Auto?«

»Ich parke immer ein Stück weit entfernt. Das ist unauffälliger.«

»Das Handy, mit dem Sie mich angerufen haben, ist nicht Ihr gewöhnliches. Warum haben Sie zwei?«

»Das dort ist ein Prepaid-Handy und die Nummer hat nur Bianca«, stellte Eichmüller klar. Er sah Maria verkniffen an. »Ich muss Ihnen den Grund dafür wohl nicht erklären.«

Maria widerstand dem Bedürfnis, Eichmüller ebenfalls einen gezielten Schlag auf den Solarplexus zu verpassen. Von draußen und aus dem Hausflur hörte man inzwischen zahlreiche Stimmen.

Jochen wandte sich zur Tür. »Die Kavallerie ist da. Ich kümmere mich darum, mach du hier weiter. Das volle Programm?«

»Ja, und schick bitte sofort jemanden zu Professor Leibl.«

»Matti ist vielleicht gar nicht zu Hause, sondern noch im Institut«, warf Eichmüller ein. »Als ich heute Nachmittag ging, war er dort.«

»Okay, danke.« Maria hob den Zeigefinger. »Prüf das, Jochen und …«, sie trat einen Schritt beiseite und senkte die Stimme, damit Eichmüller nichts hörte, »jemand muss zu Cohen. Ich will wissen, wo er heute war. Michelle kennt alle Details, falls du was nicht weißt.« Die Genannte nickte eifrig und wirkte ein bisschen stolz. »Michelle, würdest du bitte die Nachbarschaft abklappern. Aber nimm dir jemanden mit.«

Michelle verließ mit Jochen die Wohnung. Maria schob Eichmüller beiseite, um Franz Meyer von der Spurensicherung durchzulassen, der sich kurz umsah, wieder hinausging, um bald mit einer ganzen Schwadron wiederzukommen. Maria wandte sich an Eichmüller. Während sich Biancas kleine Wohnung in einen geschäftigen Ameisenhaufen verwandelte, erfuhr Maria von Eichmüller, dass er gegen 14:15 Uhr das Institut verlassen hatte. Er hatte im Café Mengin auf dem Schlossplatz gegessen. Später war er in der Innenstadt unterwegs gewesen, um sich Schuhe zu kaufen, als Biancas Anruf ihn erreichte.

»Weil sie krank war, habe ich sie seit letztem Dienstag nicht mehr gesehen – sie wollte mich nicht anstecken. Wir haben jeden Tag telefoniert, erst heute Morgen noch, dabei hat sie mir gesagt, es ginge ihr besser. Sie wollte mich wieder anrufen, um mir zu sagen, wann ich sie besuchen könne.« Bedrückt rieb er sich die Augen. Er schien sich Vorwürfe zu machen, weil er Sara unterschätzt hatte.

»Es klingt, als sei Frau Esser ernsthaft krank gewesen«, meinte Maria. »Was hatte sie denn?«

»Wie? Oh, was sie hatte? Einen grippalen Infekt. Fieber, Husten. Recht unangenehm.«

»Haben Sie eine Idee, was Sara dort im Arbeitszimmer gesucht haben könnte?«, erkundigte sich Maria. »Hat Frau Esser dort Wertgegenstände aufbewahrt? Geld vielleicht? Ihre Frau könnte möglicherweise welches benötigen. Oder Kompromittierendes? Fotos?«

Eichmüller zuckte lediglich mit den Schultern.

»Würden Sie bitte mit mir durch die Wohnung gehen, um nachzusehen, ob Ihrer Meinung nach etwas fehlt?«

Maria führte Eichmüller durch die gesamte Wohnung. Lediglich Biancas Laptop war nicht auffindbar. Papiere, Bargeld, Handy, Schmuck und sonstige Wertgegenstände schienen vollzählig. Schließlich schickte Maria ihn nach Hause – diesmal allerdings bekam er persönlichen Schutz.

»Ist das nicht seltsam, dass von den Nachbarn niemand etwas gesehen und gehört hat?«, fragte Michelle, als sie von ihrer Tour zurückkam.

Jochen, der die ganze Zeit mit Argusaugen über den Ameisenhaufen aus Beamten wachte, zuckte mit den Schultern. »Das Problem haben wir häufiger. Wie die drei Affen: Nichts hören, nichts sehen, nichts sagen. Besonders in solch großen Wohnanlagen, in denen niemand den anderen kennt. Ist schon schlimm.«

Maria hing ihren Gedanken nach und äußerte sich nicht dazu. Warum hatte Sara sich an Bianca gerächt, wo Eichmüller ihr versichert hatte, Bianca sei Sara eigentlich egal gewesen und es ginge nur um ihn? Warum hatte Sara keinen zweiten Mordversuch an ihm unternommen? Wer war bei Sara gewesen? Und was war auf Biancas Computer?

»Jochen, hast du was von Cohen gehört?«, fragte Maria nach einer Weile.

»Nein«, antwortete er. »Soll ich in Neustadt nachfragen?«

»Das erledigte ich selbst. Machst du hier den Rest? Ich fahre mit Michelle noch zu Leibl. Er ist Saras nächster Verwandter.«

»Kein Problem.« Jochen hielt sich die Hand vor den Mund, um ein Gähnen zu verbergen. »Ich sag meiner Frau, Sie soll die Beschwerde wegen Überstunden an dich schicken.«

Burgberg

Vor der imposanten Gründerzeitvilla am Burgberg mit ihren Erkern und Türmchen parkte ein Streifenwagen, an dem zwei uniformierte Beamte lehnten, die sich angeregt unterhielten. Es dämmerte bereits.

»Wow«, entfuhr es Michelle, als sie neben Maria die Stufen zum Eingang hinaufstieg.

»Du sagst es.« Mit dem Zeigefinger fuhr Maria die goldenen Namensschilder entlang. Zuoberst stand Wiesinger, dann folgten Bennett und Leibl. Sie drückte auf den nebenstehenden Knopf.

Nachdem der Summer ertönt war, betraten sie den Hausflur, der eher die Bezeichnung Empfangshalle verdiente. Mit halb offenem Mund bewunderte Michelle die Stuckdecke, deren Ornamente mit Gold und Pastellfarben betont wurde. An der Wand hingen kunstvolle Gemälde und auf einem Tisch stand ein frischer Blumenstrauß. Eine Steintreppe führte in die oberen Stockwerke.

»*Shalom*, Frau Kommissarin!« Ein mittelgroßer Mann Mitte sechzig mit freundlichen Gesichtszügen, einer auffallend großen, spitz zulaufenden Nase und sanften, dunklen Augen stand ihnen schräg gegenüber im Rahmen einer Tür. Er trug eine dunkle Stoffhose und einen grauen Rollkragenpullover. Seine Haare waren vermutlich einmal schwarz gewesen, inzwischen aber mit allerlei Grauschattierungen durchsetzt, die in weichen Wellen sein Gesicht umrahmten. Für Marias Geschmack trug er sie zu lang.

Sie stupste Michelle unauffällig an, damit sie mitkam, denn ihr Blick war an einem Bild von drei Schwänen hängen geblieben, die anmutig über eine Düne flogen.

Gewohnheitsmäßig hielt Maria ihren Dienstausweis hoch, obwohl sie Leibl ja bereits kennengelernt hatte. »Grüß Gott, Professor Leibl.«

Leibl gab erst Maria, anschließend Michelle die Hand. Sein weicher Händedruck passte zu seiner friedfertigen Erscheinung. »Es ist schön, Sie wiederzusehen, Frau Kommissarin. Wenn ich mir auch wünschen würde, die Umstände seien erfreulicher.« Er sprach leise, doch verriet die Modulation seiner Stimme einen unbestimmten Akzent.

»Vielen Dank, Professor Leibl, dass Sie heute noch Zeit für uns haben, obwohl meine Kollegen Sie ja bereits behelligt haben«, sagte Maria. »Dürfen wir denn hereinkommen?«

»Oh ja, natürlich, verzeihen Sie meine Unhöflichkeit. Bitte treten Sie ein.« Ohne Affektiertheit, aber mit einer angedeuteten Verbeugung wies er in die Wohnung hinein. »Bitte, gleich gegenüber ins Wohnzimmer. Machen Sie es sich bequem. Darf ich Ihnen einen Tee anbieten? Zu so später Stunde und nach einem langen, anstrengenden Tag tut es gut, etwas Warmes zu trinken.«

»Sehr gern, danke«, meinte Maria und auch Michelle stimmte zu.

Die beiden Frauen betraten den großen Raum, der mit einem halbrunden Erker zum Garten ausgestattet war. Bodentiefe Fenster boten einen Blick auf die mit Topfpflanzen und Gartenmöbel ausgestattete Terrasse und den Garten, der langsam im Dämmerlicht versank.

»Meine Fresse«, entfuhr es Michelle, die sich bemühte, ihre Stimme so weit wie möglich zu dämpfen. »Sieht ja aus wie in einem Schloss hier.«

Ein goldener Kronleuchter hing von der stuckverzierten Decke herab. Dessen Befestigungshaken wurde von einem fein gearbeiteten Kranz aus Schwalben und einem zweiten aus Eichenblättern umringt. Das Mobiliar aus massivem, poliertem Holz wirkte gediegen und passte zu dem gehobenen Ambiente, das der Raum verströmte. Zwei Wände waren mit vollgestopften Bücherregalen ausgestattet. Manche sahen aus, als zerfielen sie bei der nächsten Berührung, andere wirkten, als hätte sie nach dem Kauf niemand überhaupt aufgeschlagen. Neugierig warf Maria einen Blick auf die Titel. Eine besondere Ordnung schien es nicht zu geben, denn Ernest Hemingway stand zwischen einem Buch über die Fußball-EM des Vorjahres und einem Werk, dessen Schrift vermutlich Hebräisch war. Es gab moderne Romane, aber auch ältere Literatur wie ›Das Beil von Wandsbek‹ des Schriftstellers Arnold Zweig.

»Wow, da steht jemand auf Fotos.« Michelle beugte sich neugierig über ein Sideboard, auf dem in mehreren Reihen mehr als zwei Dutzend gerahmte Aufnahmen aus den letzten fünf Jahrzehnten standen. »Das hier ist bestimmt noch nicht alt, denn da sieht Frau Eichmüller aus wie auf dem Fahndungsfoto. Sie ist echt hübsch. Und ihre Mutter und ihr Bruder sehen ihr total ähnlich – guck mal.«

Maria warf einen mäßig interessierten Blick darauf, bevor sie sich auf den wuchtigen rotbraunen Ledersessel setzte, dessen hohe Rückenlehne durch die tief liegenden, eingenähten Knöpfe im typischen Rautenmuster den Chesterfield-Stil aufwies. Michelle nahm auf einem zweiten Sessel Platz. Kurz darauf betrat Leibl den Raum mit einem Tablett, auf dem sich drei filigrane Porzellantassen und eine Schale mit Gebäck befanden.

»Der Tee kommt sofort.« Er zündete die Kerze in dem Stövchen an, das bereits auf dem Tisch stand. »Bitte bedienen Sie sich.« Mit einer eleganten Handbewegung deutete er auf das Gebäck, während er sich auf dem Sofa niederließ.

Maria nickte höflich lächelnd. »Es tut mir leid, dass wir Ihnen solche Unannehmlichkeiten bereiten und möchte mich bei Ihnen für Ihre Kooperation bedanken. Meine Kollegen sagten, Sie haben ihnen gestattet, sich in Haus und Garten umzusehen.«

»Es ist selbstverständlich, dass ich Sie bei Ihrer Arbeit unterstütze, Frau Kommissarin. Ihre Kollegen boten mir keinen Anlass zur Beschwerde. Darüber hinaus bin ich der Meinung, dass es besser wäre, wenn Sara bald gefunden würde, bevor …

nun ja, bevor noch mehr Unglück geschieht. Ich kann mir ihr Verhalten einfach nicht erklären.«

»Bei unserem letzten Gespräch sagten Sie, Sie wissen von Dr. Eichmüllers Affären …«

»Ich wusste nicht davon, ich ahnte es«, korrigierte Leibl freundlich, aber bestimmt. »Jedoch neige ich nicht dazu, mich in Angelegenheiten einzumischen, die mich nichts angehen. Deswegen habe ich das weder Sara noch Leonhard gegenüber thematisiert.«

»Ah.« Maria war nicht sicher, ob sie das glauben sollte.

»Es wäre wünschenswert, dass sich alles so schnell wie möglich aufklärt«, fuhr Leibl fort. »Allein wegen Elias. Der arme Junge. Er leidet sehr unter der Situation. Die Schule und die ganzen Chorproben – es ist schwer für ihn. Aber er ist ein guter Schüler und auch ein guter Sänger. Hoffentlich wirft es ihn nicht zurück. Deswegen möchte ich alles tun, damit die Sache bald ein Ende hat. Und nun entschuldigen Sie mich bitte, ich hole den Tee.« Er verließ den Raum.

Michelle runzelte die Stirn. »Irgendwie ist er ein komischer Kauz«, sagte sie leise.

Bevor Maria antworten konnte, hörte sie, wie sich die Eingangstür öffnete.

»*Matthew? Are you here?*« Dem kehligen Akzent nach zu urteilen, war der Sprecher ein Amerikaner.

»*In the kitchen, Bill. You like to have a cup of tea?*«

»*Would be quite nice – plus a headache tablet. It was an awful day at the office, finally all that flurry of excitement …*« Er gab ein entnervtes Stöhnen von sich. »Oh, Matthew, du hast Besuch … William Bennett.« Der Mann begrüßte Maria und Michelle mit festem Händedruck.

Maria und Michelle sahen sich verdutzt an. Der braun gebrannte Bennett wirkte, als sei er soeben einem Modemagazin entstiegen. Leibl stellte eine weitere Tasse auf den Tisch und goss Tee ein.

»Ich hoffe, ich störe Sie nicht. Aber mir war nach Gesellschaft.« Er schenkte Leibl ein perlweißes Lächeln, das dieser verlegen erwiderte.

Maria hatte ihre Gesichtszüge besser unter Kontrolle als Michelle, die hastig nach einem Keks griff und ihn sich in den Mund stopfte. Ihre Kaubewegungen wirkten verkrampft.

»Bill wohnt in der Wohnung in der ersten Etage«, informierte Leibl und räusperte sich. »Wir … kennen uns schon länger, und nachdem meine Schwägerin zu Jahresanfang verstarb, übernahm er meine alte Wohnung und ich zog hier hinunter. Für mich allein war das Haus ja zu groß.«

»Wohnt nicht noch jemand im Haus? Ich habe drei Namensschilder gesehen«, warf Michelle ein.

Mit abgespreiztem kleinen Finger löffelte Bennett gerade Zucker in seinen Tee. Kaum merklich hielt er inne und sah Leibl an. Ohne den Blick zu erwidern, antwortete Leibl: »Das Appartement unter dem Dach wurde möbliert an Studenten vermietet. Zuletzt hat es eine junge Studentin bewohnt, die jedoch inzwischen zurück in ihre Heimatstadt gezogen ist. Ich habe das Schild noch nicht abmontiert.«

»Und da lassen Sie die Wohnung einfach leer stehen?«, wunderte sich Michelle. »Hier gibt es doch bestimmt viele andere Studenten …«

»Oh, das ist meine Schuld«, mischte sich Bennett da ein. Er trank einen winzigen Schluck Tee. »Ich habe zu Matthew gesagt, Studenten feiern bestimmt andauernd Partys oder bekämen viele Besucher und ich brauche meine Ruhe, wenn ich abends aus dem Büro komme.« Er zog die Augenbrauen hoch und klimperte mit den Wimpern. »*It would be so annoying!*«

Verstohlen sah Maria auf ihre Uhr. Sie war müde und wollte

so schnell wie möglich nach Hause. Etwas abrupt wandte sie sich wieder Leibl zu: »Sie waren also heute im Institut. Haben Sie Dr. Eichmüller dort gesehen?«

»Ja, natürlich. Er ist immer noch ein wenig mitgenommen, deswegen ist er bereits zeitig gegangen. Das ist sonst nicht seine Art. Er arbeitet immer sehr lange und es gibt im Moment viel zu tun. Die ganze Welt ist ja in Aufregung wegen der Schweinegrippe.«

»Ich dachte, das Bundesamt für Bevölkerungsschutz und Katastrophenhilfe ist dafür zuständig«, sagte Michelle. »Und das Robert-Koch-Institut.«

Leibl lächelte mild. »Natürlich, aber nicht allein dort sitzen die Experten. Ich stehe in engem Kontakt mit dem RKI.«

»*Oh yes*!«, stöhnte Bennett theatralisch. »Was wärst du ohne deine Keime. Du verehrst sie, betest sie geradezu an! Sie sind deine Religion! Und wenn man dir zuhört, dann bekommt man Kopfschmerzen und Fieber oder Durchfall.« Er schüttelte sich demonstrativ. Leibl schmunzelte. Das liebevolle Geplänkel schien die Regel zwischen beiden zu sein.

Das Telefon klingelte. Leibl entschuldigte sich und verließ den Raum, um das Gespräch entgegenzunehmen. Maria hörte, dass er nicht Deutsch redete.

»Oh, das ist bestimmt dieser Dr. Cohen«, stellte Bennett fest, während er mit spitzem Zeigefinger einen Keks auswählte. »Verwandtschaft aus Israel – mit denen redet er immer in deren Muttersprache.«

»Seit wann kennen Sie Dr. Leibl?«, fragte Maria im Plauderton.

Bennetts Mund verzog sich zu einem strahlenden Lächeln. »Schon seit über 15 Jahren. Wegen ihm bin ich nach Deutschland gekommen. Aber … «, er beugte sich ein wenig vor, als teile er Maria ein Geheimnis mit, »… er wollte seinen Bruder und Tamar nicht kompromittieren. Daher waren wir immer sehr diskret und ich bin erst jetzt zu ihm gezogen.«

Mit Daumen und Zeigefinger rieb sich Maria über die Nasenwurzel und bemühte sich, die gedankliche Kurve zu kriegen.

»Tamar war seine Schwägerin, oder?«, erkundigte sich Michelle neugierig. »Kannten Sie sie?«

»Oh ja, sie und sein Bruder waren sehr liebenswert und natürlich wussten sie Bescheid über uns.« Bennett plauderte munter über die Familienverhältnisse. So erfuhren sie, dass Leibl in den USA aufgewachsen war und studiert hatte, während sein über zehn Jahre älterer Bruder mit seiner Frau nach Deutschland gegangen war. Anfang der Siebziger nahm Leibl eine Stelle an der Friedrich-Alexander-Universität an und wohnte fortan gemeinsam mit der Familie seines Bruders in der Villa, die damals extra umgebaut wurde. Nach dem Tod seines Bruders kümmerte er sich weiter um seine Schwägerin und den Rest der Familie.

»Matthew ist immer noch sehr … *down*, wegen Tamars Tod vor vier Monaten. Die Familie war ihm immer wichtig. Und dann jetzt auch noch das.« Er drehte die Handflächen nach oben. »Ich wollte ihn überreden, mit mir einen Urlaub zu machen, damit er auf andere Gedanken kommt. Aber er ist sehr dickköpfig. Er sagt, er kann jetzt nicht weg.«

»Wer kann jetzt nicht weg?«, fragte Leibl, der in diesem Moment das Zimmer betrat.

»*You, dear*! Ich sagte gerade, ich möchte mit dir verreisen, aber du willst nicht.«

Leibls Lächeln war müde. »Wir fahren im Sommer, Bill. Das habe ich dir versprochen. Also, Frau Ammon, machen wir weiter.«

»War das gerade Dr. Cohen?«, fragte Maria sehr direkt.

Leibl wirkte überrascht, doch Bennet bemerkte: »Das habe ich gerade zu Frau Ammon gesagt. War das falsch?«

»Das war selbstverständlich in Ordnung, Bill. Ja, es war Meir. Die Polizei war bei ihm, um mit ihm zu sprechen.« Er formulierte es nicht als Frage, aber Maria hörte deutlich zwischen den Zeilen heraus, dass er es als solche meinte.

»Es ist reine Routine, Herr Professor«, antwortete sie. Cohen war am Nachmittag nicht zu Hause gewesen – ein interessanter Aspekt in diesem Fall. »Glauben Sie eigentlich, dass Ihre Nichte Sara und Dr. Meir Cohen eine Liebesbeziehung haben könnten?«

Leibls Gesichtsausdruck änderte sich nicht. »Nein.«

»Sicher?«

Er lächelte reserviert. »Sara war sehr erbost über Leonhards Verhalten. Glauben Sie, dass sie in diesem Fall Gleiches mit Gleichem vergelten würde?«

Maria ließ die rhetorische Frage unbeantwortet, beschloss aber, diese Möglichkeit trotzdem im Auge zu behalten. Jetzt konzentrierte sie sich auf Leibl persönlich. Er war den ganzen Tag im Institut gewesen, bis er darüber informiert wurde, was geschehen war. Er war ratlos, ja geradezu entsetzt darüber, dass Sara sich nun Bianca als Zielscheibe ausgesucht haben sollte. Eine Vorstellung, wo sich Sara oder Bianca nun befinden konnten, hatte er nicht. Nach einer knappen halben Stunde schwirrte Maria der Kopf vor Müdigkeit. Es war Zeit aufzuhören, daher verabschiedeten sie sich von Leibl und seinem Freund. Das Haus und seine Bewohner würden vorläufig unter Beobachtung stehen, ebenso Cohen. Dessen Alibi musste noch überprüft werden. Er sei am Nachmittag in einem großen Möbelhaus in Fürth-Poppenreuth gewesen, angeblich, um sich eine neue Küche planen zu lassen.

Nach einem Anruf bei Jochen erfuhr sie erleichtert, dass er

sich um alles Notwendige gekümmert hatte und sie erst einmal Feierabend machen konnte. Sie war froh, als sie und Michelle endlich im Wagen saßen.

Während Michelle sich anschnallte, schlug sie sich plötzlich mit der flachen Hand vor die Stirn. »Mensch, in der Aufregung heute Nachmittag hab ich ganz vergessen, dir was zu sagen. Die Frau Schreiber – Gudrun Schreiber, die Obdachlose, die ertrunken ist …« Sie machte eine kunstvolle Pause, wohl um sicherzugehen, dass Maria auch genau wusste, welche Obdachlose namens Gudrun Schreiber sie meinte.

»Hm«, machte Maria desinteressiert und gab sich keine Mühe, ein Gähnen zu unterdrücken. »Sei mir nicht bös, aber hat das nicht Zeit bis morgen?«

Für einen angenehm langen Moment war Michelle still. Schließlich sagte sie: »Im Februar in Nürnberg ist ein Obdachloser gestorben, der ähnliche Symptome hatte wie Frau Schreiber.«

Maria seufzte tief. »Welche Symptome? Sie ist ertrunken.«

»Frau Schreiber war ziemlich krank. Wenn sie nicht ertrunken wäre, dann wäre sie vielleicht trotzdem gestorben. Woran genau, muss ich noch mal nachsehen, dieses medizinische Fachchinesisch kann ich mir nicht merken.«

Maria sah auf die Straße vor sich und ließ sich sehr lange Zeit mit der Antwort. »Morgen. Bitte.«

»Geh ich dir auf die Nerven?«

»Nein, überhaupt nicht.«

Michelle lachte schallend. »In Ordnung, ich bin schon ruhig.«

Sie fuhren durch die ruhigen, spätabendlichen Straßen, als Michelle feststellte: »Granulomatöse Läsionen im Lungen-Parenchym.«

Maria stöhnte. »Allmächd! Gleich läufst du!«

Ihre junge Kollegin war tatsächlich still. Kurz bevor sie auf der Dienststelle ankamen, sagte sie unvermittelt: »Hiliuslymphom.«

Abrupt stoppte Maria und scheuchte die kichernde Michelle hinaus.

DONNERSTAG, 30. APRIL 2009

Aus: Neustädter Landeszeitung, ›Schweinegrippe: WHO schlägt Alarm!‹

Der Schweinegrippe-Verdacht bei einem Patienten aus der Nähe von Regensburg hat sich nach Angaben des Bayerischen Gesundheitsministeriums bestätigt. Die Infektion mit dem H1N1-Virus wurde durch Untersuchungen des Robert-Koch-Instituts belegt. Heute Vormittag findet in München eine Pressekonferenz statt, auf der weitere Einzelheiten bekannt gegeben werden sollen.

Die Weltgesundheitsorganisation hat bereits zwei Tage nach der letzten Anhebung die Pandemie-Warnstufe von 4 auf 5 erhöht. Die Mediziner sind sich noch nicht einig, wie gefährlich das Virus wirklich ist. Ein Sprecher des Robert-Koch-Instituts erklärte, es sei nur eine Frage der Zeit, dass sich die Schweinegrippe weiter ausbreitet. »Wir können nur versuchen, das Ausmaß durch entsprechende Hygienemaßnahmen einzudämmen. An einer Impfung wird mit Hochdruck gearbeitet.«

Entlas-Keller am Burgberg

Das Wetter war kühl, aber freundlich, daher zog es an diesem Abend Horden von Menschen zu den Kellern am Burgberg. Die meisten Bänke waren bereits ganz oder teilweise besetzt. Der unvermeidliche Grillduft ließ Marias Magen knurren, während sie am Arm ihres stämmigen Freundes den Weg entlangschlenderte.

»Kommt eigentlich sonst noch wer?«, erkundigte sich Olaf mit Blick auf Paul Holzapfel und seine Frau. Dabei drückte er Maria einen feuchten Kuss auf die Schläfe, während er nach einem geeigneten Platz Ausschau hielt.

Der mehr als einen Kopf kleinere Holzapfel stellte sich auf die Zehen. »Da drüben! Die gehen bestimmt bald.« Zielstrebig bahnte er sich seinen Weg durch die Tischreihen. Maria, Olaf und Elfriede Holzapfel folgten.

»Nein, sonst kommt niemand. Susanne hat Wehen. Sie meint zwar, es könnte falscher Alarm sein, aber sie will nicht riskieren, hier zu entbinden.«

Olaf lachte. »Eine Geburt auf dem Keller – das wäre eine Gaudi.«

»Michelle ist übers Wochenende nach Hause gefahren«, erwiderte Maria, ohne auf den Scherz einzugehen.

»Schade. Ich hätte sie gern kennengelernt.«

»Dürfen wir uns zu Ihnen setzen?«, erkundigte Holzapfel sich gerade bei den beiden Männern und der Frau. Vor ihnen auf dem Tisch standen leere Teller und halb leere Maßkrüge. Die Frau schien nicht sehr begeistert über die Gesellschaft, machte aber Platz und rutschte näher zu dem dicken, langhaarigen Mann. Ein zweiter mit Baseballcap und Brille beobachtete mehr oder weniger gelangweilt die Gegend.

»Wie weit seid ihr im Fall Eichmüller?«, erkundigte sich Holzapfel eifrig mit gesenkter Stimme.

Seine Frau verdrehte die Augen. »Paul! Du hast Feierabend.«

Olaf beugte sich in Elfriedes Richtung. »Berufskrankheit«, sagte er düster. »Wir sollten Höchststrafe für die beiden fordern, wenn sie auch nur ein Wort über ihre Fälle verlieren.«

»Höchststrafe? Wie war das mit Berufskrankheit, Herr Richter?«, beschwerte sich Maria.

»Oh, ich dachte, Sie sind Staatsanwalt«, warf Elfriede ein.

Olaf lächelte bemüht freundlich. »Ja, das bin ich.«

»Er heißt Richter«, bemerkte Maria. Olaf hasste dieses Wortspiel, aber manchmal konnte sie einfach nicht anders, als ihn damit aufzuziehen. »Außerdem hast du vorhin damit angefangen und dir den Kopf darüber zerbrochen, wie du Frau Eichmüller anklagen würdest.«

»Richtig. Und ich hatte dir erklärt, dass ihr Verhalten bezüglich ihres Ehemannes aktives Tun und nicht nur reines Unterlassen war«, dozierte Olaf eifrig. »Bedingter Vorsatz hinsichtlich des Taterfolges – also den Tod ihres Mannes herbeizuführen – wird daher wohl anzunehmen sein, insbesondere, wenn man ihre Fachkenntnisse als Ärztin berücksichtigt. Sicherlich hätte sie bei Nichtwissen nicht das Spray verschwinden lassen. Bedingter Vorsatz – also *dolus eventualis* – liegt vor, wenn der Täter den Taterfolg billigend in Kauf nim…«

»Olaf!«

»Der reine Mordversuch hingegen kann milder bestraft werden. Der Strafrahmen reicht von Freiheitsstrafe nicht unter 3 Jahren bis 15 Jahre. Und da könnte das Herzchen ja vielleicht glimpflich davonkommen. Aber falls sie, was ja anzunehmen ist, auch mit dem Verschwinden …«

Maria hielt ihm den Mund zu. »Ignoriert ihn einfach. Das macht er öfter.«

»Hmpf!« Olaf befreite sich, indem er ansatzweise in Marias Finger biss. Gutmütig stimmte er in das Gelächter mit ein. »Ignoranten!«

Sie küsste ihn flüchtig auf die Wange. »Ja, ja.« Dann wandte sie sich an Holzapfel. »So einfach ist der Fall nicht mehr. Vielleicht hast du ja eine Idee, Paul …«

Nachdenklich tippte sich Olaf ans Kinn, sah auf seine Hand, anschließend überdeutlich auf Marias Mund.

Maria, die das natürlich bemerkt hatte, gab ihm einen freundschaftlichen Rippenstoß. »Was hältst du davon, wenn du mir ein Radler holst?«

»Schon gut, ich weiß, wann ich überflüssig bin«, erwiderte Olaf in gespielter Entrüstung.

Elfriede lachte. »Ich komme mit Ihnen. Sie glauben gar nicht, was ich in all den Jahren anhören musste. Offenbar können die Damen und Herren Kommissare besser denken, wenn sie nicht im Dienst sind.«

»Für mich ein Weizen … oder soll ich nachher fahren?« Holzapfel riss dabei seine Augen so weit auf, dass es wirkte, als fielen sie aus seinem Kopf.

»Das wäre mal etwas«, erwiderte Elfriede lakonisch und tätschelte ihm die Glatze.

»Essen?«, erkundigte sich Olaf derweil noch bei Maria.

»Ja, bitte! Such einfach was aus, du weißt ja, was ich mag.«

Nachdem Olaf und Elfriede gegangen waren, begann Maria zu berichten: »Sara ist wie vom Erdboden verschluckt, sag ich dir. Letzte Woche, als Eichmüller das erste Mal von ihr angegriffen wurde, passte die Spurenlage zu den Schilderungen – bis auf die Terrassentür. Es sind schwarze Nylon-Fasern, die wir dort gefunden haben, wozu die gehören, weiß der Himmel. Ich bin ehrlich gesagt davon ausgegangen, dass Sara Eichmüller früher oder später auftaucht. Bei ihr sprach nichts für kriminelle Energie, alles deutete auf spontanes Verhalten hin. Aber seit Montag sieht die Sache anders aus. Sie hat tatsächlich einen Komplizen, wie es ausschaut. Wir arbeiten auf Hochtouren.«

Aus seiner Jackentasche zog Holzapfel eine Pfeife und stopfte sie gemächlich. Der Tabak verströmte ein angenehmes Vanillearoma.

»In der Wohnung von Bianca Esser gab es keine Einbruchsspuren. Sie muss Sara und ihren Komplizen also hereingelassen haben. Es gibt keine Anzeichen einer gewaltsamen Auseinandersetzung. Wenn sie gegen ihren Willen am helllichten Tag verschleppt worden wäre, dann hätte das auf jeden Fall jemand mitbekommen – und sei es nur am Rande. Wir haben inzwischen noch mal die komplette Nachbarschaft, auch die Nebenhäuser, durchkämmt, aber nicht den leisesten Hinweis. Gar nichts.«

»Hm«, brummte Holzapfel mit der Pfeife im Mund, während er sie anzündete.

»Den Telefondaten im Wahlwiederholungsspeicher zufolge hat sie täglich mit Eichmüller telefoniert. Aber auch einige Male mit Cohen. Er hat eingeräumt, dass sie ihn gebeten hat, für sie einzukaufen, weil sie krank war. Er sei auch bei ihr gewesen. Laut ihrer Schwester fehlt bei ihrer Kleidung lediglich ein bequemer Hausanzug und eines ihrer Lieblings-T-Shirts. In den Sachen hätte sie nie das Haus verlassen – nicht mal zum Arzt, sagt ihre Schwester. Sie achte penibel auf ihr Äußeres. Bei ihrem Hausarzt war sie übrigens nicht und ein Krankenschein liegt weder im Institut vor noch war er bei ihr zu Hause zu finden. Keine Medikamente – außer ein paar Kopfschmerztabletten. Eichmüller sagte, falls sie einen Virusinfekt gehabt habe, hätte sie nichts anderes genommen und sich nur ausgeruht. Als sie letzte Woche bei mir anrief, hatte sie einen starken Husten, deswegen finde ich es eigentlich verwunderlich, dass nicht mal Hustensaft da war.« Maria zuckte mit den Schultern. »Alle Taschen, Koffer – sogar ihre Handtasche mit ihren Papieren – scheinen vorhanden zu sein. Haus- und Autoschlüssel ebenso, das Auto steht auf dem Parkplatz vor dem Haus und Kontobewegungen gab es seit Mitte letzter Woche keine. Ihr Arbeitszimmer wurde durchsucht, ihr Computer fehlt.«

Gerade kam Olaf mit einem Tablett. »Bitte sehr, die Dame.« Er stellte Maria ein Radler hin und küsste sie. »Bezahlung akzeptiert.« Dann stellte er vor Holzapfel ein Weizenglas. »Für Sie umsonst, mein Herr.«

Holzapfel schmunzelte. »Wollt ich auch meinen.«

Nachdem Olaf die beiden anderen Gläser hingestellt hatte, gesellte er sich erneut zu Elfriede, die an der Schlange fürs Essen anstand. Ihre drei Tischgenossen erhoben sich. Als der Mann am anderen Ende der Bank aufstand, drohte die Bank zu kippen.

»Hoppla!« Maria zuckte zusammen und rutschte weiter in die Mitte.

»Verzeihung!« Der Mann mit der Baseballkappe lächelte Maria zu.

»Nichts passiert.« Sie erwiderte das Lächeln. Im Gegensatz zu den anderen beiden wirkte er gar nicht verkniffen, sondern zwinkerte freundlich hinter den eckigen Brillengläsern.

Holzapfel paffte derweil an der Pfeife und stopfte dabei den Tabak fest. »Hört sich alles sehr eigentümlich an«, murmelte er an dem Mundstück vorbei.

»Eben.«

»Woran hat sie gearbeitet? Hat sie vielleicht zu Hause irgendwelche Unterlagen aus dem Institut gehabt?«

»Du denkst in Richtung Industrie- oder Wissenschaftsspionage? Möglich. Schließlich ist sie Eichmüllers persönliche Assistentin und hat im Institut nahezu unbegrenzten Zugang zu allem. Eichmüller und anderen Mitarbeitern sind keine Unregelmäßigkeiten aufgefallen – also fehlende Unterlagen oder außergewöhnliches Interesse von Frau Esser an bestimmten Forschungsbereichen. Außerdem wüsste ich im Moment nicht, was Sara Eichmüller mit Wirtschaftsspionage zu tun haben sollte.«

»Was habt ihr sonst?«

Maria zuckte mit den Schultern. »Die Wohnung wirkt, als habe jemand gründlich sauber gemacht. Überall Spuren von Putz- und Desinfektionsmitteln. Wir haben ein paar Fingerabdrücke und im Bad haben wir DNA gefunden – sie stammen von einem Mann, aber mehr wissen wir noch nicht. Du weißt ja, wie lange das manchmal dauert. Frau Essers Schwester sagte, Bianca habe in Erlangen kaum Freunde gehabt und selten jemanden in ihre Wohnung eingeladen.«

Holzapfel gab einen überraschten Laut von sich. Dann nahm er die Pfeife aus dem Mund. »Hat Eichmüller eigentlich freiwillig eine DNA-Probe abgegeben?«

»Ja, das hat er. Allerdings weiß er nichts von den ominösen Spuren in Biancas Wohnung. Er hat unabhängig von der Schwester ebenfalls bestätigt, dass es außer ihm keine regelmäßigen Besucher gab … tja, die Eine-Millionen-Euro-Frage lautet also: Wer ist der rätselhafte Unbekannte?« Sie zuckte mit den Augenbrauen.

»Nämlich?«

»Cohen war Montagnachmittag nicht in der Praxis – angeblich in einem Möbelhaus in Poppenreuth, um sich eine Küche planen zu lassen.«

»Ist das überprüfbar?«

»Es kann sich keiner der Angestellten an ihn erinnern – kein Alibi also, doch das Gegenteil kann ich ihm nicht beweisen – es reicht einfach nicht für eine Festnahme.«

»Motive?«

»Keine, außer Eifersucht, aber warum fehlt dann der Computer?« Maria tappte mit den Fingern auf dem Tisch herum. »Dass er mit ihr telefoniert hat, ist ja kein Verbrechen, für das ich ihn festnehmen kann, um eine DNA-Probe und seine Fingerabdrücke zu bekommen. Selbst wenn er dort war, würde das noch nichts endgültig beweisen. Wir lassen ihn im Moment observieren, doch entweder ist er ein fantastischer Schauspieler oder er hat wirklich nichts damit zu tun. Oder ich übersehe etwas. Außerdem frage ich mich, warum Frau Esser das

Ziel war und nicht Eichmüller, der ja quasi auf dem Silbertablett daher kam.«

»Was ist mit diesem Professor Leibl?«

»Der tut sein Bestes, um jeden lieb zu haben, jedenfalls scheint er mir ziemlich überfordert«, stellte Maria mit einer gehörigen Portion Sarkasmus fest. »Ich hätte erwartet, dass er Dr. Eichmüller wegen seiner Affären wenigstens kritisiert, aber das tut er nicht. Er bleibt die ganze Zeit sehr ... neutral.«

»Sonstige Beweggründe?«

Ratlos zuckte Maria mit den Schultern. »Nichts.«

»Geld?«

Bevor sie antwortete, wog Maria kurz alle Fakten ab. Doch dann schüttelte sie den Kopf. »Unseren Einblicken zufolge geht es den Eichmüllers finanziell sehr gut. Wobei er wohl ziemlich viel Geld an seiner Frau vorbeigeschmuggelt hat.« Missbilligend schnalzte sie mit der Zunge. »Dieser Depp hat das sogar zugegeben. Dreister geht's nicht.«

»Für seine Affären also«, stellte Holzapfel emotionslos fest. »Lebt Frau Esser wohl noch?«

Maria antwortete nicht.

Holzapfel paffte ein paar Mal. Er nahm die Pfeife aus dem Mund, um den Tabak zu begutachten. Umständlich nahm er den Stopfer zur Hand, schließlich das Feuerzeug. Bald qualmte die Pfeife wieder. Maria wusste, dass Holzapfel ihr sagen würde, falls ihm etwas einfiel. Darauf konnte sie sich verlassen. Dass auch er keine spontanen Ideen hatte, bestätigte ihr zumindest, dass manche Dinge Zeit brauchten – so unbefriedigend das manchmal war.

»Hey! Ist hier noch frei?« Mit einem Mal stand Jens neben dem Tisch, ein Mädchen im Kindergartenalter auf dem Arm, ein älteres an der Hand.

»Klar! Was machst du denn hier?« Maria deutete auf die freie Bank neben sich.

»Nina kommt auch gleich noch. Eigentlich wollten wir gehen, aber sie musste noch mal und dann hab ich zufällig Olaf gesehen und er sagte, ihr sitzt hier. Grüß dich, Paul. Lange nicht gesehen!«

Holzapfel nickte ihm zu. »Und wer seid ihr zwei?«, fragte er an die beiden Mädchen gewandt.

Das kleinere Mädchen versteckte sich an Jens Schulter, das andere antwortete keck: »Ich bin die Anna und wie heißt du?«

»Ich bin Paul.«

Anna musterte stirnrunzelnd Maria, die sie bereits von Besuchen kannte. »Ist das dein Mann?«

»Nein, aber ein guter Freund von mir.«

Das leuchtete Anna offenbar ein. Zu Paul sagte sie: »Meine Mama hat auch einen Freund, weil mein Papa wohnt ja nicht mehr bei uns, sondern im Himmel. Der ist jetzt ein Engel.«

Jens hatte sich inzwischen hingesetzt und versuchte das sich wehrende Klammeräffchen neben sich zu platzieren.

»Und das ist Laura und die ärgert sich, weil sie kein Eis haben darf«, informierte Anna weiter. »Wir hatten vorhin nämlich schon Crêpes und sie hat ihren gar nicht aufgegessen.«

Jens hatte den Kampf aufgegeben und Laura stattdessen so auf seinen Schoß gesetzt, dass sie mit dem Kopf auf seiner Schulter liegen konnte, den Daumen im Mund und die Augen schon auf halb acht.

»Bist du müde, Anna?«, erkundigte sich Jens.

»Nee, überhaupt nicht!«

»Na Gott sei Dank. Euch beide kann ich nämlich nicht bis zum Auto tragen. Dabei fallen mir noch die Arme ab und stell dir mal vor, wie das aussieht. Und dann müsstest du mich immer füttern, weil ich gar nicht mehr die Gabel halten kann.«

Anna kicherte bei der Vorstellung. Es dauerte nicht mehr lange, bis Olaf und Elfriede mit dem Essen kamen. Auch Nina trudelte bald ein. Sie zögerte, sich neben Maria zu setzen. Ihr Blick flog kurz zwischen Jens und ihrer Freundin hin und her, dann nahm sie Platz. Der Bluterguss an ihrer Stirn war noch leicht grün-gelblich.

Als Anna schließlich zur Toilette musste, begleitete Maria Nina und die Kleine. Maria wollte ein Gefühl dafür bekommen, ob Nina die Angelegenheit halbwegs verkraftet hatte. Mit einem Seitenblick auf Anna fragte sie Nina, wie es ihr gehe.

Nina, die ebenfalls zu Anna schielte, nickte und meinte lapidar: »Passt schon.«

Verstohlen deutete Maria mit ihrem Daumen über die Schulter in die Richtung, in der die anderen saßen, formte »Jens« mit den Lippen und hob fragend die Augenbrauen. Nina deutete ein Lächeln an, was wohl heißen sollte, dass Maria sich keine Sorgen machen sollte. Allerdings wirkte Nina nicht besonders glücklich. Der Frage nach einem gemeinsamen Lauftermin wich sie aus und drängte Jens bald zum Aufbruch. Als die vier gingen, war Maria mehr denn je überzeugt, dass Nina den fatalen Abend in der Fränkischen noch nicht verkraftet hatte.

DIENSTAG, 19. MAI 2009

Aus: Neustädter Landeszeitung, ›Keine Schweinegrippe im Landkreis Neustadt/Aisch‹

Die Erkrankungswelle, die seit knapp drei Wochen in Neustadt/Aisch und der Umgebung zahlreiche Menschen betroffen hat, hat nichts mit der Schweinegrippe zu tun, verlautbarte das Gesundheitsamt des Landkreises. Bei keinem der Patienten konnte das für die Schweinegrippe verantwortliche Virus vom Typ H1N1 nachgewiesen werden.

Frauenaurach

Während sie auf dem Rand der Badewanne hockte, biss Nina sich in die Fingerkuppen. Sie verschränkte ihre Arme und tappte mit dem Fuß auf. Fünf Minuten konnten unendlich lang sein. Sie hatte ihre Zähne geputzt, das Gesicht eingecremt und gepudert, die Haare gebürstet und immer noch stand die Anzeige der Digitaluhr nicht auf 06:35 Uhr. Wahrscheinlich machten die paar Sekunden nichts mehr aus. Kurz entschlossen stand sie auf, um nach dem Schwangerschaftstest zu greifen, den sie umgekehrt neben die wuchernde Grünlilie auf die Fensterbank gelegt hatte. Es hätte sie nervös gemacht, die ganze Zeit darauf zu starren.

Sie schloss kurz die Augen, bevor sie auf das Ergebnis sah. Ihr Herz machte einen Sprung. Neben dem blauen Streifen, der anzeigte, dass der Test funktioniert hatte, war ein zweiter! Sie war schwanger. Endlich! Ihre Mundwinkel verzogen sich zu einem Lächeln, das breiter und breiter wurde.

»Brauchst du noch lange?« Jens, der erst vor einigen Minuten von der Nachtschicht zurückgekommen war, klopfte leicht gegen die Tür.

»Moment!« Schnell verstaute Nina den Test in einer Packung Damenbinden im Schrank unter dem Waschbecken. Beim Klang von Jens' Stimme kam ihre Nervosität zurück. Sie biss sich auf die Lippen, damit sie ihre Gesichtszüge halbwegs unter Kontrolle brachte, bevor sie die Tür aufmachte. »Fertig!« Sie stellte sich auf die Zehen, um ihm einen Kuss auf die Nase zu geben.

Müde grinsend schlang er die Arme um sie. »Du hast aber gute Laune!«

»Wie war dein Dienst? Viel los heute Nacht?«

Er gähnte herzhaft. »Nein. Eher zu wenig. Das macht träge.«

Leise lachend schmiegte sie sich an ihn. Er legte seinen Kopf auf ihren und kraulte ihr den Nacken. Einen Moment standen sie einfach da, schließlich schnüffelte er an ihrem Haar und hinter ihrem Ohr, bis sie kicherte. »Du riechst gut.«

Sie rümpfte übertrieben die Nase. »Du nicht!«

Er drückte ihr noch einen Kuss auf die Stirn. »Dann dusche ich wohl lieber. Krieg ich noch einen Tee, bevor ich schlafen gehe, oder hast du keine Zeit?« Da sie nicht sofort antwortete, sah er sie an. »Was ist los?«, fragte er stirnrunzelnd. »Hab ich irgendwas nicht mitgekriegt?«

Sie versuchte krampfhaft, ihr Lächeln zu unterdrücken, aber es gelang ihr kaum. »Nein, ich hab einfach gute Laune. Was für einen Tee möchtest du?«

»Egal. Früchte.«

Kurz darauf saßen sie gemeinsam in ihrer kleinen Küche. Nina hatte nicht nur eine große Kanne Früchtetee gekocht, sondern auch den Tisch gedeckt. Die erste Euphorie über ihre

Schwangerschaft war verschwunden, daher überlegte sie jetzt unsicher, wie sie es Jens beibringen sollte. Er hatte Kinder sehr gern, doch bisher hatte er sie immer vertröstet, wenn sie das Thema Familienplanung zur Sprache gebracht hatte. Erst ging es ihm zu schnell, weil er eine unschöne Trennung hinter sich hatte und lieber warten wollte. Einige Jahre später war sein Schwager gestorben. Daher hatten sich Nina und er oft um die beiden Kinder gekümmert, um Jens' Schwester zu entlasten. Schließlich fand Jens ihre Wohnung zu klein, was gerade während der Zeit, in der seine beiden Nichten öfter da waren, deutlich geworden war. Neuerdings hatte er sich darauf verlegt, dass das Geld wegen des Hausbaus knapp werden könnte, wenn sie nicht beide arbeiten gingen. Ninas Berechnungen kamen jedoch zu einem anderen Ergebnis.

Vor ein paar Monaten hatte sie schließlich die Pille abgesetzt – allerdings ohne mit Jens darüber zu sprechen. Gerade nachdem sie gesehen hatte, wie er in die Ersatz-Vaterrolle für seine Nichten geschlüpft war, war sie sicher, dass er sich am Ende freuen würde, wenn – rein zufällig natürlich – ihre Verhütung versagte. So etwas kam schließlich vor. Und das mit dem Geld würde sich regeln.

Mit dem dampfenden Tee in der Hand wirkte Jens nach der Dusche mit sich und der Welt zufrieden. Er belegte sich sein Brot dick mit Schinken. Nina begnügte sich mit einer halben Schnitte mit wenig Butter und einem kleinen Klecks Marmelade. In den letzten Tagen war ihr morgens meist schlecht gewesen. Übergeben musste sie sich bisher nicht, Appetit hatte sie in der Früh allerdings auch keinen – andererseits wurde das Unwohlsein eher schlimmer als besser, wenn sie gar nichts aß.

Jens schnitt ein Stück Käse ab und reichte es ihr. »Appenzeller«, meinte er. »Magst du doch so gern.«

Das stimmte zwar, aber allein der Geruch, der zu ihr herüberwehte, drehte ihr jetzt den Magen um. Sie schüttelte ablehnend den Kopf, nahm ihren Tee und atmete den süßlichen Duft ein. »Bei mir in der Klasse geht gerade die Magen-Darm-Grippe um.«

»Ach so. Deswegen trinkst du auch keinen Kaffee«, erwiderte Jens und biss in den Käse. Besorgt musterte er sie. »Ist dir denn schlecht?«

»Ach, geht schon«, wiegelte sie ab und ärgerte sich gleichzeitig, dass sie nicht die Gelegenheit ergriffen hatten, um eine Andeutung zu machen.

Jens rekelte sich. »Ich fahre nachher mal nach Weisendorf und seh' nach dem Rechten. Wir müssen uns bald mit dem Ofenbauer treffen und die Kacheln aussuchen. Schreib mir doch mal auf, wann du nicht kannst – nach der Schule meine ich.«

Nina nickte. Dann fasste sie sich ein Herz. »Sag mal, das Zimmer neben unserem Schlafzimmer im neuen Haus, also das, was ich nehmen wollte … ich könnte mein Büro eigentlich oben unters Dach machen, findest du nicht?«

Überrascht hob Jens die Brauen. »Und was sollen wir mit dem Zimmer machen? Außerdem wollen wir das Dach erst später ausbauen. Oder stört es dich neuerdings, wenn ich nebenan Musik höre?« Sie hatten für jeden ein Zimmer im Obergeschoss geplant.

Andächtig schüttete Nina sich noch einen Tee ein, während sie sich überlegte, wie sie es formulieren sollte. »Na ja«, begann sie schließlich zögernd, »vielleicht brauchen wir das Zimmer ja demnächst für etwas anderes …« In einer bedeutungsvollen Pause lächelte sie Jens vielsagend zu.

Sie hatte mit einem verständnislosen Blick gerechnet. Vielleicht sogar damit, dass bei ihm der Groschen fiel – besonders, weil sie in der letzten Zeit sehr häufig die Sprache auf Kinder gebracht hatte. Seine Reaktion war jedoch nicht so, wie sie geglaubt hatte. Absolut nicht. Von einer Sekunde zur anderen war ihre Freude verflogen. Jens Gesichtszüge wirkten plötzlich wie eine Maske. Sie konnte sehen, wie sein Adamsapfel hüpfte, während er schwer schluckte. Langsam legte er das Stück Appenzeller auf das Frühstücksbrettchen. Ein paar Mal schob er es mit der Fingerspitze hin und her, bevor er Nina ansah.

»Nina … ich … ich muss dir was sagen.«

Nina saß steif auf ihrem Stuhl und wagte nicht, ihn anzusehen.

Er atmete tief durch, als müsse er sich wappnen. Seine Stimme war leise: »Ich … ich glaube, ich bin unfruchtbar.«

Nina wusste, sie sollte reagieren. Irgendetwas sagen. Aber sie konnte es nicht. Sie konnte Jens nur anstarren. Er schien ihre Fassungslosigkeit nicht zu bemerken. Vielleicht hatte er mit seinen eigenen Gefühlen zu kämpfen. Er fixierte seine fast leere Teetasse, in der er mit enervierendem Geräusch den Löffel über den Boden schaben ließ.

»Du weißt doch, dass ich damals, bevor ich zur Polizeischule ging, mit Thorsten diese Rucksackreise gemacht habe. Wir haben da ja ewig drauf gespart. Indien, Thailand und so. Ach Scheiße …« Er rieb sich mit beiden Händen über das Gesicht. »Wir haben viel Blödsinn gemacht und … wir waren … in … einem Bordell. Ich bin da nicht stolz drauf«, beeilte er sich zu sagen.

»Nein!« Abrupt stand Nina auf.

Jens zuckte zusammen und hob beschwichtigend die Hände. »Nina, das ist fünfzehn Jahre her. Wir beide kannten uns ja noch gar nicht.«

»Erzähl weiter.« Ihre Stimmer klang dünn, obwohl es sie tatsächlich nur mäßig entsetzte, dass er in einem Bordell gewesen war. Natürlich wusste sie, dass junge Männer über die Stränge schlugen. Jens antwortete nicht sofort, also ließ sie sich auf der Stuhlkante nieder.

Er schaute ihr nicht in die Augen. »Ich habe mir damals einen Tripper eingefangen«, sagte er fast tonlos. »Ich hab es nicht gemerkt, weil wir noch ein paar Wochen unterwegs waren, und dachte, es sei ein Pilz oder ein Harnwegsinfekt wegen der unsauberen Klos. Als ich zurück war, bin ich zum Urologen. Ich hatte damals eine ziemlich heftige Nebenhodenentzündung. Es hat ewig gedauert, bis alles abgeheilt war. Der Arzt damals meinte, ich solle zur Sicherheit ein Spermiogramm machen lassen.«

Es entstand eine lange Pause, bis Nina sich zu fragen traute: »Und?«

Er zuckte mit den Schultern. »Ich habe es nicht gemacht.«

»Ja … dann ist es gar nicht sicher«, meinte Nina vorsichtig. Sie sollte erleichtert sein, denn offenbar stand der Beweis schwarz auf weiß noch aus, aber sie war es nicht.

Jetzt suchte er ihren Blick – traurig. »Ramona und ich haben fast zwei Jahre miteinander geschlafen, ohne zu verhüten. Wir haben uns zwar gewundert, aber … wir haben uns irgendwie keine Gedanken gemacht. Als wir uns getrennt haben, war ich froh, dass wir keine Kinder hatten. Letztes Jahr habe ich zufällig gehört, dass Ramona mit diesem Typen von damals verheiratet ist und sie ein Kind haben. Also …« Er machte eine unbestimmte Handbewegung.

»Warum hast du mir das nie erzählt?«

Er zuckte mit den Schultern und wirkte selbst vollkommen erschüttert von seinem Geständnis.

»Mein Gott, Jens!« Still sitzen war nicht möglich. Sie lief in der kleinen Küche auf und ab. »Du hättest es mir sagen sollen! Vielleicht bist du ja gar nicht unfruchtbar.« Sie deutete mit dem Finger auf ihn. »Bitte, Jens. Mach einen Test. So schnell wie möglich!«

Er nickte kläglich. Dann stand er auf und nahm Nina bei der Hand. »Schatz, ich … es tut mir leid.«

Nina schluckte. »Und wenn … falls du doch … würdest du ein Kind wollen?«

Ein trauriges Lächeln erschien auf Jens' Gesicht und er strich ihr zart über die Wange. »Darüber reden wir, wenn wir es wissen. Aber mach dir lieber keine Hoffnung, in Ordnung?« Vorsichtig nahm er sie in die Arme und streichelte über ihren Rücken.

Nina ließ es geschehen. Sie legte ihren Kopf an seine Schulter, ohne Chance, die Tränen zu unterdrücken, die ihr plötzlich in die Augen schossen. Jens wiegte sie hin und her und sie spürte, dass auch er weinte. Sie dachte an den positiven Schwangerschaftstest, den sie in der Hand gehalten hatte und die winzigen Veränderungen an ihrem Körper, die sie beobachtet hatte. Beides ließ sich nicht leugnen. Die ganze Zeit hatte sie nicht daran gedacht, dass es möglicherweise gar nicht Jens' Kind war. Jetzt traf es sie wie ein Keulenschlag. Sie musste Jens unter allen Umständen die Wahrheit sagen – selbst wenn seine Befürchtung sich nicht bestätigte. Ihm ein Kind unterschieben – das brächte sie nicht fertig. Sie dachte an ihr Gespräch mit Maria, die sie seitdem nicht mehr gesehen hatte. Was sollte sie tun, wenn es sicher das Kind dieses Fremden war? Das Kind eines Terroristen? Eines Mörders? Sie dachte an die Menschen in Berlin, die bei dem Anschlag gestorben waren.

Das Kind war doch auch ein Teil von ihr!

Schluchzend klammerte sie sich an Jens und versuchte krampfhaft, nicht völlig die Beherrschung zu verlieren.

DONNERSTAG, 21. MAI 2009

Aus: Fränkischer Morgen: ›Die Schweinegrippe und die Volkswirtschaft‹

Die Auswirkungen auf die Ökonomie – ein Kommentar von Klaus Zacharias.

Eine Nation im Krankenstand – nicht nur für Gesundheitsexperten ein Gräuel, sondern auch ein Desaster für viele Unternehmen. Schon jetzt zeigen sich erste Auswirkungen der Pandemie, denn aus Angst vor Ansteckung stornieren viele Menschen ihre Urlaubsreisen in Länder, in denen die Schweingrippe grassiert, und sorgen so für Verluste bei Reiseveranstaltern und Fluggesellschaften. Doch das wird in den nächsten Monaten nicht alles sein, denn nicht zum ersten Mal dürften die Folgen einer Seuche für die Wirtschaft spürbar werden. Bereits bei vergangenen Epidemien wie SARS im Jahr 2003 mieden viele die Öffentlichkeit, um eine Ansteckung zu verhindern. Die finanziellen Einbußen beispielsweise in der Gastronomie oder dem Kultur- oder Sportbereich dürften deutlich in die Höhe schnellen, sobald ein hohes Maß an Erkrankungen dazu kommt. Enorme Kosten, durch Arbeitsausfälle, Schließung von Schulen und öffentlichen Gebäuden sowie die zusätzlichen Investitionen des Staates in das Gesundheitswesen wäre eine logische Konsequenz. Der finanzielle Aufwand ginge in die Milliarden. Der Sturzflug des Bruttosozialproduktes wäre unvermeidlich.

Landkreis Neustadt/Aisch, Vahlenmühle

Als sie bei Brunn von der B 8 abbog, zog Maria ihr Navigationsgerät zurate, um zu prüfen, wie lange sie noch brauchen würden. »Manchmal sind die Dinger echt von Vorteil.«

»Hm«, war Michelles ungewöhnlich einsilbiger Kommentar. Sie knibbelte mit dem knallroten Daumennagel am Nagelbett des Mittelfingers herum. Erst hinter Brunn unterbrach sie ihr Schweigen. Die Straße, auf der sie inzwischen fuhren, führte in ständigem Auf und Ab durch einen dichten Kiefernwald. »Schade, dass ich mein Rennrad nicht hier habe.«

»Du fährst Rennrad?«, fragte Maria. »Hätte ich gar nicht gedacht.«

»Mountainbiken tue ich lieber, aber es kommt halt auf die Strecke an. Die Straßen hier sind ideal fürs Rennrad.« Sie seufzte, was wohl nicht an der gerade erwähnten Tatsache lag. Schließlich fuhr sie fort: »Vielleicht hole ich es einfach. Der Sommer fängt ja gerade erst an und ich wohne ja weiter in Erlangen, selbst wenn ich ab Juni in Nürnberg bin.« Sie zog einen Flunsch. »Eigentlich würde ich lieber bleiben.«

»Mitten in der Provinz!«, lachte Maria. »Wer hätte das gedacht.«

»Na ja, sooo aufregend ist es hier nicht …«

»Lass mich raten. Fängt der Grund mit F an und arbeitet zwei Büros weiter? Wobei mir einfällt: Fährt Fabian eigentlich auch Rennrad?«

Michelle kicherte fast so ausgelassen wie sonst und stupste Maria mit dem Ellbogen an. »Nein, aber was nicht ist, kann ja noch werden. Und was ist mit dir? Hast du ein Rennrad? Oder läufst du nur?«

»Nur Laufen. Ich hab so ein altes Möhrchen ohne Gangschaltung, damit bekommt man schon an der Brücke vom

Europakanal eine Herzattacke. Sag mal, hättest du nicht Lust auf eine Staffel?«

»Marathon? Nee, ich glaub nicht.«

»Nein, Triathlon. Im August findet in Erlangen einer statt. Ich war letztes Jahr als Zuschauer da und fand die Stimmung toll. Weder Radfahren noch Schwimmen sind meins, aber ich würde gern mal mitmachen. Es gibt da unterschiedliche Distanzen.«

»Hört sich interessant an. Und wer schwimmt?«

Maria setzte den Blinker, um links nach Willmersbach abzubiegen. »Ich könnte Jens fragen. Der geht regelmäßig, soviel ich weiß. Obwohl ... Vielleicht hat er im Moment eher keine Lust.«

Je näher sie ihrem Ziel kamen, desto stiller wurde Michelle. Maria verstand die Nervosität der jungen Frau. Es war keine schöne Aufgabe, die vor ihnen lag, aber leider eine in ihrem Beruf unvermeidliche. Nach dem Anruf der Polizei in Neustadt hatte sie Michelle angeboten, in Erlangen zu bleiben und statt ihrer Jochen mitzunehmen, doch Michelle hatte tapfer abgelehnt.

Inzwischen waren sie noch einmal abgebogen. Die schmale Straße, an der kaum noch zwei Autos nebeneinander passten, schlängelte sich einige Hundert Meter durch Wiesen und Felder, vorbei an den unvermeidlichen Karpfenweihern.

»Wenn ich es nicht besser wüsste, würde ich glatt denken, ich bin im Urlaub auf dem Bauernhof«, sagte Michelle, als sie langsam über den Hof der Vahlenmühle rollten und dabei die freilaufenden Hühner aufscheuchten. Auf der anderen Seite holperten sie weiter über einen Feldweg. Das lang gezogene Tal wurde links von einem Wald begrenzt, der sich steil auf einen kleinen Berg hinauf zog. Rechter Hand erstreckten sich weitläufige Felder auf einem sanft gerundeten Hügel. Die Wiesen zwischen den Weihern und dem Mühlbach waren sattgrün und voller Blumen und warteten auf den ersten Schnitt des Jahres.

Eine malerische Idylle.

Das friedliche Bild wurde durch ein halbes Dutzend Autos, das Flackern von Blaulicht und einer Horde von Menschen gestört, die geschäftig herumliefen. Rot-weißes Absperrband flatterte im Wind und ein paar Schaulustige drängten sich dahinter. Maria parkte das Auto auf dem Feldweg, denn der wenige Platz zwischen den Weihern war bereits besetzt.

Falls es möglich war, war Michelle noch blasser geworden. Sie atmete einmal tief durch.

»Möchtest du lieber beim Auto bleiben?«

Entschlossen schüttelte Michelle den Kopf. Sie stiegen aus. Maria zeigte einem Polizisten ihren Ausweis. Sogleich winkte der Mann einen Kollegen in Zivil herbei.

»Peter Dörfler, Kripo Ansbach«, stellte sich der Mann vor. Sein großer Schnurrbart hüpfte dabei auf seiner Oberlippe herum. »Danke, dass Sie so schnell kommen konnten, Frau Ammon.«

Während er den beiden Frauen den Weg wies, fasste er zusammen, was geschehen war. Zwei ältere Frauen waren spazieren gegangen, plötzlich hatte der Hund der einen Frau eine Fährte aufgenommen und war verschwunden. Rufen hatte nichts genützt, bis sie ihn nach einer Weile beharrlich bellen hörten.

»Es ist ein ausgebildeter Rettungshund«, erklärte Dörfler weiter. »Er lief zu seinem Frauchen und wieder zum Keller, bis sie ihm folgte. Sie sagte, sie habe ein totes Reh oder sonst ein Viech erwartet und war vollkommen entsetzt, die Leiche dort zu sehen. Der Hund hatte Blätter und Erde weggekratzt. Es ist wirklich kein schöner Anblick. Tja … Wir haben die Leiche natürlich sofort mit vermissten Personen verglichen, und wenn Sie mich fragen, könnte es sich um Ihre Frau Esser handeln.«

Ein Mann kam zu ihnen. »Peter, hast du eine Sekunde?«

Dörfler sah Maria fragend an, die ihm mit einer Geste bedeutete, dass es in Ordnung war. »Können wir rein?«

»Freilich. Ich komme gleich nach.«

Maria reichte Michelle einen Mundschutz und ein paar Handschuhe, bevor sie weitergingen. Währen die Frauen die letzten Meter zum Kellereingang zurücklegten, dachte Maria an ihre erste Tatortbesichtigung mit Leiche. Es war eine Eifersuchtstat gewesen, bei der ein Mann seine Freundin in deren eigener Wohnung umgebracht hatte. Erst nach Monaten war die Leiche in einem Schrank gefunden worden. Maria schauderte es noch heute bei dem Gedanken an den halb verwesten Körper, die Maden und Fliegen und den beißenden Geruch. Ihr war anschließend tagelang schlecht gewesen. Sie hoffte für Michelle, dass es hier nicht so schlimm war. Maria klopfte ihr aufmunternd auf die Schulter und ging voran. Trotz der aufgestellten Lampen wirkte das Felsgewölbe innen düster und bedrückend. Hinter einer uralten Holztür, die schief in den Angeln hing, führte der Raum ein gutes Stück in den Fels hinein. An den Wänden konnte man noch die Spuren der Werkzeuge erahnen, die ihn einst aus dem Gestein herausgeformt hatten. Es war feucht und an manchen Stellen gab es mit moderndem Laub bedeckte Pfützen. Einige Mitarbeiter der Spurensicherung im weißen Overall gingen drinnen ihrer Arbeit nach. Ab und zu flammte das gleißende Blitzlicht des Fotoapparates auf.

Ganz hinten, halb in der Erde und zum Teil mit Laub bedeckt, lag der Körper einer Frau. Es wirkte, als habe jemand hastig versucht, sie zu verscharren, weil er nicht die Zeit oder das Werkzeug gehabt hatte, sie vollständig zu begraben.

Sofort erkannte Maria das Lieblings-T-Shirt, das Bianca Essers Schwester ihr beschrieben hatte und auch den dunkelblauen Hausanzug. Die dunklen Haare waren verfilzt und spröde und hatten jeglichen Glanz verloren. Das ehemals hübsche Gesicht war aufgedunsen, die Haut grünlich verfärbt und an den sichtbaren Körperöffnungen konnte man noch Spuren der Leichenflüssigkeit erkennen, die irgendwann ausgetreten war. Ihr verzerrter Mund wirkte, als habe sie ihre Lippen mit schwarzer Schminke nachgezogen.

Mit angeekeltem Gesicht bedeckte Michelle den Mundschutz zusätzlich mit einer Hand. »Das könnte sie sein.« Ihre Stimme klang dumpf.

Maria selbst atmete flacher als gewöhnlich. Aus Erfahrung wusste sie, dass es nicht viel brachte, sich gegen den Gestank zu sträuben. Er durchdrang einfach alles, daher konnte man lediglich versuchen, ihn auszublenden. Nachdem sie sich bei der Spurensicherung erkundigt hatten, ob es in Ordnung sei, ging sie in die Hocke, um die Tote oberflächlich zu untersuchen. Auf den ersten Blick konnte sie keine Verletzungen erkennen, doch als sie einen Blick auf den Hals warf, entdeckte sie eine schmale Linie, oberhalb derer sie den Eindruck hatte, dass die Hautverfärbung viel dunkler war, beinahe schwarz. Die Innenwinkel der Augen – rechts ausgeprägter als links – wiesen ebenfalls eine Schattierung auf, die sich vom Rest des Gesichts unterschieden.

»Schau mal!« Maria winkte Michelle zu sich. Widerstrebend kam die junge Frau näher. »Hier – diese Linie am Hals. Wenn jemand erwürgt wird, kann das Blut nicht zurückfließen und es bildet sich eine Drosselmarke. Und da an den Augen – siehst du die Stellen, die dunkler sind als der Rest? Das sind lauter kleine Einblutungen, die zusammengeflossen sind. Man nennt sie ›konfluierte Petechien‹, die ein Hinweis auf Erwürgen sein könnten. Letztendlich muss das natürlich die Obduktion klären.«

»Hmhm«, murmelte Michelle gepresst. »Ich muss raus.« Und bevor Maria noch etwas sagen konnte, war sie weg.

Gerade kam Dörfler herein, ebenfalls mit Mundschutz und Handschuhen bewaffnet. »Das Mädel sah nicht gut aus. Ist das ihre erste Leiche?«

»Ja, sie ist erst ein paar Wochen bei uns. War der Gerichtsmediziner schon da?«

Dörfler nickte. »Er musste gleich wieder weg. Daran, dass sie tot ist, gab es ja leider keine Zweifel. Glauben Sie, das ist Bianca Esser?«

»Ich fürchte, ja«, seufzte Maria. »Wie lange liegt sie wohl hier?«

»Drei bis vier Wochen sagt der Fachmann – ohne Gewähr natürlich. Wie weit seid ihr eigentlich?« Er meinte die Spurensicherung.

»Fast fertig. Wir können sie gleich rausbringen.«

»Wunderbar.« Beherzter als Maria begann Dörfler nun, Bianca zu untersuchen. Er tastete an ihrem Körper herum. »Na, was haben wir denn da?« Er holte ein Handy aus der Tasche von Biancas Jacke. Es war ein sehr einfaches Modell, wie es sie in Supermärkten billig zu kaufen gab.

Maria betrachtete es von allen Seiten, bevor sie es einschaltete. Das Display blinkte kurz auf, eine Tonfolge war zu hören, dann wurde alles wieder schwarz. »Merkwürdig. In ihrer Wohnung haben wir ihr Handy gefunden und einen anderen Vertrag besitzt sie nicht.«

»Vielleicht Prepaid?«

»Könnte sein. Ich nehme das gleich mit – einverstanden?« Die Frage war reine Formalität, was Dörfler natürlich wusste. Er machte daher eine Geste, die wohl seine Zustimmung ausdrücken sollte.

Als Maria aus dem Keller hinaus trat, kam es ihr vor, als klettere sie aus einem Grab. Im Grunde war es das ja für eine Weile gewesen. Sie zog Maske und Handschuhe aus und atmete die frische, warme Luft. Drei bis vier Wochen. Also war Bianca Esser gleich nach ihrem Verschwinden gestorben. Oder sogar davor.

Sie fand die recht unglücklich dreinschauende Michelle im Auto.

»Ich bin ein Feigling!«

»Das hat nichts mit Feigheit zu tun«, beruhigte Maria sie. »Anderen fällt es auch nicht leichter. Mir macht es auch etwas aus – sehr viel sogar.«

Michelle schielte sie von der Seite an. »Echt jetzt? Du wirkst aber nicht so.«

»Ich kann es vielleicht besser verbergen als du«, erwiderte Maria. »Den Opfern kann ich nicht mehr helfen. Aber ich kann ihren Tod aufklären, herausfinden, wie es dazu kam und denjenigen finden, der das zu verantworten hat. Aber damit ich das kann, reiße ich mich zusammen, verstehst du?«

Michelle zog die Nase hoch. »Ja, du hast recht.«

Maria klopfte ihr aufmunternd auf die Schulter. »Komm, ich muss noch mal mit Herrn Dörfler sprechen. Wir bleiben draußen.«

»Warum heißt das eigentlich ›Keller‹?«, fragte Michelle, die aussah, als würde sie sich jeden Schritt abringen.

Maria blieb vor dem höhlenartigen Eingang stehen, in den gerade zwei Leute mit einem Zinksarg verschwunden waren.

Um Michelle ein wenig abzulenken, erklärte sie: »In den Felsenkellern haben die Menschen früher empfindliche Vorräte gelagert – aber vor allem brauchten sie die, um das untergärige Bier herzustellen. Da drinnen herrscht das ganze Jahr eine ideale Temperatur von 8-10 Grad.«

»Ein natürlicher Kühlschrank.« Michelle sah angespannt in den Keller hinein.

»Genau. Deswegen sieht Biancas Leiche noch ganz gut aus.«

»Gut?« Michelles Stimme war eine Terz höher als gewöhnlich.

Maria verkniff sich, auf pathologische Details von dem Zustand einer Leiche bei unterschiedlichen Umgebungsbedingungen einzugehen.

Nach ein paar Sekunden sagte Michelle leise: »Sie war nicht viel älter als ich.« Und dann, nach einer noch längeren Pause, fügte sie sehr inbrünstig hinzu: »Welches Arschloch war das?«

Maria hob die Brauen. »Genau das meinte ich vorhin.« Sie zeigte Michelle das Handy, das Dörfler bei Bianca gefunden hatte. »Das hatte sie übrigens in der Tasche.«

Während Michelle das Handy unter die Lupe nahm, wurde der Zinksarg herausgetragen. Die junge Frau sah hinterher. »Wie geht es jetzt weiter?«

»Ganz einfach: Wir finden denjenigen, der das getan hat!«

Michelle hatte wieder Farbe im Gesicht und nickte grimmig. »Und ob!«

Erlangen, Felix d'Herelle Institut

Sie hatten sich nicht angekündigt. Maria wollte die ungeschminkte Reaktion von Eichmüller sehen, wenn sie ihm von Biancas Tod berichtete. Daher waren sie von der Vahlenmühle aus direkt hierher gefahren. Von außen wirkte das Institut wie ein gewöhnliches, zweistöckiges Wohnhaus, das es vermutlich auch einmal gewesen war. Eichmüllers Büro im Erdgeschoss bot einen wunderschönen Blick auf den Sebalder Reichswald. Gegenüber war Biancas Büro gewesen. Neben der Tür hing immer noch das Schild mit ihrem Namen. Michelle wandte schnell den Blick ab.

Als sie den Raum betraten, stand Eichmüller auf, um ihnen die Hand zu reichen. »Grüß Gott, Frau Ammon. Frau Schmitz. Bitte nehmen Sie Platz.« Er deutete auf einen runden Tisch, der mit Papieren und Ordnern bedeckt war. Er räumte alles zur Seite und erkundigte sich, ob sie etwas trinken wollten.

Maria winkte ab und kam gleich zur Sache. »Herr Dr. Eichmüller, wir müssen Ihnen leider mitteilen, dass wir heute eine Leiche gefunden haben, von der wir annehmen müssen, dass es sich um Frau Esser handelt.«

Sekundenlang reagierte Eichmüller nicht. Nur sein Adamsapfel hüpfte auf und ab. Schließlich blinzelte er und stand auf. Er trat ans Fenster. Mit dem Rücken zu ihnen fragte er: »Sind Sie sicher?«

»Nicht zu einhundert Prozent, nein, aber das werden wir bald wissen. Ich persönlich halte eine Verwechslung für ausgeschlossen, ansonsten wären wir nicht hier … es tut mir leid.«

Er atmete tief durch, bevor er zu ihnen zurückkam, um sich zu setzen. »Wie ist sie gestorben? Und wo haben Sie sie gefunden?«

»Über die Details darf ich Ihnen momentan keine Auskunft geben«, erwiderte Maria bestimmt. »Ich weiß, dass ich Sie das schon mehrmals gefragt habe, aber gibt es noch irgendetwas, dass Sie uns mitteilen können? Etwas, das uns weiterhilft, um denjenigen zu finden, der ihr das angetan hat?«

Eichmüller ließ sich viel Zeit mit der Antwort. Schließlich sagte er leise: »Ich hielt es für Unsinn, doch es könnte sein, dass etwas dran ist an Ihrer Vermutung, also dass Sara und Meir Cohen ein Verhältnis haben. Vielleicht wollte ich es einfach nicht wahrhaben, allerdings glaube ich … ich weiß nicht, wie ich es sagen soll …« Er wirkte plötzlich sehr unsicher.

»Ganz langsam und der Reihe nach«, sagte Maria.

Er massierte sich die Schläfen. »Seitdem Meir nach Deutschland gekommen ist und in der Praxis arbeitet, hat Sara sich verändert. Sie unternahm viel mit ihm – angeblich, um ihm zu helfen, in Deutschland Fuß zu fassen. Sie lud ihn zu uns nach

Hause ein, zu Feiern und Familienfesten. Dort lernte er letztes Jahr übrigens Bianca kennen und er mochte sie offenbar, doch Bianca …« Verstohlen rieb er sich über die Augen. »Wie dem auch sei, er konnte nicht bei ihr landen. Daraufhin wurde sein Kontakt zu Sara noch enger und selbst in meinem Beisein sprach er manchmal in seiner Muttersprache mit ihr. Es sollte wohl unverfänglich wirken, aber man begreift einfach, wenn die Chemie stimmt, wie man so schön sagt.«

»Woher kann Ihre Frau hebräisch?«

»Matti hat es ihr und ihrem Bruder beigebracht. Er legte wert darauf, dass sie ihre Wurzeln nicht ganz vergessen. Außerdem hat er dafür gesorgt, dass die beiden ein Schuljahr in Tel Aviv verbrachten. Auch später ist Sara gelegentlich dorthin geflogen. Deswegen kannte sie Meir, bevor er nach Deutschland kam.« Er atmete ein paar Mal sehr tief ein.

»Er ist jünger als Ihre Frau, oder?«

»Ja, ein paar Jahre. Ich kann nur spekulieren, aber nach allem, was passiert ist, glaube ich, sie wollen sich gemeinsam an mir rächen. Vielleicht haben sie, weil sie bei mir keinen Erfolg hatten, Bianca als leichtes Opfer gesehen … mein Gott!« Seine Stimme versagte. Er entschuldigte und schnäuzte sich, bevor er sich wieder setzte. »Verzeihung.«

»Kein Problem«, sagte Maria. »Haben Sie irgendwelche Beweise dafür? Fotos zum Beispiel. Oder haben Freunde oder Bekannte die beiden zusammen gesehen?«

Betrübt schüttelte er den Kopf. Plötzlich hielt er inne. »Es könnte sein, dass Meir in Interlaken gewesen ist. Bei dem Konzert von Elias.«

Maria runzelte die Stirn. »Wie kommen Sie darauf?«

»Ich habe nicht viel mit meinem Sohn über die Ereignisse gesprochen, doch er hat mir am letzten Wochenende erzählt, dass er glaubt, Meir dort gesehen zu haben.«

»Verstehe ich Sie richtig, Herr Dr. Eichmüller, Sie glauben, Dr. Meir Cohen sei mit Sara in der Schweiz gewesen und mit ihr zurückgekehrt? Könnte er bei ihr gewesen sein, als sie morgens heim kam?«

Eichmüller überlegte eine Weile. Schließlich sagte er: »Ja, das wäre möglich.«

Michelle hörte auf, an ihrem Bleistift herumzukauen. »Falls er mit Ihrer Frau ein Verhältnis hatte und zufällig dabei war – also unten vom Erdgeschoss aus alles mitbekommen hat – kann ich nachvollziehen, warum er Ihrer Frau geholfen hätte zu verschwinden, allerdings verstehe ich nicht, wieso er mit ihr zusammen Frau Esser entführt und ermordet haben soll. So etwas eiskalt durchzuziehen ist eine ganz andere Hausnummer. Zumal er mit Frau Esser befreundet war, wie er behauptet.«

Eichmüller lächelte säuerlich. »Danach müssen Sie ihn schon selbst fragen.«

Maria tippte sich mit ihrem Stift ans Kinn. Michelles Einwurf war durchaus berechtigt. »Kann vielleicht irgendjemand anders bestätigen, dass Dr. Cohen in Interlaken war? Jemand vom Chor?«

»Nein, nicht das ich wüsste.«

Also musste Maria andere Mittel und Wege finden, um zu überprüfen, ob Cohen möglicherweise in der Schweiz gewesen war, ebenso wie sein mögliches Verhältnis zu Sara Eichmüller. Sie ärgerte sich darüber, dass Eichmüller erst jetzt damit herausrückte. Sie glaubte nämlich nicht, dass Elias es erst jetzt erwähnt hatte, sondern dass Eichmüller nicht hatte zugeben wollen, dass seine Frau ihm Hörner aufgesetzt hatte.

Sie verabschiedeten sich und ließen einen niedergeschlagenen Eichmüller zurück.

FREITAG, 22. MAI 2009

KPI Erlangen

»Michelle! Wo bist du?«

»Hier! Was ist?« Bei Marias Tonfall kam Michelle gleich aus der Küche angestürzt.

Maria grinste wie ein Honigkuchenpferd. »Setzen!« Sie deutete neben sich. »Cohen war an besagtem Samstag in Interlaken. Er hatte für eine Nacht ein Zimmer in einem benachbarten Hotel. Ich habe alle abtelefoniert und ein Hotelier konnte sich daran erinnern, denn er hat sich darüber gewundert, dass Cohen nicht über Nacht geblieben ist, sondern beim Nachtportier gegen halb eins ausgecheckt hat. Cohen war tagsüber mit einer Frau auf dem Zimmer, auf die die Beschreibung von Sara Eichmüller passt. Sein Notdienst begann erst um acht Uhr morgens – Zeit genug, um zurückzufahren. Die früheren Patienten wurden von einem anderen Arzt behandelt, Cohen war erst um zehn Uhr in der Praxis. Vorher gab es keinen Einsatz für ihn. Dann der Obduktionsbericht. Frau Esser wurde wahrscheinlich noch am Tag ihres Verschwindens erwürgt. Es gab keine Abwehrverletzungen, möglicherweise hat sie geschlafen, denn sie hatte eine extrem hohe Dosis Schmerzmittel im Blut, dazu ein Breitbandantibiotikum namens Doxycyclin. Ihren Hausarzt hatte sie während der ganzen Zeit nicht aufgesucht, obwohl sie offensichtlich sehr krank war. Doxycyclin ist verschreibungspflichtig, Eichmüller war bis Samstags im Krankenhaus, also wer könnte es ihr besorgt haben?«

»Cohen!«, gab Michelle brav den gewünschten Tipp, obwohl die Antwort auf der Hand lag.

»Richtig! Vermutlich ein Privatrezept. Davon, dass er ihr das Medikament gebracht hat, sagte er bis jetzt nichts.«

»Was er aber einfach vergessen haben könnte«, warf Michelle ein.

Maria wiegte den Kopf. »Könnte. Nehmen wir an, er brachte ihr die Medizin und stellte fest, wie krank sie war. Ein leichtes Ziel, also …«

»… ihm kommt die Idee, Eichmüller eins auszuwischen.«

»Vielleicht hat er sich eingeschmeichelt, sie untersucht, getan, als wolle er helfen. Die DNA-Spuren im Bad sind übrigens nicht von Eichmüller! Der Bericht kam vorhin auch. Auf dem Handy, das Bianca in der Tasche hatte, waren zwischen Freitag und Montag vier Anrufe von Cohen. Am Sonntag schrieb sie: ›Lass mich endlich in Ruhe!‹, und: ›Ich will nicht, dass du kommst!‹.«

»Wow«, entfuhr es Michelle.

»Und es kommt noch besser. Er hat geantwortet – mehrfach. Seine letzte SMS am Montag lautete ›Ich komme zu dir‹. Möglicherweise hat Michelle daraufhin Eichmüller angerufen, doch Cohen und Sara Eichmüller waren schneller.«

Michelle hielt Maria die Hand hin, damit sie abklatschte. »Bingo! Und das heißt?«

Maria schlug mit ihrer Faust in die Handfläche. »Dass heißt, es sind verdammt noch mal viel zu viele Vermutungen für einen Haftbefehl. Ich rufe am besten Olaf an, vielleicht kann er was tun.«

»Und dann nehmen wir Cohen fest?«

Maria schnappte sich den Telefonhörer. »Wir brauchen unbedingt seine Fingerabdrücke und eine DNA-Probe. Ich gehe jede Wette ein, dass uns das die nötigen Beweise liefert.«

Während Maria mit ihrem Freund telefonierte, las Michelle

den Obduktionsbericht noch einmal. »Granulomatose … Hiliuslymphom …«, murmelte sie. »Wo hab ich das schon mal gehört?« Sie ging zu ihrem Computer.

Maria legte gerade auf und rieb sich die Hände. »Olaf hat zwar Bedenken, weil es lauter Indizien sind, aber er glaubt, es könnte klappen.«

Michelle nickte flüchtig. »Weißt du, was ich sehr seltsam finde?«

»Nein. Aber du wirst es mir jetzt sagen.«

»Erinnerst du dich an die obdachlose Frau, die in der Regnitz ertrunken ist?«

»Ja«, antwortete Maria langsam.

»Und an den anderen Obdachlosen im Februar in Nürnberg?«

»Der nicht in unseren Bereich fiel«, erinnerte Maria sie.

»Jaja, ich weiß schon. Beide litten an schweren Infektionen mit beginnender oder ausgeprägter Lungenentzündung. Sie hatten sogenannte granulomatöse Läsionen in der Lunge und ein Hiliuslymphom.« Sie machte eine Pause und sah Maria erwartungsvoll an.

»Was ist das genau?«

»Granulome sind kleine, knötchenförmige Entzündungen. Als Hiliuslymphom bezeichnet man vergrößerte Lymphknoten im Bereich der Lunge und Atemwege. Auch bei Bianca Esser kam beides vor. Den Rest habe ich nicht mehr im Kopf, aber ich glaube, die Symptome waren ziemlich ähnlich.«

Maria schwieg eine Weile, bevor sie nachfragte: »Sind solche Symptome normal bei einem gewöhnlichen Infekt?«

»Ich weiß es nicht«, sagte Michelle ehrlich. »Klingt jedenfalls ziemlich speziell.«

Maria nickte. »Überprüf das bitte. Aber jetzt sehen wir zu, dass wir erst einmal Cohen verhaften!«

Erlangen, in der Nähe des Palais Sutterheim

Das Wetter zeigte sich von seiner schönsten Seite. Genau richtig für das bevorstehende Wochenende. Die Innenstadt war voller Menschen, denen man ansah, dass sie die Wärme nach den kühlen Regentagen genossen. Nina fühlte sich nicht besonders. Die gute Laune um sie herum ließ ihre Stimmung erst recht in den Keller sacken. Am liebsten hätte sie sich in eine dunkle Ecke verzogen. Irgendwo hin, wo sie allein war, stattdessen sah sie auf die Uhr. Noch eine Viertelstunde, bis sie sich mit Isabelle, einer jungen Kollegin von der Realschule, am Europakanal treffen wollte. Eigentlich hatten sie sich nach dem Unterricht im Lehrerzimmer über die Schwierigkeiten mit einigen Kindern aus Isabelles Klasse unterhalten wollen, doch sie hatte Nina dazu überredet, sich an diesem sonnigen Nachmittag lieber in dem neuen Eiscafé neben der frisch renovierten Stadtbibliothek im Palais Sutterheim zu treffen.

Um die letzten Minuten totzuschlagen und sich dabei wenigstens ein Stück von all den Menschen zu entfernen, betrat Nina schließlich eine Boutique und tat, als interessiere sie sich für die Sommerkleider. In Wahrheit dachte sie an ihre Begegnung mit Jens, als sie von der Schule nach Hause kam. Er hatte nicht mit ihr gerechnet, weil er von ihrer Verabredung mit Isabelle wusste – und sie hatte geglaubt, er sei schon weg, da er seiner Schwester versprochen hatte, ihr beim Aufbau eines neuen Etagenbettes für die Mädchen zu helfen. Stattdessen hatte er niedergeschlagen in der Küche gehockt, als Nina hereinkam – den Arztbericht vor sich liegend. Nun mussten sie sich wohl oder übel mit der bitteren Wahrheit befassen: Jens war unfruchtbar.

Das Ergebnis des Urologen, das er bei seinem Termin am Vormittag bekommen hatte, war eindeutig. Der Arzt hatte ihm keine Hoffnungen gemacht, dass es sich noch ändern ließe. Die Erkrankung sei zu lange her, vielleicht hätte man etwas tun können, wäre er eher gekommen, aber nun sei es zu spät.

Zu spät!

Mit allergrößter Willensanstrengung unterdrückte sie die Welle der Übelkeit, die sie überfiel. Was, um Himmels willen, sollte sie jetzt tun? Es nicht bekommen? Instinktiv legte sie eine Hand auf ihren Bauch.

Das Baby konnte nichts dafür!

Außerdem wünschte sie sich schon so lange ein Kind und auch Jens wirkte vorhin tief betroffen, dass sie den Gedanken an eigene Kinder tatsächlich begraben konnten. Nicht umsonst hatte er die Untersuchung wohl hinausgezögert. Über die Möglichkeit einer Adoption hatten sie bisher natürlich nie gesprochen. Nina selbst würde diese Möglichkeit ganz sicher in Betracht ziehen – wäre sie nicht bereits schwanger. Vielleicht konnte Jens das Kind ja irgendwie akzeptieren.

Sie atmete tief durch. Unter keinen Umständen konnte sie diesem kleinen Wesen etwas antun, auch wenn der Vater … der Erzeuger, korrigierte sie sich sofort, auch wenn dieser Mann jemand war, über den sie lieber nicht weiter nachdenken wollte.

Bis jetzt hatte sie lediglich Maria von dieser Begegnung erzählt, daher sollte sie ihrer Freundin vielleicht die Neuigkeiten als Erstes berichten. Die pragmatische Einstellung Marias und deren guter Draht zu Jens würden bestimmt helfen, ihn zu überzeugen.

Nina zückte ihr Handy. Jens hatte Nachtschicht und würde danach erst einmal schlafen. Kurzerhand schrieb sie Maria eine Nachricht: ›Muss morgen früh dringend mit dir sprechen‹. Dann setzte sie noch hinzu: ›Es geht um neulich. Jens weiß immer noch nichts. Es ist sehr wichtig!‹.

Sie drückte auf *Senden*.

Seine Eifersucht hin oder her, ihre Beziehung musste einfach so stabil sein, dass sie das gemeinsam durchstehen konnten.

Sie musste es geschickt anstellen, auf keinen Fall riskieren, dass er sie vor die schreckliche Entscheidung stellte: Baby oder er. Es bot sich die Chance, endlich eine richtige Familie zu sein. Ein Wink des Schicksals. Sie lächelte unwillkürlich, als sie den Sonnenstrahl bemerkte, der durch das Schaufenster fiel und ihre Hand berührte. Warm und hell.

Ihr Handy vibrierte. ›Um neun zum Frühstück bei mir‹.

Offenbar war Maria im Stress, denn sonst hätte sie auf der Stelle zurückgerufen. Allerdings war es Nina deutlich lieber, denn am Telefon mitten in der Stadt wollte sie wirklich nicht darüber reden. Sie schrieb noch eine Nachricht. Diesmal an Jens: ›Bin morgen bei Maria frühstücken. Gib mir ein bisschen Zeit. Wir schaffen das! Ich liebe Dich!‹.

Sie atmete durch. Es war eine Chance. Davon würde sie Jens mit Marias Hilfe überzeugen!

Ein wenig besser gelaunt machte sie sich auf den Weg zu dem Café, in dem sie sich mit Isabelle treffen wollte. Als sie um die Ecke bog, saß ihre Kollegin bereits an einem der Tische draußen und winkte sie heran.

Nina setzte sich ihr gegenüber. »Bist du schon lange da?«

Die junge Lehrerin mit dem dunklen Wuschelkopf schüttelte den Kopf. »Ein paar Minuten. Ist irgendwas passiert? Deine Augen sind ganz rot.«

Die Spuren ihrer Tränen waren offenbar immer noch zu sehen. Nina zog ein wenig die Nase hoch. »Vielleicht eine Allergie«, sagte sie möglichst gleichgültig.

»Hoffentlich keine Schweinegrippe oder diese neue Seuche aus Neustadt«, unkte Isabelle. »Was das wohl ist?«

»Ach, das ist bestimmt alles halb so wild, was die Zeitungen schreiben«, meinte Nina und winkte ab. Ihr Handy vibrierte und sie las die Nachricht, die Jens ihr zurückgeschickt hatte: ›Ich dich auch ☺‹.

Sie lächelte versonnen. Es würde gut gehen. Es musste einfach! Sie steckte es zurück in ihre Tasche. »Also, jetzt erzähl mal, was ist denn los in deiner Klasse.«

In der nächsten Dreiviertelstunde schlemmten sie nicht nur die großen Eisportionen, sondern Nina ließ sich – dankbar über die Ablenkung – von Isabelle in ein Gespräch über die vertrackte Situation in deren Klasse verwickeln.

Nachdem sie ihren Becher verputzt hatte, nahm sie sich noch einmal die Eiskarte vor. Sie hatte vermutlich noch nie in ihrem Leben zwei Eisbecher hintereinander verdrückt. Schwanger sein war eindeutig eine interessante Erfahrung. Unschlüssig blickte sie von der Karte auf und ließ ihren Blick umherschweifen, als stünde irgendwo ein Plakat herum mit der Lösung ihres Appetit-Problems.

Der Straßenverkauf der Eistheke, der höchstens vier, fünf Meter entfernt war, zog ihre Aufmerksamkeit auf sich. Eine Frau mit einer schicken blauen Strickmütze auf ihren dicken braunen Locken und einer riesigen Sonnenbrille á la Anastasia hatte gerade eine Eistüte in der Hand. Ein großer, leicht untersetzter Mann mit schlabberigem T-Shirt in undefinierbarer Farbe und schmuddeliger Jeans stand neben ihr. Seine langen Haare waren eindeutig zu schwarz, als dass ihre Farbe natürlichen Ursprungs sein konnte. Ein zweiter Mann bezahlte gerade. Er nahm den kleinen Papp-Eisbecher von der Theke. Als er sich in Ninas Richtung umwandte, blieb ihr fast das Herz stehen. Mit halb offenem Mund starrte sie den Mann an, den sie als Georg kennengelernt hatte – in Wahrheit Stefan Falk, linksautonomer Terrorist. Gerade in dem Moment, in dem ihr klar wurde, wie auffällig sie sich benahm, begegnete er ihrem Blick. Seine nicht ganz parallel stehenden Augen hinter der rechteckigen Brille verengten sich für einen kurzen Moment.

Er hatte sie erkannt.

Nina hätte am liebsten die Flucht ergriffen, doch ihre Beine gehorchten ihr nicht – genau wie an jenem Abend. Isabelle plapperte immer noch und schien sich Gott sei Dank nicht darüber zu wundern, dass sie gar nicht antwortete. Plötzlich registrierte die Frau mit der Sonnenbrille den Blickkontakt. Sie stieß dem Dicken unsanft den Ellbogen in die Seite, dabei musterte sie Nina gründlich. Der Mann – Georg? Stefan? – sagte etwas zu den beiden und fixierte immer noch Nina, wie ein Jäger seine Beute.

Drei! Sie waren zu dritt!

Nina spürte, wie etwas in ihrem Gehirn einrastete.

Auch die anderen gehörten zu den radikalen Terroristen des kb, die in ganz Deutschland gesucht wurden!

Und mitten in Erlangen spazierten sie einfach durch die Menge. Was hatten sie vor? Waren sie bewaffnet? Erlangen war nicht Berlin. Oder Frankfurt oder München oder eine der anderen Großstädte, in denen sie bisher Anschläge verübt hatten. Waren sie vielleicht untergetaucht?

Plötzlich bewegte er sich. Erschrocken sprang Nina auf und stieß dabei an den Tisch.

»Hoppla!«, sagte Isabelle erschrocken.

»Tut … tut mir leid, ich … muss mal …«, begann Nina mit schriller Stimme, doch bevor sie sich aus dem Staub machen konnte, hatte er sie bereits erreicht.

»Nina!«, sagte er mit seiner rauen Stimme. »Schön, dass du schon da bist.«

Ohne Umschweife zog er sie trotz des Eisbechers, den er in der Hand hielt, in seine Arme und küsste sie mitten auf den Mund. Vollkommen perplex über diese Dreistigkeit ließ sie ihn gewähren.

»Du siehst gut aus.« Mit der freien Hand strich er über Wange und Schläfe. Er küsste sie auf ihre Halsbeuge. »Und du riechst gut. Hast du ein neues Parfum?«

»Was? Nein …«, stammelte Nina immer noch fassungslos.

Sie spürte, wie ihr die Hitze ins Gesicht schoss, als sie Isabells überraschten und zugleich neugierigen Gesichtsausdruck wahrnahm.

»Willst du uns nicht vorstellen?« Er sah Nina unverwandt an.

»V… vorstellen? Ach so, ähm … ja, also …« Nina lächelte unsicher, während sie versuchte, sich aus seinen Armen zu lösen. Er ließ es gerade eben zu, dass sie sich halb zu Isabelle umdrehte. »Das ist Isabelle Schad, meine Kollegin aus der … aus der Schule. Sie unterrichtet Deutsch, Französisch und Kunst … und hat Schwierigkeiten mit einem Schüler …« Fieberhaft überlegte Nina, was sie sagen sollte, wer er war. Ihre Kollegin wusste schließlich, dass sie verheiratet war. Sie musste vermeiden, dass bald Gerüchte darüber kursierten, sie hätte einen heimlichen Freund.

»Hallo Herr Langenbach«, sagte Isabelle da einfach und fand offenbar nichts Sonderbares an Ninas Zögern.

»Hallo!« Freundlich reichte er Isabelle die Hand.

Nina erstarrte, unfähig, den Irrtum aufzuklären. Er schob Nina den Stuhl zurecht, bevor er genau zwischen den beiden Frauen Platz nahm. Dabei wandte er sich leicht von Isabelle ab, schlug lässig die Beine übereinander und aß dabei sein Eis. Nina fuhr sich durchs Haar und rutschte auf dem Stuhl herum. Niemand sagte etwas. Isabelle kramte in ihrer Handtasche herum, bis sie schließlich einen Fettstift für die Lippen hervorzog.

»Braucht ihr noch lange?«, fragte er, als er den Becher fast leer hatte, ohne seine Stimme allzu deutlich zu heben und ohne seinen Blick von Nina abzuwenden.

Sie hatte Mühe, ihre Hände stillzuhalten. »Ob wir noch lange … ähm … nein, keine Ahnung.« Reiß dich endlich zusammen, dachte sie. Wir sind hier mitten in Erlangen, was sollte er ihr also tun? Er hat schließlich keine Ahnung, dass ich weiß, wer er ist. Oder vielmehr *was* er ist.

»Ich glaube, ich belästige dich nicht länger mit meinen Problemen«, meinte Isabelle da.

Die veränderte Stimmung hatte sie natürlich registriert, worin sie offenbar einen Wink mit dem Zaunpfahl gesehen hatte, dass Jens gern mit seiner Frau allein sein wollte. »Du hast mir ja schon weitergeholfen. Ihr habt bestimmt noch was vor.« Sie stand auf, dabei wirkte sie nicht ärgerlich, sondern als habe sie Verständnis, dass nun Wochenende sei und schulische Probleme bis Montag warten mussten.

Nina wollte protestieren, doch er kam ihr zuvor. »Das ist wirklich nett von Ihnen, Frau Schad. Und Sie haben absolut recht. Meine Frau und ich haben noch etwas ganz Besonderes vor. Allerdings … Sie weiß davon noch nichts.« Er zwinkerte Nina verschwörerisch zu.

»Ja, dann …« Isabelle reichte erst Nina, anschließend ihm die Hand, um sich endgültig zu verabschieden. »Ich geh rein und zahle mal meinen Anteil«, sagte sie noch.

»Nein, lassen Sie mal. Betrachten Sie sich als eingeladen. Ein schönes Wochenende.«

»Oh, vielen Dank, Herr Langenbach. Gleichfalls.«

Dann war sie weg. Verstohlen sah Nina sich um. Wo waren eigentlich seine ›Freunde‹ geblieben? Nirgendwo konnte sie die beiden entdecken, war sich aber sicher, dass sie in der Nähe waren. Sie fröstelte in der Wärme.

»Ich … muss auch gehen«, sagte sie schnell. »Schön, dich wiedergesehen zu haben … Georg.«

»Nicht so hastig.« Schneller als sie aufstehen konnte, griff er ihre Hand, um sie festzuhalten. Nicht stark, aber stark genug, dass sie sich nicht von ihm lösen konnte, ohne dass es den Umsitzenden auffallen würde. Was würde er tun, wenn sie einen Aufstand machte? Es konnte ihr nichts passieren.

Er streichelte ihre Hand und küsste die Fingerspitzen. Nina versuchte krampfhaft es zu ignorieren, doch sie fühlte die Berührung seiner Lippen bis in die Fußspitzen. Sie schluckte. Endlich ließ er sie los, um sich bequem zurückzulehnen. Seine zwanglose Haltung täuschte, davon war sie überzeugt.

Er hob die Brauen. »Ich dachte, wir könnten uns irgendwo hier ein Zimmer nehmen und da weiter machen, wo wir aufgehört haben. Was meinst du?«

»Was?«

»Komm schon, tu nicht so, als sei es dir plötzlich peinlich.« Er grinste zweideutig. »Ich dachte, ich habe einen bleibenden Eindruck bei dir hinterlassen.«

Allmählich gewann Nina ihre Fassung zurück. »Das hast du ganz bestimmt nicht!«

»Oh doch, mein süßes Unschuldslamm. Ich habe ein gutes Gedächtnis. Und du auch, nicht wahr?«

Nina schluckte. Natürlich erinnerte sie sich daran, was an jenem Abend geschehen war. Viel zu gut.

»Dein Mann ist nicht hier, Nina«, wiederholte er leise. Seine heisere Stimme klang wie die des Wolfes, der die sieben Geißlein zu betören versucht. »Niemand ist hier … niemand weiß, wo du bist.«

Er küsste sie mit unvermuteter Leidenschaft. Zu verblüfft über diese Dreistigkeit hielt sie zunächst still, bevor sie sich gegen seine Brust stemmte, um sich ihm zu entziehen. Trotz ihrer Gegenwehr hielt er sie eine Weile fest, bevor er sie freigab. Ihre Beine fühlten sich an wie Pudding. Was sollte sie tun?

Niemand war hier. Niemand wusste, wo sie war – niemand würde sie hören, wenn sie schrie.

Was würde er mit ihr tun, wenn sie sich wehrte? Wenn sie versuchte zu fliehen?

Und was, wenn sie es nicht tat?

Die Haustür war abgeschlossen. Konnte sie den richtigen Schlüssel schnell genug aus dem Kästchen holen?

Das Herz schlug ihr bis zum Hals.

Mit einem Mal – als wolle er ihre Gedanken und ihre Angst Lügen strafen, berührte er noch einmal sehr zärtlich ihre Lippen und verließ wortlos den Raum. Nina brauchte ein paar Sekunden, bis sie reagieren konnte. Sie huschte zum Fenster. Die Fensterbank stand voller Nippes. Wegräumen würde ewig dauern. Wenn sie das Fenster öffnete, ohne den Kram beiseite zu stellen, wäre Georg mit Sicherheit alarmiert. Doch das war ihr egal. Wild entschlossen drehte sie am Griff.

Er klemmte!

Mit einem Laut der Verzweiflung rüttelte sie daran.

»Ich würde es lieber zu lassen.« Nina erstarrte mitten in der Bewegung. Georg stand im Türrahmen, sein Taschenmesser in der einen Hand, in der anderen eine Flasche Wein. »Den habe ich in der Küche gefunden. Er ist schon was älter, aber vielleicht noch genießbar.«

Nina rührte sich nicht. Beinahe unbeteiligt sah sie zu, wie er den Korkenzieher aus dem Messer herausklappte, die Flasche öffnete und zwei Gläser aus dem Schrank holte. Das Messer verschwand in seiner Hosentasche. Als er sich mit den Gläsern in der Hand auf sie zu bewegte, kam endlich Leben in sie. Blitzschnell rannte sie los wich ihm aus, lief um den Sessel herum und stieß dabei gegen die Armlehne. Sie taumelte zunächst, dann stürzte sie und schlug ungebremst an der Tischkante an. Bevor sie sich aufrappeln konnte, half Georg ihr, sich auf das Sofa zu setzen.

Vorsichtig untersuchte er ihre Schläfe. »Das wird blau, fürchte ich. Warte, ich hole dir etwas zum Kühlen.« Schon war er fort und kam mit einem feuchten Handtuch aus der Küche zurück, das er ihr an die schmerzende Stelle hielt. Zögernd nahm sie es ihm ab.

Er prostete ihr mit dem Wein zu. »Nicht der Beste, aber trinkbar.«

Weil sie keine Anstalten machte, nach ihrem Glas zu greifen, schloss er ihre Finger um das Weinglas, um es sanft zu ihrem Mund zu dirigieren. Sie trank mechanisch. Etwas von der dunkelroten Flüssigkeit lief daneben. Zart wischte Georg mit seinem Finger darüber, verteilte es auf ihren Lippen und leckte sie ab. Ein sanftes Kribbeln breitete sich in ihrer Magengrube aus.

Zittrig wischte Nina sich mit dem Handrücken über ihren Mund. »Bitte …«

»Bitte?« Ohne ihren Blick loszulassen, nippte er am Weinglas. »Heißt das: ›Bitte mach weiter!‹ oder ›Bitte lass mich in Ruhe!‹?«

Als Nina schwieg, küsste er sie noch einmal. Steif wie eine Puppe ließ sie es geschehen, bis sie sich nach kurzer Zeit dabei ertappte, wie ihre Zunge auf sein laszives Spiel einging. Das Handtuch fiel zu Boden, als seine warme Hand unter ihren Bademantel glitt und ihre Brust umfasste.

»Hast du etwa Angst vor mir?« Er schob seine Finger in ihren BH.

Kaum merklich nickte sie, obwohl sie durch seine aufreizenden Berührungen eine merkwürdige Mischung aus Angst und Erregung erfasst hatte. Er reichte ihr noch Wein. Nun trank sie in großen Schlucken. Der viele Alkohol benebelte sie. Alles war so unwirklich.

»Ich tue dir nicht weh.«

»Nein«, flüsterte sie. »Bitte nicht. Nicht wehtun.«

Wieder lachte er. Rau, betörend. Eine Gänsehaut überlief sie. Sie fürchtete sich vor dem, was er vorhatte und gleichzeitig wünschte sie sich, dass er weitermachte. Ihre Empfindungen waren ein einziges Chaos.

»Wir tun genau das, was du willst.«

Er streifte ihr den Bademantel von den Schultern und löste ihren BH. Ihr Atem ging schneller, als seine Lippen der Spur seiner Fingerkuppen folgten. Sie schloss die Augen.

Es war wie tausend Stromschläge auf jedem Quadratzentimeter, den er berührte.

Nina nestelte am Verschluss seiner Hose. Sie hatte keine Ahnung, woran es lag. Sie war nicht sicher, ob sie den Grund überhaupt wissen wollte, doch er erregte sie auf eine so unbändige Art, wie sie es noch nie erlebt hatte. Bald lag sein nackter Körper auf ihrem. Es war genau das, wonach sie sich sehnte, seit er sie das erste Mal geküsst hatte.

»Dein Mann ist nicht hier, Nina«, hatte er vorhin zu ihr gesagt. »Niemand ist hier ... niemand weiß, wo du bist.« Und niemand musste davon erfahren.

Die Nacht war noch lang. Sehr lang.

Mit verschränkten Armen saß er ihr gegenüber und schien ihre Erinnerung zu erraten. »Es hat dir ziemlich gut gefallen«, stellte er mit süffisantem Lächeln fest. Er machte sich nicht die Mühe leise zu sprechen. »Oder alles, was ich über Frauen weiß, stimmt nicht.«

Nina neigte sich über den Tisch und zischte: »Ich wollte nicht mit dir schlafen!«

Er lachte erheitert. Dasselbe Lachen, das ihr in jener Nacht noch manchen Schauer über den Rücken gejagt hatte. Abrupt beugte er sich zu ihr. Wieder fasste er sie unterm

Kinn. Sie wollte sich seinem harten, beinahe schmerzhaftem Griff entziehen. Mit der anderen Hand streichelte er ihre Wange. Sein Gesicht war ihrem ganz nah. Sie starrte in seine dunklen Augen, die sie einfach nur liebevoll zu betrachten schienen – auf die kurze Distanz sah sie jedoch die Berechnung darin.

»Lass mich los! Oder ich schreie!«

»Oh, ja, schrei nur. Du weißt, ich mag das«, antwortete er spöttisch. »Am Anfang hast du getan, als würdest du dich ein bisschen zieren, aber ich glaube eher, es hat dich angemacht.«

»Ich dachte, du … du … bringst mich um, wenn ich nicht mache, was du willst«, entfuhr es ihr. Und im selben Moment wusste sie, es war ein Fehler, das zu sagen.

In seinen Augen blitzte etwas auf, doch er lächelte unverwandt. »Und warum«, fragte er langsam, »hätte ich das tun sollen? Ich wollte einfach ein bisschen Spaß mit dir haben. Ich habe dich nicht bedroht. Warum sollte ich das tun?«

Sie antwortete nicht. Ihr Herz schlug ihr bis zum Hals. Sie sollte einfach aufstehen und gehen. Aber sie saß wie angewurzelt.

»Du hast mich angebettelt, meine Süße. Richtig angefleht«, flüsterte er. »Du warst unersättlich.«

»Arschloch!«

Er kam noch näher. Sie hielt die Luft an, während er zart an ihren Lippen knabberte, und dachte kurz daran, ihn zu beißen. Doch sie hielt sich zurück, konzentrierte sich stattdessen darauf, ihren Mund geschlossen zu halten.

»Ich weiß genau, was du brauchst«, hauchte er. »Du kannst dich nicht verstellen. Nicht bei mir.«

Sie schluckte hart, versuchte seinen Atem zu ignorieren und zählte die Sekunden. Plötzlich ließ er sie los.

»Und du würdest dich zu gern wieder von mir ficken lassen«, meinte er mit einer Betonung, als rede er vom Wetter.

Langsam pustete sie die Luft aus der Nase heraus, als sie sich darüber klar wurde, wie recht er hatte. Dafür hasste sie ihn – und sich selbst am allermeisten. »Ja, wahrscheinlich. Zufrieden?« Trotzig sah sie ihn an.

Er lächelte charmant. Es war pure Lust gewesen, die er in ihr geweckt hatte. Ein Teil von ihr wollte es zu ihrem Entsetzen tatsächlich wiederholen. Doch der andere Teil dachte an Jens – und daran, wer der Mann ihr gegenüber eigentlich war.

Immer noch grinsend streckte er ihr versöhnlich seine Hand entgegen. »Hey, komm her, Süße, mach dir deswegen keine Vorwürfe, okay?« Sie ignorierte seine Hand. »Im Übrigen wäre es reine Verschwendung, so etwas Hübsches wie dich umzubringen anstatt zu vögeln. Schließlich bist du nicht der Typ Frau, die einen kleinen …, sagen wir, Ausrutscher ausplaudert. Oder irre ich mich?«

Sie verschränkte die Arme. Sie hätte Maria die Wahrheit anvertrauen sollen. Gleich morgen früh würde sie das nachholen, wobei sie wohl besser bei der Variante mit der Vergewaltigung blieb. Dass es anders gewesen war, konnte ihr niemand beweisen. Er die Wahrheit allerdings auch nicht, doch Jens würde ihr glauben – hoffte sie. Schließlich hatte er ihre kleinen Blessuren gesehen und die konnten genauso gut durch Gewalt entstanden sein.

»Nun?«, fragte er noch einmal.

»Ich hab es niemandem erzählt«, log Nina.

»Glück für dich«, bemerkte er trocken. »Und für mich.«

Er zückte seine Geldbörse und warf einen Zwanzigeuroschein auf den Tisch. Anschließend zog er sie auf die Beine.

Verwirrt ging sie ein Stück mit ihm, bevor sie stehen blieb.

»He, Moment … ähm Georg, ich … ich will nicht mit dir gehen. Ich muss nach Hause.«

Langsam wandte er sich ihr zu. »Realschule am Europakanal, richtig? Dort unterrichten du und deine entzückende Kollegin. Wie ist noch ihr Name? Isabelle Schad?«

»Ja, aber warum …«

»Wie viele Schüler gibt es eigentlich dort?«

Nina wollte antworten, doch sie klappte ihren Mund wieder zu. Schwindel stieg in ihr auf. »Das kannst du nicht tun«, flüsterte sie.

Er trat einen Schritt zurück. Sein Lächeln war kalt. Er öffnete seine Weste, damit sie einen Blick auf ein Pistolenholster werfen konnte. »Was kann ich nicht tun?«

Die Worte blieben ihr im Hals stecken. Plötzlich hatte sie das Gefühl, in der Falle zu sitzen.

»Warum hast du Angst vor mir?«, erkundigte er sich beiläufig, wobei er etwas aus der Tasche zog, das er in seiner rechten Hand verbarg.

»Ich habe keine Angst!« Ihre Stimmlage war deutlich höher als sonst.

»Ich habe mich nur nach deiner Schule erkundigt.«

»Ich … weiß … nicht …«, stammelte sie.

»Gefalle ich dir eigentlich besser mit langen Haaren?« Während er sich über seinen extrem kurz geschorenen Hinterkopf rieb, beobachtete er ihre Reaktion. »Und was ist mit dem Bart?«

»Ich … weiß nicht, wovon du sprichst.« Sie ahnte, dass es längst zu spät war – und seine Antwort bestätigte das.

»Natürlich weißt du das! Du hast mich erkannt. Dumm. Wirklich dumm. Es tut mir leid, aber du bist ein zu großes Risiko, daher kann ich dich dieses Mal nicht einfach laufen lassen.«

Nina hatte das Gefühl, ihr würde der Boden unter den Füßen weggezogen. »Was willst du von mir?«, flüsterte sie.

»Zuerst einmal kommst du mit mir, bevor wir Aufmerksamkeit erregen«, teilte er ihr nahezu emotionslos mit, während er auf sie zutrat. Vor seinem Körper, sodass nur Nina es sah, ließ er die Klinge eines Taschenmessers auf- und wieder zuschnappen. »Schalte dein Handy aus und gib es mir!«

Mechanisch tat sie es, danach legte er einen Arm um sie. Eng umschlungen, wie ein Liebespaar, schlenderten sie über den Schlossplatz in Richtung Uniklinik. Im Park warf er ein Knäuel Taschentücher in einen der Abfallbehälter, darin eingewickelt ihr Handy.

Während er so tat, als küsse er sie leicht aufs Ohr, flüsterte er. »Ich will dir immer noch nicht wehtun. Also sei einfach brav und tu, was ich dir sage. Das kannst du doch, oder?«

Sie nickte. Seltsamerweise fand sie es tröstend, dass er dabei ihre Schulter streichelte.

KPI Erlangen, Vernehmungszimmer

Cohen hatte es mit Fassung getragen, als Maria ihm den Haftbefehl zeigte und ihn abführen ließ. Ohne Protest war er ins Auto gestiegen und hatte beinahe stoisch die Formalitäten über sich ergehen lassen. Auf Cohens Bitte war Professor Leibl informiert worden, um einen Anwalt zu organisieren, der nun neben seinem Mandanten am Tisch saß, in Unterlagen blätterte und sich gelegentlich Notizen machte. Ihnen gegenüber hatte Maria Platz genommen und beobachtete Cohen, dessen bisherige Antworten allesamt kurz ausgefallen waren.

Maria stützte ihr Kinn auf ihre ineinander verschränkten Hände. »Also hat Frau Esser Sie am Donnerstag angerufen und Sie haben ihr angeboten zu ihr zu kommen, weil sie krank war?«

»Richtig. Sie bat mich, ihr etwas zu Essen und Medikamente mitzubringen. Sie fühlte sich nicht gut genug, um zum Arzt zu gehen.«

»Warum hat sie keinen Arzt kommen lassen?«

»Das weiß ich nicht. Vielleicht macht ihr Arzt keine Hausbesuche? Das ist nicht selbstverständlich«, erwiderte Cohen.

»Sie sind also zu ihr gefahren und haben Sie untersucht?«

»Ja.«

»Wie lautete Ihre Diagnose?«

Er sah Maria nicht an. »Ein unbestimmter, grippaler Infekt. Ich besorgte ihr ein Antibiotikum.«

Maria lehnte sich mit verschränkten Armen zurück. »Warum haben Sie uns das nicht viel früher gesagt? Das sind wichtige Informationen!«

»Weil ich wusste, was dann passiert!« Er wies mit der Hand in einer umfassenden Geste in den Raum und meinte damit die Situation. »Sie brauchen einen Schuldigen und da komme ich Ihnen natürlich gelegen.« Er schnaubte.

Der Anwalt neben ihm legte beruhigend die Hand auf seinen Arm. »Sie müssen sich nicht selbst belasten, Dr. Cohen. Wenn Sie nichts sagen wollen, haben Sie das Recht dazu.«

Cohen nickte grimmig.

Maria wartete einen Moment, bis sie die nächste Frage stellte. »Haben Sie Frau Esser noch einmal wiedergesehen?«

Er schwieg.

»Wo waren Sie am Montagnachmittag?«

»Wie ich Ihnen bereits sagte: Eine neue Küche aussuchen.«

»Warum hat Frau Esser Ihnen geschrieben, Sie sollen sie in Ruhe lassen?«

Cohen verschränkte die Hände und platzierte sie vor sich auf dem Tisch.

»Haben Sie Frau Esser umgebracht?«, fragte Maria nicht zum ersten Mal.

Cohens Hände knallten auf die Tischplatte, als er aufsprang. »Nein!«

Sein Anwalt beruhigte ihn und brachte ihn dazu, sich wieder hinzusetzen.

»Haben Sie eine Beziehung zu Frau Eichmüller?«

Maria glaubte, ein Blitzen in seinen Augen zu sehen, doch er wandte den Kopf ab und sagte nichts.

»Wo ist Sara Eichmüller?«

Er atmete hörbar. Dabei schüttelte er den Kopf.

»Was meinen Sie damit?«

»Alles, was ich zu sagen habe, habe ich Ihnen gesagt.«

Maria stellte noch unzählige Fragen, doch am Ende gab sie sich geschlagen – zumindest für den Moment. Cohen war ein zäher Brocken. Wenn er Bianca Esser nicht selbst umgebracht hatte, wusste er mehr, als er zugab. Auf jeden Fall deckte er Sara Eichmüller, das stand für Maria fest.

Unbekannter Ort

Nachdem sie durch den Schlosspark spaziert waren, führte er sie zu einem Auto, das in einer Seitenstraße in der Nähe der Uniklinik geparkt war. Als sie sich dem Fahrzeug näherten, achtete er darauf, dass sie das Kennzeichen nicht sehen konnte. Es war ein schwarzer Golf, doch das war alles, was Nina bemerkte. Nichts Besonderes. Schlicht und unauffällig. Offensichtlich kannte er sich gut aus, denn während er mit ihr die Stadt in nordwestliche Richtung durchquerte, vermied er

Hauptstraßen und größeres Verkehrsaufkommen. Zwischen Bubenreuth und Möhrendorf überquerten sie die Autobahn, dann ging es weiter durch Kleinseebach in Richtung Röttenbach. In dem dazwischen liegenden Waldstück bog er schließlich in einen Waldweg ab, dem er so weit folgte, bis sie außer Sichtweite der Straße gelangt waren.

Mit im Schoß gefalteten Händen saß Nina da und traute sich kaum zu atmen.

Er legte eine Hand auf ihre. »Es nützt wahrscheinlich nichts, wenn ich dir noch einmal sage, dass du keine Angst haben musst.« Er wartete auf eine Reaktion von ihr, doch als die nicht kam, fügte er hinzu: »Rühr dich nicht von der Stelle!«

Während er ein Stück vom Auto entfernt zwei Telefonate führte, ließ er Nina nicht aus den Augen. Schließlich kam er zurück.

»Du weißt zu viel. Du solltest nicht sehen, wohin wir fahren.«

Mechanisch folgte Nina seinen Anweisungen. Er machte es ihr so bequem wie möglich und versicherte ihr, besonders vorsichtig zu fahren. Trotzdem wurde ihr bald so übel, dass sie sich übergeben musste, als er ihr nach längerer Fahrt wieder aus dem Kofferraum half. Sie waren in einer Garage. Mit den Händen an der Wand abgestützt spie sie sich die Seele aus dem Leib. Er stand mit angeekeltem Gesichtsausdruck neben ihr, während er wartete, bis sie fertig war. Schließlich reichte er ihr Taschentücher, stülpte ihr wortlos seine Jacke über den Kopf, um sie zunächst ein Stück innerhalb des Hauses und dann eine Treppe hinauf bis unters Dach zu führen. Als Nächstes ließ er sie in ein kleines Bad, damit sie sich den unangenehmen Geschmack aus dem Mund spülen und Wasser trinken konnte. Schließlich ging er mit ihr in ein Zimmer, versicherte ihr, dass er bald wiederkäme, schloss ab und ließ sie allein.

Mit angezogenen Beinen hockte Nina nun auf einem Sofa, das sich in einem vielleicht fünfzehn Quadratmeter großen Zimmer unter dem Dach befand. Der dunkelgrüne Veloursstoff war abgenutzt und roch ein wenig muffig, doch immerhin wirkte es sauber und schien einfach nur längere Zeit nicht benutzt worden zu sein. Im Raum befanden sich außerdem ein Schreibtisch, ein Schrank sowie ein Regal im puristischen Weiß der 70er, vollgestopft mit alten Büchern und Spielen, ausrangierten Anziehsachen und anderem alten Krimskrams. Die Wände waren mit einer Tapete beklebt, deren psychedelisches Muster bei längerer Betrachtung in den Augen wehtat.

In einer Dachgaube gab es ein Fenster, das den Blick auf einen Garten zwei Stockwerke unter ihr und einen dahinter liegenden Wald freigab. Er hatte ihr gesagt, sie dürfe das Fenster öffnen, falls sie frische Luft bräuchte. Unausgesprochen blieb, dass sie sich still verhalten solle, um keine Aufmerksamkeit zu erregen. Sein Blick hatte Bände gesprochen.

Die kühle Luft von draußen ließ sie frösteln, doch es wehte nicht nur ein Hauch Frühsommer hinein, sondern auch das Gebrumm von Autos in der Ferne drang an ihr Ohr. Hin und wieder zwitscherte ein Vogel. Sie war froh, dass sie ein wenig vom blauen Himmel sah.

Sie hatte völlig ihr Zeitgefühl verloren. Es musste inzwischen später Nachmittag oder früher Abend sein. Sie fühlte sich besser und wunderte sich, dass sie nicht das Bedürfnis hatte zu weinen. Ihre Angst hielt sich momentan in Grenzen. Er war ihr gegenüber bislang nicht brutal gewesen – physisch zumindest –, daher hatte sie die Hoffnung, dass er sie nicht misshandeln würde, solange sie tat, was er verlangte. Irgendwie hoffte sie sogar, dass er bald wieder kam, damit sie nicht länger allein war.

Sie nagte an ihren Fingernägeln herum – eine Eigenschaft, die sie sich vor Jahren mit großer Mühe abgewöhnt hatte. Sie ging im Zimmer auf und ab. Ein paar Schritte in die eine, ein paar zurück in die andere Richtung war alles, was an Bewegung möglich war. Sie hatte nicht nur brennenden Durst und musste aufs Klo, sondern stellte auch mit großer Verblüffung fest, dass sie Hunger hatte.

Am Fenster blieb sie stehen und versuchte, etwas zu erkennen, das ihr einen Anhaltspunkt gab, wo sie sich überhaupt befand. Das weiß getünchte Haus war offenbar älteren Datums, denn sie konnte an der Fassade ein paar Fachwerkbalken entdecken. Links und rechts vermutete sie weitere Häuser. Kein einziger Hinweis darauf, ob sie in Erlangen oder anderswo war. Die Fahrt im Kofferraum war ihr wie eine Ewigkeit vorgekommen.

Plötzlich meldete sich ihr Magen mit lautem Knurren. In sich hineinlauschend, legte sie eine Hand unterhalb ihres Bauchnabels. Natürlich fühlte sie nichts außer ihrem knurrenden Magen, dazu war es noch viel zu früh.

Draußen auf dem Flur hörte sie Geräusche. Eine Tür schlug. Schritte. Lauter werdend, dann wieder leiser. Das Ganze wiederholte sich. Schließlich drehte sich der Schlüssel im Schloss. Er stieß die Tür sperrangelweit auf.

»Hi«, sagte er mit breitem Lächeln, das Nina unweigerlich an Jens erinnerte, wenn der zur Tür hereinkam. »Ich hab dir was mitgebracht.«

Kurzerhand schaffte er hinein, was er vor der Tür deponiert hatte: Bettzeug, Kleidungsstücke, Hygieneartikel sowie Getränke und etwas zu essen.

»Ach so. Falls du ins Bad willst …« Er deutete auf die Tür schräg gegenüber.

Nina nickte, doch bevor sie ging, schnappte sie sich erst eine Flasche Wasser und trank gierig.

»Tut mir leid, dass es so lange gedauert hat.«

Auch das Fenster im Bad lag so ungünstig in einer Ecke, dass sie kaum hinausschauen konnte. Viel genützt hätte ihr eine bessere Sicht allerdings nicht: Selbst wenn sie wusste, wo sie war, benachrichtigen konnte sie ja niemanden. Als sie das Bad verließ, blieb sie einen Moment in der Tür stehen. Die Treppe, über die sie herauf gekommen waren, lag wahrscheinlich hinter einer der Türen. Nichtssagend war alles, was ihr zum Aussehen dieser Etage einfiel.

»Alles in Ordnung?«, erkundigte er sich, als er sie bemerkte.

»Hm.« Sie kam herein und schloss die Tür hinter sich.

»Ich hoffe, ich habe an alles gedacht. Wenn etwas fehlt, dann sag es einfach«, meinte er. »Der Zimmerservice hier lässt zu wünschen übrig, aber er bemüht sich redlich.« Er zwinkerte ihr zu.

Fast hätte Nina gelacht. »Danke.« Sie setzte sich auf das Sofa.

»Das kann man übrigens ausklappen«, informierte er sie, zog seine Brille ab und warf sie auf den Schreibtisch. Einen Arm auf der Lehne hinter ihrem Rücken, machte er es sich gemütlich. »Ist ziemlich bequem.«

Stocksteif blieb Nina sitzen. Sie würde sich nicht wehren, wenn er mit ihr schlafen wollte – allein, um dem Baby nicht zu schaden. Aber wie sollte sie Jens jemals wieder gegenübertreten?

Minuten vergingen, in denen sie beide einfach da saßen. Nina schielte zu ihm. Mit geschlossenen Augen atmete er ruhig, daher entspannte sie sich ein wenig. Plötzlich knurrte ihr Magen vernehmlich. Er öffnete ein Auge.

»Ich schätze, das bedeutet, dass du Hunger hast.« Er unterdrückte ein Gähnen. »Wie wäre es mit einer Brotzeit? Sieh mal in die Kühltasche. Ich wusste nicht, was du magst.«

Sie fand Butterbrezn, geschnittenes Holzofenbrot, Wurst und Käse, ein wenig Obst und Joghurt. Sogar an Brettchen und Plastikbesteck hatte er gedacht. Sie breitete alles auf dem Schreibtisch aus, nahm sich eine Butterbreze und je ein Stück Gelbwurst und Käse, in den sie gleich herzhaft hineinbiss.

»Was möchtest du?«, fragte sie ihn.

Er grinste anzüglich. »Oh, wenn du mich so direkt fragst …«

Prompt hielt sie beim Kauen inne und spürte, dass sie rot anlief. Er kam zum Schreibtisch. Sie rührte sich nicht, als er ihr leicht über die Schläfe strich.

»Hör zu, denn ich habe keine Lust, es ständig zu wiederholen.« Er betonte jedes Wort, als er weitersprach: »Du brauchst keine Angst vor mir zu haben – solange du dich an ein paar Regeln hältst. Die wichtigste ist: Du versuchst nicht wegzulaufen oder mit jemandem Kontakt aufzunehmen.«

Sie nickte, während sie langsam weiterkaute.

»Außerdem …« Seufzend hielt er inne. »Das glaubst du mir wahrscheinlich nicht, aber ich werde dich nicht anrühren – es sei denn, *du* hast andere Pläne.« Jetzt grinste er wieder.

Er hatte recht, das glaubte sie ihm nicht. Seinem Gesichtsausdruck nach zu urteilen meinte er es zumindest im Moment wirklich ernst. Er tätschelte ihr den Oberarm und begann, sich nun seinerseits etwas zu essen zu nehmen.

»Wie hast du mich erkannt?«, fragte er kauend. »Ich dachte eigentlich, die langen Haare und der Bart hätten aus mir eine andere Person gemacht.«

Sie musterte ihn. »Deine Augen. Nicht so sehr die Farbe. Eher die Stellung. Oder vielleicht beides. Ich weiß nicht.«

»Meine Mutter hatte die gleichen Augen«, meinte er und setzte mit leichtem Bedauern dazu. »Sie sind wohl auffälliger als ich dachte.«

Nina zuckte vage mit den Schultern.

»Ich habe farbige Kontaktlinsen probiert, aber die vertrage ich nicht. Deswegen die Brille – eigentlich brauche ich keine.«

Er verstummte und zum ersten Mal bemerkte Nina einen Anflug von Nervosität bei ihm. Seine Finger trommelten auf seinem Oberschenkel herum. Da sie nicht einschätzen konnte, ob das ein gutes oder ein schlechtes Zeichen war, machte es sie ebenfalls unruhig. Die Minuten verstrichen. Nach einer Weile stand Nina auf, um das Fenster zu schließen. Sie nahm sich eine Wolldecke aus dem Stapel Bettzeug und wickelte sich darin ein.

Schließlich stieß er die Luft einmal kurz und heftig durch die Nase aus. Mit beiden Händen klopfte er sich auf die Oberschenkel. »Es wird noch eine Weile dauern, bis ich getan habe, was ich tun muss. Vielleicht eine Woche, vielleicht länger. So lange bleibst du hier. Danach kannst machen, was du willst. Ich nehme an, dein Mann wird sich Sorgen machen, aber das kann ich nicht ändern.« Er zuckte mit den Schultern. »Es kommt vor, dass Leute spurlos verschwinden.«

»Isabelle hat dich gesehen!« Das war Nina herausgerutscht. Sie biss sich auf die Lippe. Vielleicht war es nicht klug, ihn daran zu erinnern.

Er hob die Brauen. »Leute neigen dazu, das zu vermuten, was man ihnen suggeriert. Sie hat gleich angenommen, dass ich dein Mann bin. Und bis jemand auf die Idee kommt, dass ich nicht er war, vergehen ein paar Tage. Da du so brav mitgemacht hast, denken alle, du bist mit deinem heimlichen Lover durchgebrannt.« Der Gedanke amüsierte ihn offensichtlich. »Und irgendwann bist du zurück und klärst alle auf und dann ist es mir sowieso egal, weil ich bis dahin über alle Berge bin.« Er drehte die Handflächen gen Himmel. »Einfach, aber effektiv. Damit du unterdessen nicht auf dumme Gedanken kommst«, sagte er und stand auf, um etwas aus einer mitgebrachten Tasche zu holen, »möchte ich, dass du das hier nimmst.« Er hielt ihr eine Tablettenschachtel hin. »Du musst dir keine Sorgen machen, für die Zeit, die du hier bist, geht das in Ordnung. Das macht es uns beiden leichter.«

Zögernd griff sie nach der Packung. »Ein Schlaf- und Beruhigungsmittel? Warum?«

»Warum? Hey, Mädchen, glaubst du, ich hab nichts Besseres zu tun, als die ganze Zeit auf dich aufzupassen, damit du keinen Quatsch anstellst?«

»Ich hab dich nicht darum gebeten mich mitzunehmen.«

In komischer Verzweiflung rieb er sich über den Kopf. »Dass du mich wiedererkennst, war nicht eingeplant! Jetzt muss ich dich aus dem Weg haben, also keine Diskussion! Du nimmst das Zeug und Schluss.« Aufgebracht stapfte er ein paar Schritte durch den Raum. Dann blieb er vor Nina stehen. »Also los! Schluck schon!«

Nina drehte die Schachtel in den Händen. »Es ist verschreibungspflichtig.«

Er riss die Augen auf. »Na und?«

Kopfschüttelnd reichte sie ihm die Tabletten zurück. »Ich verspreche dir, dass ich keinen Ärger mache, aber das hier nehme ich nicht.«

»Das war keine Bitte, Nina! Du nimmst das Zeug, und zwar genau jetzt!«

»Nein.« Sie postierte sich direkt vor ihm. Ihr Herz klopfte bis zum Hals, sie hatte große Angst, aber hierbei ging es nicht um irgendwelche Befindlichkeiten. »Das tue ich nicht.«

Er packte sie hart an den Schultern. »Du weißt wohl nicht, was auf dem Spiel steht! Erst bringst du mir alles durcheinander und dann …«

»Lass mich los!« Sie schlug seine Hände weg und warf ihm die Schachtel ins Gesicht.

Reflexartig wehrte er ab. Mit erhobener Hand hielt er inne. Sie fuhr zurück. »Du kannst froh sein, dass ich keine Frauen schlage!«, zischte er. »Sonst würde ich dir das Zeug jetzt einprügeln!«

»Nein, bitte …«

»Nein, bitte …«, äffte er sie nach. Dann trat er mit voller Wucht vor das Sofa. »*Kuss uchtah*!«

Vor seiner Wut wich Nina einen Schritt zurück. »Ich *kann* das nicht nehmen!«

Er wirbelte zu ihr herum. »Mund auf, Wasser rein, schlucken! Geht ganz einfach.«

»Nein, du verstehst das nicht. Ich … ich bin schwanger … und ich will nicht einfach irgendwelche Medikamente nehmen, von denen ich nicht weiß, ob … ob …« Ihre Stimme kippte.

Mit offenem Mund starrte er sie einige Sekunden an. Plötzlich lachte er humorlos. »Netter Versuch. Wirklich. Respekt vor deiner Fantasie.« Er holte ihr Wasserglas, füllte es nach und reichte es ihr mitsamt der Tablettenpackung. »Hier.«

Kopfschüttelnd schloss sie ihre Augen.

»Es ist nur ein … ein Schlafmittel! Kein Gift! Glaubst du immer noch, ich will dich umbringen, oder was?« Er stieß einen verächtlichen Laut aus. »Da gäbe es andere Mittel und Wege! Jetzt schluck das Zeug endlich!«

»Zwing mich nicht. Bitte«, sagte sie leise, ihre Lider immer noch fest zusammengepresst. Sie spürte, dass Tränen darunter hervorquollen. »Ich werde dir keinen Ärger machen. Ich bin leise und … ich verspreche dir, dass ich nicht versuchen werde wegzulaufen. Und wenn du … wenn du willst, dann … dann schlafe ich auch mit dir.«

Sie zuckte leicht zusammen, als er ihr Gesicht berührte. »Sieh mich an.«

Zögernd öffnete sie die Augen. Er wirkte immer noch aufgebracht, während er sie abschätzig musterte. Bevor sie es sich anders überlegen konnte, machte sie einen Schritt auf ihn zu und schmiegte sich an ihn. Erst nach einigen Sekunden schloss er die Arme um sie. Ihr Gesicht lag an seiner rauen Wange und bald fühlte sie eine Hand auf ihrem Rücken. Sanft liebkoste er mit der anderen ihren Nacken. Sie versuchte, nicht an Jens zu denken. Am besten dachte sie an gar nichts, sondern ließ es einfach geschehen. Es würde sein wie in jener Nacht. Sie fühlte, wie sie allmählich ruhiger wurde. Wie lange sie so standen, wusste sie nicht.

Nach einer Weile streiften seine Lippen zart ihre Wange. Schließlich blickte sie ihn an. »Du willst das wirklich?«

Sie nickte einfach, weil sie das Gefühl hatte, der Kloß in ihrem Hals versagte ihr die Stimme.

Er lachte. Zuerst leise, dann lauter. »Du bist eine sehr schlechte Lügnerin, Nina. Deswegen glaube ich dir sogar fast, dass du schwanger bist. Aber eben nur fast. Nun gut, nimm sie erst einmal nicht.« Er streichelte ihre Wange. »Und alles andere werden wir sehen.«

Nina fühlte sich erleichtert. Sie musste einfach tun, was er von ihr wollte. Das konnte sie. Es war nicht weiter schwer. Ihr würde nichts geschehen. Ihr nicht und ihrem Kind nicht.

Seinem Kind – aber das würde sie ihm nicht sagen.

Auch wenn er vielleicht kein schlechter Mensch war.

SAMSTAG, 23. MAI 2009

Aus: Neustädter Landeszeitung ›Zwei Tote durch unbekannte Krankheit!‹

Im Krankenhaus Neustadt/Aisch starben gestern ein zehn Monate altes Kind und dessen 58-jähriger Großvater. Beide wurden mit grippeähnlichen Symptomen am Donnerstag in das Krankenhaus eingeliefert.

In den letzten drei Wochen haben sich, so ein Mitarbeiter des Gesundheitsamtes, zwar ungewöhnlich viele Patienten mit ähnlichem Krankheitsbild in den Arztpraxen gemeldet, von einer Epidemie könne aber nicht die Rede sein. Ein Vertreter der Ärzteschaft empfahl zur Vorbeugung die üblichen Hygienemaßnahmen, wie zum Beispiel häufiges Händewaschen. Eine Gefahr für die Bevölkerung bestehe nicht.

Dechsendorf

»Allmächd! Warum geht denn nicht mal jemand ans Telefon!« Tropfnass stürmte Maria mit einem Handtuch um den Körper aus dem Bad im oberen Stockwerk und sah sich nach dem Telefon um, das prompt aufhörte zu klingen. »Irgendwann kaufe ich ein Telefon mit Schnur. Das kann wenigstens keiner verbummeln«, brummte sie.

Sie kehrte zurück ins Bad, um sich abzutrocknen und wenigstens einen Bademantel überzustreifen, bevor sie sich auf die Suche machte. Sie fand es schließlich auf dem Fußboden, hinter Franzis Schultasche, und kontrollierte die Anrufliste. Zwei Anrufe von Nina innerhalb der letzten zehn Minuten.

Maria warf sich auf das Bett in ihrem Zimmer, während das Freizeichen ertönte.

»Hallo?« Das war Jens.

»Maria hier. Nina hat wohl gerade versucht anzurufen, als ich duschen war. Gibst du sie mir mal?«

Schweigen. »Sie ist nicht mehr bei dir?«

Maria hob die Brauen. »Nein, sie war auch gar nicht hier«, antwortete sie langsam. »Eigentlich wollte sie heute zum Frühstück kommen, aber sie ist nicht aufgetaucht. Ich hab ein paar Mal versucht anzurufen.«

»Ja, stimmt …«, sagte Jens zerstreut. »Hab ich gesehen. Ich hatte Nachtschicht, da war das Telefon auf lautlos gestellt.«

»Aha.« Maria runzelte die Stirn. »Und wo ist Nina nun? Sie hat ihr Handy nicht an.«

Wieder schwieg Jens eine Weile. »Ich weiß es nicht.« Erst nach einem oder zwei Atemzügen setzte er hinzu: »Ich habe gedacht, sie ist bei dir.«

»Was ist los bei euch?«

Diesmal keine Antwort.

»Jens?«

Er schniefte. »Kannst du kommen, Maria?«

Auch wenn Maria noch keine Details kannte – ihr Gefühl sagte ihr, dass irgendetwas gewaltig im Argen lag. »Bin schon unterwegs. Rühr dich nicht vom Fleck, hörst du. Und mach keine Dummheiten!«

In Windeseile zog sie sich an. Ihre Haare trocken zu föhnen hatte keinen Sinn, denn das würde zu lange dauern. Kurzerhand flocht sie einen dicken Zopf und suchte Franzi. Sie war unten im Garten.

»Mama! Wo warst du denn so lange?«

»Dreimal darfst du raten«, bemerkte sie trocken. »Da, wo ich immer bin, wenn du mich suchst: im Bad. Hör mal, ich muss dringend zu Jens. Langenbach. Du weißt schon, Ninas Mann. Er hat gerade angerufen.«

Franzi hob eine Braue – eine Eigenart, die Maria schmerzlich an Franzis Vater erinnerte. »Oh, oh. Haben die beiden Stress?«

Maria zuckte mit den Schultern. »Kann sein.«

Franzi grinste. »Also du hast so ein Gefühl. Wann bist du wieder da?«

»Keine Ahnung. Ich nehme mein Handy mit.«

»Und was ist nachher mit Kino?«

Maria drückte ihrer Tochter einen Kuss auf die Stirn. »Ich komm rechtzeitig. Hilfst du Opa im Garten?«

Franzi zog einen Flunsch. »Muss ich ja. Oma kann noch nicht und du bist weg.«

»Du bekommst nachher eine extragroße Portion Popcorn«, versprach Maria.

»Und Nachos?«

»Von mir aus auch Nachos. Also bis nachher.«

Kurz darauf fuhr sie in Richtung Frauenaurach. Ungebeten blitzten Bilder von Biancas Leiche auf. Manchmal fiel es ihr sehr schwer, die schlimmen Dinge, die sie in ihrem Beruf ständig sah, nicht automatisch auf Situationen ihres Privatlebens zu übertragen. Energisch verdrängte sie die Folgeüberlegung, wie sie in Biancas Fall weitermachen sollte, weil Cohen sich nicht kooperativ zeigte.

Es war Wochenende! Außerdem brauchten Jens und Nina ihre Hilfe.

Als sie klingelte, öffnete ihr Jens gleich. Offenbar hatte er auf sie gewartet. Die Begrüßung fiel äußerst knapp aus, daher ging Maria gleich ins Wohnzimmer, wo sie sich beide setzten.

Jens Augen waren leicht gerötet und er wirkte blass und müde. Es konnte an der Nachtschicht liegen, doch Maria hatte den Verdacht, dass Schlafmangel nicht das Problem war.

»Wann hast du Nina denn zuletzt gesehen?«, kam sie gleich zur Sache.

Jens atmete tief durch. »Gestern Mittag. Sie war nach der Schule daheim, bevor sie in die Stadt gefahren ist, um sich mit einer Kollegin zu treffen. Ich bin später zu meiner Schwester und von da aus zur Nachtschicht und als ich heute Morgen nach Hause kam …«

»Wann?«, hakte Maria gewohnheitsmäßig ein.

»So gegen viertel acht. Jedenfalls war sie nicht da. Sie hatte mir gestern Nachmittag noch eine SMS geschrieben, dass sie bei dir frühstücken wollte und ich dachte einfach, sie ist schon weg … na ja, im letzten Jahr wart ihr auch manchmal erst laufen und habt hinterher gefrühstückt.« Er zuckte mit den Schultern. »Deswegen bin ich gleich schlafen gegangen. Es war viel los, heute Nacht. Als ich wach wurde, hab ich deine Nummer auf dem Display gesehen und gedacht, Nina hätte angerufen. Jedenfalls hab ich es bei dir versucht, anschließend auf ihrem Handy, aber das war ja aus, und als du dann sagtest, sie ist gar nicht bei dir gewesen …« Er rieb sich mit beiden Händen über das Gesicht. »Kann sein, dass ich mal wieder die Flöhe husten höre. Aber ich hab so ein Scheiß-Gefühl, Maria. So ein richtiges Scheiß-Gefühl.«

Maria hatte Jens die ganze Zeit beobachtet. Er wirkte ziemlich mitgenommen. Sie wusste nicht, ob Jens immer noch im Unklaren über den Vorfall im Fränkischen war. Es musste etwas geschehen sein, sonst wäre er nicht so durch den Wind, außerdem hätte Nina sonst nicht dringend mit ihr sprechen wollen.

»Willst du mir nicht sagen, was los ist?«, fragte sie daher vorsichtig.

Jens beugte sich vor, die Unterarme auf die Knie gestützt und rang die Hände. »Als ich dich gebeten habe, mit Nina zu reden, da hast du gesagt, sie hat dir nichts erzählt, oder?«

Maria schüttelte zögerlich den Kopf.

»Ach, ist eigentlich auch egal. Es ist so vertrackt. Ich weiß echt nicht, wo ich anfangen soll. Es hängt alles irgendwie zusammen.« Hilflos sah er zu Maria.

Maria spitzte die Lippen. »Wenn ich ehrlich bin, weiß ich gerade nicht, worauf du überhaupt hinaus willst, Jens.«

»Ich bin mir ziemlich sicher, dass Nina heute Nacht nicht zu Hause war. Gestern Nachmittag ist sie vor mir aus dem Haus und heute liegt alles noch genauso da wie gestern, als ich gegangen bin. In der Küche, im Wohnzimmer, überall. Auch im Bad. Das Waschbecken war trocken. Als ich heute früh heimkam, hab ich das erst gar nicht registriert, aber als du sagtest, sie sei nicht bei dir gewesen … es ist alles irgendwie seltsam.«

»Hast du versucht, sie woanders zu erreichen? Bei Freunden? Ihren Eltern?«

Jens schüttelte den Kopf. »Da ist sie nicht.«

»Hast du angerufen?«

»Nein.«

»Also solltest du das als Erstes tun«, empfahl Maria.

»Ja, wahrscheinlich hast du recht, aber … ach, Mann.« Jens redete leise weiter. »Ich weiß, warum sie in den letzten Monaten manchmal so komisch war. Bei unseren Streitereien ging es meistens darum, wann wir endlich Kinder bekommen. Das hab ich dir bei unserem Gespräch nicht gesagt – tut mir leid. Aber ich wollte herausfinden, ob das wirklich der Grund ist oder ob etwas anderes dahinter steckt und … Ach verdammt, eigentlich bin ich jetzt nicht weiter als vorher. Im Gegenteil.«

Maria überlegte, ob es ein geeigneter Zeitpunkt sei, Jens von der Vergewaltigung zu erzählen, unterließ es aber, denn sie wollte lieber erst mit Nina reden. Also hörte sie Jens einfach weiter zu.

»Jedenfalls fing sie letzten Dienstag wieder an von wegen, wir könnten doch im neuen Haus gleich ein Zimmer als Kinderzimmer einplanen.«

Maria kannte Ninas Probleme bezüglich Jens und seiner vagen Haltung, wenn es um Familiengründung ging. Sie litt seit Jahren darunter – doch in diesem Moment fiel Maria auf, dass Nina länger nicht mehr darüber gesprochen hatte. Warum?

»Willst du eigentlich keine Kinder?«, fragte Maria rundheraus, obwohl Nina ihr immer versichert hatte, Jens würde bestimmt eines Tages ›ja‹ sagen. Maria glaubte das auch, denn sie hatte gesehen, wie liebevoll Jens mit seinen Nichten umging.

Jens rieb sich die Nase, knetete seine Hände und kratzte sich am Kopf, bevor er sich zu einer Antwort überwand. »Es geht nicht. Wir können keine Kinder bekommen. Wegen mir.«

Maria war so bestürzt, dass sie einen Moment schwieg, um die Neuigkeit zu verdauen. »Weiß sie das?«

»Ich hab es ihr am Dienstag gesagt.« Jens erzählte von dem Gespräch und der niederschmetternden Diagnose, die er gestern schwarz auf weiß erhalten hatte.

»Puh, das ist hart«, meinte Maria ehrlich. »Und jetzt?«

»Wir haben seit Dienstag nicht darüber geredet. Ich hatte ihr versprochen, mich so schnell wie möglich testen zu lassen. Als ich gestern das Ergebnis bekam, war es für mich zwar schlimm, nur hab ich das ja schon lange geahnt und mich deswegen damit abgefunden. Bloß Nina – oh Mann, ich bin so ein Depp, weil ich ihr das nie erzählt habe.« Er schlug sich mit der Faust vor die Stirn.

»Ja, allerdings«, bestätigte Maria sarkastisch. »Aber warum hast du das nicht?«

Jens sah sie unglücklich an. »Ehrlich gesagt – ich weiß es

nicht. Wenn ich so darüber nachdenke, dann fällt mir kein vernünftiger Grund ein. Schiss – das ist wohl alles. Mann, was bin ich für ein Held.«

»Einsicht ist der erste Weg zur Besserung«, bemerkte Maria. »Und Nina? Wie geht es ihr?«

»Sie hat nicht viel gesagt. Ein bisschen geweint hat sie. Ich hab versucht, sie zu trösten, aber ich hatte das Gefühl, ich komm nicht an sie ran und dachte, ich lasse sie lieber in Ruhe. Dann ist sie gegangen und nachmittags hat sie mir noch eine SMS geschickt.« Er holte sein Handy, damit Maria die Nachricht lesen konnte. Er lächelte leicht. »Ich habe ihr geantwortet und dachte, es wird alles gut.«

»Könnte Nina vielleicht heute morgen irgendwo hingegangen sein, wo sie ihr Handy nicht an hat? In die Sauna vielleicht?«

Jens schüttelte den Kopf. »Daran hatte ich auch gedacht und hab vorhin ihre Sachen durchgesehen, aber es sieht nicht aus, als würde etwas fehlen. Ihr Bademantel hängt im Bad. Wo geht man denn sonst hin, wo mein sein Handy nicht anhaben darf? Außerdem war sie ja schon weg, als ich kam. Da ist es noch viel zu früh für die Sauna. Und nur schwimmen geht sie eigentlich nie.«

»Du hast recht. Ich würde vorschlagen, du rufst überall an, wo sie möglicherweise sein könnte. Sag einfach, Ninas Handy ist kaputt und du hattest Nachtschicht und weißt nicht, wo sie ist, musst sie aber dringend sprechen … wegen der Baustelle oder so. Lass dir was einfallen.«

Jens kaute auf seiner Unterlippe. »Oder soll ich nicht einfach warten? Ich meine, vielleicht kommt sie ja gleich und wir machen uns nur verrückt.«

Maria tätschelte ihm das Knie. »Kann gut sein. Aber wenn du mich fragst, drehst du völlig am Rad, wenn du nicht irgendetwas tust. Sonst hättest du mich auch nicht gebeten herzukommen.«

»Hast recht.«

Während Jens telefonierte, ging Maria in die Küche. Sie brauchte einen Moment für sich allein, um ihre Gedanken zu sortieren. Es war mehr ein Gefühl, als ein greifbarer Sachverhalt, dass irgendetwas nicht ins Bild passte. In Gedanken fasste sie die Fakten zusammen: Nina brachte die Sprache auf ein Kind. Jens gestand ihr seine Unfruchtbarkeit. Nina war betroffen, aber nicht am Boden zerstört – dagegen sprach die SMS.

Was konnte sonst noch passiert sein? Was hatte sie so aus der Fassung gebracht, dass sie sang- und klanglos verschwunden war?

Aus dem Wohnzimmer hörte sie Jens telefonieren. Sie wollte ihn nicht stören, außerdem hatte er bestimmt nichts dagegen, wenn sie sich ein Glas Wasser nahm. Während sie sich beides holte, blieb ihr Blick am Kalender neben dem Küchenschrank hängen. Nina hatte Jens am Dienstag beim Frühstück den Vorschlag wegen des Kinderzimmers gemacht. Maria fixierte das Datum.

19. Mai.

Sie überflog die Termine und schloss die Augen, um zu überlegen, ob das Datum irgendeine Bedeutung haben konnte. Es gab zumindest keine offensichtliche. Mit einem Mal blitzten zwei Gedanken gleichzeitig auf.

Sie waren absurd. Vielleicht zu absurd. Aber hatte sie nicht schon oft erlebt, dass genau diese Dinge Realität waren?

Sie blätterte ein Kalenderblatt zurück, suchte die Osterferien. Der 19. April war der letzte Feriensonntag gewesen. Sie war damals mit Franzi aus dem Urlaub zurückgekommen und Nina war mit Jens in der Fränkischen gewesen. Mit dem Zeigefinger fuhr sie die Tage weiter rückwärts. Anfang April war neben dem Datum an mehreren Tagen jeweils ein kleines Kreuz. Sie blätterte zum März. Dort waren ebenfalls Markierungen. Noch weiter zurück. Schließlich zurück zum Ferienende und bis zum heutigen Datum – dort jedoch gab es nirgendwo die Kreuze.

»Ach du Scheiße!«, entfuhr es Maria.

Die Kreuze im Kalender konnten sonst was bedeuten, aber viele Frauen markierten so ihre Periode, und wenn Nina diese seit Anfang April nicht mehr gehabt hatte, konnte das nur eins bedeuten: Sie war schwanger, und wie sie seit gestern sicher wusste, war sie das nicht von Jens. Das konnte eine Erklärung sein, warum sie unbedingt mit Maria hatte reden wollen. Aber warum hatte sie nicht gewartet und war stattdessen wie vom Erdboden verschwunden? Wollte sie heimlich einen Schwangerschaftsabbruch vornehmen lassen? Freitagnachmittags und am Wochenende eine eher unwahrscheinliche Option. Außerdem glaubte sie nicht, dass ihre Freundin kopflos eine solch folgenschwere Entscheidung treffen würde – ganz allein und ohne wenigstens mit irgendjemandem vorher zu reden. Mit ihr zum Beispiel, die zumindest von der Vergewaltigung wusste – womit sie wieder bei der Ausgangsfrage angelangt war. Wo zum Teufel steckte Nina?

Maria dachte kurz nach. Sie konnte Jens keinesfalls damit konfrontieren, solange es nur ein Verdacht war. Falls Maria sich irrte und Nina nicht schwanger war und es irgendeine vollkommen harmlose Erklärung für Ninas Verschwinden gab, dann würde Maria die sowieso schon schwierige Situation nur noch verschlimmern.

Jens telefonierte immer noch im Wohnzimmer, also hatte sie noch Zeit. Vielleicht gab es ja etwas, das ihre Vermutung unterstrich oder bestenfalls widerlegte. Geschwind suchte sie zuerst in der Küche, im Schlafzimmer, schließlich im Bad – und wurde fündig. Auf dem Weg zurück ins Wohnzimmer traf sie auf Jens, dem Maria ansah, dass er kein Glück gehabt hatte.

»Überall Fehlanzeige. Ich muss wohl warten, bis sie kommt«, sagte er. »Danke, dass du hier warst, Maria, ich ruf dich an, sobald …«

»Gehen wir ins Wohnzimmer.« Nachdrücklich schob sie den überraschten Jens in Richtung Sofa. Es hatte keinen Sinn, lange um den heißen Brei herumzureden: »Hat Nina die Pille genommen?«

Verblüfft riss Jens die Augen auf. »Ja, schon. Ich meine, bisher wussten wir ja nicht, ob …«

Maria warf eine leere Packung des Verhütungsmittels auf den Tisch. »Tut mir leid, dass ich nicht vorher gefragt habe, aber … ich habe mich gerade umgesehen und diese leere Schachtel ist die einzige, die ich gefunden habe. Ich würde sagen, sie nimmt sie nicht mehr.«

»Nicht?«, fragte Jens verwirrt.

Wortlos reichte Maria ihm den Schwangerschaftstest, den sie im Badezimmerschrank in einer Packung Damenbinden gefunden hatte. Jens blickte auf die beiden Linien. Sein Gesicht war plötzlich wie eine Maske. Es hatte alle Farbe verloren.

»Jens, bevor du irgendetwas sagst, hör mir zu …«

»Ich glaube, da gibt es nicht viel zu sagen.«

Nicht zum ersten Mal sah Maria einen Menschen, der wie eine scharfe Bombe wirkte, die jeden Moment zu explodieren drohte. »Doch, Jens, dazu gibt es eine Menge zu sagen«, erwiderte sie mit fester Stimme. »Nina wurde vergewaltigt. Wenn sie also nicht von dir schwanger sein kann, dann ist es das Kind von dem Täter.«

»Was?« Jens wurde leichenblass. »Sie wurde … *vergewaltigt*? Wann?«

Maria nickte. »Ich habe dir auch nicht die Wahrheit gesagt.« In knappen Worten berichtete sie Jens von ihrem Gespräch mit Nina beim Joggen. »Sie wollte keine Anzeige erstatten, obwohl ich alles versucht habe, sie davon zu überzeugen. Sie wollte das alles vergessen. Danach habe ich nicht mehr mit ihr darüber gesprochen. Gestern Nachmittag bekam ich eine SMS, dass sie mit mir dringend sprechen müsse. Es sei wichtig und du wüsstest immer noch nichts. Ich nehme an, sie wollte mir sagen, dass sie schwanger ist und mit mir überlegen, was sie jetzt tun soll.«

Jens saß mit versteinertem Gesicht auf dem Sofa. »Warum hat sie mir das nicht erzählt?«

Maria antwortete nicht sofort. »Sie hatte einfach Angst, dass du ihr nicht glaubst und ganz ehrlich – so ganz unberechtigt war es nicht, oder?«

Unbehaglich bewegte Jens seine Schultern. »Ja«, gab er zu. »Aber sie hätte …«

Beschwichtigend hob Maria eine Hand. »Hör auf, Vorwürfe bringen dir nichts und ihr erst recht nicht.«

In Jens Gesicht arbeitete es. »Vielleicht hätte sie es mir nie gesagt!«

»Sie hätte dir was nicht gesagt?«

»Dass ich nicht der Vater bin.« Jens wirkte plötzlich verkniffen. »Stell dir vor, wenn ich den Test nicht hätte machen lassen. Dann hätte sie mich glauben lassen, es sei mein Kind, obwohl …«

»Nun mach aber mal einen Punkt, Jens! Bist du mal auf die Idee gekommen, dass sie selbst noch gar nicht so weit gedacht hat? Kannst du dir vorstellen, wie es ihr ging? Was sie durchgemacht hat in der Nacht? Herrgott, du hast doch schon genug Frauen gesehen, die so etwas erlebt haben. Als Nina mit mir gesprochen hat, war sie total fertig. Sie wollte nicht mehr daran denken. Es einfach vergessen! Nina ist traumatisiert! Sie hat es verdrängt!« Und ich auch, dachte Maria, bei der sich ihr schlechtes Gewissen meldete. Sie hätte es nicht auf sich beruhen lassen dürfen. »Außerdem wünscht sie sich schon lange ein Kind, sie hat heimlich die Pille abgesetzt und dann ist sie schwanger. Sie hat sich gefreut und gehofft, dass du das auch tust. Sie hat einfach nicht mehr an diesen Kerl gedacht! Vermutlich wollte sie dir am Dienstag von dem Baby erzählen und stattdessen bekommt sie die volle Breitseite ab, weil du nicht der Vater sein kannst. Vielleicht … vielleicht lässt sie gerade irgendwo heimlich abtreiben. Versuch einfach mal zu verstehen, was in ihr vorgeht!« Maria hatte sich in Rage geredet. Sie war aufgesprungen.

Jens drückte seine Handballen vor die Augen. »Ja!«, schrie er und seine Stimme überschlug sich. »Scheiße! Ja, du hast recht! Aber ich … ich kann nicht … verdammt, Nina!«

Seufzend setzte sich Maria neben ihn, zögerte kurz, doch dann nahm sie ihn in die Arme. Sie spürte, dass er zitterte.

Nach einer Weile setzte er sich wieder gerade hin und rieb noch einmal heftig über seine Augen. »Ich weiß, manchmal bin ich ein Arschloch«, sagte er mit belegter Stimme. »Ich könnte den Kerl erwürgen, der ihr das angetan hat. Was machen wir denn jetzt?«

»Bist du dir sicher, dass sie nicht zu Hause war?«

»Ziemlich. Aber vielleicht täusche ich mich. Wir könnten in der Nachbarschaft fragen, ob jemand gestern Abend etwas gehört hat.«

»Gut, am besten machst du das, weil die Leute dich kennen. Weißt du, mit welcher Kollegin sie sich gestern treffen wollte?«

»Sie hat mir den Namen gesagt, aber den hab ich vergessen.«

»Hast du Telefonnummern von ihren Kollegen? Ich frag mich einfach durch und versuche mit derjenigen zu reden, mit der sie gestern verabredet war. Ist zumindest ein Versuch.«

Beide standen auf. Jens berührte Maria an der Schulter. »Glaubst du … sie hat sich etwas angetan?«

Auch Maria hatte daran gedacht, doch sie schüttelte entschiedener den Kopf, als ihr zumute war. »Dazu ist sie nicht der Typ.«

»In unserem Job hat man Pferde kotzen sehen«, meinte Jens düster.

»Vor der Apotheke. Und mit dem Rezept hinter dem Ohr«, fügte Maria hinzu. »Komm schon – wir finden sie.«

Ein halbes Dutzend Telefonate später saß Maria in der Küche und starrte auf das Blatt, auf dem sie Namen und Telefonnummern notiert hatte. Schließlich nahm sie noch einmal ihr Handy, um ihren Vater zu überreden, an ihrer Stelle mit Franzi ins Kino zu gehen.

»Passt schon«, brummte Hermann Ammon. »Aber meinst nicht, du kannst deine Arbeit am Wochenende a weng in Ruh lassen?«

Maria seufzte. »Papa, es geht um eine Freundin von mir. Ich kann sie nicht hängen lassen.«

»Ja, is recht.«

Maria war froh, dass sie nicht Franzi selbst am Telefon gehabt hatte. Ihre Tochter wäre sicher nicht so ruhig geblieben. Andererseits enthielt die milde Art ihres Vaters mehr Vorwurf als Franzis offen geäußerte Kritik. Aber darum musste sie sich später kümmern, denn gerade kam Jens zurück.

»Oh Mann, warum hört und sieht eigentlich nie jemand was, wenn es wichtig ist«, knurrte er. »Nur das übliche Geschwätz. Dasselbe wie immer, wenn wir …«

»Vergiss die Befragung, Jens.«

Er fasste an die Arbeitsplatte, als drohe er im nächsten Moment umzufallen. »Was ist mit Nina?«

»Das weiß ich noch nicht, aber das werden wir hoffentlich gleich herausfinden. Wir fahren zu Ninas Kollegin.«

»Warum?«

»Erzähle ich dir unterwegs.«

Kurz darauf brausten sie in Richtung A 73. »Ninas Kollegin heißt Isabelle Schad und wohnt in Fürth«, informierte Maria Jens, als sie an einer Ampel eine Vollbremsung machen musste, weil der Wagen vor ihr anhielt, anstatt über Gelb zu fahren. »Allmächd! Muss das jetzt sein!«

Jens sah sie skeptisch von der Seite an. »Ganz ruhig.«

»Alles klar«, meinte Maria seufzend. »Also, diese Frau Schad hat sich gestern Nachmittag gegen halb vier mit Nina in dem neuen Eiscafé im Palais Sutterheim getroffen. Sie sagte, irgendwann seiest du aufgetaucht und …«

»Was? Ich?«

Maria winkte ab. Gleichzeitig gab sie Gas, weil die Ampel umschaltete. »Halt mal kurz die Luft an und lass mich zu Ende erzählen. Du hättest dich dazu gesetzt und Frau Schad ist bald gegangen, weil sie den Eindruck hatte, sie störe. Du hast gesagt, ihr hättet etwas vor, wovon Nina noch nichts wüsste.«

Jens wirkte, als hätte ihn jemand mit eiskaltem Wasser übergossen. »Wie bitte?«

»Die Frage ist, wer es war, wenn nicht du?«, sagte Maria ernst. »Deswegen fahren wir zu Frau Schad und bitten Sie, uns den Mann zu beschreiben.«

Jens sagte nichts, sondern sah Maria stumm an. Seine widerstreitenden Gefühle standen ihm ins Gesicht geschrieben.

»Falls«, sie hob den Zeigefinger, »falls die Vergewaltigung ein Bluff war und falls Nina also tatsächlich einen Freund hat …« Jens rieb sich mit einer Hand über Mund und Nase und sah aus dem Seitenfenster. »Ist es vielleicht zufällig jemand, den du anhand der Beschreibung erkennst. Aber eigentlich wäre es viel zu auffällig, diesen Typ ausgerechnet ihrer Kollegin als ihren Mann vorzustellen. Irgendwie hab ich ein komisches Gefühl.«

»Nämlich?« Jens klang nicht sonderlich überzeugt.

»Eben das weiß ich nicht.«

»Maria, du übertreibst! Nina ist bestimmt bei diesem Kerl, der sie geschwängert hat, dir hat sie erzählt, sie sei vergewaltigt worden, und ich darf jetzt warten, bis sie sich herablässt, zurück zu kommen.« Sowohl Verachtung als auch verletzter Stolz waren deutlich aus seiner Stimme herauszuhören.

»Vielleicht«, räumte Maria ein. »Aber vielleicht auch nicht, und ich glaube einfach nicht, dass Nina …«

»Du glaubst es nicht?«, schrie Jens mit einem Mal zornig. »Was heißt hier, du glaubst es nicht? Es ist völlig egal, was du glaubst! Siehst du nicht die Tatsachen? Sie hat einen anderen, der ihr das Kind macht, dass sie sich immer gewünscht hat, und mich lässt sie sitzen. Gott, war ich blöd!«

Mit ihren Fingern tippte Maria auf dem Lenkrad herum und schwieg. Da es diesmal um ihre Freundin ging und nicht um eine Person, mit der sie rein dienstlich zu tun hatte, fiel es ihr besonders schwer, den Fall nüchtern zu betrachten. Kurz fragte sie sich, ob es überhaupt richtig gewesen war, Jens alles zu sagen.

Als sie vor dem Haus hielten, wandte sich Maria an Jens: »Frau Schad weiß noch nicht, dass wir kommen. Ich habe nur gefragt, wie lange sie noch zu Hause ist, damit ich sie noch einmal anrufen kann. Lass *mich* also mit ihr reden.«

Er holte tief Luft. Dann nickte er. »Tut mir leid, dass ich so ausgeflippt bin. Vielleicht … finden wir sie wenigstens.«

Bevor sie ausstiegen, um bei Isabelle zu klingeln, nickte Maria ihm aufmunternd zu.

»Hallo Frau Schad, ich bin Maria Ammon. Wir haben gerade telefoniert – wegen Nina. Entschuldigen Sie, dass wir Sie überfallen, aber wir würden Sie gern etwas fragen, das sich nicht am Telefon besprechen lässt.«

Isabelle wirkte nicht besonders begeistert, erwiderte aber

Marias Gruß und musterte Jens, den Maria noch nicht vorgestellt hatte.

»Oh. Kennen Sie sich?«, fragte Maria unvermittelt.

»Nein. Hallo.« Freundlich streckte sie Jens die Hand entgegen, zeigte aber nicht die Spur eines Wiedererkennens. Mechanisch drückte Jens ihre Hand, wobei er ungläubig zu Maria sah.

»Hast du etwa gedacht, ich lüge?«

Maria hob abwehrend die Hand. »Nein, tut mir leid, aber ich … Berufskrankheit«, meinte sie leicht verlegen.

Verwirrt sah Isabelle von einem zum anderen. »Was ist denn?«

»Das hier ist Jens Langenbach. Er ist Ninas Mann – und ich fürchte, wir haben ein Problem, bei dem wir Ihre Hilfe benötigen.«

»*Sie* sind Ninas Mann?«, entfuhr es Isabelle.

»Ich sehe, Sie verstehen, was ich meine«. Maria zog ihre Dienstmarke hervor und hielt sie der sichtlich sprachlosen Isabelle hin. »Ich bin nicht nur Ninas Freundin, sondern auch bei der Kripo hier in Erlangen. Es ist alles ein wenig komplizierter, als Sie vielleicht glauben. Mit ziemlicher Sicherheit ist Nina seit gestern nicht mehr zu Hause gewesen und wir wissen im Moment nicht, wo sie sich aufhält. Sie waren möglicherweise die Letzte, die sie gesehen hat. Abgesehen von dem Mann, der gestern Nachmittag im Café war und nach dem wir nun suchen.«

»Ja, also …« Unsicher sah Isabelle zu Jens, denn sie ahnte natürlich gleich, dass es hier um eine Beziehungskiste ging.

»Es kann sein, dass es sich bei dem Mann gestern um einen Kriminellen handelt«, sagte Jens unvermittelt, »und vielleicht hat der sie jetzt in seiner Gewalt. Bitte helfen Sie uns.«

Überrascht wandte Maria den Kopf. Ein geschickter Einfall, denn potenzielles Verbrechen warf natürlich ein ganz anderes Licht auf die Sache als ein profaner Ehebruch.

»Oh mein Gott! Ein Krimineller?« Entsetzt riss Isabelle die Augen auf. »Und jetzt ist sie verschwunden? Was soll ich tun?«

Maria lächelte. »Am besten erzählen Sie uns, was Sie wissen und versuchen den Mann zu beschreiben. Dürfen wir vielleicht reinkommen?«

Sichtlich nervös brachte Isabelle die beiden ins Wohnzimmer. »Es ist nicht aufgeräumt«, entschuldigte sie sich. »Dauert es sehr lange? Vielleicht etwas zu trinken? Wasser?«

»Wenn es Ihnen nichts ausmacht.« Maria nahm auf einem Korbsessel Platz.

Während Isabelle in der Küche verschwand, ging Jens unruhig im Raum herum. »Maria, glaubst du wirklich, das hier ist eine gute Idee? Du bist schließlich nicht im Dienst und ich auch nicht und …«

»Jens, tu mir einen Gefallen und setz dich. Es geht um Nina! Wenn Gefahr im Verzug ist, dann kümmert es mich einen feuchten Kehricht, ob ich im Dienst bin.«

In diesem Moment kam Isabelle mit zwei Gläsern Wasser zurück.

»Gut, Frau Schad. Gestern Nachmittag um halb vier trafen Sie sich mit Nina im Café. Wann ungefähr kam der Mann dazu?«

»So um viertel fünf. Ich weiß nicht genau. Nina ist aufgestanden, weil sie aufs Klo musste und da kam dieser Mann plötzlich auf sie zu. Er hat sie umarmt und …«, sie räusperte sich und ihr Blick flog kurz zu Jens, »er hat sie geküsst.«

Jens sog hörbar die Luft ein und ballte die Fäuste.

Nervös schob Isabelle eine Haarsträhne hinter das Ohr. »Na ja … ich wusste ja, dass sie verheiratet ist, aber ich hatte ihren Mann ja noch nie gesehen und deswegen dachte ich, er ist es.«

»Also hat er sich Ihnen vorgestellt?«

Sie schüttelte den Kopf. »Nein, ich habe zu ihm ›Hallo Herr Langenbach‹ gesagt und … keiner von den beiden hat gesagt, dass es falsch sei.« Sie wirkte zerknirscht. »Hätte ich vielleicht was merken müssen?«

»Nein. Sie konnten das nicht wissen, Frau Schad«, beruhigte Maria. »Und was geschah weiter?«

»Er hat ein Eis gegessen. So eins im Pappbecher, das hat er sich bestimmt vorher geholt. Ich hab mich ein bisschen darüber gewundert, denn wenn er sich zu uns setzen wollte, hätte er sich ja eins bestellen können. Gesagt hat er nicht viel. Nina … also, wenn Sie mich fragen, sah sie irgendwie nervös aus. Vorher war sie eigentlich ganz normal, obwohl, manchmal war sie nicht ganz bei der Sache. Ich dachte, das läge daran, dass sie nicht so richtig viel Lust auf ein Treffen hatte, dazu musste ich sie erst überreden. Als ihr … ähm, als dieser Mann fragte, ob wir noch lange brauchen, hielt ich das für ein deutliches Signal, denn am Wochenende will man sich ja nicht unbedingt noch mehr als nötig mit der Arbeit beschäftigen. Also habe ich mich verabschiedet … Oh, ach ja, er hat noch gesagt, ich sei eingeladen.«

»Und dann sind Sie gegangen?«

»Ja. Ich wollte ja nicht stören.« Sie klang, als wolle sie sich entschuldigen. Jens hörte schweigend zu und beschäftigte sich intensiv mit einer leeren Zigarettenpackung, die er vom Tisch genommen hatte.

Maria hatte ihren Notizblock aus der Handtasche gezogen. Mit ihrem Bleistift klopfte sie auf das Papier. »Sie hatten den Eindruck, Nina sei plötzlich nervös gewesen. Warum glauben Sie das?«

»Ich weiß nicht. Es war einfach komisch. Als sie aufstand, war das so … so plötzlich. Ich bin richtig zusammengezuckt, weil sie dabei an den Tisch gestoßen ist … Und auf einmal war der Mann da. Wenn ich drüber nachdenke, dann sah sie aus, als hätte er sie erschreckt.«

»Erschreckt?«

»Ja, als würden sie plötzlich jemandem begegnen, mit dem Sie nicht gerechnet haben und auf den Sie verzichten könnten. Zum Beispiel Ihrem Chef in der Sauna.«

Maria schmunzelte verhalten. »Ich weiß, was Sie meinen. Können Sie ihn mir vielleicht beschreiben?«

Isabelle zuckte mit den Schultern. »Ich weiß nicht. Er war nicht besonders groß.«

»Können Sie das schätzen?«

»Ungefähr so wie Nina. Er hat sie ja umarmt.«

Die Zigarettenschachtel landete auf dem Boden.

»Alter?«

»Um die 40 würde ich tippen. Aber nageln Sie mich nicht fest – ich kann das immer schwer einschätzen.«

»Ist in Ordnung. Was hatte er an?«

Isabelle pustete die Luft durch die halb geschlossenen Lippen. »Oh weia, darauf hab ich nicht geachtet … die Hose war bis knapp übers Knie, glaube ich. Mit vielen Taschen. Obenrum irgendetwas Helles. Mehr weiß ich nicht.«

Maria notierte sich das. »Statur?«

»Sie meinen dick oder dünn? Hm, nein nicht dick, aber auch nicht richtig schlank. Eher kräftig. Muskulös … und er … ich weiß nicht, wie ich das beschreiben soll.«

Jens hatte derweil die Schachtel zerknüllt. Sein Fuß wippte unruhig auf und ab.

»Vielleicht erinnert er Sie an jemanden?«, half Maria. »Beschreiben Sie mir sein Gesicht, Haarfarbe, Augen. Was Ihnen einfällt.«

»Also er hatte sehr dunkle Augen … ein bisschen südländisch vielleicht«, begann sie und hielt inne. »Würde es Ihnen helfen, wenn ich versuche, ihn zu skizzieren?«

Erfreut hob Maria die Brauen. »Können Sie das denn?«

»Ich bin Kunstlehrerin«, erwiderte Isabelle mit einem kleinen Lächeln. »Warten Sie, ich hole Papier und Stifte. Möchten Sie vielleicht einen Kaffee zum Wasser? Ich habe eine Maschine und könnte auch Cappuccino oder Latte macchiato anbieten.«

»Ich glaube, einen Cappuccino könnte ich vertragen«, erklärte Maria.

Isabelle sah Jens an, der immer noch die zerknüllte Schachtel in der Hand hatte. »Geht ein doppelter Espresso?«, erkundigte er sich.

»Sicher«, sagte Isabelle. »Oh, und Herr Langenbach. Falls Sie rauchen möchten, dürfen Sie das draußen auf der Terrasse. Ein Aschenbecher steht auf dem Mäuerchen.«

Er bemühte sich um ein Lächeln. »Ich rauch nicht mehr.«

Im Rausgehen öffnete Isabelle eine Schublade und warf Jens Zigaretten zu. Jens starrte die Packung an. Es dauerte noch zehn Sekunden, dann stand er auf und stapfte durch die Terrassentür hinaus.

Maria lehnte sich im Sessel zurück und ging ihre Notizen durch, ergänzte hier und da etwas und machte sich Anmerkungen. An der bisherigen Beschreibung gab es nichts Besonderes. Im Geiste ging Maria verschiedene Menschentypen durch, die sie im Kopf hatte, doch sie hatte einfach noch zu wenig Anhaltspunkte. In jedem Fall war es gut, dass Isabelle versuchen wollte, den Mann zu zeichnen. Sie kritzelte ein paar Kringel an den Rand ihrer Notizen. Etwas ging ihr seit geraumer Zeit durch den Kopf.

Das Wort ›Vergewaltigung‹ war eher eine Schlussfolgerung Marias gewesen, Nina selbst hatte es nie in den Mund genommen und jedes Mal den Kopf geschüttelt, wenn sie darauf angesprochen wurde.

Maria rieb sich die Schläfen. Das musste nichts heißen. Viele Frauen versuchten zu ignorieren, was mit ihnen geschehen war. Sie gaben sich selbst die Schuld – auch das hatte Nina getan. Vieles sprach dafür, dass Nina den Mann kannte und aus irgendwelchen Gründen zu schützen versuchte. Aber warum genau? Oder hatte sie ihren Mann doch vorsätzlich betrogen? Trotz allem konnte Maria das nicht glauben.

Gerade trug Isabelle ein Tablett hinein und stellte es auf den Tisch.

»Mir ist gerade etwas eingefallen …«, sagte sie und war schon wieder draußen. Als sie diesmal zurückkam, hatte sie einen Zeichenblock, Bleistifte und Radiergummi sowie ein Netbook dabei. »Ich habe die ganze Zeit überlegt, an wen der Mann mich erinnert hat. Wissen Sie, es ist schwierig, jemanden ganz und gar aus dem Gedächtnis zu zeichnen. Es ist leichter, wenn man Anhaltspunkte hat, ein Foto, oder jemandem, der demjenigen ähnelt. Also, jedenfalls war ich vor ein paar Wochen mit meinem Freund im Kino und ich glaube, der Hauptdarsteller passt vom Typ her.«

»Wer denn?«, fragte Maria.

Isabelle hatte das Netbook angeschaltet. »Ich weiß nicht mehr, wie er heißt, aber ich schau mal nach. Es gibt bestimmt Bilder im Internet.«

Während sie suchte, rührte Maria ihren Cappuccino um und Jens kam von draußen herein. Er wirkte unwesentlich ruhiger, als er Isabelle über die Schulter sah.

»Was suchen Sie?«

»Einen Schauspieler, den ich letztens im Kino … ah, da – Jason Statham.« Sie klickte sich durch die Bildergalerie bis zu einer Großaufnahme, nahm den Zeichenblock und einen Bleistift, auf dem sie herumknabberte, bevor sie mit wenigen Strichen zu skizzieren begann. »Ich versuch's mal.«

Maria beobachtete Jens, dem der Typ Mann Jason Statham genauso wenig zu sagen schien wie Maria. Zumindest schien es also kein naher Bekannter zu sein. Konzentriert zeichnete Isabelle ein bartloses Männergesicht und veränderte dabei einige Details im Vergleich zu dem Foto des Schauspielers. Die Nase wurde schmaler und größer, die Augenbrauen dichter, die Lidfalte um die Augen ausgeprägter. Die Lippen waren eine Spur voller. Seine Haare waren genau wie bei der Vorlage sehr kurz rasiert. An den Augen radierte Isabelle mehrfach herum, bis sie schließlich einen leicht melancholischen Ausdruck hatten. Umrahmt wurden sie von einer rechteckigen Brille mit dunklem Gestell.

»So ungefähr. Seine Augen standen nicht ganz parallel, wissen Sie, ein Silberblick wie beim Highlander, also bei Christopher Lambert. Der Ausdruck passt jetzt halbwegs.«

»Sie haben ein gutes Gedächtnis«, sagte Maria bewundernd. »Die meisten Menschen erinnern sich nicht besonders gut an Leute, die sie nur kurz gesehen haben.«

Isabelle zuckte mit den Schultern. »Na ja, es gibt Menschen, die haben eine Ausstrahlung. An die erinnert man sich einfach, vor allem, wenn man darauf angesprochen wird. Schauen Sie mal, seine Statur, war ungefähr so ...« Diesmal zeichnete sie nur die Umrisse des Mannes. Er besaß breite Schultern und eine übertrieben stramme Haltung.

»Hat ein bisschen was von einem Soldaten«, fand Maria.

Isabelle legte den Kopf schief, um ihre eigene Zeichnung zu betrachten. »Stimmt.« Sie lächelte. »Ist manchmal komisch, wenn ich zeichne. Ich hätte das nicht erklären können. Können Sie damit was anfangen?« Sie gab Maria beide Zeichnungen.

»Ja, sicher. Auf jeden Fall vielen Dank für ihre Mühe.«

Eigentlich ein Allerweltsgesicht, dachte Maria. Und trotzdem hatte sie bei längerer Betrachtung den Eindruck, es irgendwo gesehen zu haben. Lag es an dem Schauspieler, den Isabelle als Grundlage genommen hatte? Jens knetete derweil seine Unterlippe, während er intensiv beide Zeichnungen begutachtete.

»Kommt er dir bekannt vor?«, fragte Maria.

Jens wiegte den Kopf. »Ich bin mir nicht sicher. Dürfen wir die mitnehmen?«

»Natürlich«, antwortete Isabelle bereitwillig.

Jens wollte die beiden Zeichnungen aufrollen, doch Maria hielt ihn auf. »Moment.« Während sie die Zeichnungen mit ihrem Handy abfotografierte, wandte sie sich noch einmal an Isabelle: »Gibt es noch irgendetwas, das Sie uns sagen können?«

Isabelle dachte angestrengt nach. Schließlich schüttelte sie den Kopf. »Tut mir leid. Ich glaube, das war's.«

»Gut.« Maria holte eine Visitenkarte aus ihrer Handtasche. »Rufen Sie mich ruhig an, wenn Sie glauben, dass es noch etwas Wichtiges gibt. Auf meinem Handy und ab Montag im Büro. Und bitte sprechen Sie vorläufig mit niemandem darüber. Vor allem nicht in der Schule – egal, ob Nina wieder da ist oder nicht!«

Isabelle versicherte in jedem Fall Stillschweigen zu bewahren.

Zurück im Auto musterte Maria Jens von der Seite. »Was ist?«

Jens biss auf seiner Unterlippe herum und nestelte an den Zeichnungen. »Nichts.«

Maria hob nur die Brauen, als sie den Wagen startete.

»Ich versuch noch mal sie anzurufen«, meinte Jens. Es dauerte nicht lange und er gab es auf. »Ihr Handy ist immer noch aus.«

»Ich ruf Paul an.«

»Und was sagst du ihm?«, fragte Jens.

»Das, was wir wissen. Möglicherweise hat er noch eine gute Idee und dann …«

»Was dann?«, unterbrach Jens sie harsch, doch seine Stimme schwankte ein wenig. Er räusperte sich. »Nina ist … sie ist *vielleicht* seit gestern Nachmittag verschwunden. Vielleicht haben wir einfach nicht an der richtigen Stelle gesucht. Die paar Dinge, die wir uns zusammengereimt haben … es sind alles Vermutungen. Die Zeichnung von dieser Kunstlehrerin – wir kennen den Mann nicht.«

»Anhand der Skizze könnten wir nachsehen, ob er irgendwo registriert ist. Vielleicht bringt uns das weiter.«

Jens seufzte tief. »Ja, vielleicht. Vielleicht aber auch nicht. Maria, du kannst denken, was du willst, aber Nina kannte diesen Mann. Sie hat nicht widersprochen, als Frau Schad ihn mit meinem Namen angeredet hat. Wenn du mich fragst, ist sie freiwillig mit ihm gegangen. Freiwillig, verstehst du? Also … ach vergiss es. Bring mich einfach nach Hause.«

Maria holte bereits Luft zu einer Erwiderung, doch dann hielt sie inne. Wenn die Sache mit der Vergewaltigung nicht stimmte, würden sie mehr Staub aufwirbeln als nötig – mit Konsequenzen für Jens, denn seine Kollegen würden davon erfahren. Auch nach Marias Gefühl war die Sache seltsam. Sie konnte Jens also nicht verübeln, dass er noch abwarten wollte. Trotzdem behielt sie einen faden Beigeschmack zurück.

»Du meldest dich sofort, falls Nina auftaucht«, bat sie Jens.

Er nickte wortlos.

Maria sah auf die Uhr. Wenn sie sich beeilte, schaffte sie es noch rechtzeitig ins Kino.

Unbekannter Ort

Wie spät es war, als sie erwachte, wusste Nina nicht. Draußen war es dunkel, denn durch die Vorhänge drang nicht der kleinste Schimmer Licht in den Raum. Sie ärgerte sich darüber, dass sie aufgewacht war, denn sie hatte eine halbe Ewigkeit gebraucht, um einschlafen zu können, weil er nicht bei ihr war. Fast den ganzen Tag hatte sie allein verbracht. Stundenlang hatte sie sich gelangweilt, ein wenig in Büchern und Zeitschriften gelesen, die er ihr gebracht hatte. Aber das war schon die ganze Abwechslung gewesen, abgesehen vom Essen und der Tatsache, dass sie sich den Gang zur Toilette verkneifen musste, bis er zwischendurch vorbeisah. Viel zu schnell hatte er wieder gehen müssen.

Draußen hörte sie Stimmen. Eine gehörte ihm, die andere einer Frau. Jetzt war Nina hellwach. Sie schlich zur Tür und drückte ihr Ohr daran.

»Du kannst sie unmöglich länger hier oben festhalten«, sagte die Frau. »Wie stellst du dir das vor?«

»Lass das meine Sorge sein!«

»Sie hat nichts mit der ganzen Sache zu tun. Und du reitest dich immer tiefer in die Scheiße!«

War die Frau vielleicht seine Komplizin, die Nina am Café gesehen hatte?

»Du gehst nicht mit mir da rein!« Er klang wütend.

Nina hielt die Luft an. Sie war auf dem Sprung zum Sofa. Einen Moment lang war es draußen ruhig.

»Also gut«, hörte sie die Frau weitersprechen. »Aber sie könnte die ganze Sache gefährden. Das können wir uns einfach nicht leisten, dafür haben wir alle schon zu viel riskiert.«

Er stieß ein unwilliges Brummen aus. »Wir werden sehen. Aber jetzt gehe ich schlafen, wenn du nichts dagegen hast.«

»Schlafen?« Die Frau schnalzte abfällig. »Wenn das hier vorbei ist, wird sie rumerzählen, du hast sie dazu gezwungen. Sie ist verheiratet und wird ihrem Mann kaum gestehen, dass sie freiwillig mit dir …«

»Bla, bla, bla! Ich glaube, ich bin alt genug, dass ich weiß, was ich tue. Also schleich dich gefälligst!«

»Männer!«

Nina machte, dass sie wieder auf das Sofa und unter die Decke kam. Sie schloss die Augen und tat, als ob sie schliefe, als er das Zimmer betrat. Er zog sich aus, schlüpfte neben sie und legte einen Arm um sie.

»Ich wollte dich nicht aufwecken«, murmelte er, als sie sich regte.

»Schon gut«, erwiderte sie. »Schön, dass du da bist.«

MONTAG, 25. MAI 2009

Aus: Neustädter Landeszeitung ›Hasenpest! Erkrankungswelle dauert an!‹

Der inzwischen als Francisella tularensis (Hasenpest) identifizierte Erreger sorgt weiter für Erkrankungen bei Menschen und Tieren im Raum Neustadt/Aisch. Die Infektions-Quelle ist, so ein Behördensprecher, weiterhin unklar. Die Fälle von Hasenpest, die vor knapp vier Wochen in der Nähe von Baiersdorf (Landkreis Erlangen-Höchstadt) auftraten, stehen aber nach Meinung von Experten nicht in direktem Zusammenhang mit den akuten Infektionen in Neustadt/Aisch und Umgebung, obwohl sie den gleichen Erregertyp aufweisen. Die Hasenpest ist laut Robert-Koch-Institut nicht von Mensch zu Mensch übertragbar. Die bisher Erkrankten waren fast ausschließlich in der Landwirtschaft tätig oder hatten unmittelbaren Kontakt zu Tieren, an denen die Krankheit nachgewiesen werden konnte.

KPI Erlangen

Maria schloss die Augen, als sie sich auf ihrem Bürostuhl niederließ. Der Montag konnte kaum scheußlicher beginnen. Nachdem ihre Mutter letzte Woche endlich aus der Reha zurückgekommen war, hatten sie die neue Beweglichkeit mit einer kleinen Grillparty am Sonntag gefeiert. Weil es spät geworden war, hatte Olaf ausnahmsweise bei ihr übernachtet – was unweigerlich Einfluss auf Franzis Montagmorgen-Laune beim Frühstück gehabt hatte und damit den Mutter-

Tochter-Gezicke-Index in exorbitante Höhen hatte schnellen lassen. Marias Mutter hatte versucht, die Situation zu retten, indem sie Olaf wie ein Kleinkind umsorgte, was dem wiederum peinlich war.

Kurzum, es war einer von den Tagen, an denen Maria ernsthaft mit dem Gedanken spielte, sich eine eigene Wohnung zu suchen. Allerdings würde das neue Probleme nach sich ziehen, denn Franzi mit ihren zwölf Jahren war zwar selbstständig, doch Maria war viel zu sehr Mutter, als dass sie ihre Tochter jeden Tag auf sich allein gestellt wissen wollte. Außerdem würde Olaf vermutlich auf die glorreiche Idee einer gemeinsamen Bleibe kommen. Sie rieb sich die Schläfen.

Eigentlich war alles optimal so, wie es war. Ihre Probleme waren nichts gegen die von Jens und Nina, die sie das ganze Wochenende in Gedanken beschäftigt hatten.

Seit Samstag hatte Maria ihr Handy nicht aus den Augen gelassen. Sie wartete darauf, dass Jens sich meldete. Oder Nina selbst. Doch nichts passierte. Gestern hatte sie Jens angerufen, um ihn zum Grillen einzuladen, woraufhin er sie ziemlich schnell abgewimmelt hatte. Seine Stimme klang, als habe er getrunken. Sie wäre jede Wette eingegangen, dass er wieder rauchte. Beides konnte sie ihm nicht verdenken. Er machte sich selbst Vorwürfe, und wenn seine Gefühle Nina gegenüber nur halb so widerstreitend waren, wie Maria es am Samstag erlebt hatte, dann gab ihm das sicher den Rest.

Gleich nach ihrer Ankunft in der Polizeiinspektion hatte Maria in Erfahrung gebracht, dass er heute die Mittagsschicht hatte. Es würde also Nachmittag werden, bis sie persönlich mit ihm sprechen konnte. Was auch immer er jetzt darüber dachte – Maria war der Meinung, dass es Zeit wurde, etwas zu unternehmen. Sollte Jens nicht zum Dienst erscheinen, würde sie zu ihm nach Hause fahren.

Ihr Computer war inzwischen hochgefahren. Bevor sie ihre Gedanken auf den Mordfall Bianca Esser richten konnte, musste sie den unvermeidlichen Wust an E-Mails sichten. In diesem Moment stürmte Michelle schwungvoll ins Büro.

»Hi!«

»Grüß Gott!«

Michelle grinste frech. »Den sehe ich heute nicht mehr.«

»Und? Schönes Wochenende gehabt?«, gab Maria ihr das gewünschte Stichwort, denn sie sah ihr an, dass sie vor Mitteilungsdrang platzte.

»Und wie! Ich war zum Mountainbiken in der Fränkischen. Fabian hat mich mitgenommen. Das war echt der Hammer!« Und während sie munter drauflossprudelte, hörte Maria nur mit halbem Ohr zu, während sie sich dabei zum Teil mit ihren E-Mails beschäftigte. Doch mit einem weiteren Teil war sie immer noch bei Nina. Wo steckte sie?

»Ich hab heute irgendwie das Gefühl, du tust nicht mal so, als hörst du mir zu«, meinte Michelle zynisch. »Was war denn bei dir los am Wochenende? Ärger mit deinem Richter?«

»Staatsanwalt«, antwortete Maria automatisch. »Was? Nein, mit dem ist alles in Ordnung. Bei Franzi herrscht Zickenalarm.«

»Das ist nichts Neues, wenn ich das so sagen darf«, erwiderte Michelle. »Was war sonst?«

»Neugierig bist du aber gar nicht, oder?«

»Sicher das.« Michelle grinste. »Du musst ja nicht antworten, nur weil ich frage. Weißt du doch.«

Maria raufte sich die Haare, die sie heute zu einem lockeren Zopf trug. Einige Strähnen lösten sich und fielen ihr ins Gesicht. »Eine Freundin von mir hat ziemlich Ärger«, murmelte sie undeutlich, weil sie ihr Haargummi im Mund hatte, um die Frisur neu zu ordnen.

»Was'n für Ärger?«

»Ist eine komplizierte Angelegenheit.« Maria holte ihr Handy aus der Tasche und zauberte die Fotos von der Zeichnung, die Isabelle Schad angefertigt hatte, auf das Display. »Du hast nicht zufällig eine Ahnung, wie man das ausdrucken kann?«

»Gib her.« Michelle besah sich kurz das Handy. »Ein USB-Kabel hast du nicht dabei?«

»Nein, dann würde ich das selbst hinbekommen«, bemerkte Maria trocken.

»Stimmt, du bist ja schließlich nicht blond.« Michelle warf ihre hellblonden Strähnen gekonnt über die Schulter. »Versuchen wir es mal über Bluetooth«. Sprach's, ging zum Drucker und zog schließlich triumphierend das Blatt aus dem Schacht. »Voilà!« Sie legte Maria den Ausdruck auf den Schreibtisch. »Und wer ist das?«

»Gute Frage. Das würde ich ganz gern herausfinden.« Sie nahm ihr Notizbuch zu Hand, um die Aussage von Isabelle Schad zu sichten, anhand derer sie den sechsseitigen Fragebogen zur Personenbeschreibung eigenhändig ausfüllen wollte. Möglicherweise lieferte ihr der Computer ja einen Namen dazu.

Michelle stützte derweil ihre Hände auf den Tisch und betrachtete die Zeichnung. Sie legte den Kopf mal auf die eine, mal auf die andere Seite und griff schließlich nach dem Blatt. »Darf ich?«

Maria bejahte mit einer Geste.

Michelle holte weiße Korrekturflüssigkeit und pinselte ein wenig herum. Dann nahm sie einen schwarzen Stift, zog ein paar Linien nach, die sie übermalt hatte, und hob die Zeichnung hoch. »Findest du nicht, dass der jetzt irgendwie aussieht wie der Bruder von Sara Eichmüller?«

Erst nach einigen Sekunden fiel es Maria ein, ihren Mund zu schließen. »Wie bitte?«

»Die Fotos bei Professor Leibl auf dem Sideboard. Erinnerst du dich nicht? Da standen total viele rum. Auf einem von den neueren, da waren Sara Eichmüller, ihr Bruder und die Mutter der beiden drauf. Erinnerst du dich, dass ich zu dir gesagt habe, wie ähnlich die drei sich sind?«

Maria nickte langsam.

Eifrig tippte Michelle auf Marias Computertastatur herum und klickte ein paar Mal mit der Maus. »Schau dir das Foto von Sara Eichmüller an, das wir hier haben … da. Und jetzt vergleich die Bilder. Siehst du, was ich meine? Diesen Silberblick haben die beiden anscheinend von ihrer Mutter geerbt.«

Intensiv verglich Maria das Foto und die Zeichnung miteinander. Schließlich wiegte sie bedenklich den Kopf. »Ich weiß nicht. Du hast zwar recht, es besteht eine Ähnlichkeit, aber diese Zeichnung ist … ist eben eine Zeichnung. Das kann Zufall sein. Außerdem ist der Bruder von Sara Eichmüller gar nicht in Deutschland, wenn ich mich recht entsinne.«

»Vielleicht ist er ja inzwischen zurückgekommen. Nur verstehe ich nicht ganz, was der mit deiner Freundin zu tun hat.«

Diese zufällige Ähnlichkeit war einfach zu zufällig. Oder doch nicht? Er war in Tel Aviv. Cohen stammte von dort.

»Hallo? Jemand zu Hause? Ach nee … jemand daheim?« Grinsend wedelte Michelle vor Marias Gesicht herum.

»Entschuldige. Nein, ich glaube, das ist nicht wichtig …«

»Was für ein Quatsch!«, fiel Michelle ihr ins Wort. »Also bei aller Liebe, Maria, wieso hast du eine Zeichnung von einem Mann, der Frau Eichmüllers Bruder sein könnte, auf deinem Handy und lässt mich die ausdrucken? Und du siehst aus, als wäre das, was am Wochenende los war, nicht nur ein bisschen Ärger wegen deiner Freundin.«

Maria war Michelles unverblümte Art inzwischen gewohnt. Außerdem traf sie – wieder mal – den Nagel auf den Kopf. »Können wir das vielleicht bei einem Kaffee besprechen?«

»Aber nicht die Plörre aus der Küche. Ich lauf schnell zum Bäcker und hol uns welchen. Und wo ich grad schon mal da bin: Willst du auch was zu essen? Für später vielleicht?«

»Weißt du eigentlich, wie lieb ich dich hab?«, kicherte Maria. »Bis zum Bäcker und zurück. Mindestens! Irgendetwas mit Tomaten und Mozzarella, bitte – und was mach ich eigentlich, wenn du weg bist?«

»Selber gehen«, grinste Michelle. »Tschö, bis gleich.«

Zuerst erledigte Maria ein paar wichtige Telefonate und beantwortete die E-Mails, die sich nicht aufschieben ließen. Der Rest ihrer Arbeit musste warten.

Von der Kripo Ansbach erfuhr sie, dass am Samstag eine Frau in der Nähe des Internats in Windsbach gesehen wurde, bei der es sich um Sara Eichmüller handeln könnte. Laut Kripo Ansbach war Elias Eichmüller erkrankt und Maria fragte sich, ob Sara davon erfahren haben könnte. Nur von wem? Von ihrem Onkel?

Cohen saß in U-Haft, und wenn der ihr vorher geholfen hatte, könnte es sein, dass sie allein auf sich gestellt nun unvorsichtiger wurde. Wer außer Leibl käme noch in Betracht? Bislang hatte Maria den Bruder nicht beachtet, weil er in Israel lebte.

Perez Leibl war Sara Eichmüllers Zwillingsbruder. Die beiden waren gemeinsam in Erlangen am Burgberg aufgewachsen, in der Villa, die nun Professor Leibl bewohnte. Eine erste Abfrage der Datenbank brachte nichts über ihn zutage. Die derzeitige Meldeadresse war der Athener Ring in Köln-Chorweiler, doch laut Professor Leibl hielt er sich derzeit als Gastdozent für Molekularbiologie an der George S. Wise-Fakultät der Universität Tel Aviv auf. Maria hatte mit ihm telefoniert und einige E-Mails von ihm erhalten, in denen er sich nach dem derzeitigen Ermittlungsstand erkundigte und sich besorgt um seine Schwester zeigte.

Maria sah auf die Uhr. Tel Aviv war eine Stunde voraus, also konnte sie jetzt gleich versuchen, ihn anzurufen. Sie wählte Leibls Nummer und überlegte, was sie ihm überhaupt sagen wollte. ›Guten Tag, Herr Leibl, waren Sie zufällig am Freitag in Erlangen und kennen Sie Nina Langenbach?‹ kam nicht infrage. Sie würde ihn einfach von Biancas Tod berichten und sich danach erkundigen, ob er von seiner Schwester gehört hatte. Doch sie kam gar nicht in die Verlegenheit, etwas sagen zu müssen, denn am anderen Ende ertönte eine zweisprachige Ansage, dass der Anrufer leider nicht erreichbar sei. Keine Mailbox. Sie zögerte, bevor sie es unter seiner Kölner Telefonnummer versuchte – auch hier ging niemand ran.

»Da bin ich! Die Kollegen sind übrigens ganz schön neidisch und lassen fragen, ob du mich heute wirklich den ganzen Tag brauchst.« Michelle stellte einen großen Pappbecher vor Maria hin und legte die Tüte daneben.

»Was bekommst du?« Maria wollte in ihre Tasche greifen, doch Michelle winkte ab.

»Nächstes Mal bist du wieder dran. Also, jetzt schieß los. Ich bin echt gespannt.«

»Das ist keine offizielle Ermittlung«, warnte Maria. »Jedenfalls noch nicht.«

»Ich bin ganz Ohr!« Herzhaft biss Michelle in eine Butterbreze und verdrehte genüsslich die Augen. »Wegen dieser Dinger pass ich im Sommer bestimmt nicht in meinen Bikini.«

»Dann fährst du halt mit Fabian noch ein paar Mal in die Fränkische.«

»Oder wir starten tatsächlich als Triathlon-Staffel. Ich hab mir die Website angesehen, wär echt geil, da mitzumachen. Bestimmt finden wir noch jemanden, der schwimmt.«

»Jaja, später. Also beiß einfach noch mal ab, denn mit vollem Mund spricht man nicht.« Maria erzählte Michelle ausführlich von Jens und Nina. »… und jetzt kommst du und sagst mir, der Typ auf der Zeichnung sieht aus wie Perez Leibl. Irgendwie seltsam, oder?«

Mit dem spitzen Zeigefinger pikte Michelle gerade die letzten Krümel der Breze vom Schreibtisch. »Krasse Sache« war ihr erster Kommentar, doch bevor sie noch mehr sagen konnte, klingelte Marias Telefon.

Während Maria telefonierte, winkte sie Michelle an ihren Bildschirm und deutete auf die Adresse von Perez. Mit der Hand deckte sie den Hörer zu: »Leibl ist in Köln gemeldet. Kennst du die Adresse zufällig?«

»Ach du Schande!«, entfuhr es Michelle, als sie die Anschrift las.

Maria beendete möglichst rasch das Telefonat. »Warum?«

»Assi-Viertel, Betonhochburg, sozialer Brennpunkt. Garantiert nix, wo man gerne wohnen möchte. Ziemlich ungewöhnlich für einen Prof.«

»Professor ist er nicht. Ich habe vorhin versucht, ihn anzurufen, in Köln und Tel Aviv, aber er ist nicht erreichbar.« Maria zupfte sich wieder das Haargummi heraus und schüttelte ihre Haare auf. Dann drehte sie eine Haarsträhne um ihren Finger. »Das ist Schmarrn, was wir hier tun! Nina und Jens haben nichts mit dem Fall Eichmüller zu tun … oh, verdammt!«

»Was denn?« Michelle beugte sich interessiert vor.

Maria kniff die Augen zusammen und hob die Zeigefinger, als wolle sie dirigieren. »Moment. Jens wusste, dass Nina sich mit ihrer Kollegin treffen wollte. Er geht hin, weil er Nina unter Verdacht hat, dass sie ihn anlügt …«

»Das ist doch …«, protestierte Michelle.

Maria wedelte mit ihren Händen. »Pst. Nina und er hatten vor Jahren mal Probleme wegen seiner Eifersucht und vor kurzem … egal jetzt … Jens kontrolliert Nina also. Zufällig sieht er die Szene im Café und dann folgt er den beiden heimlich und … hm.« Sie öffnete die Augen und schüttelte entschieden den Kopf. »Er hat mir gesagt, er sei bei seiner Schwester gewesen, das könnte ich also viel zu leicht nachprüfen.«

»Hast du?«

»Natürlich nicht. Aber er ist Polizist und er weiß, dass ich das tun würde.« Sie dachte an die Szene mit Isabelle, die ihn tatsächlich nicht erkannt hatte. Jens hatte sie am Samstag nicht angelogen – sie war sich ganz sicher.

»Also Sackgasse. Und es wäre außerdem völlig egal, ob es sich um Perez Leibl handelt oder nicht.«

»Stimmt. Obwohl Jens ja gesagt hat, ihm komme der Typ bekannt vor, deswegen dachte ich das gerade. Aber mir ging es ähnlich, ich dachte auch, ich kenne ihn. Ich habe mir das Foto damals bei Leibl ebenfalls angesehen, vielleicht liegt es daran. Wirklich erinnern kann ich mich aber nicht. Nur warum kennt Jens ihn dann? Soviel ich weiß, war er nie in dem Haus.«

Brütendes Schweigen.

Michelle runzelte die Stirn. »Haben wir nicht noch eine andere Möglichkeit, Perez Leibl möglichst schnell zu kontaktieren? Falls der nämlich in Tel Aviv ist, brauchen wir überhaupt nicht weiter überlegen. Es sei denn, es gibt einen Drilling, von dem wir nichts wissen.«

Maria grinste. »Zu viel Ken Follett gelesen? ›Der dritte Zwilling‹?«

»Hä? Nein, kenne ich nicht.«

»War wohl vor deiner Zeit«, sagte Maria. »Weißt du was, ich rufe an der Uni an – die werden mir sagen können, wo er ist.«

Im Internet hatte Maria schnell die Telefonnummer des Institute of Molecular Microbiology and Biotechnology der Fakultät gefunden. Die freundliche Sekretärin sprach gut Englisch und einige Minuten später war das Gespräch beendet.

Michelle hatte die ganze Zeit gespannt zugehört. »Und? Er ist nicht da, oder?«

Betont langsam schüttelte Maria den Kopf. »Nein. Ist er nicht. Und er war auch nie da.«

Michelle riss die Augen auf. »Wie jetzt? Er war nie da?«

»Es gibt keinen Perez Leibl, der Gastdozent für Molekularbiologie oder etwas anders an diesem Lehrstuhl ist. Sein Name sagt der Dame nichts.«

»Vielleicht an einem anderen Lehrstuhl?«, überlegte Michelle.

»Das dachte ich auch, aber sie meinte, sie wüsste davon, wenn es einen Gastdozenten aus Deutschland gäbe. Sie wäre seit über zwanzig Jahren Sekretärin an der Fakultät. So wie sie klang, nehme ich ihr das glatt ab … Allmächd! Ich werd verrückt.«

Michelle stieß einen langen Pfiff aus. »Lächle und sei froh, denn es könnte schlimmer kommen.«

Hilflos lachte Maria und rieb sich mit beiden Händen über das Gesicht. »Und ich lächelte und war froh … Eigentlich dachte ich, das Frühstück wäre der unangenehme Höhepunkt des Tages gewesen. Ich hätte Perez Leibl schon vor ein paar Wochen gründlicher überprüfen sollen!«

»Und warum hast du nicht?«

»Hab ich ja – mit dem Ergebnis, dass er in Tel Aviv ist! Als er damals anrief, stand eine lange Telefonnummer auf dem Display – mit zwei Nullen am Anfang, also Auslandsgespräch. Diese Nummer und seine E-Mail-Adresse habe ich mit der Nummer und den gängigen Adressen auf der Website der Universität verglichen. Seine Handynummer hat er mir ja auch gegeben – ebenfalls die Vorwahl von Israel. Für mich war die Sache damit erledigt. Ich hätte mich darauf nicht verlassen sollen.« Maria trommelte mit den Fingern auf den Schreibtisch. »Konjunktiv bringt uns nicht vorwärts. Für mich klingt es, als habe der gute Professor Leibl, der immer so unschuldig tut, seine Finger im Spiel. Er ist Epidemiologe und als Wissenschaftler kennt er bestimmt in aller Welt Leute, die ihm gern einen Gefallen tun. Außerdem waren Sara und Perez, wie wir von Eichmüller wissen, ja schon selbst in Tel Aviv. Also …« Sie überlegte kurz, bevor sie weitersprach: »Wir haben viele Indizien, aber zu wenig Fakten. Allerdings halte ich es für schlecht, jetzt schon das ganze Team darauf anzusetzen – ich will auf jeden Fall mit Jens sprechen, denn ich möchte nach Möglichkeit nicht hinter seinem Rücken handeln und Nina ins Spiel bringen. Falls Nina und der Fall Eichmüller nichts miteinander zu tun haben, sollten Privatangelegenheiten auch privat bleiben. Falls es tatsächlich Perez Leibl war, mit dem sie sich getroffen hat, sieht die Sache anders aus – und das wird Jens dann verstehen. Ich sehe mir zuerst dieses Bild noch mal an. Dazu muss ich zu Leibl in die Villa.«

»Sofort?« Michelle war drauf und dran aufzustehen.

Energisch bedeutete Maria ihr sitzen zu bleiben. »Ja, aber du bleibst hier, weil du nämlich in der Zwischenzeit ein paar Dinge herausfinden wirst. Und zwar über Professor Leibl und sämtliche Verbindungen nach Tel Aviv. Außerdem alles, wirklich alles, was du über Perez bekommen kannst – inklusive Hobbys, Schuhgröße, seinen Lieblingsitaliener, ob er Erdnusscreme in Creamy oder Crunchy bevorzugt, und zwar so unauffällig wie möglich! Ach ja, kennst du zufällig jemanden in Köln, der ohne größeres Aufsehen unter Leibls Meldeadresse nachsehen kann, ob er dort ist? Nicht, dass ich das glaube, aber diesmal sollten wir sehr gründlich sein.«

»Okay«, sagte Michelle betont langsam. »Ohne größeres Aufsehen heißt, nicht in Uniform, oder? Da wüsste ich jemanden, er is…«

»Sag's mir am besten nicht« Maria hob abwehrend die Hände. »Derjenige soll einfach dort klingeln, und falls niemand da ist, bei den Nachbarn fragen – er hätte ein Päckchen für Leibl, oder so. Denk dir was aus. Falls du nicht weiter kommst oder unsicher bist, frag nicht die Kollegen hier, sondern ruf meinen alten Chef Paul Holzapfel an. Hier ist seine private Handynummer. Ich sag ihm Bescheid. Und ruf mich sofort an, sobald du etwas Wichtiges hast.« Sie schnappte sich ihre Jacke und Handtasche.

Michelle hatte rote Wangen bekommen. »Was ist mit Cohen? Und den Obduktionsberichten?«

»Später!« Sie war schon fast bei der Tür.

»Maria – aber ist das jetzt nicht verboten, was wir hier machen?«

»Ein bisschen unkonventionell.« Sie zwinkerte. »Ich nehm das auf meine Kappe. Im Zweifel wusstest du von nichts und hast nur gemacht, was ich dir gesagt habe. Also wenn jemand Ärger bekommt, dann ganz sicher nicht du. Ich mache das, weil ich einfach nicht möchte, dass Nina und Jens unnötig in Schwierigkeiten kommen. Die beiden haben genug mit sich selbst zu tun. Also Servus.« An der Tür drehte Maria sich noch mal zu Michelle um, die bereits am Computer saß und nach dem Telefon griff. »Und wehe, du vergreifst dich an meinem Ciabatta!«

Burgberg

Maria parkte vor der eleganten Villa. »Ich bin da, Paul, und gehe jetzt rein.«

Am anderen Ende der Leitung hörte man Holzapfel schnauben. »Dein Vater hätte dir öfter den Hintern versohlen sollen! Warum zum Teufel hast du dir niemanden mitgenommen? Wenigstens die Kleine!«

»Lass Michelle bloß nicht hören, dass du sie so nennst!«

Holzapfel ging nicht auf den lahmen Scherz ein. »Hab ich dir eigentlich gar nichts beigebracht?«

»Was glaubst du, warum ich hier bin? Ich hab dich übrigens nicht angerufen, um mir eine Gardinenpredigt anzuhören. Erstens wollte ich deine Meinung, zweitens sollst du Michelle helfen, falls sie Hilfe braucht, und drittens … Ach vergiss es!«

»Und drittens ist dir mulmig. Also fahr wieder rein und hol jemanden!«

»Das kann ich nicht, Paul. Ich hab es dir doch gerade erklärt! Falls es wirklich dieser Perez Leibl ist, der mit Nina gesehen wurde, dann steckt sie bis zum Hals in der Scheiße, und falls die Ähnlichkeit Zufall ist, weiß ich zumindest jetzt, dass Leibl nicht da ist, wo er sein sollte. Also bitte, hör auf, mir Vorwürfe zu machen. Ich geh jetzt da rein.«

»Sobald du draußen bist, rufst du mich an, verstanden? Und hoffentlich hast du deine Waffe dabei!«

Ohne Antwort legte sie auf. Die Besorgnis von Holzapfel war nachvollziehbar. Allerdings war er es gewesen, von dem sie gelernt hatte, sich gelegentlich ein Stück weit von der normalen Polizeiarbeit zu entfernen und ihrer Nase zu folgen. Es wäre nicht das erste Mal, dass zwei Fälle, die scheinbar nichts miteinander zu tun hatten, am Ende doch zusammenhingen. Die Frage war nur wie. Sie straffte die Schultern. Wenn sie Pech hatte, war Professor Leibl nicht zu Hause und ihr Weg war umsonst gewesen. Sie hatte ihr Kommen bewusst nicht angekündigt. Ohne Vorbereitung verhielten sich Menschen oft anders.

Während sie langsam den Kiesweg zur Tür entlangging, nahm sie das ganze Gebaude gründlich in Augenschein. Es war nichts

Außergewöhnliches zu entdecken. In der Einfahrt vor der Doppelgarage stand ein silberner Sportwagen. Sie erklomm die Stufen zum Eingang und betätigte den Klingelknopf.

Lange Zeit passierte nichts. Maria hatte schon die Hand erhoben, um ein weiteres Mal zu klingeln, als eine Stimme aus der Gegensprechanlage ertönte.

»Ja, bitte?«

»Maria Ammon von der Kripo Erlangen. Professor Leibl? Hätten Sie kurz Zeit für mich? Es ist wichtig.«

»Einen Moment.«

Wieder dauerte es sehr lange, bis die Haustür sich öffnete und Professor Leibl erschien. »*Shalom*, Frau Ammon!« Seine kultivierte Stimme verriet keine Verärgerung, aber es war ihm anzusehen, dass ihr Besuch ihm unangenehm war. Er war blass und unter seinen Augen waren tiefe Ringe zu sehen »Da haben Sie aber Glück, ich wollte nämlich gerade zur Bank. Wie kann ich Ihnen helfen?«

»Es tut mir leid, dass ich nicht vorher angerufen habe, aber ich war gerade zufällig in der Gegend unterwegs und dachte, ich schaue einfach schnell vorbei«, erwiderte Maria. Diese Ausrede bemühte sie nicht zum ersten Mal. Leibl sah nicht aus, als nähme er ihr das ab. Im Grunde war ihr das egal. »Könnten wir vielleicht hineingehen? Es dauert nicht lange, allerdings würde ich es ungern an der Tür besprechen – oder haben Sie es sehr eilig?«

Leibl zögerte sichtlich. Schließlich deutete er hinein. »Natürlich. Wie unhöflich von mir. Kommen Sie.«

Die Wohnungstür schloss er extra auf – offenbar hatte er tatsächlich vorgehabt zu gehen. Zu Marias Erleichterung führte er sie gleich in sein Wohnzimmer. Ohne ihr wie beim letzten Mal etwas anzubieten, bedeutete er ihr sich hinzusetzen. Leibl nahm ebenfalls Platz.

Sie räusperte sich. »Die Kripo Ansbach hat mir heute Morgen mitgeteilt, dass Ihre Nichte am Samstag in der Nähe des Internats gesehen wurde. Möglicherweise hat sie Kontakt zu ihrem Sohn aufgenommen – oder aufnehmen wollen. Soviel ich von den Kollegen weiß, ist er krank. Ich hoffe, es geht ihm wieder besser?«

Leibls Kiefer mahlte. »Ja, es geht ihm besser. Haben Sie bereits mit Leonhard darüber gesprochen? Vielleicht hat Elias ihm erzählt, ob seine Mutter da war. Das würde er doch sicherlich tun.«

Maria lächelte unverbindlich. Mit Eichmüller hatte sie noch gar nicht gesprochen. »Soviel ich erfahren habe, weiß Dr. Eichmüller nichts davon. Außerdem, selbst wenn Elias seine Mutter gesehen hat, wird er sich bei der gegebenen Lage kaum seinem Vater anvertrauen. Sie sind sein nächster Verwandter und stehen seiner Mutter nahe. Vielleicht redet er ja mit ihnen.« Sie machte eine kurze Pause. »Ich frage mich aber, woher Ihre Nichte von der Erkrankung erfahren haben könnte.«

Leibls Adamsapfel hüpfte auf und ab. »Ich … weiß es nicht. Vielleicht …«

»Vielleicht?«

»Ich weiß es nicht«, wiederholte Leibl energisch. Dabei sah er Maria nicht an.

Sieh an, sieh an, dachte Maria. Sie wechselte das Thema. »Am Freitag beginnen die Pfingstferien. Kommt Elias da zu Ihnen oder geht er nach Hause zu seinem Vater?«

»Pfingstferien?« Leibl schien fast schon schockiert über das Wort. »Ich … habe keine Ahnung. Leonhard und ich … reden seit dem Verschwinden von Frau Esser nicht mehr viel miteinander. Woran … ist sie gestorben?«

Maria ließ ein paar Sekunden verstreichen, bevor sie antwortete. »Darüber darf ich Ihnen leider keine Auskunft geben,

Professor Leibl.« Wieder wartete sie. Nicht zum ersten Mal hatte sie das Gefühl, dass Leibl mehr in die Sache verwickelt war, als es den Anschein hatte. »Warum meidet Dr. Eichmüller Sie? Ich dachte, Sie hätten ein gutes Verhältnis zueinander?«

In einer hilflosen Geste drehte Leibl die Handflächen nach oben. »Das sollten Sie besser ihn fragen. Sippenhaft vielleicht?«

»Waren Sie in letzter Zeit im Institut?«

Er zögerte. »Nur selten.«

»Und Ihre Forschungen?«

Unbehaglich zuckte er mit den Schultern. »Vieles kann ich von zu Hause aus erledigen. Das Labor ... brauche ich im Moment nicht.« Seine Hände lagen in seinem Schoß und er hatte sichtlich Mühe, sie stillzuhalten. »Wie geht es Meir? Ich durfte leider nicht persönlich mit ihm telefonieren.«

»Gut«, antwortete Maria zurückhaltend.

»Ich weiß, was Sie glauben, aber Sie haben unrecht. Er ist ein guter Junge. Ich kenne ihn schon sein Leben lang.« Seine Stimme war sehr leise. »Ich würde ihm gern etwas von seinen Eltern ausrichten. Sie sind verständlicherweise sehr aufgebracht.«

Maria verkniff sich die Bemerkung, dass das wohl alle Eltern seien, deren Kind des Mordes verdächtigt wurde, und sagte stattdessen ausweichend: »Ich lasse Sie wissen, wann Sie ihn sehen können. Bis dahin können Sie über seinen Anwalt Herrn Peters Kontakt zu ihm halten.«

Leibl nickte, schien aber mit seinen Gedanken weit entfernt. Maria wartete, doch anscheinend fand Leibl, es sei alles gesagt. Sie stand auf. »Ich will Ihre Zeit nicht länger als notwendig beanspruchen, Professor.«

Leibl geleitete sie durch den Raum. Neben dem Sideboard blieb Maria stehen und deutete auf eines der Fotos, das ganz vorne stand und zwei Jugendliche auf der Treppe dieses Hauses zeigte – sie mit stark toupierter Föhnwelle, er mit Vokuhila und hochgegelten Stacheln. »Meine Güte, waren das Frisuren, damals!«

Leibl schmunzelte. »Jedes Mal, wenn Sara hier ist, stellt sie das Foto ganz weit nach hinten. Perez holt es immer nach vorn, um sie zu ärgern.«

Maria hob die Brauen. »War denn Perez kürzlich bei Ihnen? Ich dachte, er sei in Tel Aviv.«

Es war möglich, dass sie sich täuschte, denn im Raum war es nicht besonders hell, doch Maria hatte den Eindruck, der klägliche Rest Farbe, den Professor Leibl noch gehabt hatte, verschwand gerade völlig aus seinem Gesicht. Sein Adamsapfel hüpfte auf und ab. »Ja, das ist er … noch bis zum Ende des Semesters. Manchmal stelle ich selbst die Fotos um. Oder meine Putzfrau tut es, wenn sie Staub wischt.«

Die letzten beiden Sätze klangen für Maria ähnlich lahm wie ihre eigene Ausrede, warum sie plötzlich vor Leibls Tür gestanden hatte. »Es wäre ja auch zu schade, wenn man einige Fotos nie richtig zu sehen bekäme.« Sie tat so, als bewundere sie die Bilder und entdeckte das Foto, das Michelle gemeint hatte. Kurzerhand griff sie danach, um es genauer betrachten zu können. »Ist das Ihre Schwägerin?«

Leibls Gesichtsausdruck wandelte sich zu einer Mischung aus Wehmut und Zuneigung. Beinahe zärtlich berührte er mit den Fingerspitzen den Bilderrahmen. »Tamar war eine schöne Frau, nicht wahr?« Es war eine schlichte Feststellung, vollkommen ohne männliche Attitüde. »Sie ist im Januar plötzlich gestorben. Das Haus ist sehr leer ohne sie.«

Die Verwunderung über diese Aussage, die sich so sehr nach Liebe anhörte, musste Maria ins Gesicht gestanden haben, denn Leibl seufzte tief und sagte: »Ich war noch fast ein Kind, als mein Bruder Tamar in New York kennenlernte und später heiratete.

Sie war die Einzige, die meine … Andersartigkeit erkannte und mich nicht dafür verurteilte, sondern Verständnis zeigte. Lange Zeit konnte ich nur mit ihr darüber reden. Sie überzeugte meinen Bruder davon, dass ich deswegen kein schlechter Mensch sei … Damals in den 50er und 60er Jahren war Homosexualität in den USA noch ein Tabu.« Er lächelte scheu. »Besonders in meinem Kulturkreis. Wenn jemand davon erfahren hätte, wäre es eine Tragödie gewesen und ich hätte es nicht ertragen, der Schandfleck der Familie zu sein.«

»Es war sicher eine schwere Zeit für Sie.«

Leibl wirkte in sich gekehrt, beinahe schwermütig. »Tamar war eine großherzige Frau. Ich war sehr traurig, als sie mit meinem Bruder nach Deutschland ging. Die beiden standen mir näher als alle anderen Verwandten…«

Verwundert über seinen plötzlichen Mitteilungsdrang war Maria trotzdem unkonzentriert, denn ihr war das Gleiche aufgefallen wie Michelle. Die Ähnlichkeit zwischen Perez Leibl und der Zeichnung konnte einfach kein Zufall sein. Die Haare auf dem Foto waren länger, doch die Gesichtszüge und vor allem die Stellung der Augen hatte Isabelle Schad sehr genau getroffen.

Maria wurde plötzlich mulmig. Ob Sara und Perez im Haus waren?

Leibl räusperte sich und sein Gesicht hatte Farbe bekommen. »Aber ich will Sie nicht mit unserer Familiengeschichte langweilen.«

»Nein, das tun Sie nicht«, widersprach Maria ihm freundlich, während sie das Bild an seinen Platz zurück stellte. »Danke, Professor. Ich will Sie nicht länger stören. Es wäre gut, wenn Sie mich anrufen würden, sobald Sie etwas Neues erfahren.«

»Selbstverständlich!«

In diesem Moment klingelte Marias Handy. An der Nummer erkannte sie Michelle. »Verzeihung«, sagte sie in Leibls Richtung. Sie nahm das Gespräch entgegen und bat Michelle, in der Leitung zu bleiben. Der Abschied von Leibl fiel dementsprechend knapp aus, denn Maria beeilte sich, aus dem Haus herauszukommen.

»Bist du schon fertig?«, fragte Michelle, als Maria das Handy schließlich am Ohr hatte.

»Gerade eben. Du hattest übrigens recht.« Maria dämpfte ihre Stimme und schlenderte ohne große Eile den Kiesweg zurück in Richtung Straße. Sie wollte wissen, ob Professor Leibl tatsächlich das Haus verlassen würde. Vielleicht konnte sie sich noch ein wenig umsehen.

»Wusste ich's doch«, freute sich Michelle. »Also, hör zu. Internet macht's möglich: Ich habe Professor Leibl gegoogelt und ein paar Artikel von und über ihn in gefunden. Vor allem in Fachzeitschriften. Ich habe zwar keine Ahnung, worüber er da geschrieben hat, aber er scheint eine Koryphäe auf seinem Gebiet zu sein und hat weltweit einen Namen. Er hat gute Beziehungen zur Uni in Tel Aviv und selbst dort unterrichtet. Ein Bruder von Leibls Mutter – Levi Cohen – ist nach dem Krieg mit seinen Eltern dorthin gegangen und hat Meirs Oma geheiratet. Eine ziemlich große Sippe.«

»Gut gemacht! Kein Wunder also, dass Perez Leibl angeblich dort sein soll. Wahrscheinlich hat er gar nicht selbst angerufen. Der gute Professor weiß auch irgendwas, da verwette ich mein Ciabatta drauf.«

Michelle kicherte.

»Was hast du noch?«, fragte Maria weiter.

»Mein Bekannter in Köln kümmert sich, dauert aber mindestens bis heute Mittag. Ansonsten überall Fehlanzeige wegen Perez – keine Vorstrafen, nicht mal Ordnungswidrigkeiten oder Punkte in Flensburg, gar nichts. Perez Leibls Weste ist so weiß, wie sie nur sein kann. Allerdings war er Mitte der Achtziger kurzzeitig verheiratet. Ich tippe auf Jugendsünde, denn es hat nur ein Jahr gehalten.«

»Aha«, machte Maria desinteressiert und stieg ins Auto. »Wenn du sonst nichts herausfindest, ruf doch Paul an, er …«

»Jetzt warte mal«, unterbrach Michelle. »Ich bin noch nicht fertig!«

»Oh? Also dann weiter.«

»Ich hab die Adresse der Ex-Frau rausgefunden, die immer noch in Nürnberg wohnt, und bei ihr angerufen. Allerdings dachte ich, es wäre vielleicht besser nicht zu sagen, dass ich von der Kripo bin, deswegen habe ich ihr vorgemacht, ich sei seit Kurzem mit Perez verlobt.« Sie betonte den Namen, als würde sie seinen Träger anschmachten. »Ich sei extra wegen ihm von Köln hierher nach Erlangen gezogen; dass ich Fränkin bin, hätte sie mir ja nicht abgenommen. Jedenfalls fände ich ihn manchmal komisch, weil er nicht über seine Vergangenheit reden wollte und so.«

»Wie kommst du denn darauf?«, fragte Maria, schwankend zwischen einem Lachanfall und Bewunderung für Michelles Erfindergeist.

»Keine Ahnung, ich brauchte doch einen plausiblen Grund. Jedenfalls erzählte ich ihr, ich hätte zufällig die Scheidungsurkunde bei uns in der Wohnung gefunden und na ja, deswegen hätte ich sie einfach mal angerufen.«

»Und das hat sie dir alles abgenommen?«

»Ha! Du kennst meine schauspielerischen Qualitäten nicht«, sagte Michelle und verfiel in tiefstes Kölsch. »Dat Mischelle hätt zwar nich janz so viel op der Pann, ewe nur blond is se ooch nisch. Glücklicherweise hat sie mich nicht gefragt, woher ich ihre Adresse und Nummer hab, da hätte ich dann auf dem Schlauch gestanden. Die ist nämlich wieder verheiratet und trägt einen Doppelnamen. Ich hab vergessen nachzusehen, ob man sie einfach übers Internet hätte finden können. Aber so schlau war sie Gott sei Dank nicht.«

Maria beobachtete weiter den Hauseingang. Leibl war immer noch nicht zu sehen.

»Ich erspar dir die Details, aber halt dich fest: Perez Leibl war nach dem Abitur zum Grundwehrdienst bei der Bundeswehr und hat anschließend Biologie und Chemie hier in Erlangen studiert. Und jetzt kommt es – er hat selten eine Vorlesung besucht und vor allem nie einen Abschluss gemacht! Er hat von seinen Eltern alles hinten und vorn reingeschoben bekommen, sagt sie. Sie hat ihn kennengelernt, während er in einem Fitnessstudio gejobbt hat. Eine Zeit lang war er bei einem Sicherheitsdienst und hat sich irgendwann überlegt, dass die Bundeswehr gar nicht so schlecht sei. Auf eine Verpflichtung hatte sie aber keine Lust – wegen der ständigen Umzüge, sagt sie. Sie hat mir dringend geraten, ihm ganz schnell einen Tritt zu verpassen. Er sei zauberhaft, solange er was von einem wolle, aber wenn nicht mehr … Und: Er könne perfekt lügen, ohne Rot zu werden.«

»Hat sie noch Kontakt zu ihm?«

»Zuletzt 1995. Er wurde zwar nicht Berufssoldat, aber was er sonst gemacht hat, wüsste sie nicht. Jedenfalls hat er damals behauptet, oft im Ausland zu sein. Sie glaubt, er sei eine Weile in Israel und im Nahen Osten gewesen. Dann ist der Kontakt abgebrochen.«

»Michelle, du bist echt klasse!«, sagte Maria mir echter Bewunderung.

»Danke.« Michelle klang verlegen. »Hat jedenfalls Spaß gemacht. Bringt uns das denn weiter? Abgesehen davon, dass er wohl kaum in Tel Aviv an der Uni unterrichtet.«

»Auch wenn er seinen Abschluss nachgeholt haben könnte –

es klingt immer unwahrscheinlicher. Die Eindrücke der Frau sind natürlich sehr subjektiv, aber ich glaube, wir sollten uns unbedingt weiter mit ihm befassen. Noch etwas – Leibl war ziemlich seltsam drauf. Als wir bei den Fotos standen, wurde er plötzlich sentimental und plauderte aus dem Familiennähkästchen. Er hängt sehr an der Familie, vermutlich, weil er keine andere hat. Ich kann mich täuschen, aber er wirkte auf mich, als hätte er ein schlechtes Gewissen, als würde er etwas wissen und es nicht sagen dürfen … oder wollen.« In diesem Moment ging die Haustür auf und Professor Leibl erschien. Neben ihm ging Bennett die Treppe hinunter, der mit ausdrucksvollen Gesten seiner Hände auf ihn einredete. »Leibl verlässt gerade das Haus. Ich schau mich hier noch ein wenig um.«

»Aber sei vorsicht…«

Maria drückte auf den Knopf und beugte sich rasch hinunter zum Beifahrerfußraum. Falls sie vorbeikamen, konnte sie vortäuschen, ihr sei etwas heruntergefallen. Doch sie hatte Glück. Als sie vorsichtig den Kopf hob, sah sie die beiden in dem silbernen Sportwagen davonfahren. Kurz überlegte Maria, ob sie ihnen folgen sollte. Aber es war besser, bei ihrem ursprünglichen Plan zu bleiben – obwohl es mitten am Tag und daher denkbar ungeeignet war, sich heimlich um das Haus herumzuschleichen. Falls Nina sich allerdings wirklich dort befand, mussten sie vielleicht schnell handeln. Da konnte es nur von Vorteil sein, wenn Maria sich einen Überblick über das Gelände verschaffte. Bevor sie ausstieg, nahm sie Papier und Stift zur Hand und machte eine grobe Skizze des Hauses, soweit sie es von der Straße aus erkennen konnte. Sie schaltete ihr Handy auf lautlos, bevor sie aus dem Auto stieg. Zielstrebig ging sie über den Kiesweg, bevor sie jedoch die Treppe zur Haustür erreichte, bog sie nach rechts ab und blieb hinter einer hohen Zypresse stehen. Links vom Eingang lag die Doppelgarage, rechts neben dem Haus gab es zwischen dem gepflegten Buschwerk hindurch einen Weg. Sie sah sich um. Es schien, als sei niemand da, der sie beobachtete, doch das konnte täuschen. Im Zweifel musste sie sich eben auf ihren Status als Kriminalkommissarin berufen und behaupten, sie habe Sara Eichmüller gesehen.

Flink lief sie an der rechten Hausseite entlang. Oberhalb der Kellerschächte stieg die Villa drei Stockwerke in die Höhe. Im hinteren Teil des riesigen Gartens, kurz vor dem dahinterliegenden Wald, befand sich eine Laube, die jedoch eher wie ein Platz für gemütliche Sommerabende als wie eine echte Unterkunftsmöglichkeit wirkte, daher entschied sich Maria vorläufig gegen eine nähere Kontrolle.

Vorsichtig schlich sie um den nachträglich errichteten Anbau herum, auf dem sich eine Dachterrasse befand. Er passte nicht wirklich zu dem Jugendstilhaus und schien in den sechziger oder siebziger Jahren errichtet zu sein. Im Erdgeschoss befanden sich zur Gartenseite hin bodentiefe Fenster, die auf eine mit weißem Marmor ausgelegte Terrasse führten. Gartenmöbel aus Teak standen dort und große Pflanzentöpfe säumten die Ränder. Maria zögerte kurz und spähte durch die Fenster ins Innere des Hauses. Niemand war zu sehen. Mit kleinen Tippelschritten lief sie über die Terrasse, immer darauf bedacht, sich jedes kleine Detail einzuprägen, das von Bedeutung sein konnte.

Auf der anderen Seite des Anbaus bemerkte sie einen steil nach unten führenden Lichtschacht. Sie überlegte gerade, ob sie hinunterklettern sollte, als sich genau über ihr ein Fenster öffnete. Blitzschnell sprang sie hinter einen üppig blühenden Weißdorn, wobei sie an einem der ausladenden Zweige mit ihrer Hand hängen blieb.

»Au!« Vorsichtig befreite sie sich von den Dornen und saugte am Handrücken, den ein leicht blutender Kratzer zierte.

Vorsichtig lugte sie durch die Zweige. Jemand war in der

Wohnung von Professor Leibl und hatte ein Fenster gekippt. Während sie mit klopfendem Herzen das Haus beobachtete, fühlte sie das beruhigende Gewicht der Waffe unter ihrer Jacke. Die ganze Zeit hatte sie nicht daran gedacht, doch mit einem Mal war sie froh. Perez Leibl hatte nicht nur den Grundwehrdienst geleistet, sondern er hatte auch bei einem Sicherheitsdienst gejobbt. Er wusste wahrscheinlich, wie man mit einer Waffe umgeht. Holzapfel hatte recht gehabt: Sie hätte nicht allein hierher kommen sollen. Gerade wollte sie den ersten Schritt machen, um – diesmal an der anderen Hausseite entlang – wieder nach vorn zur Straße zu gelangen, als sie aus dem Augenwinkel eine Bewegung wahrnahm. Reflexartig zog sie die Waffe – und sackte erleichtert ein Stück in sich zusammen. Es war nur ein Vogel, der auf der Wiese entlanghüpfte.

Noch einmal sah sie sich in alle Richtungen um, diesmal mit der Pistole in der Hand. Dann huschte sie so schnell und geräuschlos wie möglich zurück zu ihrem Auto.

Die ganze Zeit ließen sie zwei Gedanken nicht los: Hatte Perez Leibl seiner Schwester geholfen? Und was hatte Nina damit zu tun?

In der Wohnung von Professor Leibl

»Sie ist weg.« Perez Leibl kam zurück in das Wohnzimmer und ließ sich in den Sessel fallen, auf dem kurz zuvor der Professor gesessen hatte. »Gut, dass du sie rechtzeitig gesehen hast, als du das Fenster geöffnet hast.«

Nina lächelte unsicher unter seinem wohlwollenden Blick. Sie hatte sich noch nicht daran gewöhnt, dass er ihr gestattet hatte, das Dachzimmer mit ihm zusammen zu verlassen. Gestern hatte er ein langes Gespräch mit ihr geführt und ihr anschließend das Versprechen abgenommen, sich weiterhin ruhig zu verhalten. Bereitwillig hatte sie sich daran gehalten – und noch mehr. Gerade hatte sie geholfen, unentdeckt zu bleiben.

Jetzt saß sie an derselben Stelle wie Maria vorhin, neben sich eine Frau, deren Ähnlichkeit mit Perez kaum zu übersehen war. Allerdings hatte sie lange, braune Haare mit einem rötlichen Schimmer. Sie war klein und zart, doch jede ihrer Bewegungen wirkte energisch. Sie sprang auf, lief von Fenster zu Fenster, als wolle sie die Aussage ihres Bruders überprüfen.

Mit einem rauchigen Tonfall spie sie ein paar Worte aus. »*Kuss emek*!«

Perez rieb sich den Nacken. »Lass das bloß nicht Abba hören! Der wäscht dir den Mund mit Seife.«

»Siehst du ihn irgendwo?« Sara bemerkte Ninas fragenden Blick. »Er mag keine ›Ausdrücke‹ – das hat er uns, als wir klein waren, sehr … sehr deutlich gemacht. Ich könnte mir in den Hintern beißen, weil ich in Windsbach nicht vorsichtiger war.«

»Korrigier mich, aber ich glaube, irgendjemand hat dir geraten, gar nicht erst hinzufahren. Vor allem nicht allein«, erwiderte Perez mit nicht zu überhörender Ironie. »Dein Sohn schafft es ohne dich, gesund zu werden. Es ist ein ganz normaler Infekt.«

»Es hätte Tularämie sein können«, fuhr Sara auf.

Perez machte eine beruhigende Geste. »Krieg dich wieder ein, Sara! Windsbach ist mindestens 50 Kilometer von Neustadt entfernt.«

»Die Landkreise grenzen aneinander und ›hochpathogen‹ ist für dich wohl kein Fremdwort, Perez! Du weißt, was Meir gesagt hat. Es ist wahrscheinlich ein mutierter Erreger. Es gibt inzwischen viel zu viele Verdachtsfälle. Hoffentlich hält er den Mund!« Wie ein Tiger im Käfig lief sie durch den Raum. »*Chara*!

Alles läuft aus dem Ruder und jetzt ist diese Kommissarin mit einer fadenscheinigen Ausrede aufgetaucht – das hätte sie auch am Telefon mit Abba besprechen können. Sie wollte etwas anderes – warum sonst läuft sie heimlich auf dem Grundstück herum? Wir sollten lieber von hier verschwinden.«

Perez schüttelte den Kopf und stand auf. »Wo sollen wir denn hin? Das Wochenendhaus ist zu weit weg. Wir können jetzt nicht einfach aufgeben.«

Sara, die sich vor ihn gestellt hatte, tippte ihn mit spitzem Zeigefinger auf die Brust. »Diese Kommissarin kommt wieder. Du kannst sie nicht davon abhalten!«

Perez fixierte seine Schwester kühl. »Und warum sollte ich das nicht können?«

Sara gab einen abfälligen Laut von sich. »Offiziell bist du immer noch in Tel Aviv. Das hat Abba ihr vorhin noch gesteckt!«

»Sara! Mach ihm keine Vorwürfe. Er ist jetzt schon überfordert mit alldem! Wir hätten ihn gar nicht mit reinziehen dürfen.«

Sie schnaubte noch einmal verärgert und warf dabei die Hände in die Höhe. Ohne darauf einzugehen, schob Perez, der ein Hemd locker über der Hose trug, dieses hoch und kontrollierte, ob sein Messer sich an Ort und Stelle befand. Dann zog er aus einem Innenhalfter an seinem Hosenbund eine Pistole hervor. Er ließ die Munition in seine Hand gleiten. Nina sog hörbar die Luft ein.

Perez verdrehte die Augen. »Ich bin nicht blöd, verstanden? Abba hat gesagt, sie habe sich für die Fotos interessiert. Sie muss sich dabei etwas gedacht haben!«

»Willst du sie entführen, wie Nina?«, erkundigte sich Sara spitzzüngig. »Oder spielst du den Helden und spazierst mit deinem Spielzeug in der Hand einfach in die Polizeiinspektion hinein?«

»Nein, ich seile mich von einem Hubschrauber auf das Dach ab«, bemerkte Perez zynisch. Mit einem scharfen ›Klick‹ ließ er die Munition einrasten. »Andere brauchbare Ideen, meine Damen?«

Beide Frauen schwiegen. Mit einem gereizten Stöhnen sank Sara auf das Sofa und legte den Kopf hinten auf die Lehne.

Perez setzte sich ebenfalls. Allerdings stützte er die Ellbogen auf seine Knie und legte nachdenklich die Handflächen aneinander. »Du wirst sie anrufen, Sara, und ihr sagen, dass du sie treffen willst. Allein.«

»Natürlich wird sie auch ganz allein kommen«, stellte Sara sarkastisch fest. »Träum weiter, Perez!«

»Sie war auch hier allein«, gab Perez zu bedenken. »Sie rechnet nicht mit mir, und selbst wenn sie nicht allein kommt, kann ich vielleicht …«

»Wenn du festgenommen wirst …«

»Ich gehe kein Risiko ein!«

Müde hob Sara den Kopf. »Nein. Jeder andere, aber du nicht.«

Nina kaute auf ihrer Lippe herum und rang mit sich. Schließlich sagte sie leise: »Ich … habe vielleicht eine Idee.«

KPI Erlangen

Seit über einer Stunde saß Michelle gegenüber von Maria und beschäftigte sich konzentriert mit den Obduktionsberichten. Maria hingegen ging zu viel durch den Kopf, sodass sie sich nur um belanglosen Kleinkram kümmern konnte. Vergeblich suchte sie immer wieder in Gedanken nach einem Zusammenhang zwischen dem Fall Eichmüller und der Entführung Ninas. Vielleicht war es Zufall?

Cohen hatte – oh Wunder – noch einmal über seinen Anwalt verlauten lassen, dass er unschuldig sei und nichts mehr zu sagen habe. Es waren unter anderem seine Fingerabdrücke, die sie in Biancas Wohnung und auf dem Handy, das sie bei sich trug, gefunden hatten. Der DNA-Vergleich mit den Spuren aus dem Bad dauerte noch, aber es schien wahrscheinlich, dass es auch seine waren. Allerdings brachte es sie kaum weiter, denn er hatte ja zugegeben, Bianca besucht zu haben. Andere handfeste Beweise seiner Beteiligung hatten sie immer noch nicht.

Michelle tippte unvermittelt kräftig auf eine einzelne Taste und sah auf. »Schräge Familie irgendwie.«

Maria kritzelte gerade mit einem Kugelschreiber auf ihrer Schreibtischunterlage herum und hielt inne. »Was?«

Mit verschränkten Armen lehnte sich Michelle zurück. »Professor Leibl ist 1970 ins erzkonservative Erlangen gekommen und hat als verschrobener Onkel mit der Familie seines Bruders unter einem Dach gelebt, obwohl er in New York genau im Zentrum der Schwulenbewegung hätte sein können. Bis seine Schwägerin gestorben ist, hat er sich ja noch nicht mal zu seinem Freund bekannt.«

»Es war damals ein Makel«, gab Maria zu bedenken. »Vielleicht ist er einfach lieber der Versuchung aus dem Weg gegangen? Ich glaube, für einen Homosexuellen in New York war es nicht leicht, sich *nicht* eines Tages zu outen – und sei es nur versehentlich.«

»Echt strange, sich so verstellen zu müssen.«

»Ich könnte mir das auch nicht vorstellen. Aber noch vor zwanzig Jahren waren Dinge, die für uns heute normal sind, völlig undenkbar.«

»Glaubst du, es hat irgendetwas zu bedeuten? Also für den Fall, meine ich.«

»Die enge Beziehung zu seinem Bruder und dessen Frau erklärt zumindest, warum Leibl sich nach deren Tod um die ganze Familie sorgt. Er ist sehr verantwortungsbewusst.« Maria tippte mit ihrem Kugelschreiber auf der Unterlage herum. »Ich glaube …« Sie brach ab.

Michelle wartete, dann fragte sie. »Was?«

Maria knetete ihre Unterlippe. »Vielleicht …«

»Wahas?«

Maria kaute eine Weile auf dem Kugelschreiber herum, bis sie antwortete: »Er wirkte sehr gedrückt, aber ich kann ihn verstehen. Er hat seine eigenen Neigungen über viele Jahre verleugnet oder zumindest sehr gut versteckt, damit die Familienweste schön weiß bleibt. Außerdem scheint seine Verwandtschaft in Tel Aviv ihm wegen Cohen die Hölle heiß zu machen. Vielleicht müssen wir nur noch ein wenig warten, bis er einknickt und uns sagt, was er weiß … Aber was anderes. Bist du eigentlich bei den Obduktionsberichten weitergekommen?«

»Ja – und das wird auch immer merkwürdiger. Ich blicke da noch nicht ganz durch, aber wenn ich das richtig sehe, deuten die Symptome sowohl bei den Obdachlosen als auch bei Frau Esser auf die Hasenpest hin.«

»Hasenpest? Wie kommst du ausgerechnet darauf?«

»Ich habe ein bisschen recherchiert und bin darauf gestoßen, dass es seit Kurzem eine ganze Reihe von diesen Erkrankungen in Neustadt gibt. Die Quelle ist noch unbekannt. Ende April gab es ein paar Fälle unter Wildtieren in Heroldsberg. Und wenn ich jetzt zwei und zwei zusammenzähle: Frau Essers Leiche nicht weit von Neustadt entfernt, die Leiche von Frau Schreiber in der Regnitz bei Baiersdorf, ganz in der Nähe von Heroldsbach. Für Nürnberg habe ich allerdings nichts Vergleichbares gefunden.

Beide Leichen wurden erst nach zwei bis drei Wochen gefunden, genug Zeit also, damit sich der Erreger verbreiten kann.«

Maria runzelte die Stirn. »Und wie soll das passiert sein?«

»Es gibt verschiedene Formen der Krankheit. Die äußeren betreffen die Haut und haben meist leichtere Symptome, aber innere Formen – also durch Erregerkontakt mittels Inhalation oder über das Blut, verlaufen in bis zu 50 % der Fälle tödlich. Je nach Konstitution des Betroffenen und je nachdem, wie schnell jemand die richtigen Antibiotika bekommt, ist es aber gut heilbar – empfohlen wird übrigens Doxycyclin. Laut Robert-Koch-Institut ist die Krankheit hochansteckend, jedoch nicht von Mensch zu Mensch übertragbar. Wildtiere könnten sich infiziert haben, die Verbreitung kann durch Mücken, Zecken und Flöhe, aber auch durch Wasser erfolgen. Denk mal an die ganzen Weiher dort und an die Bauern, die die Wiesen mähen. Es ist nicht ungewöhnlich, dass sich Menschen zum Beispiel beim Heu machen infizieren – vor allem mit der inneren Form. Aber das Beunruhigende ist: Offensichtlich eignet sich der Erreger gut zu Forschungszwecken und war schon Gegenstand in den Biowaffenprogrammen mehrerer Länder, außerdem … «, sie machte eine bedeutungsschwere Pause, »… kommt die innere Form bei Laborinfektionen vor.«

»Du meinst, Frau Esser hat sich im Institut damit angesteckt?«

»Wäre eine Möglichkeit.«

»Und die Obdachlosen?«

Michelle zog eine Grimasse. »Versuchskaninchen für die Hasenpest?«

Maria hatte spontan keine Erwiderung, die diese Idee vollkommen ausschloss. »Was wäre, wenn Sara und Cohen hinter irgendwelchen Forschungsergebnissen her sind? Sie versuchten Eichmüller aus dem Verkehr zu ziehen, damit Sara als seine Ehefrau vielleicht an seine Unterlagen herankommt. Es ist schief gegangen, daher versuchten sie es bei Bianca. Deswegen fehlt ihr Computer!«

Michelle riss die Augen auf und nickte beifällig. »Aber warum hat Bianca sich infiziert?«

»Gute Frage.« Grübelnd sah Maria aus dem Fenster. Plötzlich schlug sie sich mit der Hand vor den Mund. »Allmächd! Was, wenn die Verbindung in den Nahen Osten kein Zufall ist?«

»Du denkst jetzt aber nicht an Al Quaida, oder?«, fragte Michelle zögernd. »Die Leibls sind jüdischer Herkunft und die Juden haben bestimmt nichts mit diesen fundamentalistischen Muslimen zu tun.«

»Stimmt, aber Perez Leibl war laut seiner Ex-Frau eine Weile im Nahen Osten und wer weiß, mit wem er Kontakt hatte ... Nebenbei gesagt hat ja auch Israel so seine Probleme. Genau wie wir hier in Deutschland momentan mit dem *kämpferischen bündnis*. Es gibt halt immer und überall Wahnsinnige, denen jedes Mittel recht ist. Jedenfalls denke ich lieber nicht daran, was solche Leute mit Forschungsergebnissen über irgendwelche obskuren Erreger anstellen könnten.« Maria konnte sich einer Gänsehaut nicht erwehren.

Jetzt war es Michelle, die sehr anhaltend ausatmete.

Maria sah auf die Uhr. »Wir reden später weiter. Gleich müsste Jens' Dienst beginnen. Ich geh runter und spreche erst mit ihm und gleich anschließend mit Friedrich. Wir müssen so schnell wie möglich einen Durchsuchungsbefehl für Leibls Haus bekommen oder noch besser gleich mit dem SEK reingehen – ich gehe jede Wette ein, dass wir die beiden dort finden.«

»Vielleicht hättest du gleich heute früh was andeuten sollen, als Herr Zirngiebl hier war und sich nach Neuigkeiten erkundigt hat«, meinte Michelle. »Ist schon blöd irgendwie, wenn du erst jetzt damit ankommst.«

Maria seufzte. »Hör auf mein Gewissen zu spielen. Jens war vorhin auf dem Weg zum Dienstsport ins Schwimmbad und am Telefon bespreche ich das nicht mit ihm. Er klang kaum besser als gestern.«

»War bestimmt nicht leicht für ihn, seine Frau heute morgen in der Schule krankzumelden und jetzt zu tun, als sei alles normal.«

»Ich hoffe, er steckt die Neuigkeiten gut weg. Also, ich geh dann mal.«

Als sie aufstand, um den Raum zu verlassen, meldete sich ihr Handy. Sie warf einen Blick auf die Nummer, bevor sie im Rausgehen das Gespräch annahm. »Franzi? Was ist los?«

»Hi Mama. Ja, mir geht's gut!«

»Wie schön«, bemerkte Maria trocken, während sie zum Treppenhaus eilte. »Und warum rufst du an? Hast du nicht noch Schule?«

Franzi holte tief Luft. Recht ungewöhnlich für sie, die eigentlich immer gleich eine Antwort parat hatte. »Tja, eigentlich schon, aber … ich bin früher … ach egal, ich soll dir was ausrichten. Der Mann hat mir gesagt, du sollst auf gar keinen Fall irgendwem etwas von dem erzählen, was ich dir jetzt sage.«

Es war eine eiskalte Hand, die nach Marias Herz griff. Stocksteif blieb sie mitten auf der Treppe stehen. Sie musste sich sehr zusammenreißen, um ruhig zu bleiben.

»Welcher Mann?«, fragte sie so neutral, wie es ihr gerade möglich war, und setzte ihren Weg nach unten fort, um nicht aufzufallen.

»Keine Ahnung. Er hat gesagt, du wüsstest, wie er heißt.«

Klang Franzi ängstlich? Wurde sie bedroht? Maria glaubte ihre Tochter zu kennen, doch gerade konnte sie nicht mal ahnen, was diese empfand. Kurz schloss sie die Augen. Wen meinte sie? Perez Leibl? Woher wusste er von Franzi? Hatte er sie in seiner Gewalt?

»Mama?«

»Ja, mein Schatz. Ich bin hier.« Sie schluckte. »Was … sagt er sonst noch?« Fieberhaft überlegte sie, was sie tun sollte. Ihr fiel nichts ein.

»Wo bist du jetzt, Mama?«

»Wo … also …« Maria räusperte sich. Franzi klang nicht verängstigt, aber eindeutig aufgeregt. »Ich bin auf der Dienststelle.«

Eine Pause folgte, in der Maria nichts hörte – nicht mal Hintergrundgeräusche.

»Du sollst rausgehen und dann Richtung …« Franzi unterbrach sich und brauchte ein paar Sekunden, bis sie weiterredete. »Einfach die Straße entlang.«

Ohne zu überlegen lief Maria an der Pforte vorbei und trat durch den Haupteingang auf die Straße hinaus.

»Bist du noch dran?«, fragte sie, weil Franzi nichts mehr sagte. »Ich bin jetzt draußen.«

»Ja, ich bin noch da. Mama, du musst dir um mich keine Sorgen machen. Ehrlich. Geh einfach die Straße entlang. Ich soll jetzt auflegen. Bis später.« Dann war die Leitung tot.

Maria hob eine Hand an den Mund und unterdrückte ein Schluchzen. Franzi klang genauso wie sie selbst, wenn sie ihre Tochter oder ihre Eltern nicht beunruhigen wollte. Sie steckte das Handy in ihre Hosentasche.

Während sie die Schornbaumstraße entlang ging, sah sie sich immer wieder um. Einzelne Autos fuhren in beide Richtungen die Straße entlang. Ein älterer Mann kam ihr auf dem Gehweg entgegen und sie überholte eine junge Mutter, die ihr Kind auf einem Dreirad vor sich herschob. Die am Straßenrand geparkten Autos waren alle leer. Kurz bevor sie die Koldestraße erreichte, blieb sie stehen. Sie sollte umkehren. Es war kopflos gewesen, einfach hinauszugehen, ohne jemandem Bescheid zu geben. Wenn es um Franzi ging, durfte sie sich keinen Fehler erlauben – oder brachte sie ihre Tochter erst recht in Gefahr, wenn sie zurückging? Über die Schulter sah sie in Richtung Dienststelle. Bevor sie sich zu etwas durchringen konnte, hielt ein schwarzer Golf neben ihr in zweiter Reihe. Der Fahrer trug eine Baseballkappe und eine Brille mit getönten Gläsern. Er sah sie an und nickte. Maria zögerte. Sie hatte keine Wahl! Mit zitternden Knien stieg sie ein und er fuhr los.

»Handy aus!«, wies er sie knapp an.

Nach über fünfzehn Dienstjahren geschah es selten, dass Maria nicht wusste, was sie tun sollte. Doch diesmal fühlte sie sich unfähig zu allem. Also folgte sie mechanisch der Anweisung. Es dauerte, bis sie das Gefühl hatte, wieder halbwegs normal zu funktionieren.

Inzwischen waren sie auf der A 73 und fuhren in nördliche Richtung.

Lässig saß der Mann auf dem Fahrersitz, den linken Ellbogen am Fenster abgestützt, die Hand oben auf dem Lenkrad. Die rechte lag locker auf seinem Oberschenkel. Sein Hemd war ein wenig hochgeschoben und der Griff seiner Waffe lugte deutlich aus dem Hosenbund hervor. Das war sicher kein Zufall. Maria schluckte. Ihre eigene Pistole lag im Stahlschrank im Büro.

Der Mann wandte ihr den Kopf zu und lächelte kurz. Wie ein Déjà-vu blitzte es in ihrem Verstand auf. Der Mann hatte schon einmal neben ihr gesessen. Auf einer Bierbank am Entlas-Keller.

Er legte die Brille in die Mittelkonsole und warf die Baseballkappe nach hinten auf den Rücksitz. Seine Haare waren sehr kurz geschoren. Maria konnte seinen in der Tat sehr charakteristischen Silberblick sehen. Isabelle Schad hatte ihn wirklich gut getroffen. Hätte sie noch Zweifel gehabt, wären sie spätestens jetzt verschwunden. Es war eindeutig Perez Leibl, der den Wagen steuerte.

Eine kleine Falte zwischen seinen dichten Brauen ließ sie an seiner äußeren Gelassenheit jedoch zweifeln.

»Deiner Kleinen geht es gut.« Seine Stimme war völlig anders als die, die Maria am Telefon gehört hatte, als er sie angeblich angerufen hatte. Diesen heiseren Tonfall hätte sie wiedererkannt.

»Wo ist Franziska?«, fragte Maria kühl.

Perez lächelte ohne Heiterkeit und setzte den Blinker, um die Ausfahrt bei Möhrendorf zu nehmen. »Lust auf einen Spaziergang?«

Maria wollte ›nein‹ sagen, doch es wäre Blödsinn gewesen, also hielt sie den Mund und wartete einfach, bis er im Wald zwischen Kleinseebach und Röttenbach auf einem Waldweg parkte. Ohne sie weiter zu beachten, stieg er aus, Maria dachte an das Handy in ihrer Hosentasche und daran, es wieder einzuschalten, doch selbst wenn sie es schaffte, jemanden zu alarmieren: Perez würde es mitbekommen und wer weiß, was dann geschah. Sie folgte ihm.

Schweigend gingen sie ein Stück. Dann griff er mit seiner Rechten zum Hosenbund. Reflexartig schnellte Marias Hand zu ihrem leeren Holster. Leise lachend zog Perez nicht seine Waffe, sondern seine Geldbörse heraus. Er reichte Maria seinen Personalausweis.

Zögernd warf sie einen Blick darauf. Auf dem Bild hatte er lange, ungepflegte Haare und einen Bart. Nur die Augen waren die gleichen. Sie erstarrte. Das Bild hatte sie schon häufig gesehen, denn es hing gut sichtbar in vielfacher Ausfertigung in der Dienststelle und war in den vergangenen Wochen regelmäßig in den Medien aufgetaucht. Deswegen war er ihr bekannt vorgekommen!

Wie angewurzelt blieb sie stehen. »Sie sind Stefan Falk?«

»Unter anderem«, bemerkte Perez lakonisch.

Tausend Gedanken schossen Maria gleichzeitig durch den Kopf. Es war nicht Al Quaida, aber wenn Perez Leibl alias Stefan Falk ein Mitglied des kb war, dann konnte das nur bedeuten, dass seine Schwester Sara Eichmüller ebenfalls dazugehörte. Die Anschlags-Ankündigung des kb! Michelle und sie hatten richtig getippt. Marias Knie wurden weich.

»Scheiße!«

»Oh, ich sehe, du verstehst«, bemerkte Perez, der sie beobachtet hatte. »Aber ich schätze, ein Detail missverstehst du.«

»Was gibt es da misszuverstehen?«, fuhr Maria ihn an, obwohl ihre Angst um Franzi noch größer war als zuvor. Doch sie würde sich keine Blöße geben, solange es sich vermeiden ließ. »Terrorismus ist nicht diskutabel!«

»Tatsächlich?«

»Falls Sie mich von Ihren merkwürdigen Ideologien überzeugen wollen, Herr Leibl«, sie betonte den Namen absichtlich, um ihm zu zeigen, dass sie die Zusammenhänge erkannte, und anzudeuten, dass sie vielleicht nicht die Einzige war, die darüber Bescheid wusste, »oder falls Sie meine Tochter entführt haben, um mich zu erpressen, damit ich den Mund halte, dann haben Sie sich geschnitten!«

Beschwichtigend hob er eine Hand. »Maria, hör auf mit solchen Plattitüden. Du machst dir vor Angst in die Hose wegen deiner Tochter!«

Erbost über die Unverfrorenheit, mit der er die vertrauliche Anrede benutzte und gleichzeitig besorgt um Franzi, begnügte sie sich damit, mit großen Schritten weiterzustapfen.

Als Perez wieder an ihrer Seite war, sagte er vollkommen übergangslos: »Ich bin beim Verfassungsschutz.«

Wie angewurzelt blieb Maria stehen. Sie blinzelte, als hätte sie sich verhört. »Was?«

»Du hast mich sehr gut verstanden! Ich brauche deine Hilfe.«

Überdeutlich nahm Maria das Vogelgezwitscher ringsum wahr. Irgendwo in der Ferne hupte ein Auto. Ihr erster klarer Gedanke war: »Wo ist Franzi?«

Ungeduldig antwortete Perez: »Bei dir zu Hause.«

Tränen schossen Maria in die Augen und unwillkürlich entwich ihr ein kleiner Schluchzer. Ihre Hand zitterte leicht, als sie sich über die Nase rieb. Perez im Blick, zog sie ihr Handy aus der Hosentasche, machte es an und wählte die Nummer von daheim. Er machte keine Anstalten, sie daran zu hindern.

»Ammon!«

»Papa?« Maria räusperte sich, um ihre Stimme unter Kontrolle zu bringen. »Ist … ist Franzi zu Hause?«

»Franziska? Ja, die hatte heute früher Schluss. Deine Freundin, die Lehrerin, hat sie vorhin nach Hause gebracht. Von der soll ich dich übrigens schön grüßen. Aber weißt was, kaum war sie daheim, ist die Franzi oben in ihr Zimmer und spielt am Computer rum, anstatt ihre Hau…«

»Jaja, Papa, …«

»Willst du Franziska sprechen?«

»Nein … ich wollte nur wissen, ob … wo sie ist.«

»Ist irgendwas passiert, Maria? Du hörst dich komisch an.«

Hilflos lachte Maria. »Nein. Nein, es ist alles in Ordnung. Bis später.« Sie rieb sich mit beiden Händen über das Gesicht. Dann funkelte sie Perez an und schubste ihn mit aller Kraft. Er strauchelte, weil er offenbar nicht damit gerechnet hatte.

»Du gottverdammtes Arschloch! Wie kannst du es wagen, meine Tochter da reinzuziehen?«

Er sah sie amüsiert an. »Reg dich ab. Das war die schnellste und einfachste Möglichkeit, dich allein zu sprechen.«

Maria schnaubte und marschierte weiter. Sie waren noch keine zehn Meter gegangen, als Marias Handy klingelte. Ohne Perez eines Blickes zu würdigen, nahm sie das Gespräch entgegen. Es war Michelle.

»Maria! Wo treibst du dich rum? Ich probier schon die ganze Zeit, dich zu erreichen. Dein Handy war aus und Herr Langenbach war hier und hat dich gesucht und ich hab gesagt, du wolltest eigentlich zu ihm und …«

»Halt mal die Luft an und hör mir zu!«, unterbrach Maria den Redeschwall, dabei sah sie Perez von der Seite an.

Michelle schwieg verdutzt. »Ja?«

»Tu mir einen Gefallen und wimmel alle ab, die etwas von mir wollen, bis ich wieder da bin. Wenn einer fragt, dann bin ich kurz nach Hause, weil Franzi mich braucht, in Ordnung?«

»Aha?«

»Danke.«

»Wo bist du wirklich?«

»Unterwegs. Bis glei…«

»Halt, nicht auflegen! Mein Bekannter in Köln hat sich gerade gemeldet. Er sagt, unter der Adresse in Chorweiler wohnt kein Perez. Es gibt zwar einen Briefkasten, aber er konnte keine Wohnung finden. Er hat bei vielen Nachbarn geklingelt, angeblich kennt ihn niemand. Ich meine, das ist da in der Gegend jetzt nicht so ungewöhnlich, aber normalerweise müsste wenigstens eine Wohnung zum Briefkasten gehören. Ich will ja nicht schwarz malen, nur falls tatsächlich irgendwas Richtung Terrorismus dahintersteckt, sollten wir …«

»Passt schon«, schnitt Maria ihr kurzerhand das Wort ab.

»Wie jetzt?«

»Klären wir später.« Maria legte auf, bevor Michelle antworten konnte. Sie atmete tief durch und zeigte mit spitzem Finger auf Perez. »Alles. Von Anfang an! Ansonsten rufe ich auf der Stelle selbst beim Verfassungsschutz an.«

»Ja, das glaube ich dir aufs Wort. Tut mir leid, das mit deiner Tochter – aber Kinder sind ein Schwachpunkt.«

»Ich dachte, du bist einer von den guten Jungs!«, schnappte Maria.

Perez nickte langsam, beinah andächtig. »Aber in diesem Job muss man denken wie einer von den bösen Jungs – und manchmal auch so handeln.«

Maria mahnte sich zur Vorsicht. Sie hatte keinen Beweis, dass seine Aussage stimmte. Er hatte sie telefonieren lassen und sein Benehmen war nicht bedrohlich. Ihrem Bauchgefühl nach konnte sie ihm trauen.

»Die Idee mit deiner Tochter, die stammt nicht von mir – ich kannte ja nur deinen Namen, nichts über dich persönlich. Nina hat das vorgeschlagen.«

»Nina?«, fragte Maria ungläubig. »Wie hat sie das gemacht?«

»Nina hat deine Kleine unter einem Vorwand aus dem Unterricht geholt. Sie hat ihr gesagt, dass sie wegen mir Ärger mit ihrem Mann hat und ich dich unbedingt sprechen muss, aber nicht in die Dienststelle kann, weil ich ja Jens sonst über den Weg laufe. Sie fand das ziemlich cool und hat genau getan, was ich ihr am Telefon souffliert habe. Ich glaube, es hat ihr Spaß gemacht.«

Kopfschüttelnd verdrehte Maria ihre Augen. »Wo ist Nina jetzt?«

»Sie wollte zurück zu meiner Schwester.«

Maria verengte die Augen zu Schlitzen. »Was ist zwischen dir und Nina?«

Perez musterte sie abschätzig. Offenbar hörte er den Argwohn in ihrem Tonfall. »Ich habe sie in der Fränkischen zufällig getroffen und wollte nicht, dass sie unsere Begegnung ausplaudert. Ein kleines Abenteuer mit einem Fremden. Das ist alles. Okay, sie hat mir erzählt, dass du glaubst, ich hätte sie vergewaltigt. Das habe ich nicht. Die Beule am Kopf stammt von einem Sturz. Genügt das fürs Erste? Persönliche Befindlichkeiten sind jetzt unwichtig.«

Maria war hin und her gerissen, ob sie Perez eigentlich mochte oder nicht. Schließlich gab es viele Formen, jemanden willfährig zu machen.

»Die Anschläge in Berlin – wenn du wirklich beim Verfassungsschutz bist, warum hast du die nicht vereitelt? Es gab Verletzte! Und ein Polizist ist gestorben.«

Perez wandte den Blick ab und presste die Kiefer aufeinander. Er öffnete den Mund, doch dann schloss er ihn unverrichteter Dinge. In diesem Moment meldete sich Marias Handy. Sie warf einen Blick auf die Nummer. »Michelle – ich hab dir gesagt …«

»Jetzt halt du mal die Luft an! Wir haben Sara Eichmüller!«

»Was?« Mit einem Blick auf Perez schaltete sie auf Lautsprecher. »Wo habt ihr Frau Eichmüller verhaftet?«

»Am Burgberg. Professor Leibl hat versucht, sich auf dem Dachboden der Villa zu erhängen.«

»*HaShem Ya'asor*!« Erschüttert starrte Perez auf das Telefon.

»Wer ist da bei dir, Maria?«

»Niemand. Weiter.«

»Also, sein Freund, dieser Bennett, hat ihn gefunden und den Notarzt verständigt … jedenfalls war Sara Eichmüller bei Leibl. Sie hat ihn wohl wiederbelebt.«

Perez bedeckte den Mund mit seiner holen Hand und legte den Kopf in den Nacken.

Unwillkürlich legte Maria ihm die Hand auf den Oberarm. »Wie geht es dem Professor?«

»Außer Gefahr und auf dem Weg in die Uni-Klinik.« Sichtlich erleichtert rieb sich Perez über das Gesicht. »Weil du nicht da bist, sind Jochen und Nele los … Ich hätte auch mitfahren sollen, aber ich dachte, ich ruf dich besser erst an, weil ich keine Ahnung habe, ob ich denen jetzt was sagen soll wegen Perez Leibl und so. Ach Scheiße … « Michelle klang sehr unbehaglich.

Beim Klang seines Namens hatte Perez die Brauen gehoben. Er bedeutete Maria, dass er mit ihr reden wollte.

»Du hast das richtig gemacht, Michelle«, sagte Maria beruhigend. »Warte mal kurz.« Sie schaltete das Telefon auf stumm.

»Sara weiß, was auf dem Spiel steht und wird den Mund halten. Abba, warum hat er das getan, verdammt?« Perez rieb sich die Schläfen. Er wirkte sehr besorgt. »Bill, dieser gutgläubige Trottel, kann sich Gott sei Dank nicht verplappern, weil er keine Ahnung hat.«

»Ich übrigens auch nicht«, erinnerte Maria ihn. »Und ich muss dringend in die Dienststelle. Kannst du mir auf dem Weg das Wichtigste erzählen?«

Perez nickte, während sie bereits mit großen Schritten losgingen.

»Michelle? Ich bin in spätestens fünfzehn Minuten da.«

Kaum hatte Maria aufgelegt, blieb sie plötzlich stehen. »Nina! Hast du nicht gesagt, sie ist bei deiner Schwester? Wenn sie da mit reingezogen wird, wird es noch komplizierter. Kannst du sie irgendwie erreichen?«

Kopfschüttelnd zog er Maria am Ärmel. »Ich kann nur

hoffen, dass sie nichts sagt. Sie weiß zumindest im Groben Bescheid.«

»Womit wir wieder beim Thema wären«, seufzte Maria. »Also verrat' mir endlich, was zum Henker hier eigentlich los ist.«

»Okay. Im Auto. Und das mit deiner Tochter: Friede?« Er reichte Maria die Hand

Zögernd ergriff Maria sie.

Bibel, Matthäus 27, 3-5

Judas reute seine Tat. Er brachte den Hohepriestern und Ältesten die dreißig Silberstücke zurück und sagte: Ich habe gesündigt, ich habe euch einen unschuldigen Menschen ausgeliefert. Sie antworteten: Was geht uns das an? Das ist deine Sache. Da warf er die Silberstücke in den Tempel; dann ging er weg und erhängte sich.

Burgberg

Mit klopfendem Herzen saß Nina hinter dem Steuer des silbernen Sportwagens, der William Bennett gehörte. Gleich, nachdem sie in die Straße eingebogen war, hatte sie Notarzt und Krankenwagen gesehen, die vor der Leibl'schen Villa standen. Geistesgegenwärtig hatte sie hinter einem Wohnmobil geparkt. Jetzt brausten zwei Streifenwagen vorbei und nahmen dabei zum Glück keine Notiz von ihr. Sie stieg aus, um vorsichtig an dem Wohnmobil vorbeizusehen. Was auch immer geschehen war – es war auf alle Fälle unklug, dorthin zurückzukehren. Sie bemerkte, dass sie nicht die Einzige war, die sich für die Vorgänge interessierte, denn in der Nachbarschaft öffneten sich mehrere Haustüren und Leute sahen aus dem Fenster. Nina schaute sich immer wieder um, doch niemand schien besondere Notiz von ihr zu nehmen, daher wagte sie sich näher an das Haus heran, wartete und beobachtete weiter. Sie hatte ein sehr ungutes Gefühl. Nach einer Weile trugen zwei Sanitäter eilig eine Trage mit Professor Leibl heraus. Steif und unbeweglich lag er dort, eine Sauerstoffmaske bedeckte sein Gesicht. Ihnen folgte Bennett, mehr schwankend als gehend, mit tränenüberströmtem Gesicht, trotzdem die Hilfe eines Polizisten abwehrend.

Fassungslos hielt Nina sich die Hand vor den Mund. Was war passiert? Wo waren Perez und Sara? Die Schaulustigen um sie herum tuschelten, doch sie war viel zu nervös, um den Gesprächen zuzuhören. Nur einige Worte und Satzfetzen schnappte sie auf.

»… schlimme Geschichte …«

»… hab gestern oben am Fenster jemanden gesehen. Dabei stand die Dachwohnung doch leer …«

Nina warf einen Blick auf den Sprecher. Perez hatte bereits befürchtet, einem Nachbarn würde früher oder später ihre Anwesenheit im Haus auffallen – auch, wenn er und Sara sich hinten durch den Garten entfernt oder bereits in der Garage ein Auto bestiegen hatten.

Der Krankenwagen mit Leibl und Bennett war inzwischen abgefahren. Polizisten gingen im Haus ein und aus. Wenn sie hier stehen blieb, lief sie Gefahr, dass einer von Jens' Kollegen oder am Ende sogar Jens selbst sie erkannte. Sie hatte keine Ahnung, ob überhaupt jemand von ihrem Verschwinden wusste. Als sie den Vorschlag gemacht hatte, über Franzi an Maria heranzukommen, hatte sie nicht vorgehabt, dabei selbst auf den Plan zu treten. Jens konnte sie mittlerweile als vermisst gemeldet haben. Doch Perez hatte herumtelefoniert und ihr anschließend versichert, dass es keine Vermisstenanzeige für sie gäbe – weiß Gott, wie er das herausgefunden hatte.

Es war besser, wenn sie sich nicht mehr länger in der Nähe des Leibl'schen Hauses aufhielt, denn den Gerüchten der Umstehenden zufolge war Sara festgenommen worden. Nina hatte keine Wahl, denn sie konnte Perez nicht erreichen. Seine Handynummer kannte sie nicht. Möglichst unauffällig ging sie zu dem Sportwagen zurück und stieg ein. Sie fuhr los, ohne jedoch zu wissen, wohin sie eigentlich wollte. Erst nach einer Weile stellte sie fest, dass sie sich auf den Weg nach Frauenaurach befand – auf dem Weg heim. Tränen kullerten ihr über die Wangen, die sie mit einer energischen Handbewegung wegwischte. Sie musste sich zusammenreißen, denn sie wollte nicht mehr auffallen, als sie es mit dem schicken Sportwagen sowieso schon tat. Vielleicht wäre es besser gewesen, den Wagen am Burgberg stehen zu lassen? Was, wenn Bennett ihn bei seiner Rückkehr vermisste und am Ende noch als gestohlen melden würde? Bennett wusste zwar, dass sie sich sein Auto ausgeliehen hatte, doch Leibl hatte seinem Lebensgefährten gesagt, sie sei eine Bekannte von Meir und wolle ihn im Untersuchungsgefängnis besuchen. Sie hatten Bennett vorsichtshalber ihren Mädchennamen genannt.

Als sie in Frauenaurach anlangte, fiel ihr ein, dass ihr Haustürschlüssel in ihrer Handtasche war, und die lag seit Freitag in Perez Auto.

Zögernd hielt sie am Straßenrand. Es war Montagnachmittag, und wenn sie Jens' Dienstplan richtig im Kopf hatte, war er heute für die Mittagsschicht eingeteilt. Bis zum späten Abend müsste sie vor der Tür warten. Bis dahin würde sich nichts an ihrer vertrackten Situation ändern, und wenn sie Jens zuerst bei der Dienststelle begegnete, anstatt allein zu Hause, wäre das vielleicht gar nicht so schlecht. Perez zu erreichen war unmöglich. Sie konnte nur eins tun und das war Schadensbegrenzung für sich selbst betreiben. Also fuhr sie mit sehr gemischten Gefühlen in Richtung Schornbaumstraße weiter.

Sie parkte den auffälligen Wagen ein ganzes Stück außer Sichtweite der Dienststelle und ging das letzte Stück zu Fuß. Als sie das große Gebäude durch die Glastür betrat, wäre sie am liebsten umgekehrt. Doch in diesem Moment kam ein Kollege von Jens durch den Eingangsbereich, der sie erkannte. Weil sie sagte, sie habe ihren Haustürschlüssel vergessen, bot er ihr an, Jens Bescheid zu geben. Sie bedankte sich und erklärte, sie wolle draußen warten.

Also verließ sie das Gebäude. Die Minuten, die sie an der Ecke zur Stinzingstraße wartete, vergingen zäh. Dann hastete Jens aus dem Gebäude und sah sich suchend um. Als sein Blick auf sie fiel, winkte sie und lächelte dabei schwach. Ihr Herz klopfte ihr bis zum Hals, als er auf sie zu kam. Er war kreidebleich und wirkte unsicher. Seine Hände waren in den Hosentaschen vergraben. Nina hatte ihre Arme um den Oberkörper geschlungen. Dann stand er vor ihr. Was sollte sie ihm sagen?

»Wo warst du?«, fragte er nach einigen Sekunden, die ihr wie eine halbe Ewigkeit vorkamen.

Sie öffnete den Mund zu einer Antwort, doch heraus kam nur ein trockenes Schluchzen. Sie kniff die Augenlider zusammen, presste eine Hand vor ihren Mund und stand zitternd einfach nur da. Plötzlich fühlte sie, wie Jens zaghaft ihre Schulter berührte.

»Hey«, sagte er schlicht.

Sie konnte nicht anders, sie drückte sich an ihn, barg ihren Kopf an seiner Schulter und weinte. Erleichtert spürte sie, dass er sie umarmte.

»Warum hast du mir nichts gesagt?«, fragte er leise, doch sie hörte den Vorwurf in seiner Stimme.

»Was meinst du?«, fragte sie unsicher.

Er rückte ein Stück von ihr ab, sah sie nicht an, sondern fixierte irgendwo einen Punkt neben ihrem linken Ohr. Auch er schien nicht zu wissen, was er sagen sollte. Er räusperte sich. »Von diesem Typ … Maria sagt, er hat dich … hat er dich …?« Er ließ den Rest der Frage unausgesprochen.

Nina senkte den Blick. Sie konnte nicht einfach nicken.

»Wo warst du?«, wiederholte Jens seine Frage.

Ein schwarzer Wagen mit Münchner Kennzeichen stoppte unweit von ihnen.

KPI Erlangen

»Elfriede? Hier ist Maria. Wo ist Paul? Ich erreiche ihn nicht auf seinem Handy … oh … ach so … falls er bis dahin noch nicht da ist: Ich schicke einen Mann zu euch … nein … lass ihn bitte, bitte rein und frag nicht weiter, ja?« Maria lachte kurz auf. »Genau. Und sag Paul einen schönen Gruß von mir, ich melde mich, sobald ich kann … Du bist ein Engel, danke.« Sie legte auf und sah zu Perez. »Holzapfel. Großreuther Straße 17 b in Marienberg. Weißt du, wo das ist?«

»Ungefähr«, antwortete Perez, während er in die Schornbaumstraße einbog.

»Paul ist beim Arzt, müsste aber bald zurück sein. Du kannst ihm vertrauen!«, sagte Maria eindringlich. »Am besten lässt du mich einfach hier raus und ich melde mich, so schnell ich kann. Und tu mir einen Gefallen und fahr *nicht* in die Uniklink. Sag Paul oder Elfriede, sie sollen da anrufen und sich erkundigen. Entfernte Verwandte – Paul fällt bestimmt was Passendes ein.«

Mit seinen Fingerspitzen tippte Perez auf dem Lenkrad herum, blieb aber eine Antwort schuldig.

Sie stieg aus. Als sie bereits auf dem Gehweg stand, erblickte sie nur ein paar Meter entfernt Jens und Nina.

»Maria!«

Er kam auf sie zu und auch Nina machte einen Schritt in ihre Richtung. Bevor Maria sich von ihrer Überraschung erholen und Perez warnen konnte, damit er schnell weiterfuhr, hielt Jens mitten in der Bewegung inne. Wie paralysiert starrte er Perez an, der unglücklicherweise weder Baseballkappe noch Sonnenbrille trug. Es dauerte kaum länger als einen Herzschlag, doch Maria vermutete, dass Jens ihn erkannt hatte – im Gegensatz zum ahnungslosen Perez, der mit neutraler Mine herübersah. Gerade als Maria ansetzen wollte, etwas zu sagen, ging Jens mit großen Schritten vor dem Kühler entlang und riss die Fahrertür auf.

»Aussteigen!«

Sichtlich verblüfft blieb Perez sitzen, warf erst Maria, dann Nina einen fragenden Blick zu. »Kennen wir uns?«, fragte er ruhig.

Maria hatte jedoch den Eindruck, dass ihm plötzlich klar war, wer da vor ihm stand. Perez war lange genug im Dienst, um ein Gespür für solche Situationen zu haben.

Von oben herab funkelte Jens ihn an. »Ist das hier der Kerl, Nina?«

Spätestens jetzt musste Perez begriffen haben. Er behielt sein Pokerface. Nina hatte es völlig die Sprache verschlagen. Jens wandte ihr den Kopf zu. Ihr verstörter Gesichtsausdruck verriet ihm mehr, als im Moment gut war.

»Jens, das ist ein Bekannter von mir«, versuchte Maria ihn zu beruhigen, während sie dabei den Wagen umrundete.

Jens ignorierte Marias Einwurf. Er musterte Perez wie ein Habicht seine Beute. »Wie heißen Sie?«

Der schien zumindest äußerlich weiter unbeeindruckt. »Georg Wiesinger. Ich komme aus München. Ich wollte nur

Maria aussteigen lassen und nicht die Straße blockieren. Wenn Sie zurücktreten, fahre ich gleich weiter.«

An Jens Schläfe zuckte ein Muskel. Seine Fäuste öffneten und schlossen sich. »Steigen Sie aus. Ich möchte Ihre Papiere sehen.« Als Perez keine Anstalten machte, der Aufforderung zu folgen, setzte er nach: »Das war keine Bitte!«

Das einzige, was sich an Perez bewegte, waren seine Augen. Er sah Maria an.

Die stand inzwischen neben der Fahrertür. »Jens! Was soll das denn? Ich sagte, das ist ein Bekannter von mir.«

Jens beachtete sie nicht, sondern fixierte weiter Perez. Der bewegte sich langsam. Aus dem Handschuhfach holte er die Autopapiere und reichte sie Jens, blieb jedoch weiter sitzen. »Der Wagen gehört einem Bekannten.«

Jens warf einen kurzen Blick darauf. »Führerschein!«

Perez zögerte den Bruchteil einer Sekunde. »Tut mir leid, den habe ich nicht dabei.«

Wieder maßen sich die Männer mit Blicken.

»Raus!« Jens Stimme war kalt und schneidend.

Eine Sekunde war Maria versucht, ihren höheren Dienstrang auszunutzen, um Jens aufzuhalten, doch ihr schwante, dass er sich wohl kaum daran halten würde.

Langsam, doch mit wachsamen Bewegungen stieg Perez aus. Kaum war er draußen, machte Jens einen Schritt auf ihn zu, seine Faust drohend erhoben.

»Was hast du mit meiner Frau gemacht, du Arschloch?«

Perez konnte nur einen halben Schritt zurückweichen, bis er ans Auto stieß. Nina gab einen erstickten Laut von sich. Maria wusste, dass es nur eine Frage der Zeit war, bis jemand aus der Dienststelle die Szene bemerken würde.

Vehement ging sie nun doch dazwischen. »Hör auf! Und das ist keine Bitte, Jens, sondern ein Befehl!«

Widerstrebend wich Jens einen Schritt zurück. »Nina! Ist er das? Ist das der Kerl? Das ist er! Maria, sieh ihn dir doch an!«

Sekundenlang reagierte niemand. Plötzlich schubste Jens Maria zur Seite. Sie strauchelte. Nina schrie erschrocken, als Jens ausholte. Sein Fausthieb traf das Auto, denn Perez war geschickt ausgewichen. Jens verzog kurz das Gesicht, doch er ignorierte den Schmerz vom Aufprall. Mehrere Schläge prasselten auf Perez ein. Der parierte geschickt und traf Jens in den Bauch.

Maria warf sich dazwischen. »Verdammt noch mal! Aufhören!« Ein heftiger Schlag von Jens traf ihre Schulter.

Nina stürzte sich nun von hinten auf Jens und hielt ihn fest. »Nein! Jens, lass ihn! Hör auf!«

Perez stand mit immer noch erhobenen Fäusten hinter Maria, die sich die Schulter rieb. Keuchend sah Jens ihn an, die blanke Wut in den Augen, hielt aber für den Moment inne.

Die Tür der Dienststelle ging auf und zwei Beamte kamen heraus.

»*Kuss emek*«, fluchte Perez.

Schwer atmend stand Jens immer noch an derselben Stelle. Was gerade in ihm vorging, war nicht zu erraten.

»Was ist los?«, rief einer der Beamten über die Straße.

»Schon in Ordnung, ist was Privates«, erwiderte Maria, bevor Jens das tun konnte.

Ruckartig bewegte Jens seinen Kopf und sah Maria mit einer Mischung aus Zorn und Fassungslosigkeit an. Maria erwiderte den Blick eisern, darauf hoffend, dass Jens nichts weiter sagen würde.

»Oh, oh«, machte gerade der andere Beamte, während er vielsagend von Nina zu Jens und Perez blickte. Maria zwang sich zu einem schiefen Lächeln und bedeutete den beiden, zu gehen, was sie zu ihrer Erleichterung sofort taten. Mit einem Ruck machte Jens sich von Nina los.

Maria sah über die Schulter zu Perez. »Du verschwindest besser.«

Perez nickte. Er wirkte, als wolle er noch etwas sagen, überlegte es sich offenbar anders und fuhr davon.

Jens gab ein ersticktes Geräusch von sich, dann stapfte er auf die andere Straßenseite. Mehrmals trat er gegen Steine, die scheppernd gegen den Zaun des Bauhofs prallten.

Maria wandte sich an Nina, die betreten vor sich auf den Boden sah. »Alles in Ordnung?«

»Passt schon. Was ist mit dem Professor passiert?«, fragte sie leise.

»Selbstmordversuch«, antwortete Maria.

Nina hielt ihre Hand vor den Mund. »Oh mein Gott.«

»Er lebt. Aber Sara Eichmüller wurde verhaftet. Hat dich jemand im Haus gesehen?«

Nina schüttelte den Kopf. »Ich kam gerade erst zurück.«

»Was wird hier eigentlich gespielt?«, fauchte Jens, der sich jetzt mit den Händen in den Hüften vor ihnen aufbaute.

Seufzend rieb sich Maria mit Daumen und Zeigefinger die Nasenwurzel. »Poker«, sagte sie müde.

»Was?« Jens sah sie entgeistert an. »Ihr spinnt doch alle! Vergewaltigung! Dass ich nicht lache! Wie lange lässt du dich schon von dem Kerl vögeln?«

Bei seinem scharfen Tonfall hatte Nina unwillkürlich den Kopf eingezogen. »Jens, nein! Ich … du verstehst nicht …«

Er wedelte mit seinem Zeigefinger vor ihre Nase herum. »Pass bloß auf, was du sagst. Von mir kannst du nämlich nicht schwanger sein!« Er war immer lauter geworden.

Nina sah aus, als würde sie jeden Moment umfallen. »Woher weißt du …?«

»Ja, da staunst du, was? Hast du etwa gedacht, du kannst mich verarschen?«

»Stopp!« Maria hob eine Hand. »Es reicht jetzt.«

»Halt dich raus!«, fuhr Jens nun Maria an. »Wahrscheinlich hast du sowieso das ganze Wochenende gewusst, wo sie steckt!«

»Nein! Habe ich nicht!«

»Und wer war das dann gerade eben? Dein *Bekannter*? Warum sieht er rein zufällig *genauso* aus wie der Kerl, den diese Lehrerin gezeichnet hat?«

Innerlich zählte Maria bis drei, bevor sie antwortete. Ihre Stimme war sehr ruhig. »Du hast recht, Jens, es ist kein Zufall. Es gibt eine ganze Menge zu sagen, und bevor du Nina verurteilst, solltest du es dir wenigstens anhören. Allerdings wäre es gut, wenn wir das nicht hier auf der Straße tun würden. Nina, ich übernehme das und du fährst. Hast du ein Auto?«

»Ja, aber ich würde lieber hierbleiben und … Jens erklären…« Unsicher trat sie von einem Fuß auf den anderen.

Nur zu gut verstand Maria das Bedürfnis ihrer Freundin, ihrem Mann endlich reinen Wein einzuschenken. »Nina«, sagte sie sanft. »Es ist noch komplizierter geworden, verstehst du. Es wäre einfach besser, wenn … wenn du warten könntest.« Sie sah Nina mitfühlend an. »Es ist schwer, aber du weißt doch, worum es geht, oder?«

»Ich hab keinen Schlüssel«, sagte Nina kleinlaut und schielt zu Jens, der mit Gewittermiene danebenstand.

Mit einer unwirschen Bewegung zog er den Schlüssel aus seiner Hosentasche und warf ihn ihr zu. Nina trat langsam den Rückzug an.

Vorsichtig atmete Maria auf. »Jens, würdest du bitte mit in mein Büro kommen?«, sagte sie ernst.

Jens gab keine Antwort. Doch als Maria sich in Bewegung gesetzt hatte, folgte er ihr. Während sie die Straße zum Haupteingang überquerte, fuhren zwei Wagen auf den gesicherten Hof der Polizeiinspektion. In einem davon erkannte sie ihren Kollegen Jochen, in dem anderen saß eine Frau – Sara Eichmüller, wie sie vermutete. Maria bat Jens, schon einmal vorzugehen.

»Maria! Wo warst du?«, rief Jochen, der gerade ausstieg.

Sie winkte ab und warf dabei einen schnellen Blick auf Sara Eichmüller, die gerade aus dem Auto geholt wurde. »Franzi hatte einen kleinen Unfall. Ich komme gleich rüber zur Vernehmung«, sagte sie. »Fangt nicht ohne mich an – nur die Formalitäten.«

»Traust du uns das nicht zu?«, fragte Jochen indigniert und fühlte sich offenbar auf den Schlips getreten, weil ihm die Verantwortung so rigoros entzogen wurde.

»Ich habe die Leitung des Falls, Jochen. Danke, dass du vorhin eingesprungen bist.«

»Bitte sehr«, knurrte Jochen ärgerlich. »Falls es dich interessiert, wir haben einen Abschiedsbrief von Leibl gefunden – zumindest Teile davon. Unsere liebe Frau Doktor hat nämlich versucht, ihn aufzuessen.«

»Oh.« Angewidert grinste Maria. »Was stand denn drin?«

Jochen holte eine Tüte mir feuchten Papierresten, auf denen Satzteile aus zerlaufener Tinte zu erkennen waren. »Das ist alles, was wir retten konnten. Leibls Freund, dieser Bennett … sag mal, sind die beiden eigentlich schwul?«, fragte Jochen und schien seinen Ärger über Marias Intervention bereits vergessen zu haben.

»Ja, seit fünfzehn Jahren liiert.«

»Kein Wunder, dass Bennett so mit den Nerven am Ende war. Er sagte, er hat den Brief auf Leibls Küchentisch gefunden und daraufhin im ganzen Haus nach ihm gesucht. Er war übrigens sehr überrascht, dass Frau Eichmüller plötzlich da war. Angeblich wusste er davon nichts – na ja, wer's glaubt.«

Maria hörte mit verschränkten Armen zu und zuckte nur mit den Brauen. »Was steht nun in dem Brief?«

»Man kann kaum noch was entziffern und Bennett konnte sich nicht erinnern, aber vielleicht fällt ihm das ja später noch ein. Er ist jetzt übrigens in der Klinik bei Leibl.«

Stirnrunzelnd versuchte Maria auf den Papierfetzen etwas zu lesen, doch der Speichel hatte die Tinte sehr verwischen lassen. »… kann nic… leben m… Schuld …«, las sie laut.

Jochen drehte die Handflächen gen Himmel. »Die Frage ist, was genau er meint. Mal schauen, ob Frau Eichmüller es uns verrät. Die hat ihn wohl gelesen. Also, bis gleich.«

Maria enthielt sich eines Kommentars, denn Sara würde nichts dazu sagen, vor allem nicht, da sie vorher versucht hatte, den vermeintlichen Beweis zu vernichten.

Vor ihrem Büro traf sie auf Jens. Mit verschlossener Miene gab er sich alle Mühe so zu wirken, als interessiere er sich nicht wirklich für Marias Erklärungen.

Michelle hockte am Schreibtisch. »Da bist du ja endlich!«

»Wir müssen gleich Sara Eichmüller vernehmen!« Maria schloss die Tür hinter Jens, marschierte auf direktem Weg zu Michelles Computer und nahm ihr die Maus aus der Hand.

»Oh, klar. Kein Problem. Mach ruhig!« Kopfschüttelnd hob Michelle die Hände und sah zu Jens, der sich an die Tür gelehnt hatte. »Ich will auch gar nicht wissen, wo du warst und was passiert ist.«

»Da!« Maria deutete auf das Fahndungsfoto des vermeintlichen Terroristen Stefan Falk auf dem Bildschirm.

Während Michelle es betrachtete, holte Maria die ausgedruckte Zeichnung, die Isabelle Schad angefertigt hatte, und drückte sie Jens in die Hand. Mit skeptischer Miene blickte Jens von dem Ausdruck zum Bildschirm und zurück.

Michelle fiel die Kinnlade auf die Brust. »Ist nicht dein Ernst?«

Maria hatte sich auf ihren Schreibtischstuhl fallen lassen

und massierte sich die Schläfen. Jens, der immer noch das Blatt Papier in der Hand hatte, zog sich einen Besucherstuhl heran und raufte sich die Haare.

»Ich verstehe das nicht«, sagte er langsam.

»Das, was ich euch jetzt sage, bleibt vorläufig unter uns«, begann Maria eindringlich. »Das kb ist nämlich gerade dabei, sich eine Biowaffe zu besorgen.«

»Ach du Kacke!« Michelle wurde blass. »Jetzt sag bloß, ich hatte recht und die wollen an Eichmüller ran?«

»Kluges Mädchen«, sagte Maria in echter Bewunderung für Michelles flinke Kombinationsgabe. »Aber so ist es nicht. Stefan Falk ist in Wahrheit Perez Leibl, der Bruder von Sara Eichmüller, und arbeitet für den Verfassungsschutz.«

»Verfassungsschutz?« Stöhnend klatschte sich Michelle die flache Hand vor die Stirn. »Na toll. Der sitzt übrigens auch in Chorweiler. Nicht weit von seiner angeblichen Adresse.«

Maria wandte sich an Jens. »Nina hat ihn vor ein paar Wochen in der Fränkischen getroffen, als sie sich verlaufen hat. Er kam ihr bekannt vor, daher hatte er Angst, dass sie ihn auffliegen lässt. Also hat er … na ja, dafür gesorgt, dass sie nicht über ihre Begegnung redet.«

Schweigend ballte Jens die Fäuste.

»Jedenfalls haben sie sich am Freitag zufällig am Eiscafé getroffen, und weil sie glaubte, dass er ein Terrorist ist und er nichts riskieren wollte, hat er sie gezwungen, mit ihm zu kommen. Was genau zwischen den beiden passiert ist, weiß ich nicht – und das darf jetzt erst mal keine Rolle spielen, Jens!«

»Was erwartest du von mir? Soll ich den beiden meinen Segen geben?«, schnappte Jens.

Maria stand auf. »Nein! Aber es geht um eine Biowaffe, Jens! Bio! Waffe! In den Händen von Terroristen! Und falls es dich interessiert: Bianca Esser, die Geliebte von Eichmüller, war mit dem Erreger infiziert. Die Hasenpest breitet sich gerade im Landkreis Neustadt aus. Dass es noch nicht mehr Erkrankungen und Tote gibt, ist möglicherweise reines Glück – oder ein noch nicht ganz ausgereifter Erreger.« Maria stützte ihre Hände auf den Schreibtisch. »Hör zu Jens, ich wollte dich da raushalten, aber Nina und du – ihr steckt schon mittendrin. Das, was Perez Leibl mir in der kurzen Zeit sagen konnte, war absolut schlüssig. Ich habe ihm zugesagt, dass ich ihm helfe. Ich muss unbedingt mit Sara Eichmüller reden, und zwar möglichst ohne Zeugen. Es kann sein, dass ich eine Aktion durchziehen werde, von der ich nicht mal Friedrich informiere. Ich kann verstehen, wenn ihr nicht mitmachen wollt, aber ich muss mich darauf verlassen, dass ihr bis auf Weiteres zu niemandem ein Sterbenswörtchen sagt.« Maria sah die beiden der Reihe nach an.

Michelle biss sich auf die Unterlippe. Jens knetete seine Hände. Maria setzte sich wieder und sah aus dem Fenster. Eine Minute verstrich.

»Warum bist du dir sicher, dass er nicht lügt?«, wollte Jens wissen.

»Er ist ein Profi«, antwortete Maria ernsthaft. »Doch er hat seine Tarnung mir gegenüber aufgegeben und er weiß, dass ich jederzeit eine Großfahndung rausgeben würde, sobald ich auch nur einen Funken Misstrauen hege. Er hat nichts getan oder von mir verlangt, was ich bedenklich finde. Wir sollten vorsichtig sein, aber für den Moment glaube ich ihm einfach.« Sie atmete einmal tief durch. »Ich gehe jetzt zu Sara Eichmüller.«

Als sie den Raum verließ, blieb die Tür hinter ihr offen. Sie war noch nicht weit gekommen, als sie hinter sich Schritte hörte. Sowohl Michelle als auch Jens folgten ihr.

»Kannst du irgendwie dafür sorgen, dass du Frau Eichmüller nachher ins Untersuchungsgefängnis fährst?«, fragte Maria Jens leise. »Ich komme mit Michelle mit. So könnten wir die Vernehmung hier durchziehen und uns später mit ihr im Auto ungestört unterhalten.«

»Ich sehe, was ich tun kann«, sagte Jens und verschwand die Treppe hinunter.

Auf dem Weg zum Vernehmungszimmer erzählte Maria Michelle in knappen Worten von der Begegnung zwischen Perez und Jens und wie Perez sie vorher aus der Dienststelle gelockt hatte.

Sie hatten die Tür erreicht und Maria legte die Hand auf die Klinke. »Und jetzt ausnahmsweise die Klappe halten, damit du dich nicht verplapperst. Klar?«

»Spielverderberin«, antwortete Michelle und zog einen Schmollmund.

Frauenaurach

Nina parkte den Wagen von William Bennett nicht direkt vor dem Haus. Sie hätte Maria fragen sollen, was sie damit tun sollte. Für einen Moment schloss sie die Augen und lehnte ihren Kopf an die Nackenstütze. Sie war froh, dass sie nach Hause konnte, aber sie hatte schon jetzt Angst vor der nächsten Begegnung mit Jens – spät am Abend, wenn er seinen Dienst beendet hatte.

Sie fuhr zusammen, als jemand an die Scheibe auf der Beifahrerseite klopfte. Die Tür ging auf und Perez glitt auf den Beifahrersitz. Er sah Nina nicht an, sondern wandte beständig den Blick in alle Richtungen.

»Kommt dein Mann auch?«

Nina schüttelte den Kopf. Perez schien sich minimal zu entspannen, sie hingegen verkrampfte mehr und mehr.

»Tut mir leid, dass ich dir gefolgt bin, aber ich muss dich um etwas bitten – wegen Abba. Weißt du …?«

»Maria hat es mir gesagt. Ich habe den Krankenwagen am Haus gesehen und wie sie ihn herausgetragen haben. Sein Freund war bei ihm. Ich bin nicht hingegangen, weil ich nicht wollte, dass mich jemand sieht.«

Perez nickte. »Ich muss wissen, wie es ihm geht und warum er das getan hat, aber ich kann nicht zu ihm. Würdest du hingehen?«

»Ich?« Entsetzt riss Nina die Augen auf. »Aber … was soll ich denn sagen? Die lassen mich doch bestimmt nicht einfach zu ihm.«

Perez zuckte mit den Schultern. »Vielleicht. Oder du sagst, ich habe dich aus Tel Aviv angerufen und hingeschickt. Notfalls ruf mich an, und gib mir einen Arzt, damit ich mit ihm sprechen kann. Dir werden sie nicht viel sagen, aber vielleicht wenigstens … etwas. Ich muss einfach sicher sein, dass … dass es ihm gut geht und er es nicht noch mal … ach Scheiße!« Mit seiner Faust hieb er auf die Türabdeckung. »Warum?«

Sie rang mit sich. Eigentlich wollte sie nichts mehr mit der ganzen Sache zu tun haben. Und auch zu Perez wollte sie lieber auf Abstand gehen, um Jens nicht noch mehr aufzubringen – obwohl das kaum noch möglich war. Doch schließlich antwortete sie: »In Ordnung.«

Erleichtert lächelte er. »Danke, Nina.«

Universitätsklinikum Erlangen

Langsam bewegte sich Nina durch die Klinikflure bis zu der Station, auf der Leibl sich laut Auskunft des Pförtners befinden musste. Sie las die Zimmernummern, ging am Stationszimmer vorbei, in dem sich zwei Schwestern angeregt unterhielten, bis sie plötzlich stehen blieb. Vor dem übernächsten

Krankenzimmer saß ein Polizist in Uniform. Es war ein Kollege aus Jens' Dienstgruppe. Ausgerechnet! Sie fluchte innerlich und überlegte fieberhaft, was sie tun sollte. Der Beamte gähnte verhalten und machte Anstalten, in ihre Richtung zu sehen. Flink verschwand Nina in dem Aufenthaltsraum schräg gegenüber vom Stationszimmer. Sie setzte sich hin und nahm wahllos eine der herumliegenden Zeitschriften in die Hand. Vielleicht lag Leibl ja in einem anderen Zimmer. Sie verrenkte sich ein wenig den Hals, um einige Zimmernummern erkennen zu können, bis sie zu dem ernüchternden Schluss kam, dass es tatsächlich Leibls war, vor dem der Beamte saß. Sie seufzte. Wie es schien, musste sie unverrichteter Dinge gehen. Perez würde enttäuscht sein.

Er wartete auf dem Parkplatz in seinem Wagen. Bennetts hatten sie einfach in der Straße vor dem Haus am Burgberg geparkt. So war sie ein Problem los.

Gerade als sie überlegte, ob es nicht eine Alternative sei, einfach von einem öffentlichen Telefon auf der Station anzurufen, um sich nach Leibls Befinden zu erkundigen, gingen zwei Männer an der Glasscheibe des Aufenthaltsraums vorbei. Nina warf die Zeitschrift auf den Tisch, denn einer der beiden war William Bennett.

Sie wartete kurz, bevor sie hinterher lief. Der Polizist bekam – wenn überhaupt – nur ihren Rücken zu sehen. Als sie aus der Station heraus war, sah sie sich um. Bennett stand mit dem anderen Mann vor den Aufzügen. Sie näherte sich vorsichtig.

»Er ist doch so ein gutherziger Mensch«, sagte Bennett gerade mit belegter Stimme. Sein Gesicht war geschwollen und er hatte ein zusammengeknülltes Taschentuch in der Hand. »Ich kann das immer noch nicht glauben! Vorhin ... waren wir noch zusammen bei der Bank und er hat eine wirklich sehr großzügige Spende an die AIDS-Stiftung gemacht und er sagte ...

sagte … es ist … ist so … wichtig … den Menschen zu helfen …« Seine Stimme brach.

Zu Ninas Erleichterung beachtete Bennett sie gar nicht. Er hatte sie vorhin, als er ihr die Schlüssel für seinen Sportwagen gab, nur sehr kurz gesehen, und falls er sie jetzt erkannte, würde sie ihm einfach irgendeine Geschichte auftischen. Aber das schien nicht nötig zu sein, denn er war offenbar mit sich selbst beschäftigt.

»Beruhige dich, Bill«, sagte der Dunkelhaarige und tätschelte ihm die Schulter. »Vielleicht hast du dich getäuscht?«

»Nein! Nein, ich habe es doch gelesen! In seinem … seinem Abschiedsbrief«, er schluchzte kurz, »er hat geschrieben, er könne nicht mit der Schuld am Tod von Esser und der anderen Menschen leben! Welche anderen?« Er schnäuzte sich. »*Oh my goodness, Matthew! What did you do?*«

Der Aufzug kam und die Männer stiegen ein. Nina stellte sich mit dem Rücken zu den beiden und drückte auf den Knopf für das Erdgeschoss. Offenbar wollten die beiden auch dorthin, denn sie rührten sich nicht.

Während der Aufzug sich in Bewegung setzte, hörte sie, wie Bennett sagte: »Danke, dass du gekommen bist, Leonhard. Für dich muss das alles ja besonders hart sein. Deine Frau … es ist wirklich furchtbar … aber ohne sie wäre Matthew nicht mehr …« Bennett hickste, weil er versuchte, einen Schluchzer zu unterdrücken. »Sie … sie hat den Brief vernichtet … Vielleicht hat sie ihn gelesen und wollte nicht, dass er … Der Arzt sagte, er kann bald wieder sprechen. Hoffentlich sagt er uns dann selbst, was er gemeint hat.«

»Ja, das hoffen wir.« Eichmüller klang nachdenklich. »Aber es wäre sicher besser, wenn du niemandem sagst, was in dem Brief stand. Ich glaube, er … würde das nicht wollen, sondern es selbst tun.«

Als Antwort hickste Bennett noch einmal.

Der Aufzug hielt an und die Tür öffnete sich. Nina verließ den Aufzug und blieb gleich stehen, um vorgeblich etwas in ihrer Tasche zu suchen. Bennett und Eichmüller gingen an ihr vorbei. Ihnen weiter zu folgen, traute sie sich nicht. Stattdessen machte sie sich auf den Weg zu Perez.

Unterwegs ins Untersuchungsgefängnis

Während der Vernehmung gab Sara sich kühl und abweisend. Sie antwortete auf keine einzige Frage, auf die sie nicht antworten musste, was die Angelegenheit sehr zäh machte. Michelle unterdrückte mehrfach ein Gähnen. Schließlich beendete Maria das Ganze, um Sara ins Untersuchungsgefängnis nach Nürnberg zu überstellen und zusammen mit Michelle die Gelegenheit zu nutzen, Cohen dort erneut zu befragen.

Im Wagen nahm Michelle auf dem Beifahrersitz Platz, Maria dahinter.

»Fahr bitte über die B 4. Das dauert länger«, sagte Maria zu Jens. Dann nahm sie Sara die Handschellen ab.

»Danke.«

Ohne Umschweife kam Maria zur Sache: »Ich habe vorhin mit Perez gesprochen. Ich weiß, dass er beim Verfassungsschutz ist.«

Unsicher flog Saras Blick zwischen den anderen Insassen des Autos hin und her.

»Bitte, Frau Eichmüller, wir haben nicht viel Zeit. Die beiden Kollegen wissen Bescheid. Sie können ihnen vertrauen.« Kurz überlegte Maria, ob sie sagen sollte, wer Jens war, doch ihr fiel ein, was Perez gesagt hatte. Persönliche Befindlichkeiten mussten warten.

»Ich bin keine Mörderin«, sagte Sara leise. »Ich war nicht mal in Biancas Nähe – und Perez und Meir auch nicht, bitte glauben Sie mir das.«

Sanft legte Maria eine Hand auf ihre. »Ich kann Ihnen helfen, wenn ich die Wahrheit kenne.«

Schließlich nickte Sara. »Ich will nicht, dass alles umsonst war.«

Maria dachte an den Abschiedsbrief von Leibl, von dessen Inhalt sie nicht mehr kannte als ein unbestimmtes Schuldbekenntnis. Doch beides ließ sie unerwähnt. »Fangen Sie an. Am besten von vorn«, bat sie.

Sara blickte aus dem Fenster. »Leonhard und ich haben uns schon lange auseinandergelebt, nicht nur wegen seiner ständigen Affären … Seit Elias im Internat war, dachte ich immer öfter an Trennung. Letztes Jahr hatte Leonhard wieder einmal eine Freundin. Ich rief meinen Bruder an, um mich bei ihm auszuweinen. Er konnte Leonhard nie besonders gut leiden und in so einem Moment kam mir das ganz gelegen.« Sie lächelte schief. »Zufällig fiel der Name von Leonhards neuester Flamme. Perez wurde hellhörig, denn Heidrun Lorenz stand seit geraumer Zeit im Verdacht, Beziehungen zur linken Szene zu haben. Zufällig war Perez schon eine Weile in Berlin an genau dem Thema dran.«

»Weiß Ihr Mann, dass Ihr Bruder beim Verfassungsschutz ist?«, erkundigte sich Maria.

Sara schüttelte den Kopf. »Perez führt ein Doppelleben. Außer mir und unseren Eltern war Abba … ich meine Matti … er war der Einzige, den er darüber informiert hat, was er wirklich tut. Allen anderen hat er erzählt, er sei bei der Kripo in Köln. Bereich Jugendkriminalität. Nichts Aufregendes. Er hat es all die Jahre gut verstanden, sich zu verstellen.« Sie stockte und strich sich mit einer anmutigen Geste ihre Haare aus der Stirn.

»Erzählen Sie bitte weiter.«

»Zuerst glaubten wir an Zufall, aber mit der Zeit erschien mir diese Beziehung merkwürdig, weil diese Heidrun in Berlin wohnte und bis dahin Leonhards Freundinnen ausnahmslos aus der näheren Umgebung gewesen waren – oder Urlaubsliebschaften, mit denen er anschließend nie wieder Kontakt hatte. Außerdem hatte Perez herausgefunden, dass die Lorenz in Berlin einen festen Freund hatte. Dieser Mika Großmann wusste anscheinend sogar von der Beziehung zu meinem Mann. Perez hatte sich inzwischen im kb etabliert. Die beiden machten einen Teil des kb mobil, noch mehr und noch größere Anschläge zu verüben. Perez sagt, ihr Ziel sei es, die Wirtschaft für eine Weile großflächig lahmzulegen. Weiß der Himmel, wie sie schließlich darauf kamen, aber sie wollten dazu eine Biowaffe nutzen – und sie brauchten jemanden, der sie ihnen baut.«

»Ihren Mann?«

Sara nickte. »Wie Leonhard und die Frau zusammengetroffen sind, weiß ich nicht. Es dauerte lange, bis Perez endlich dahinter kam, was sie eigentlich planten. Perez durfte Leonhard gegenüber ja nicht in Erscheinung treten, außerdem waren Großmann und Lorenz extrem vorsichtig, wem sie vertrauten. Zum Beispiel haben sie Perez bis heute nicht Leonhards Namen genannt, sondern immer nur von ›dem Wissenschaftler‹ geredet. Als Perez den Verdacht äußerte, dass Leonhard damit gemeint sein könnte, warf ich heimlich ein Auge auf das Institut. Abba hat Zugang zu allen Bereichen und ich weiß, wo er seine Schlüssel hat.« Sie lächelte wie ein kleines Mädchen, das heimlich genascht hatte. »Wenn Leonhard auf Reisen war – und das war er häufig – konnte ich leicht hinein. Schließlich war ich mir sicher, dass Leonhard dort an mehreren Erregern arbeitet, die eigentlich nichts mit seinen sonstigen Forschungen zu tun hatten.«

»Das ist Verrat an der Wissenschaft!«, warf Michelle heftig ein. »Tut mir leid, aber ich konnte noch nie verstehen, wie man als *Mediziner* den Menschen bewusst Schaden zufügen kann. Also echt!«

Es war Trauer, die Saras Gesicht überzog. Oder Enttäuschung. Oder beides. »Sie haben völlig recht, Frau Schmitz. Als ich Anfang der 90er Leonhard kennenlernte, war er ein Visionär und gerade dabei, das Institut zu gründen. Sein großer Traum war es immer gewesen, Krankheiten zu besiegen, den Menschen zu helfen – aber er wollte auch großartig und berühmt werden.« Sie schnaubte abfällig. »Der Nobelpreis käme ihm wahrscheinlich gelegen. An Selbstbewusstsein hat es ihm nie gemangelt – höchstens an Geld, denn für die Forschung genügend Gelder bewilligt zu bekommen, ist schwer. Er interessierte sich für neue Forschungsgebiete, aber zusätzlich und ganz besonders für ungewöhnliche Therapieformen, die halfen, wenn andere versagten. Als die Grenzen nach Osten geöffnet wurden, fuhr er das erste Mal nach Tiflis in Georgien an das Eliava-Institut für Phagentherapie. Seitdem war er geradezu besessen davon.«

»Was sind Phagen?«, hakte Maria gleich ein, weil sie vorhin den Begriff auch von Perez gehört, aber nicht hatte einordnen können.

»Bakteriophagen sind Viren, die für Therapiezwecke genutzt werden«, erklärte Sara.

»Ich dachte, Viren machen krank und nicht gesund«, warf Michelle ein.

»Wenn Sie so wollen, ist es eine Kriegslist: Der Feind deines Feindes ist in diesem Fall dein Freund. Bakteriophagen befallen krankmachende Bakterien und bringen sie dazu, die ursprüngliche Bakteriophage zu replizieren. Bei dem Prozess löst sich der Erreger auf und wird unschädlich gemacht. Die neuen Phagen befallen wieder Bakterien und so weiter. ›Bakterienfresser‹ wurden sie früher genannt. Eine sehr effektive Art, Bakterien loszuwerden und ganz besonders gut geeignet für solche, gegen die Antibiotika nicht oder nur unzureichend wirken. Außerdem sind Nebenwirkungen bislang nahezu unbekannt. Manche nennen sie eine ›Wunderwaffe‹ – wobei ich das übertrieben finde.« Sara drehte die Handflächen nach oben.

»Wo ist der Haken?«, fragte Michelle, die sehr interessiert zugehört hatte. »Wenn es diese Wunderwaffe schon seit 20 Jahren gibt, müsste man die doch kennen.«

Sara schmunzelte. »Es gibt sie sogar seit über 100 Jahren. Ende des 19. oder Anfang des 20. Jahrhunderts wurde von verschiedenen Wissenschaftlern daran geforscht. Felix d'Herelle war der bekannteste und wurde dafür sogar für den Nobelpreis vorgeschlagen. Leonhard würde natürlich nur zu gern in seine Fußstapfen treten. Der Begriff ›Bakteriophagen‹ stammt von d'Herelle. Er gründete mit seinem Freund Georgi Eliava das Institut in Tiflis. Der Haken der Therapie liegt in der Herstellung. Früher schienen die Phagen manchmal unwirksam zu sein oder die Patienten erkrankten an einer Sepsis und starben, aber das lag an den unhygienischen Bedingungen bei der Herstellung – nicht an den Phagen selbst. Phagen kommen in der Natur überall da vor, wo es auch Bakterien gibt. Besonders also an sehr schmutzigen Orten – Weiher, Tümpel, Kloaken sind ein sehr guter Ort, um viele unterschiedliche Phagen zu finden.«

»Igitt!« Michelle schüttelte sich demonstrativ.

»Doch bis man herausfand, dass nicht die Phagen, sondern unzureichend gefilterte und gesäuberte Lösungen am Scheitern einer Behandlung Schuld waren, hatten die Antibiotika den Phagen längst den Rang abgelaufen. Nur in der ehemaligen Sowjetunion, wo man sich teure Medikamente nicht leisten konnte, hat die Phagentherapie jahrzehntelang überdauert. Die Herstellung selbst ist leicht und billig. Hier in Deutschland ist die Anwendung verboten, denn es ist zwar möglich, eine sehr teure, klinische Studie für einen bestimmten Phagentyp durchzuführen. Aber: Bakterien passen sich ständig an, daher tun das auch die Phagen. Für die Behandlung ist das kein Problem, denn man sucht die Phagen individuell für den Patienten aus, nur kann man nicht für jeden mutierten Phagus neue klinische Studien betreiben – geschweige denn bezahlen.«

Maria tippte sich mit dem Zeigefinger auf das Kinn. »Und diese Therapie hat was genau mit der Biowaffe zu tun?«

»Wir wussten die ganze Zeit nicht sicher, um welchen der infrage kommenden Erreger es sich handelt. Leonhard hat, soviel ich herausfinden konnte, mit mehreren experimentiert. Es gab eine Reihe von Möglichkeiten, aber laut Meldungen in der Zeitung über die Hasenpest kann es jetzt nur noch der sein. Die Tularämie ist hochvirulent, als Aerosol oder über das Trinkwasser leicht zu verbreiten, ein exzellenter, biowaffenfähiger Erreger. Und wenn die kb anfängt, es im großen Stil zu verbreiten und viele Menschen krank werden …«

»… kommt er als Retter der Menschheit mit seinen Phagen daher«, ergänzte Michelle zynisch. »Was für ein Arschloch. Verzeihung!«

Sara lächelte schmallippig. »Kein Problem. Normalerweise ist die Tularämie mit Antibiotika zu behandeln, aber bei Bianca hat das Doxycyclin nicht angeschlagen, daher ist nicht auszuschließen, dass Leonhard für eine Resistenz gesorgt hat.«

»So was geht?«, wollte Michelle wissen.

»Natürlich«, fuhr Sara fort. »Schließlich will Leonhard ja der Menschheit einen Dienst erweisen, indem er die Wirksamkeit der Phagen möglichst eindrucksvoll der Öffentlichkeit beweist. Auch wenn ich es nicht gern zugebe: So ganz unrecht hat er damit vielleicht nicht.«

»Wie bitte?« Schockiert sah Maria sie an und auch Michelle hatte sich abrupt umgewandt.

Seufzend schob sich Sara wieder eine Haarsträhne aus dem Gesicht. »Ich erspare Ihnen, woran weltweit alles geforscht wird. Es wäre daher tatsächlich sinnvoll, sich mit neuen Behandlungsmethoden zu beschäftigen. Allerdings wohl eher nicht so.«

»Haben Sie Beweise für die Beteiligung Ihres Mannes an der Sache? Hat er vielleicht Geld dafür bekommen, das wir auf irgendwelchen Konten finden können?«

Bedauernd schüttelte Sara den Kopf. »Genau das ist das Problem. Bisher haben wir noch nichts Konkretes. Ich bin sicher, dass es so ist, doch mein Wort allein nützt ja nichts. Falls er Geld von der kb erhalten hat, dann hat er es gut verborgen. Auf sämtlichen Konten, zu denen ich Zugang habe, war nichts, das habe ich in den letzten Monaten sehr genau überwacht – allerdings konnte ich mir nicht zu allen Institutskonten Zugang verschaffen.«

»Ich frage mich gerade, woher das kb die Kohle dafür hat«, meinte Michelle. »Das kostet Millionen.«

»Millionen wird Leonhard dafür kaum bekommen. Perez sagte, das kb hat keine großen Geldgeber und sie finanzieren ihre Aktionen durch Spenden von Leuten, die ihnen nahestehen, aber auch durch Banküberfälle, Einbrüche, Hehlerei und so weiter. Ich glaube, Leonhard tut es nicht des Geldes wegen – auch, wenn er um jeden Euro froh ist, den er in seine eigene Forschung investieren kann. Die musste er nämlich im Laufe der Jahre sehr stark zurückschrauben, sonst wäre das Institut den Bach runter gegangen.«

Nachdenklich knetete Maria ihre Unterlippe. »Gut, gehen wir im Moment davon aus, dass Geld eine untergeordnete Rolle spielt. Was glauben Sie, wie geht es jetzt weiter?«

»Laut Perez erfolgt die Übergabe des biowaffenfähigen Materials in den nächsten Tagen. Wir müssen entweder beweisen, dass es aus dem Institut stammt, oder bei der Übergabe dabei sein – oder noch besser beides, denn Perez befürchtet, dass Leonhard irgendwie versucht, sich aus der Affäre zu ziehen. Genau deswegen brauchen wir Ihre Hilfe, Frau Ammon. Allein können wir das nicht. Und ich falle ja jetzt auch aus.«

»Warum bittet Perez nicht direkt um Unterstützung bei seiner Abteilung?«, wunderte sich Maria laut. Schon die ganze Zeit fragte sie sich das, denn die Antwort war Perez ihr vorhin schuldig geblieben.

Sara gab einen ärgerlichen Laut von sich. »Als direkter Angehöriger hätte er von Anfang an den Fall nicht bekommen. Wir dachten, er könnte es trotzdem tun, aber mit der Zeit wurde es schwierig, weil er Dinge vor seinem Vorgesetzten verheimlichen musste.« Sie hielt einen Moment inne. »Er hätte die Anschläge in Berlin verhindern und Großmann und Lorenz ans Messer liefern müssen! Aber er konnte es nicht – wegen Leonhard. Sowohl Perez als auch ich trauen ihm zu, sich etwas Neues auszudenken. Dann hätten wir bei null anfangen müssen. Verstehen Sie das Dilemma?«

Maria überlief es kalt. »Moment, dann weiß der Verfassungsschutz nicht mal, dass eine Biowaffe im Spiel ist?«

»Nein. Niemand weiß davon – abgesehen von einem seiner Kollegen, der bis jetzt dicht gehalten hat. Er besorgt Perez Informationen und hält ihm so weit es geht den Rücken frei. Aber das wird von Tag zu Tag schwieriger, denn er hätte eigentlich längst eine Stellungnahme zu den Anschlägen abgeben müssen. Die Zeit läuft uns davon. Im Moment ist er auf sich allein gestellt.«

»Na, super«, murmelte Michelle und ließ ihren Kopf in den Nacken sinken. »Mein Name ist Bond.«

Zum zweiten Mal an diesem Tag fühlte sich Maria unfähig zu reagieren. Einen Moment lang wünschte sie sich mit einem

Buch an den Strand von Mallorca. Franzi spielte Beach-Volleyball mit Freunden und an der Bar winkte ein Café con Leche.

»Perez hat versucht, das Schlimmste bei den Anschlägen zu verhindern«, unterbrach Sara ihre Gedanken. »Aber er hat es nicht ganz geschafft. Wie Sie wissen, gab es Tote. Er floh aus Berlin in das alte Ferienhaus meiner Eltern.«

»In der Nähe von Aufseß?«, fragte Maria.

»Ja, genau. Er wollte zur Ruhe kommen, ein paar Tage nachdenken. Er war kurz davor aufzugeben. Als er mich mitten in der Nacht anrief – nach dem Konzert in Interlaken – klang er verzweifelt. Er hat mir von der Frau erzählt, dieser Nina ... Er glaubte, sie habe ihn erkannt, aber er sagte, er habe dafür gesorgt, dass sie nicht darüber reden würde.« Sie stieß ein humorloses Lachen aus. »Es hätte ja auch fast geklappt.«

»Wir sind gleich da«, meldete Jens.

»Jens, fahr noch ein Stück«, bat Maria.

»Ich sagte Perez, ich käme so schnell ich könnte nach Hause«, fuhr Sara fort.

»War Dr. Cohen bei Ihnen?«, wollte Maria wissen.

Seufzend verzog Sara die Lippen zu einem traurigen Lächeln. »Es ist nicht so, wie Sie vielleicht denken ... Dr. Cohen, also Meir und ich, wir verstehen und sehr gut, aber er weiß, dass ich nicht sein will wie Leonhard. Er akzeptiert das und wir sehen uns nur selten ganz allein. Ich wollte nicht, dass er in die Schweiz kam, doch er tat es trotzdem. Wir ... haben es einfach genossen, beisammen zu sein.«

»Weiß er Bescheid?«

Sara nickte. »Er kennt mich gut und ahnte längst, dass ich etwas verheimlichte. Aber die ganze Wahrheit erzählte ich ihm erst auf der Rückfahrt von Interlaken. Zuerst brachte ich ihn nach Hause, anschließend fuhr ich allein weiter nach Herzogenaurach. Dort wartete Perez bereits auf mich. Ich rechnete eigentlich damit, dass Leonhard bei Bianca war. Sein Auto muss in der Garage gestanden haben und ihr Auto habe ich ehrlich gesagt völlig übersehen. Perez ging in den Keller, um zu duschen und ich stieß oben auf Bianca. Eigentlich war es mir egal, aber ich spielte die eifersüchtige Ehefrau – möglichst laut, damit sie Perez nicht über den Weg lief und er sich aus dem Staub machen konnte. Als ich dabei war, Bianca hinauszuwerfen, bekam Leonhard einen seiner herzzerreißenden Anfälle.« Sie schnaubte abfällig. »Eigentlich kaum der Rede wert, aber er übertreibt gern. Ein Wort gab das andere und wir redeten uns beide furchtbar in Rage.«

»Haben Sie ihn angegriffen?«

Betreten zögerte Sara mit der Antwort. »Ja«, gab sie schließlich zu. »Ich wollte ihn ohrfeigen, er hielt mich fest. Es hatte sich so vieles angesammelt, verstehen Sie? Es war ein Fehler, das weiß ich nun … ich erwähnte schließlich, dass ich nicht mehr bereit sei, ihn zu finanzieren.«

»Was meinen Sie damit? Das Institut?«

»Das Institut schreibt schwarze Zahlen, aber wir leben von dem, was ich mit der Praxis verdiene, denn Leonhard steckt seit Jahren jeden Cent in seine privaten Forschungen. Jedenfalls sagte ich, ich würde das nicht mehr wollen. Dann bin ich gegangen, weil ich so … so wütend war. Perez hatte alles mitbekommen, und als ich runter kam, war er schon durch die Terrassentür in den Garten gegangen. Er meinte, ich solle mich erst einmal beruhigen und mit ihm kommen. Er brauchte Geld und ich wollte Leonhard eins auswischen – so kindisch es klingen mag. Ich hob so viel Bargeld wie möglich ab und brachte Perez nach Tschechien. Unterwegs bekamen wir per Zufall im Radio mit, was passiert war – angeblich passiert war.«

Maria ließ einige Sekunden verstreichen. »Haben Sie Ihren Mann unter die Dusche gebracht?«

»Nein!« Sara klang empört. »Das muss Leonhard selbst inszeniert haben!«

»Es gehört viel dazu, sich selbst so etwas anzutun.«

Sara zuckte mit den Schultern. »Sie kennen Leonhard nicht. Um den richtigen Effekt zu erzielen, lässt er sich etwas einfallen. Ich glaube, er hat gemerkt, dass ich mich zu sehr für Dinge interessiere, die mich nichts angehen. Vielleicht war ich im Institut nicht vorsichtig genug. Jedenfalls war ich schockiert und wollte sofort zurück, um die Sache aufzuklären, aber Perez hielt das für keine gute Idee.« Sie hob die Schultern. »Er ist der Experte in solchen Dingen und er sagte, wir könnten es nicht gebrauchen, wenn ich auch in Schwierigkeiten gerate. Er hätte ja nicht als Zeuge fungieren können, dass ich Leonhard nichts getan habe. Wir fuhren nach München, wo wir ein paar Tage bei einem Bekannten von Perez blieben. Schließlich kamen wir zurück. Wir waren meist in Aufseß und verbrachten so wenig Zeit wie möglich in Erlangen, doch hin und wieder musste Perez sich mit Lorenz und Großmann treffen. Es war schwierig – vor allem, da Bill jetzt im Haus wohnt und Perez ja angeblich in Israel war, aber irgendwie ging es trotzdem.«

»Hat Ihr Onkel das organisiert?«

Sara lächelte. »Oh, das kam häufiger vor. Wenn Perez in den vergangenen Jahren eine Weile von der Bildfläche verschwinden musste, verschaffte Abba ihm immer irgendwo ein Alibi.« Plötzlich hob sie ihre Hand und rieb sich über die Augen. Dann blinzelte sie ein paar Mal. »Wissen Sie, wie es ihm geht?«, fragte sie mit belegter Stimme.

Maria schüttelte bedauernd den Kopf. »Ich weiß nur, dass er außer Lebensgefahr ist. Wusste er von der Sache?«

Sara zögerte beinahe unmerklich. Schließlich schüttelte sie den Kopf.

»Und was stand in seinem Abschiedsbrief?«

»Ich weiß es nicht.«

Die Antworten klangen zu entschieden, fand Maria. Schließlich hatte sie versucht, den Brief zu vernichten. Doch für den Moment hatte sie genug erfahren.

Untersuchungsgefängnis Nürnberg

Nachdem sie Sara ordnungsgemäß überstellt hatten, wartete Maria mit Michelle zusammen in einem kleinen, sehr ungemütlichen Raum auf Cohen.

»Hier bekommt man ja Depressionen«, stellte Michelle fest, als sie durch die vergitterten Fenster auf den tristen Innenhof spähte.

Die Tür öffnete sich und Cohen wurde von einem Beamten hereingeführt. »Soll ich hierbleiben?«

»Nein, danke.« Maria wartete, bis er den Raum verlassen hatte. Sie bedeutete Cohen, der misstrauisch wirkte, sich hinzusetzen. Alle drei platzierten sich am Tisch. Maria kam gleich zur Sache: »Wir haben Sara Eichmüller verhaftet. Sie ist ebenfalls hier im Gefängnis.«

Bei der Erwähnung von Saras Namen merkte Cohen auf. Doch gleich hatte er sich wieder unter Kontrolle. Er wirkte noch wachsamer als vorher.

Maria wurde allmählich müde, daher hielt sie sich nicht mit taktischen Vernehmungs-Spielchen auf, sondern informierte ihn über Leibls Selbstmordversuch. Cohen hörte sehr aufmerksam zu, sagte jedoch nichts dazu.

»Dr. Cohen«, sagte sie schließlich, »wir wissen, dass Frau Esser sich im Labor an der Tularämie infiziert hat. Wir wissen auch von den Phagen, die Dr. Eichmüller entwickelt hat. Und ich kann Ihnen versichern, dass wir auf Ihrer Seite sind. Ich habe mit Perez gesprochen.«

Cohen verengte die dunklen Augen zu Schlitzen. »Wann?«

»Heute Nachmittag. Bitte sagen Sie uns, was wirklich mit Frau Esser passiert ist.«

Auch, wenn seine Mimik durch seinen Bart zum Teil verborgen war, konnte Maria sehen, wie sehr Cohen mit sich rang. Er schien nicht genau zu wissen, ob er es riskieren konnte.

»Sara hat mir von Ihnen beiden erzählt«, sagte Maria freundlich. »Sie waren bei ihr in Interlaken. Sie beide haben keine … keine richtige Beziehung, doch ich glaube, Sie lieben sie. Ist das richtig?«

Er wandte den Blick ab und nickte stumm. Erst nach einem Moment fand er die richtigen Worte: »Er tut ihr nicht gut. Er tut keiner Frau gut. Er ist ein Egoist. Sara ist ehrenhaft und würde sich nicht auf eine Stufe mit ihm stellen. Während Eichmüller im Krankenhaus war, sollte Bianca einige Versuchsreihen für ihn durchführen. Sie hat sich dabei infiziert. Sie traute sich nicht, es ihm zu sagen. Als sie mich am Donnerstag anrief, war sie bereits sehr krank. Sie brauchte dringend einen Arzt, aber sie hat mich nicht in die Wohnung gelassen. Sie wollte mich wahrscheinlich nicht anstecken.«

»Hat sie Ihnen das gesagt?«

Betrübt schüttelte er den Kopf. »Natürlich nicht. Ich konnte es mir aber denken.«

»Also haben Sie sie gar nicht untersucht?«

Er schüttelte den Kopf. »Sie hat mir gesagt, welches Antibiotikum ich ihr mitbringen soll und sich bedankt. Das war alles. Am nächsten Tag bin ich noch einmal hingefahren, um sie zu fragen, ob ich noch etwas für sie tun kann. Essen, trinken oder andere Medikamente. Sie ließ mich wieder nicht hinein. Ich spürte, dass sie Angst hatte und … ich wusste ja Bescheid, aber das durfte sie nicht wissen. Ich musste so tun, als wäre alles in Ordnung. Ich sagte ihr, sie könne mich jederzeit anrufen. Ich ließ ihr das Handy da, das ich für Notfälle in meinem Auto habe. Zuerst war alles gut, doch dann antwortete sie mir nicht mehr. Ich schrieb ihr, ich wollte kommen. Am Montagnachmittag um vier war ich da. Ich sah Leonhards Auto vor der Tür. Ich wartete und plötzlich kam er heraus. Er hatte eine große Plastiktüte dabei und Putzlappen in der Hand.«

»War er in Eile?«, fragte Maria.

»Nein. Er fuhr weg und ich klingelte bei Bianca. Als niemand öffnete, dachte ich, sie schläft vielleicht. Möglicherweise war sie da schon tot und er hatte sie bereits weggebracht …«

Maria nickte. »Würden Sie diese Aussage wiederholen, sobald es nötig wird?«

»Wenn es Sara hilft – ja!«

»Danke, Dr. Cohen. Ich glaube, fürs Erste genügt es. Bitte erzählen Sie vorläufig niemandem, was Sie wissen. Auch nicht Ihrem Anwalt.«

Kurz darauf saßen sie im Auto. Maria rief bei Holzapfel an, nur um zu erfahren, dass Perez nicht aufgetaucht war. Sie vertröstete Paul, der sich jedoch ungern abwimmeln ließ. Am Telefon wollte Maria allerdings nicht ins Detail gehen. Sie bat ihn, sich umgehend zu melden, falls der angekündigte Besucher doch noch auftauchen sollte.

»Wo steckt der Kerl?«, murmelte Maria, während sie zurück nach Erlangen fuhren.

Dechsendorf

Als Maria endlich nach Hause kam, war Franzi schon im Bett und schlief – was vor zehn eher selten vorkam, doch offenbar war das sonntägliche Grillen nicht ganz spurlos an ihr vorübergegangen. Gewohnheitsmäßig schaute Maria im Wohnzimmer ihrer Eltern im Erdgeschoss vorbei und war dankbar, dass gerade auf BR die finalen Minuten einer älteren Tatort-Folge liefen. Sie kam sich vor wie ein Teenager, der sich bei seiner Heimkehr am liebsten schnell in sein Zimmer stahl, um unangenehmen Fragen oder gar Vorhaltungen über zu spätes Heimkommen zu entgehen. Maria schob diese Gedanken beiseite – ebenso verschob sie einen Rückruf bei Olaf, der es im Laufe des Tages mehrfach bei ihr probiert, die Mailbox besprochen und drei SMS geschickt hatte. Im Moment gab es genug andere Probleme. Die Tatsache, dass nur wenige Kilometer Luftlinie entfernt biowaffenfähige Erreger in einem Labor lagen, war einfach vordringlicher.

Nachdem Sie geduscht hatte, klingelte es an der Haustür. Im Erdgeschoss wurde die Wohnzimmertür geöffnet. Dann hörte Maria ihren Vater durch die geschlossene Haustür fragen, wer dort sei. Offensichtlich bekam er Antwort, denn er rief nach ihr.

»Wer ist denn da?«, fragte sie, als sie die Treppe herunterkam.

»Ein Kollege von dir«, brummte Hermann Ammon, dem anzumerken war, was er von dienstlichen Störungen um diese Uhrzeit hielt.

Maria öffnete die Haustür einen Spaltbreit.

»Hi, Maria! Ich bin's Georg. Tut mir leid, aber da ist wohl was mit der Hotelbuchung schief gegangen. Ich komme gerade aus München und ich kenne mich hier nicht aus.« Perez hatte eine redlich zerknirschte Miene aufgesetzt und fuhr sich mit der Hand über den rasierten Kopf. »Hast du eine Ahnung, wo ich heute Nacht bleiben kann?«

Mit einem Seitenblick auf ihren Vater, der den ihm Unbekannten kritisch musterte, antwortete sie: »Oh, ja klar. Ich … ähm … komm einfach erst mal rein … Papa, das ist Georg … ähm …«

»Georg Wiesinger, LKA München«, sagte Perez ohne Zögern und reichte Hermann Ammon die Hand.

»Mein Vater«, stellte Maria überflüssigerweise vor, nur um etwas zu sagen. Der Genannte schien zufrieden, wenn auch nicht begeistert, und schlurfte zurück ins Wohnzimmer.

»Komm mit hoch.« Sie lotste Perez nach oben. »Wo warst du?«, fragte sie, kaum, dass sie die Tür geschlossen hatte.

»Wo ist Sara?«, wollte er beinahe gleichzeitig wissen und dann: »Hast du was zu trinken?«

Also versorgte Maria sie beide erst einmal mit etwas zu trinken und bereitete einen kleinen Snack zu. Perez hatte nichts dagegen einzuwenden. Mit einem Glas Wasser in der einen und einem Leberwurstbrot in der anderen Hand ließ er sich gegen die Rückenlehne des Sofas sinken und schloss für einen Moment die Augen.

»Sara ist in Nürnberg im Untersuchungsgefängnis. Auf der Fahrt dorthin hatte ich Gelegenheit mit ihr zu reden – und mit Dr. Cohen habe ich anschließend auch gesprochen.«

»Also glaubst du mir jetzt?« Perez blinzelte mit einem Auge in Richtung Maria. »Vorhin warst du noch nicht ganz überzeugt.«

»Wenn ich das nicht wäre, hättest du längst Handschellen an«, bemerkte Maria trocken.

Er lachte leise und sie stimmte ein. Dann wurde er wieder ernst. »Hast du alles verstanden, was Sara dir erklärt hat?«

»Ich glaube schon«, erwiderte Maria und gab ihm einen kurzen Abriss über das, was sie erfahren hatte. Perez beantwortete ihr noch einige Fragen, doch im Wesentlichen schien alles gesagt. Bis auf eines. »Deine Schwester hat gelesen, was in dem Abschiedsbrief eures Onkels stand. Aber mir ist nicht klar, warum sie nicht darüber reden will. Euer Onkel hat etwas damit zu tun und ich möchte von dir wissen, was das sein könnte … und bitte, Perez«, sagte Maria eindringlich, »wenn alles stimmt, was ihr sagt, dann ist jetzt keine Zeit für falsche Scham. Sei bitte ehrlich.«

Perez spülte den letzten Bissen Brot mit einem halben Glas Wasser herunter. »Du hast recht. Ich hatte die gleiche Vermutung und ich weiß jetzt sicher, dass Abba sich schuldig fühlt.«

»Warum?«

Nun erzählte Perez, was Nina im Krankenhaus gehört hatte.

Maria war verblüfft. »Das passt nicht ganz zu dem, was Cohen mir erzählt hat. Was hat dein Onkel mit Bianca Essers Tod zu tun?«, fragte sie vorsichtig, weil sie an Perez stockender Erzählung gemerkt hatte, wie nahe ihm der Umstand von Leibls offensichtlicher Beteiligung ging.

Perez rieb sich mit beiden Händen über das Gesicht. »Ich weiß es nicht. Er muss es uns selbst sagen. Aber eins ist sicher: Er ist kein Mörder!«

Sie schwiegen beide. Maria spürte, wie ihr die Augen zuzufallen drohten. In ihrem Kopf herrschte wirres Durcheinander.

»Es hat keinen Zweck, so kommen wir nicht weiter. Lass uns morgen darüber reden. Du kannst hier im Wohnzimmer schlafen, wenn du willst.«

Perez antwortete nicht. Unter seinen Augen lagen dunkle Schatten. Kurzerhand wertete Maria sein Schweigen als Zustimmung und holte ihm Bettzeug.

»Danke, Maria.«

»Keine Ursache.« Dann fasste sie sich noch ein Herz, denn

eines hatte sie die ganze Zeit ebenfalls beschäftigt. »Jens ist ziemlich durch den Wind wegen der Sache zwischen dir und Nina.«

Perez lächelte schuldbewusst. »Das habe ich gemerkt. Und ich kann es ihm ehrlich gesagt nicht verübeln.«

»Allerdings.«

»Das mit Nina war nicht gerade ein Heldenstück, aber ich habe ihr nicht wehgetan, Maria.« Es schien ihm wichtig, dass noch einmal klarzustellen.

Maria schwieg dazu, denn bewerten konnte sie die Angelegenheit kaum und Absolution erteilen erst recht nicht.

Nach einem Moment seufzte Perez. »Glaubst du, die beiden kriegen das wieder hin?«

»Ich weiß es nicht«, antwortete Maria ehrlich. Sie fragte sich, ob Perez von dem Kind wusste. Doch es war nicht an ihr, ihm das zu sagen. »Wenn das hier vorbei ist, solltest du mit den beiden reden.«

»Ja, das sollte ich wohl.«

Maria klopfte ihm auf die Schulter. »Also gute Nacht. Ich wecke dich morgen.«

DIENSTAG, 26. MAI 2009

Frauenaurach

Mitternacht war längst vorbei, doch Nina lag im Bett und wälzte sich von einer Seite auf die andere. Nach ihrem Besuch in der Uniklinik hatte sie Jens' Schlüssel in der Dienststelle vorbeigebracht, damit er nicht mehr klingeln musste, wenn er heimkam. Perez hatte außer Sichtweite gewartet, aber Jens war gar nicht da gewesen. Inzwischen war er zurück. Er hatte geduscht und sie hatte Geräusche aus der Küche gehört. Schließlich lief im Wohnzimmer der Fernseher. Nicht ein einziges Mal war Jens ins Schlafzimmer gekommen.

Sie drehte sich auf den Rücken und starrte in die Dunkelheit. Eigentlich hatte sie damit gerechnet, dass er wenigstens hereinkam, um sich seinen Schlafanzug zu holen. Normalerweise tat er das, bevor er sich noch ins Wohnzimmer oder die Küche setzte, denn nach dem Dienst brauchte er erst immer eine Weile, um abzuschalten. Selbst wenn sie schon schlief, drückte er ihr einen Kuss auf die Stirn, und wenn sie sich beschwerte, weil er sie geweckt hatte, lachte er nur. So wie heute war er nie – nicht mal, wenn sie sich gestritten hatten.

Mit einem Ruck stand sie auf und tappte durch das dunkle Schlafzimmer. Sie fand Jens im Wohnzimmer, wo er mit einer Bierflasche in der Hand auf dem Sofa saß und fernsah.

Nina setzte sich auf die Sofakante neben ihn. Obwohl es nicht kalt war, fröstelte sie. Lange Zeit sagte keiner von ihnen etwas.

Irgendwann schaltete Jens den Fernseher aus. Dennoch starrte er weiter auf den schwarzen Bildschirm.

»Was?«

Nina schluckte. »Ich habe dir nichts gesagt, weil ich ... Angst davor hatte, dass du ... dass du ... wieder eifersüchtig wirst.«

Er lachte humorlos. »Dazu habe ich ja diesmal wohl auch allen Grund.« Mit einer heftigen Bewegung setzte er die Bierflasche an die Lippen. Als er merkte er, dass sie leer war, knallte er sie auf den Tisch. »Hat's Spaß gemacht?«

Nina unterdrückte die Tränen, die in ihren Augen brannten. »Ich hatte Angst, Jens! Ich war alleine mit ihm und ich ... ich habe gedacht, er ... ich hatte ja keine Ahnung!«

Schweigend hörte Jens zu, als Nina ihm diesmal wahrheitsgetreu, wenn auch nicht besonders detailliert, erzählte, was in der Fränkischen und am Wochenende geschehen war.

»Du denkst doch nicht wirklich, dass ich dir den Schmarrn abnehme?«, fragte er schneidend. »Du hättest mir das Balg eiskalt untergeschoben. Ich fass es echt nicht!« Abrupt verließ er den Raum.

Nina weinte stumm und sie fühlte sich elend. Seine Reaktion konnte sie zwar verstehen, aber das Baby war auch ein Teil von ihr! Und inzwischen war sie sicher, dass sie es nicht hergeben konnte – selbst dann nicht, wenn Jens sie vor die Wahl stellte. Schiere Verzweiflung machte sich in ihr breit.

Er kam zurück, mit seinem Bettzeug unter dem Arm. »Geh jetzt, ich will schlafen!«

Mit zittrigen Knien blieb sie stehen, bis er sich auf dem Sofa eingerichtet hatte. Mit einem Arm hinter den Kopf und geschlossenen Augen, tat er, als sei Nina gar nicht da.

Sie wollte gehen, hielt dann aber inne. »Vielleicht glaubst du es mir nicht, aber ich hätte es nicht gekonnt – dir das Kind einfach unterschieben. Es darf nicht zwischen uns stehen, weil ... weil ... Perez ist mir ... nicht wichtig. An dem Abend hatte ich Angst vor ihm und wusste nicht, zu was er fähig ist, wenn ... wenn ich nicht tue, was er will.«

Jens antwortete nicht.

»Inzwischen weiß ich ... warum er es getan hat und ... ich habe nicht noch mal ... mit ihm ... wirklich! Mehr war da nicht zwischen ihm und mir, Jens. Glaub mir!« Sie wartete noch, doch Jens reagierte nicht.

Dechsendorf

Maria hatte das Gefühl kaum geschlafen zu haben, als Kaffeeduft sie weckte. In die Helligkeit ihrer Nachttischlampe blinzelnd, brauchte sie einen Moment, um sich zu orientieren. Auf dem Rand ihres Bettes saß Perez und wedelte mit seiner Hand über einer Kaffeetasse herum. Verschlafen kam Maria auf die Ellbogen hoch. Zuerst sah sie Perez, dann ihren Wecker an. Es war noch nicht einmal drei Uhr. Sie hatte tatsächlich kaum geschlafen.

»Spinnst du jetzt völlig?«, knurrte sie und musterte Perez böse.

»Wir müssen ins Institut«, sagte Perez. »Und ich dachte, du hättest gern einen Kaffee, bevor wir fahren. Ich war so frei, die Küche zu suchen. Ich habe niemanden geweckt.«

Maria starrte ihn einige Sekunden lang an, bis die Information ihre trägen Gehirnzellen durchdrungen hatte. »Jetzt? Ins Institut?«

»In der Mittagspause ist möglicherweise der eine oder andere Angestellte dort. Natürlich jetzt!«

Maria rutschte hoch, um sich hinzusetzen und angelte nach der Kaffeetasse. »Bäh, Milch!«

»Tut mir leid, ich kenne deine Vorlieben leider nicht.«

Maria gab sich keine Mühe, ein Gähnen zu unterdrücken. »Ganz einfach schwarz. Hatten wir nicht gesagt, wir reden morgen früh weiter?«

»Hatten wir«, gab Perez zu. »Aber ich glaube, es ist besser, nicht noch länger zu warten.«

»Du glaubst?«, erwiderte Maria, die allmählich wacher wurde.

»Ja, so ein Gefühl im kleinen Finger.« Er wackelte mit dem bezeichneten Körperteil. »Ich wette, das kennst du.«

Maria stellte die Beine an und stützte ihre Hände samt Kaffeetasse darauf ab. »Kann schon sein.«

»Vielleicht war es ein Fehler, in Berlin nicht früher einzugreifen. Vielleicht wäre es aber auch schlimmer gekommen, wenn ich es getan hätte. Es ist müßig, aber ich will mich diesmal nicht dasselbe hinterher fragen müssen. Wenn es diesmal schief läuft, bleibt es ganz sicher nicht bei ein paar Verletzten.« Er trank, bevor er beinahe unhörbar hinzufügte: »Oder *drei* Toten.« Er räusperte sich. »Wir wissen nicht, wie gefährlich dieser Erreger wirklich ist. Der Ausbruch in Neustadt … Sara hat heute, bevor sie verhaftet wurde, noch mit ihrem Kollegen Dr. Hüttner geredet, da Meir als Informationsquelle ja ausfällt. Manches spricht dafür, dass sich dieser Bakterienstamm von Mensch zu Mensch überträgt. Falls dem so ist, würde wenig Material genügen, um eine Epidemie auszulösen. Und dann ist da ja auch noch die Schweinegrippe …«

»Was hat die damit zu tun?«

»Der Schweinegrippeerreger H1N1 ist vom gleichen Virustyp wie der der Spanischen Grippe. Damals, gegen Ende des Ersten Weltkriegs, gab es viele Millionen Tote. Ob der heutige Erreger-Subtyp dasselbe verursachen kann, steht noch nicht fest, sagt Abba, aber wusstest du, dass damals die schweren Verläufe gar nicht die Haupttodesursache waren? Viele hatten nur geringe Symptome, nicht schlimmer als bei einem normalen Infekt. Die meisten starben nicht unmittelbar an der Spanischen Grippe, sondern an bakteriellen Superinfektionen. Das hat die Zahlen so in die Höhe getrieben!

Heute würde man versuchen, solche Infektionen mit Antibiotika zu bekämpfen – vorausgesetzt natürlich, die Bakterien sprechen darauf an. Tja, und die Tularämie ist ein Bakterium.« Er verstummte.

»Antibiotika …«, sagte Maria nachdenklich.

»Normalerweise. Ja«, erwiderte Perez. »Aber was passiert, wenn sie nicht wirken? Wie bei dieser Bianca?«

Maria pfiff leise durch die Zähne. »Deine Schwester hat ebenfalls vermutet, dass eine Resistenz bestehen könnte.«

Er stieß einen ziemlich langen Fluch aus, den Maria zwar nicht wörtlich verstand, aber dessen Inhalt sie sich denken konnte. Dann hob er den Kopf. Maria erwiderte seinen eigentümlichen Blick. Unwillkürlich lächelte sie. Perez Mundwinkel zogen sich ebenfalls nach oben und er hob die Brauen.

»Was hältst du davon, wenn ich dich zum Essen einlade, wenn das hier vorbei ist?«

Maria lachte. »Vergiss es.«

Er lachte mit, bevor er wieder ernst wurde. »Du verstehst also das Problem. Die ganze Zeit habe ich gedacht, es sei eine gute Idee zu warten, um Leonhard auf frischer Tat zu ertappen, damit er keine Zeit hat, sich etwas Neues auszudenken. Seitdem die Schweinegrippe auf den Plan getreten ist, weiß ich nicht mehr, ob das richtig ist. Und Leonhard hat das Zeug sehr wahrscheinlich im Institut. Wenn wir es rausholen, können wir diese Gefahr ausschließen – auch wenn ich nicht weiß, ob wir dann überhaupt genug stichhaltige Beweise gegen ihn haben.«

»Hm.« Nachdenklich runzelte Maria die Stirn. Sie konnte die Argumentation nachvollziehen, aber ganz überzeugt war sie nicht. »Was hat eigentlich dein Onkel damit zu tun?«

Perez Gesichtszüge verhärteten sich. »Ich weiß es nicht!«

Es klang eher wie ›Ich will es nicht wissen‹, fand Maria, doch sie schwieg.

»Wir müssen es unschädlich machen, und zwar so schnell wie möglich.« Unruhig tippte Perez mit den Fingern auf seinem Oberschenkel herum. »Der erste Anschlag soll am Donnerstag erfolgen, sagen Mika und Heidrun.«

Maria stierte einen Moment in ihren Kaffee. Dann fiel der Groschen. »Allmächd! Der Anstich beim Berg!« Beim drittgrößten Volksfest in Bayern würde sich die Ansteckung ausbreiten wie ein Buschfeuer. Schlückchenweise trank Maria den Kaffee, obwohl sie den Geschmack der Milch darin wirklich nicht mochte.

Erst nach einer Weile sagte sie: »Mal abgesehen davon, dass ich in Teufels Küche komme, wenn ich mit dir da einbreche – wir können nicht einfach da reinspazieren und das Zeug herausholen. Immerhin handelt es sich um hochinfektiöses Material und ich schaffe es ja nicht mal, mir keine Magen-Darm-Grippe zu holen, wenn Franzi eine hat.« Perez wollte etwas einwenden, doch Maria hob die Hand, um ihn zu unterbrechen. »Aber ich habe eine andere Idee.«

Universitätsklinikum Erlangen

Der grauhaarige Beamte, der vor dem Krankenzimmer von Professor Leibl wartete, sah müde auf, als Maria morgens um 7 Uhr den Flur entlang kam. Sie kannte den Mann, seitdem sie in Erlangen war.

»Bist du allein, Ludwig?«, erkundigte sie sich freundlich.

Der Beamte kratzte sich am Kopf. »Nee, Erich ist gerade runter und macht kurz Pause.«

»Du siehst aus, als brauchst du auch eine. War sicher eine lange Nacht, aber ich bin ja jetzt hier. Ach so …« Sie wies über ihre Schulter, als fiele ihr gerade erst wieder der Mann ein, der hinter ihr wartete. »Georg Wiesinger, ein Kollege vom LKA.«

Ludwig sah ihn nur flüchtig an und lächelte Maria zu. »Du bist ein Goldstück. Zehn Minuten oder ist dir das zu lang?«

»Auch fünfzehn. Ist eigentlich jemand drin?«, fragte sie möglichst beiläufig. Erleichtert sah sie, wie Ludwig den Kopf schüttelte, bevor er ging.

Zusammen mit Perez betrat sie das Krankenzimmer von Professor Leibl. Wie Ludwig bestätigt hatte, war niemand außer dem Patienten da. Leibl lag blass und apathisch in seinem Bett. Erst als er Perez sah, hellte sich seine Mine ein wenig auf.

Zu Marias Überraschung, ging Perez sofort neben dem Bett in die Knie, ergriff Leibls Hand, nahm sie fest zwischen seine beiden und hob sie an seine Lippen.

»*Abba! Ani Mitzta'er!*«, sagte er leise.

Leibl ließ seine andere Hand zuerst für einen Moment auf Perez' Händen ruhen, dann antwortete er mit brüchiger, beinahe unhörbarer Stimme: »*Ata lo aschem, Perez.*«

»Doch, Abba, es ist meine Schuld.« Perez setzte sich auf die Bettkante, ohne jedoch Leibls Hand loszulassen. »Sara und ich hätten nicht versuchen dürfen, alles allein zu machen. Wir hätten dir viel früher vertrauen und die Wahrheit über Leonhard sagen sollen, ich glaube …« Er stockte, bevor er in eindringlichem Tonfall weiterredete. »Ich glaube, du weißt viel mehr darüber, als du zugegeben hast. Bitte, Abba, Maria und ich brauchen jetzt deine Hilfe. Sag uns alles.«

Leibl wandte den Blick ab. Er schloss die Augen. Seine Fingerknöchel wurden weiß, weil er Perez Hand so festhielt. Ein paar Tränen stahlen sich unter seinen Lidern hervor. Maria hätte gern etwas gesagt, Fragen gestellt, doch sie hatte das Gefühl, es sei taktvoller zu warten.

»Bitte, Abba. Hilf uns.«

Es dauerte noch eine Minute, bis Leibl tief durchatmete, die Augen öffnete und sich fahrig die Tränen abwischte. Dann bedeutete er, dass er etwas zu schreiben haben wollte. Maria reichte ihm ihr Notizbuch samt Kugelschreiber. Als er fertig war, las es zuerst Perez, schließlich reichte er es Maria. Leibls Handschrift war unregelmäßig und zittrig. Er hatte mehrfach neu angesetzt und Wörter durchgestrichen.

›*Diese Tularämie ist resistent und sehr wahrscheinlich von Mensch zu Mensch übertragbar! Die Genmutation war meine Idee, aber ich kenne den genauen Entwicklungsstand nicht. Ich wusste nicht, was Leonhard damit vorhat. Bianca infizierte sich im Labor und rief mich sofort an, weil Leonhard noch in der Klinik war. Sie hatte Sorge, dass er ärgerlich über ihr Ungeschick war.*‹

»Dann war Bianca unmittelbar an der Herstellung beteiligt?«, dachte Maria laut nach.

Leibl nickte. Noch einmal verlangte er nach Zettel und Stift.

›*Ich riet ihr, sie solle trotzdem Doxycyclin versuchen und zusätzlich Phagen nehmen. Sie sagte, sie habe welche aus dem Labor mitgenommen und wolle wegen des Antibiotikums Meir anrufen, damit er es ihr verschrieb. Es sei ein normaler Infekt, wollte sie ihm sagen. Weder das Medikament noch die Phagen wirkten anscheinend bei ihr. Es ist schlimmer geworden, daher hätte sie andere gebraucht, aber sie hat sich nicht mehr bei mir gemeldet. Meir sagte, ihr ginge es schlecht, doch da war Leonhard bereits aus der Klinik heraus. Ich dachte, er hilft ihr. Aber er tat es nicht. Ich hätte es tun müssen!*‹

»Also war Bianca schwer krank, als Eichmüller sie fand,

und weil er wusste, dass es keine Hoffnung mehr gab und er alles vertuschen musste …«

»… hat er sie umgebracht, dieses sadistische Schwein«, ergänzte Perez abfällig. »*Lech La'asalsel!*«

»Tsss«, machte Leibl und sah Perez tadelnd an. Der rutschte von einer Pobacke auf die andere.

»Warum wirken die Phagen nicht?«, erkundigte sich Maria. »Wissen Sie das?«

Mit ein paar Strichen skizzierte Leibl zwei unterschiedliche Zyklen, die bei einem Phagenbefall entstehen konnten. Der lytische Zyklus zeigte das, was Sara geschildert hatte. Die Phagen-DNA wird in die Bakterien injiziert, was die Bakterie dazu bringt, in ihrem Innern neue Phagen zu produzieren. Anschließend zerfällt die Bakterie, wobei sie die entstandenen Phagen freigibt. Beim anderen, dem lysogenen Zyklus, hatte Leibl jedoch deutlich gemacht, dass nach der Injektion die Phagen-DNA in die DNA der Bakterien eingebaut wird und – anstatt Phagen zu produzieren – sich die Bakterie wie gewohnt weitervermehrt – allerdings mitsamt der eingebauten Phagen-DNA. ›*Bildung einer Art Resistenz!!!*‹, stand daneben.

»Dann wirken die Phagen nicht mehr und der Patient stirbt?«

Leibl wiegte mit dem Kopf. Wieder schrieb er. ›*Man kann leicht andere wirksame Phagen finden. Bianca hatte keine Möglichkeit dazu.*‹ Er machte ein bekümmertes Gesicht.

»Ich verstehe«, sagte Maria nachdenklich.

Mit einer resoluten Bewegung notierte Leibl noch etwas. ›*Ich bin nicht sicher, aber ich glaube, Leonhard hat vor einiger Zeit Menschenversuche durchgeführt.*‹ Jetzt, wo er die Wahrheit gesagt hatte, schien es Leibl allmählich besser zu gehen und er schien entschlossen, bei der Aufklärung zu helfen.

»Allmächd, so aan Hinderfodz«, entfuhr es Maria. Leibl

runzelte die Stirn, sagte aber diesmal nichts. »Ja, es gab eine Reihe von Obdachlosen, die ähnliche Symptome hatten wie Bianca.«

Leibl schluckte sichtlich.

»Hören Sie zu, Professor«, sagte Maria. »Sie können uns helfen.«

Bibel, Apostelgeschichte 1, 26

Dann gaben sie ihnen Lose; das Los fiel auf Matthias, und er wurde den elf Aposteln zugerechnet.

MITTWOCH, 27. MAI 2009

Vahlenmühle, Landkreis Neustadt/Aisch

Obwohl die Sonne vom blauen Himmel strahlte, war es noch kühl an diesem Morgen.

»Igitt ist das eklig hier – auch ohne Leiche!« Michelles Stimme klang hohl aus dem hinteren Teil des alten Kellers, in dem sie zusammen mit Maria und bewaffnet mit einer Taschenlampe eingedrungen war.

Im vorderen Teil stand Maria und schöpfte etwas von dem brackigen Wasser aus einer Mulde, in dem jede Menge altes Laub schwamm, in ein Reagenzglas, das sie mit einem Deckel fest verschloss und beschriftete. »Hast du eine Probe?«

Es plätscherte und schmatzte, dann kam Michelle hinter der Holztür hervor, die schief in den Angeln hing. »Mehrere. Und jetzt?«

Maria richtete sich auf. »Du darfst wählen – links den Wald entlang oder rechts zum Hof.«

Sie verließen den beklemmenden Keller. Michelle nahm den schmalen Weg am Waldrand und den Weihern und Maria wandte sich nach rechts, um zur Vahlenmühle zu gehen. Das taufeuchte Gras reichte ihr zum Teil bis zu den Oberschenkeln und mit leichtem Schaudern dachte Maria an die Unmengen von Zecken, die hier lauerten. Genau wie Mücken und Flöhe galten auch sie als Überträger der Hasenpest. Sie ging an einer Wiese vorbei, auf der kniehoch handtellergroßer Klee wuchs. Mehrere Entenfamilien schwammen über den Weiher und die zahllosen Frösche, die an der Wasseroberfläche zu sehen waren oder direkt vor ihren Füßen mit lautem Platschen ins Wasser sprangen, quakten lauthals um die Wette. Eine kleine, blökende Schafherde war ohne sichtbare Begrenzung unterwegs und beobachtete neugierig die frühe Besucherin. Immer wieder nahm sie Proben aus den Weihern und aus dem Mühlbach, der sich hinter den Gebäuden plätschernd entlangschlängelte. Die Ruhe der natürlichen Geräuschkulisse hätte unter normalen Umständen entspannend auf Maria gewirkt. Ein Hahn musterte sie, als sie stehen blieb, um aus dem kleinen Entenweiher eine Probe zu nehmen. Auf der anderen Seite des Wegs standen drei Gänse, die größte richtete sich auf und zischte erbost, als auch Maria sich wieder erhob. »Lass mich bloß in Ruhe«, murmelte Maria und machte, dass sie weiter kam.

Am Auto traf sie auf ihre junge Kollegin. Die ansonsten immer zum Schwatzen aufgelegte Michelle war still, als sie sich auf den Rückweg nach Erlangen machten. Nicht ein Kommentar über das Wetter, die Landschaft oder ihre Pläne für das Pfingstwochenende zu Hause. Zu belanglosem Geplauder war Maria eigentlich auch nicht aufgelegt, doch jetzt vermisste sie die Ablenkung.

»Glaubst du, der Professor findet passende Phagen?«, fragte Michelle, als sie Weisendorf passierten.

»Er war sich sicher«, antwortete Maria. »Es wird schon alles gut gehen. Gott sei Dank gab es nicht so viele Neuerkrankungen in Neustadt wie befürchtet. Vielleicht ist es weniger ansteckend als gedacht.«

Michelle atmete laut und tief. Es war ein Vabanquespiel. Perez hatte am Vortag noch Saras Kollegen Dr. Hüttner eingeweiht, der den Ernst der Lage verstanden hatte und nun versuchen wollte, die Erkrankten im Auge zu behalten, damit es nicht noch mehr Tote gab.

Maria fühlte sich nicht besonders wohl in ihrer Haut. Es

widerstrebte ihr zusehends, hinter dem Rücken ihres Chefs einen so groß angelegten Alleingang zu wagen.

Nach einem eingehenden Gespräch mit Bennett hatte Maria ihm klar gemacht, dass er seinem Lebensgefährten den größten Gefallen damit tun würde, wenn er sich vorläufig nicht an den genauen Inhalt des Briefes erinnern würde. Bennett war nicht dumm und hatte zumindest begriffen, dass Maria es gut meinte, und verlegte sich darauf zu behaupten, dass Leibl sich nur bildlich gesprochen für Biancas Tod verantwortlich gefühlt habe, weil er Sara unterschätzt habe. Da gegen Leibl also keinerlei Verdachtsmomente mehr bestanden, wurden die Beamten vor seiner Tür abgezogen. Maria wollte Leibl jetzt aus der Uni-Klinik abholen, damit er möglichst schnell eine Phagenlösung herstellen konnte. Zugang zu einem geeigneten Labor samt Material konnte er über alte Universitätskollegen bekommen, die Maria für ihn angerufen hatte, und Dr. Hüttner hatte die nötigen Wattestäbchen samt Speichelproben von Patienten organisiert, um entsprechende Kulturen anlegen zu können. Leibl hatte versichert, dass die Herstellung einfach war. Allerdings war die Anwendung nicht ohne Weiteres erlaubt – lediglich in einer rechtlichen Grauzone. Erst wenn sicher war, dass keine andere Therapie mehr half, konnte mit Zustimmung der Patienten eine solche Therapie angeboten werden.

Allerdings war die mögliche Anwendung im Moment nicht ihre Hauptsorge. Das, was sie noch vorhatten, war wesentlich riskanter.

Polizeipräsidium Mittelfranken, Nürnberg

Vor lauter Aufregung waren Ninas Hände feucht und kalt. Vor dem imposanten Gebäude am Jakobsplatz wartete sie auf

Paul Holzapfel. Den ganzen Weg hierher war sie wieder und wieder alles durchgegangen, was sie erzählen sollte. Hoffentlich vergaß sie nichts!

»Frau Langenbach!« Holzapfel kam mit kurzen Schritten zu ihr. Sie reichten sich die Hand. »Oh, Sie sind nervös. Keine Sorge, ich bin ja bei Ihnen. Seien Sie einfach Sie selbst.«

Holzapfel führte Nina hinein. Der Beamte hinter dem Glasfenster in der Eingangshalle kannte Holzapfel und drückte gleich auf den Türöffner. Als sich die Sicherheitstür hinter ihnen schloss, überfiel Nina ein klaustrophobisches Gefühl. Ihr wurde übel.

»Ist hier ein Klo?« Sie hielt sich die Hand vor den Mund. Eigentlich konnte ihr gar nicht schlecht werden, denn sie hatte vorsichtshalber nicht gefrühstückt.

»Jessas, naa«, entfuhr es Holzapfel, als er sie ansah. »Hier lang, Madle.« Resolut schob er sie den Gang hinunter. Hastig stieß sie die Tür der Damentoilette auf und schaffte es gerade noch rechtzeitig in eine der Kabinen.

»Tut mir leid«, sagte sie kleinlaut, als sie zu Holzapfel auf den Gang zurückkehrte.

»Geht's besser?« Er klopfte ihr sachte auf den Rücken. »Schwanger, hm?«

Sie biss sich auf die Lippe.

»Maria hat mir alles erzählt.« Er schien noch etwas sagen zu wollen, doch seine Worte blieben unausgesprochen. Er schloss den Mund und bedeutete Nina, mit ihm zu kommen.

Nina war froh, dass er es dabei bewenden ließ. Obwohl ihr nicht mehr schlecht war, fühlte sie sich elend. Jens hatte nur noch das Notwendigste mit ihr geredet. In der Schule hatte sie sich bis zu den Ferien krankgemeldet und hoffte einfach, dass sie bald eine Gelegenheit finden würde, mit Jens in Ruhe zu reden – wenn er denn überhaupt dazu bereit war.

»Wir sind da!« Holzapfel blieb vor einer Tür stehen. »Ich komme mit Ihnen und Sie erzählen einfach.« Er wartete nicht ab, bis Nina nickte, sondern klopfte an die Tür und öffnete sie beinahe gleichzeitig.

»Christoph! Ich hab hier jemanden für dich! Das hier ist Nina Langenbach, eine Bekannte meiner Frau, die sich nicht allein hierher getraut hat. Aber sie hat Elfriede etwas erzählt und ich finde, das solltest du dir unbedingt anhören.«

Der Mann hinter dem Schreibtisch unterbrach sichtlich widerstrebend seine Arbeit und nickte Paul freundlich, aber ohne große Begeisterung zu, dabei deutete er auf die Stühle vor seinem Schreibtisch. Er lehnte sich zurück und legte die Fingerspitzen seiner Hände aneinander. »Was möchten Sie mir denn erzählen?«

»Ja …«, begann Nina stockend. »Also … eine Woche nach Ostern war ich in der Fränkischen Schweiz. Bei Aufseß. Da habe ich einen Mann getroffen, und … der ist jetzt hier in der Gegend. In Erlangen, weil … da habe ich ihn nämlich wiedergesehen und ich glaube …«

»Entschuldigung«, unterbrach der Mann sie freundlich. »Um wen handelt es sich denn?«

Nina rang ihre Hände und sah Paul an. Der nickte aufmunternd. Sie schob die Zeichnung, die Isabelle Schad angefertigt hatte, über den Schreibtisch und fixierte ihre Schuhspitzen. Dann sagte sie leise: »Er heißt Stefan Falk und er plant etwas Schlimmes.«

Herzogenaurach

Es war ein unscheinbares Reihenhaus am Stadtrand. Der Mietvertrag lautete auf Gabriele Meyer, mit ›ey‹. Sie sei aus Berlin und aus beruflichen Gründen mit ihrem Lebensgefährten hierher gezogen. Nichtraucher. Keine Haustiere. Mietbeginn sei der 1. April gewesen – kein Aprilscherz, wie der Vermieter bemüht scherzhaft versichert hatte. Die Miete samt Kaution sei pünktlich bezahlt worden. Es seien anständige Leute. Ein Bekannter, der Einzige, der manchmal vorbeikam, wie die Nachbarn erzählten, war immer sehr höflich. Und es sei doch normal, dass jemand, der neu zugezogen war, sonst keine Besuche empfing. Das bedeutete alles nichts.

Am frühen Abend saß Maria, ein paar Querstraßen von besagtem Reihenhaus entfernt, in ihrem roten Opel Corsa und stellte sich zum Zeitvertreib das konservative Vermieterehepaar bildlich vor. Da es nicht unbedingt zu den gewöhnlichen Einsätzen gehörte, in einer Kleinstadt wie Herzogenaurach gesuchte Terroristen dingfest zu machen, hatte sie, ohne allzu neugierig zu erscheinen, auf der Dienststelle ein paar Einzelheiten in Erfahrung gebracht. Jens hatte ihr die übrigen Informationen verschafft, denn er würde ebenfalls an dem Einsatz teilnehmen.

Nina hatte sich tapfer geschlagen. In ihrer Aussage hatte sie lediglich von einem geplanten Treffen der Terroristen berichtet. Eichmüller und die Biowaffe hatte sie auf Perez' Betreiben hin nicht explizit erwähnt, sondern nur von »einer Bombe oder so« gesprochen. Immer noch fürchtete er, dass irgend ein Besserwisser Mist baute und Eichmüller sich in letzter Sekunde aus der Affäre ziehen könne. Maria hielt das für übertrieben, war jedoch einverstanden, denn das Ergebnis war dasselbe.

Sie nestelte am obersten Knopf ihrer Jacke herum. Immer wieder öffnete und schloss sie ihn, bis er schließlich nur noch an einem einzelnen Faden hing, den sie mit einem Ruck abriss. Gefühlt zum hundertsten Mal sah sie auf die Uhr. Gleich war es so weit. Eichmüller musste inzwischen in dem Reihenhaus sein, um den Schlüssel für den Kleintransporter zu übergeben, in dem sich die gefährliche Fracht befinden sollte. Perez, der ebenfalls dort war, hatte den Übergabezeitpunkt gestern von Lorenz und Großmann erfahren. Nicht mehr lange, dann wäre der Anschlag vereitelt und sie konnten mithilfe der Phagen, die Leibl hoffentlich spätestens morgen haben würde, weitere tödliche Fälle verhindern.

Sie ließ die Scheibe ein Stück runter und hielt ihr Gesicht in den Windhauch, der hereinströmte.

Plötzlich hörte sie etwas. Stimmen. Laute Rufe.

Ein Schuss fiel.

Noch einer.

»Oh Scheiße!«

Sie zwang sich zur Ruhe. Perez hatte sich von ihr genau beschreiben lassen, wo sie zu finden war – nur für den Fall, mit dem Maria überhaupt nicht gerechnet hatte. Sie stieg aus, öffnete den Kofferraum und setzte sich wieder hinters Steuer.

Im linken Seitenspiegel sah sie eine Bewegung. Ein Mann – Perez, wie Maria erleichtert erkannte – kam durch einen Garten gerannt. Ihm unmittelbar auf den Fersen ein Polizist, mit der Waffe in der Hand.

Er schoss jedoch nicht, stieß auch keine Warnrufe aus.

Jens!

Perez stürzte auf Marias Auto zu und sprang in den Kofferraum. Im Vorbeilaufen warf Jens die Klappe zu und spurtete weiter. Zwei weitere Beamte sprangen an derselben Stelle wie die beiden über die Hecke. Jens war inzwischen ein Dutzend Meter vor Marias Auto. Mehr aus Reflex, als dass sie wirklich darüber nachdachte, glitt Maria vom Sitz, um sich zu ducken. Sie hatte keine Ahnung, ob jemand sie bemerkt hatte.

»Hierher«, rief Jens seinen Kollegen zu.

Mit angehaltenem Atem wartete Maria einige Sekunden.

Irgendwie schlängelte sie sich wieder auf den Sitz, warf einen schnellen Blick in die Spiegel und startete den Wagen. Das Motorengeräusch kam ihr viel zu laut vor. Sie wendete hastig, um nicht in dieselbe Richtung fahren zu müssen, in die Jens und seine beiden Kollegen gelaufen waren. Sie bog ab, landete in einer Sackgasse, fluchte und wendete abermals.

»Ho, Brauner, ganz ruhig«, sagte sie zu sich selbst.

Warum, verdammt noch mal, hatte Perez sich nicht einfach verhaften lassen? Was war schief gegangen?

Mit klopfendem Herzen fuhr sie durch die Siedlung. Eine Streife, die wie erwartet eine Straßensperre errichtet hatte, hielt sie an. Sie ließ das Seitenfenster runter und zückte ihren Ausweis. Der Beamte warf einen prüfenden Blick darauf.

»Ein Flüchtiger«, sagte er zu Maria. »Aber die anderen beiden haben sie.«

Wieso die anderen *beiden*? Es müssten doch drei sein? Laut sagte Maria: »Ja, ich habe mitgehört, einer ist entwischt.« Hoffentlich bemerkte der Beamte nicht, dass sie gar kein Funkgerät dabei hatte.

»Hier kommt er jedenfalls nicht durch.« Der Beamte zwinkerte und bedeutete ihr weiterzufahren.

Maria unterdrückte ein hysterisches Kichern, lächelte stattdessen und hob eine Hand zum Gruß. Dann gab sie Gas. Auf direktem Weg fuhr sie über die Bamberger Straße stadtauswärts, am Flugplatz vorbei. In dem Waldstück zwischen Beutelsdorf und Heßdorf hielt sie, um Perez aus dem Kofferraum zu holen.

»Warum bist du hier?«, fragte sie, als sie weiterfuhr.

»Weil ich mich jetzt nicht mit meinem Boss rumärgern wollte und dich mit dem ganzen Scheiß allein lassen!«

»Ja, danke auch! Was ist passiert?«

»Es war gar nicht geplant, dass Leonhard das Zeug heute übergibt!«

»Wie bitte?« Maria wirkte verwirrt.

Perez rieb sich die Schläfen. »Sie wollten Aufmerksamkeit für ihre politischen Ansichten und Leonhard wollte Aufmerksamkeit für seine Forschungen – eine Hand wäscht die andere, soweit lagen wir richtig. Aber es sollte keine großen Anschläge geben, wie in Berlin, sondern eine möglichst unauffällige, großflächige Verteilung. Damit sie sich nicht versehentlich selbst anstecken«, er lachte bitter, »sollte Leonhard die Verbreitung selbst übernehmen. Sie waren hier, um zu verhindern, dass er es sich am Ende noch anders überlegt. Erst, wenn die Öffentlichkeit auf die Krankheit aufmerksam wird, sollten Bekennerschreiben folgen. An dem Punkt würde sich die Krankheit ganz von allein weiter ausbreiten und sie hätten ihr Ziel erreicht – ein hoher Krankenstand zwingt die Wirtschaft erst mal in die Knie. Milliardenverluste für den Staat. Anschließend könnte Leonhard sich bequem als Retter der Nation aufspielen und alle wären zufrieden. Und das Beste: Ich sollte kommende Nacht einen Einbruch in das Institut fingieren, damit Leonhard später tun kann, als seien ihm die Erreger gestohlen worden.« Er seufzte. »Leonhard ist letztes Jahr auf Heidrun zugekommen, nicht umgekehrt. Mika und sie wissen von den Phagen und fanden seine Idee genial. Es störte sie nicht, im Gegenteil. Ich hatte sogar das Gefühl, sie wollten damit ihr Vorgehen rechtfertigen. Von wegen ›ist doch eigentlich alles nicht so schlimm‹ – verstehst du?« Empört schüttelte er den Kopf. »Außerdem haben sie mir die ganze Zeit nicht richtig vertraut. Ein spektakulärer Anschlag auf dem Berg war nie von ihnen geplant, das haben sie mir gesagt, weil sie dachten, ich stehe auf so was. *Kuss emek*!« Mit seiner Faust schlug er sich in die flache Hand.

»Wie hast du das rausgefunden?«

Perez lachte tonlos. »Das willst du nicht wissen.«

»Oh doch.«

»Gehst du mit mir essen, wenn ich es dir sage?«

Maria verdrehte die Augen. »Ich glaube nicht. Nein.«

»Schade.« Er lächelte müde. »Als ich kam, waren die beiden nervös. Ich wusste gleich, dass irgendetwas nicht stimmt.« Er hob seine Hand und wackelte mit seinem kleinen Finger. »Und da ich keine Zeit hatte zu warten, ob ich mich täusche, weil ja die Bodentruppen im Anmarsch waren, habe ich … nun ja, ein kleines Spiel gespielt. Ich habe ihnen auf den Kopf zugesagt, dass sie versuchen, mich hinters Licht zu führen und einen auf dicke Hose gemacht – du weißt schon. Heidrun schrie mich an und Mika wollte handgreiflich werden, aber ich hatte die überzeugenderen Argumente.« Er klopfte auf seine Pistole. »Er hat ziemlich schnell den Schwanz eingekniffen.«

Maria hob die Brauen. Sie wollte es in der Tat nicht so genau wissen.

»Ich habe ihnen weißgemacht, ich hätte sie auch betrogen und handle im Auftrag. Ich tat, als führe ich ein sehr aufgeregtes Telefonat mit meinem *Auftraggeber,* der ziemlich sauer sei, weil er die Biowaffe nun doch nicht bekommt. Sie haben mir daraufhin alles gesagt, was ich wissen wollte – bis wir unterbrochen wurden.«

»Welcher Auftraggeber?«, fragte Maria skeptisch.

»Das habe ich ihrer Fantasie überlassen. Aber als ich angeblich telefonierte, tat ich das auf Arabisch und sagte ihnen, es gäbe nur einen Weg, wir müssten uns nun selbst infizieren und so viele Menschen wie möglich anstecken. Allah würde sie und mich im Paradies dafür belohnen, auch wenn sie Ungläubige sind.«

Maria riss die Augen auf. »Du hast was?«

Lässig zuckte er mit den Schultern. »Es hat gewirkt.«

»Warum haben sie dir nicht getraut?«

»Sie waren beide große Geheimniskrämer. Vielleicht hat Leonhard die beiden gewarnt, mir nicht zu vertrauen.«

»Wie konnte er das wissen?«

»Möglicherweise hat er mich auf den Fahndungsfotos erkannt? Er wäre ja nicht der Erste.«

»Ich dachte, Leonhard weiß nicht, dass du beim Verfassungsschutz bist.«

»Tja, das dachte ich eigentlich auch. Vielleicht hat ihn stutzig gemacht, dass Sara nicht wieder auftauchte. Genaues wird er wohl zu den beiden nicht gesagt haben, denn sonst hätten sie meinen Köder nicht geschluckt. Er fühlt sich jetzt bedroht und das macht ihn erst recht gefährlich.«

»Sprichst du etwa aus Erfahrung?«, fragte Maria zynisch.

»Ja, ich glaube schon.« Er sah sie ruhig an.

Sie erwiderte den Blick. »Und jetzt?«

»Hoffen wir, dass die beiden erst mal den Mund halten und nach meiner Scharade nicht noch mehr Durcheinander verursachen.« Er lachte kläglich.

»Allmählich kenn ich mich nicht mehr aus.« Maria schwieg eine Weile. Dann sagte sie entschlossen. »Wir fahren zu Eichmüller. Ins Institut, und wenn er nicht dort ist, zu ihm nach Hause. Es ist mir egal, ob ich das darf, aber ich werde ihn festnehmen und besorge mir einen Durchsuchungsbeschluss und nehme das Institut auseinander, bis ich irgendeinen Beweis gegen ihn gefunden habe, verdammt.«

Perez sah auf die Straße und wirkte nicht, als würde ihm der Plan zusagen.

In diesem Moment klingelte Marias Handy. »Michelle?«

»Ich hab's schon gehört. Ist er bei dir?« Sie meinte natürlich Perez, ihre Stimme klang ernster als gewöhnlich.

»Ja«, bestätigte Maria knapp. »Ist eine längere Geschichte. Wir wollen jetzt zu Eichmüller fahren und ihn festnehmen …«

»Nein, das wollt ihr bestimmt nicht«, sagte Michelle langsam. »Ich glaube, wir brauchen dringend einen Plan B.«

»Das wäre eher Plan C«, sagte Maria düster. »Was ist denn jetzt schon wieder passiert?«

ausfranken.de

Terrorverdächtiger auf der Flucht

Heute Nachmittag konnte die Polizei in Herzogenaurach die beiden mutmaßlichen Terroristen Heidrun Lorenz und Mika Großmann festnehmen. Beide stehen unter dem Verdacht, Führungsmitglieder des linksautonomen *kämpferischen bündnis* (kb) zu sein.

Ein Sondereinsatzkommando hatte das Haus gestürmt, in dem sich die beiden Verdächtigen aufhielten. Der Einsatz erfolgte nach einem Hinweis aus der Bevölkerung.

Ein dritter Verdächtiger, Stefan Falk, befindet sich auf der Flucht. Er ist vermutlich bewaffnet und gefährlich. Die Polizei bittet um Hinweise.

Großbrand in Forschungslabor – Institutsleiter vermisst

Am frühen Abend brach im Labor des Felix-d'Herelle-Instituts für Medizinforschung in Erlangen ein Feuer aus. Der Institutsleiter Dr. Leonhard Eichmüller wird vermisst. Die Angestellten hatten das Gebäude zum Zeitpunkt des Brands bereits verlassen.

Die Brandursache ist noch unbekannt. Augenzeugen sprachen jedoch von mehreren Explosionen. Das Gebäude wurde zu großen Teilen zerstört. Die Löscharbeiten dauern an.

DONNERSTAG, 28. MAI 2009

Bergkirchweih, nach dem Anstich am Entlas-Keller

Ich streich durch die Stadt, es ist halb drei,
heut geb ich mir mal Hitzefrei.
Die Sonne treibt ihr heißes Spiel
und Leute schlecken Eis am Stiel.
Die Frauen sind der pure Traum,
mit kurzem Kleid und so schön braun.
Ein Tag, den einfach jeder mag,
bei über 30 Grad!
Summerfeeling, ich hab Summerfeeling, jieäah,
Summerfeeling, o oh Summerfeeling, jieäah …

Der typische Duft, der allen Volksfesten gleichermaßen inne war, waberte zwischen den Buden und Karussells am Fuße des Burgbergs umher. Nürnberger Bratwürste brutzelten auf den Grills, ebenso wie Fisch, Fleisch und Gemüse. Das Aroma der riesigen, frisch gebackenen Bergbrezn vermischte sich mit dem Geruch nach gebrannten Mandeln und Nüssen. Vor dem Lángos-Stand nahm die Schlange kein Ende. Unter den Schatten spendenden Bäumen tummelten sich Besucher jeden Alters. Ein kleiner Junge bettelte um Zuckerwatte. Ein Mädchen zupfte aufgeregt am Ärmel ihrer Mutter und deutete auf das Karussell. Zwei Teenager liefen um die Wette zum Autoscooter.

Der Lärm ringsum war ein buntes Durcheinander von Popmusik und Kinderliedern, von den Rufen der Losverkäufer und des Blumen-Auktionators und natürlich von den lautmalerisch unübertroffenen Äußerungen der Mikrofonhüter an den Fahrgeschäften.

…»Du, ich kann das auch in Moll!«
Summertime, and the livin' is easy.
Fish are jumpin', and the cotton is high …

Maria nahm nichts von der Musik wahr. Ihre Augen huschten über die Menge. Sie sah Jens mit zwei seiner Kollegen vom Einsatzzug Streife gehen. Er hatte es geschafft, kurzfristig mit jemandem den Dienst zu tauschen. Er war blass und Maria war sicher, dass er die letzten Nächte auch nicht gut geschlafen hatte. Plötzlich entdeckte sie zwischen all den Menschen ein Paar mit Kinderwagen.

»Susanne! Was macht ihr denn hier?«

»Maria!«

Susanne, die Kollegin, mit der Maria fast während ihrer gesamten Zeit in Erlangen zusammengearbeitet hatte, strahlte mit der Sonne um die Wette. Ihr Mann schob stolz den modernen, dreirädrigen Kinderwagen vor sich her.

Anstatt sich über die unerwartete Begegnung zu freuen und Susannes Tochter ordentlich zu bewundern, sah Maria ihre ehemalige Kollegin ernst an. »Ihr müsst hier verschwinden! Sofort.«

Auf der Stelle wurde Susanne blass. Sie sagte nichts, sondern sah Maria an, die sich stirnrunzelnd und unauffällig umsah. Susanne bemühte sich sichtlich um dieselbe Gelassenheit, die sie im Dienst jahrelang an den Tag gelegt hatte. Doch der ängstliche Blick zu ihrer Tochter sprach Bände.

»Was ist denn?«, fragte ihr Mann ahnungslos. Sein Lächeln hatte sich nicht verändert.

Maria deutete weg vom Festgelände. »Geht in die Richtung. Ich ruf dich an, sobald ich kann.«

Susanne nickte. »Wegen gestern?« Offenbar dachte sie sofort an den ›vermeintlich‹ entflohenen Terroristen.

»Verdeckter Einsatz.«

Ohne ein weiteres Wort übernahm Susanne mit festem Griff den Kinderwagen und lotste ihren Mann fort, der sich noch einmal verwundert umdrehte. Maria war unruhig. Eigentlich hatten sie damit gerechnet, dass Eichmüller beim Anstich am Entlas-Keller in der Menschenmenge sein würde, doch nirgends war er aufgetaucht. Sie hoffte nicht, dass sie ihn übersehen hatten. Jetzt blieb ihnen nichts anderes übrig, als das Gelände im Auge zu behalten. Doch sie waren nur zu fünft, und Maria hoffte inständig, dass sich das nicht als Fehler erwies. Sie verstand plötzlich, wie Perez sich wegen der Anschläge in Berlin fühlte und fragte sich nun ebenfalls, ob sie gerade überhaupt das Richtige taten.

Der Brand im Institut war natürlich nicht zufällig entstanden. Die bisher untersuchte Spurenlage ließ eigentlich nur den Schluss zu, dass es sich um Brandstiftung handelte. Sie musste kein Experte sein, um anzunehmen, dass Eichmüller damit Spuren vernichten wollte. Er selbst war seitdem verschwunden, in seinem Haus gab es ebenfalls keine verwertbaren Hinweise. Die Löscharbeiten im Institut hatten bis in die Morgenstunden gedauert und die Aufräumarbeiten waren noch im Gange.

Mit Sicherheit steckte sachliches Kalkül hinter alldem. Er konnte heute oder morgen einfach auftauchen und behaupten, er sei kurzzeitig verreist gewesen – das war schließlich nicht strafbar. Und wenn sie ihn nicht auf frischer Tat ertappten, würde es fast unmöglich sein, ihm eine Beteiligung an der Entwicklung des Erregers nachzuweisen. Er konnte immer noch behaupten, das kb hätte ihn unter Druck gesetzt. Schlimmstenfalls könnte Perez als befangen gelten. Es war einfach wie verhext.

Gerade wollte Maria sich zurück auf ihren Beobachtungsposten begeben, als Holzapfel auf sie zu kam. Er hatte seine Mundwinkel nach oben gezogen und legte seine Hand auf ihre Hüfte, als habe er sie endlich im Gewühl entdeckt und begrüße sie. Doch aus der Nähe sah sie die Schweißtropfen auf seiner Stirn, die seine Anspannung verrieten. Sie neigte sich ihm zu.

»Michelle hat gerade angerufen«, sagte er. »Sie glaubt, er sei gerade durch den Burgberggarten gekommen, ist sich aber nicht ganz sicher. Gehen wir hin?«

Sie nickte und hakte sich bei ihm unter. Ohne sichtliche Eile schlenderten sie los und nahmen dabei denselben Weg, den auch Jens und seine Kollegen gegangen waren. Die Karussells waren alle in Betrieb und es hatten sich bereits viele Fahrgäste eingefunden. Musik schallte aus allen Richtungen.

Für Marias Empfinden dauerte es viel zu lange, bis sie im Getümmel endlich die Stelle erreicht hatten, an der Eichmüller vorbeigekommen sein musste. Sie blieben stehen.

»Hier ist er nicht«, meinte Holzapfel.

Sie zückte ihr Handy. »Michelle, bist du sicher, dass er es war?«

»Nein«, gab die junge Frau kleinlaut zu. »Tut mir leid. Hier sind so viele Leute und … irgendwie habe ich den Überblick verloren.«

Holzapfel, der zwar nicht gehört hatte, was Michelle gesagt hatte, aber der Marias Miene genau beobachtet hatte, schüttelte den Kopf. »Sag ihr, sie soll zu uns kommen. Das hat so keinen Sinn. Wir müssen uns etwas anderes überlegen.«

Maria gab Holzapfels Worte an Michelle weiter und bald darauf stieß sie zu ihnen. In diesem Moment klingelte Marias Handy.

In der Nähe des Riesenrads

Ziellos streifte Nina über das Gelände der Bergkirchweih. Sie hatte angeboten zu helfen, allerdings hatten sowohl Maria als auch Paul das bei einer mitternächtlichen gemeinsamen Besprechung rigoros abgelehnt. Beide hatten ihr klar gemacht, dass es besser sei, wenn sie sich nicht in Gefahr brachte – schon allein, weil sie schwanger war. Perez hatte sie überrascht angesehen. Bis zu diesem Moment hatte er ihr nicht wirklich geglaubt, sich dann aber ebenfalls gegen eine Teilnahme ausgesprochen. Jens hatte dazu geschwiegen.

Als Jens heute Mittag das Haus verließ, um zum Dienst zu gehen, hatte er sie lange angesehen, doch als sie glaubte, er wolle etwas sagen, hatte er sich umgedreht. Zu Hause hatte sie es nicht lange ausgehalten und beschlossen, dass sie ebenfalls Ausschau halten konnte. Aus dem Internet hatte sie ein Foto von Eichmüller auf ihr Handy geladen, so konnte sie es unauffällig ansehen, falls ihr ein Mann begegnete, der Eichmüller ähnlich sah. Außerdem besaß sie ja Marias und Pauls Handynummer. Wenn sie etwas sah, würde sie einfach anrufen.

Gegenüber vom Eingang zum Riesenrad blieb sie stehen, um zu überlegen, wohin sie jetzt gehen sollte.

»Was machst du denn hier?«

Sie drehte sich um und stand dicht vor Perez, der Baseballcap und Sonnenbrille trug. »Weiß du, wo Jens ist?«, fragte sie, ohne auf den unterschwelligen Vorwurf einzugehen.

»Keine Ahnung.« Perez' Blick schweifte unablässig umher. »Ich suche ihn auch. Da drüben sind nämlich ein paar Leute, die mir schon eine ganze Weile folgen. Ich hab so ein dummes Gefühl dabei.«

»Glaubst du, die haben dich erkannt?«

Perez machte ein ärgerliches Geräusch. »Wäre kein Wunder. Das Fahndungsbild wurde ja Dank der Zeichenkünste deiner sympathischen Kollegin erneuert. Komm mit, vielleicht lenkt sie das ab, bis wir Jens gefunden haben.«

Widerwillig marschierte sie an seiner Seite den Hauptweg entlang. An eine Unterhaltung war nicht zu denken, denn beide musterten die Leute, denen sie begegneten. Dann berührte Perez Nina am Arm.

»Da drüben ist dein Mann. Kannst du ihn herholen? Aber nur ihn, hörst du. Nicht seine Kollegen.«

Sie nickte. Ihr Herz klopfte heftig, als sie mit aufgesetztem Lächeln zu Jens ging, ihm einen Kuss gab, als sei nichts geschehen. Seine Bestürzung deuteten seine Kollegen allerdings als Überraschung. Sie bat Jens, mit ihr zu kommen. Es gelang ihm, seinen Kollegen gegenüber ein halbwegs gut gelauntes Gesicht aufzusetzen und folgte Nina.

Er musterte Perez mit unverhohlener Abneigung, als er ihn sah. »Was willst du?«

»Erstens hatte ich gerade das Gefühl, dass mich ein paar Leute erkannt haben – und gäbe es eine bessere Tarnung, als mit einem Freund und Helfer zu reden?« Er zeigte seine Zähne beim Lächeln.

Jens bemühte sich um ein freundliches Gesicht. Doch seine Augen wirkten, als wolle er Perez mit Blicken erdolchen.

»Und zweitens solltest du deiner Frau hier sagen, sie soll verschwinden. Am besten sofort.«

»Sag du es ihr«, erwiderte Jens gereizt. »Du hast sie hierher gebracht.«

»Ich bin allein hergekommen und habe Perez zufällig getroffen«, stellte Nina klar.

Die Augen von Perez waren hinter den getönten Gläsern der Sonnenbrille nicht zu sehen, dem Ausdruck seines übrigen Gesichts war jedoch eine gewisse Ungeduld anzumerken. »Sie ist deine Frau und nicht meine, Jens. Hör zu, hier ist eigentlich nicht der richtige Ort – aber es tut mir leid, was passiert ist, von mir aus hau mir später eine rein, nur gib nicht ihr die Schuld daran!«

»Sie hätte ganz einfach ›Nein‹ sagen können!«

»Sie hatte keine Wahl!«

»Versuchst du mir gerade weißzumachen, du hast sie vergewaltigt? Dann zeig ich dich an!«

»Jens!«

»Ach, verpisst euch!« Jens wollte sich umdrehen und gehen, als Perez ihn am Arm festhielt. Jens funkelte ihn böse an. »Nimm deine dreckigen Pfoten da weg!«

»Deine Frau ist schwanger. Du kannst sie jetzt nicht einfach sitzen lassen!«

»Lass … mich … los!« Jens betonte jedes einzelne Wort und wirkte wie eine Bombe, die jeden Moment hochgeht.

»Er weiß es nicht, Jens«, sagte Nina da.

Jens lachte freudlos. »Wie bitte?«

»Ich weiß was nicht?«, fragte Perez irritiert.

Sekundenlang sagte niemand etwas. Schließlich verkündete Jens in ätzendem Tonfall: »Herzlichen Glückwunsch. Du wirst Vater. Ich bin nämlich nicht zeugungsfähig.«

Mit halb offenem Mund starrte Perez ihn an.

In diesem Moment fiel Nina ein Mann auf, der langsam hinter den Männern herging. Er trug knallbunte Kleidung, einen Zylinder und eine große witzige Brille. Auf dem Rücken hatte er einen Rucksack in Form eines überdimensionalen Bierglases, aus dem ein Schlauch herausschaute. Die Schlauchspitze hatte die Form eines Benzinzapfhahns. Viele Menschen deuteten auf ihn, Kinder lachten, doch anstatt die ausgelassenen Rufe zu erwidern, hatte er seine Lippen zusammengekniffen.

»Nicht umdrehen! Hinter euch ist Eichmüller«, sagte sie mit gesenkter Stimme.

Perez fand als Erster zu seiner Fassung zurück. »Was tut er?«

»Er hat so einen Bierrucksack auf dem Rücken. Jetzt sprechen ihn Leute an und wollen, dass er ihnen die Becher voll macht. Er tut es aber nicht.«

Perez zückte sein Handy. Während er die Kurzwahltaste betätigte, warf er einen Blick über die Schulter. »Maria? Am Riesenrad! Beeilt euch!«

Unauffällig legte er seine Rechte auf die Stelle, an der er seine Waffe trug. Dann sah er Jens an. Der war kalkweiß im Gesicht, erwiderte aber entschlossen den Blick.

Zwei Paar Augen wandten sich Nina zu. Eindringlich. Und sie gaben ihr den stummen Befehl: »Lauf!«

Sie drückte Jens eiskalte Hand. »Sei vorsichtig!« Dann drehte sie sich um und ging.

»Ist das da nicht deine Freundin?«, fragte Holzapfel, während er mit Maria und Michelle im Eiltempo Richtung Riesenrad unterwegs war.

Maria drängte sich zwischen einigen Leuten durch und ignorierte die bösen Blicke, die sie dabei erntete. Erschrocken fuhr Nina zusammen, als Maria sie plötzlich am Arm festhielt.

Dann erkannte sie ihre Freundin. »Eichmüller ist da hinten beim Riesenrad. Jens und Perez sind auch da.«

»Was haben die beiden vor?« Maria reckte sich, um in Richtung Riesenrad zu sehen, konnte jedoch nichts erkennen. Das war erst einmal gut, denn zumindest schien Eichmüller die Bakterien noch nicht zu verbreiten, denn sonst hätte Perez, wie sie glaubte, ohne Zögern und ohne Rücksicht auf einen

Aufruhr eingegriffen. Ein unkontrollierter Alleingang war das Letzte, was sie brauchen konnten.

»Sie haben mir nichts gesagt.« Ängstlich sah Nina sich um, wobei sie trotzdem Anstalten machte, sich Maria anzuschließen.

Maria hielt sie zurück. Sie traf eine Entscheidung. »Michelle, du und Nina, ihr geht zur Wache. Wir brauchen sofort Verstärkung. Sagt ihnen alles, was nötig ist.«

Michelle nickte und lief mit Nina los, während Maria und Holzapfel in Richtung Riesenrad spurteten, Holzapfel trotz seines Körperbaus erstaunlich behände. Kurz vorher wurden sie langsamer, um nicht noch mehr unnötige Aufmerksamkeit zu erregen. Die Schlange am Kassenhäuschen war lang und bot ihnen Deckung. Vorsichtig umrundeten sie die ahnungslosen Menschen.

»Siehst du was?«, fragte Holzapfel leicht atemlos.

Maria schüttelte den Kopf. Sie nahm ihr Handy. »Perez? Wo seid ihr? Und wo ist Eichmüller?«

»Er ist der mit dem Bierrucksack. Wir sind ganz in seiner Nähe.« Maria spähte durch die Menschenmenge. Eichmüller hatte ihnen den Rücken zugewandt, daher hatte sie ihn noch nicht erkannt. Er stand auf der anderen Seite des Kassenhäuschens direkt am Zaun, der das Podest zum Riesenrad umfasste. An seinem Gürtel baumelten Plastikbecher, in seiner Hand hielt er den Zapfhahn. Trotz der Sommerwärme wurde Maria mit einem Mal eiskalt. Freibier auf dem Berg oder auf unzähligen andern Volksfesten im ganzen Land, die im Laufe des Sommers stattfinden würden – eine so raffinierte Art der Verbreitung würde niemandem auffallen. Auf diese Weise könnte Eichmüller ohne Weiteres Tausende infizieren.

Sie schluckte. »Ja, ich sehe ihn. Hat er schon etwas von dem Zeug ausgeschenkt?«

»Nicht, seitdem wir ihn beobachten.«

Maria verbot sich erleichtert zu sein. Falls er bereits etwas von dem kontaminierten Getränk verbreitet hatte, konnten sie nur auf die Wirksamkeit von Leibls Phagen hoffen.

»Wir kreisen ihn ein«, sagte sie entschieden.

Inzwischen hatte sie Perez und Jens entdeckt. Perez hatte seine Sonnenbrille abgesetzt. Ein paar Leute drehten sich nach ihm um.

»Ich kann euch sehen. Wir haben Eichmüller fast zwischen uns. Jens nach links, du nach rechts. Sobald ihr Paul und mich seht, dann Zugriff auf mein Zeichen. Weißt du, ob er bewaffnet ist?«

Perez lachte heiser. »Zählen zwanzig Liter verpestetes Bier dazu?«

Trotz der Anspannung lächelte Maria. »Also weißt du es nicht?«

»Wenn er mit Schusswaffen umgehen könnte, wüsste ich davon. Nein, er ist nicht bewaffnet.«

Maria blieb nichts anderes übrig, als Perez zu glauben. »Gut. Los jetzt.«

Ebenso wie Maria zog Holzapfel, der mitgehört hatte, unauffällig seine Waffe. Sie trennten sich. Maria ging auf Perez zu, der mit vorgetäuschtem Desinteresse und gesenktem Blick wie ziellos in Richtung seines Schwagers schlenderte. Paul und Jens näherten sich Eichmüller von entgegengesetzten Richtungen am Zaun entlang. Maria wartete auf einen günstigen Moment, doch immer wieder kamen ihnen Festbesucher in die Quere.

Plötzlich richtete sich Eichmüller auf. Den Zapfhahn hielt er wie eine Pistole vor sich. Er zielte direkt auf Perez, der höchstens drei Meter von ihm entfernt stehen geblieben war. Einen Herzschlag lang sahen sich beide in die Augen.

Eichmüllers Gesicht verzerrte sich. In Zeitlupentempo richtete Perez seine Waffe auf ihn. Eine Frau in seiner unmittelbaren Nähe kreischte erschrocken.

»Verdammt!« Maria machte einen Schritt auf Perez zu und stolperte dabei fast über ein Kleinkind an der Hand seiner Mutter.

Die Menschen stoben auseinander. Holzapfel wurde abgedrängt, während er versuchte, Leute daran zu hindern, mitten durch die Szenerie zu stürmen, um zu Familienmitgliedern oder Freunden zu gelangen. Jens in seiner Uniform gelang das etwas leichter. Lauthals rief er Befehle in die Menge. Die meisten gehorchten, doch einige stolperten in heller Panik umher.

»Dr. Eichmüller! Geben Sie auf!« Maria stellte sich neben Perez, ihre Waffe ebenfalls auf den Wissenschaftler gerichtet.

Eichmüller beachtete sie nicht. Er sah nur Perez an. »Du warst das die ganze Zeit! Ich hätte es wissen müssen. Jugendkriminalität! Dass ich nicht lache, das hab ich dir sowieso nie abgenommen.«

»Hör endlich auf, Leonhard«, sagte Perez mit geradezu gespenstischer Ruhe. »Du hast Sara und deinem Sohn schon genug angetan. Du hast deine Freundin auf dem Gewissen. Und diese Obdachlosen! Willst du noch mehr Menschen umbringen?«

Eichmüller gab einen Laut von sich, der irgendwo zwischen wahnsinnigem Lachen und verzweifeltem Schluchzen lag. »Ich wollte niemanden umbringen. Ich musste die Wirksamkeit testen. Ich habe ihnen Geld gegeben – damit sie sich ihr erbärmliches Leben ein bisschen schöner machen konnten. Mit Alkohol. Aber einige kamen nicht regelmäßig, um die Phagen zu nehmen. Sie haben einfach nicht verstanden, wie wichtig das war. Es war nicht meine Schuld. Die Opfer waren nötig, um andere zu retten!« Er klang wütend. »Und Bianca war ungeschickt! Als ich zu ihr kam … ich hatte keine Zeit mehr, andere Phagen zu suchen. Ich wollte ihr helfen! Ich wollte es! Bei Gott! Ich wollte es!« Seine Stimme überschlug sich. »Sie lag im Sterben … sie sollte nicht leiden. Und ich konnte nicht riskieren, dass jemand von meinem Erreger erfuhr. Ich will niemandem schaden! Ich bin Wissenschaftler! Ich helfe den Menschen! Du weißt es, Perez! Du weißt doch, dass ich niemandem schaden will.«

Mit unbewegter Miene hatte Perez zugehört. Jetzt ging er zwei Schritte vor und nahm die zweite Hand an seine Pistole. »Nein, das weiß ich nicht. Setz den Rucksack ab! Sofort!«

Eichmüller streckte den Hahn in seine Richtung aus. Perez zuckte nicht einmal mit der Wimper. Flüchtig fragte Maria sich, ob Perez in kritischen Situationen immer so war, oder ob er sich einfach nur sicher war, dass die Phagen ihn im Zweifel heilen würden. Sie selbst musste sich mit aller Macht davon abhalten, nicht zurückzuweichen. Sie hatte panische Angst vor dem Feind, den sie nicht sehen konnte. Wo Paul war, wusste sie nicht, doch Jens stand ebenfalls mit gezogener Waffe nicht weit von Eichmüller entfernt. Seine Hand zitterte.

Wie durch Geisterhand waren die Festbesucher aus ihrer unmittelbaren Nähe verschwunden. Nur die Musik dudelte unaufhörlich weiter. Maria sah aus dem Augenwinkel Beamte der Bergwache. Jens gab ihnen Zeichen zurückzubleiben. Paul tauchte plötzlich bei ihnen auf. Maria gönnte sich einen kurzen Moment der Erleichterung, denn Eichmüller hatte keine Chance mehr zu entkommen. Doch das Überraschungsmoment war vorbei und niemand war darauf erpicht, etwas von dem Bier abzubekommen. Also wie sollten sie Eichmüller außer Gefecht setzen? Selbst wenn er angeschossen wurde, war er immer noch in der Lage, das Bier zu versprühen – außerdem bestand die Gefahr, den Rucksack zu treffen. Maria hatte keine Ahnung, wie es um die Ansteckungsfähigkeit des Erregers bestellt war.

»Warum hast du Sara beschuldigt, dass sie dich umbringen wollte?«, rief Perez gerade. »Sie hat dir nichts getan!«

Eichmüller gab einen abfälligen Laut von sich. »Sara war zu neugierig und ich musste sie für eine Weile beschäftigen, damit sie aufhört, ihre Nase in Dinge zu stecken, die sie nichts angehen. Aber sie war leider klüger, als ich dachte.«

»Beleidige nicht meine Schwester!«, fuhr Perez auf.

Jetzt kam Eichmüller einen Schritt näher auf Perez zu. »Sie hat nicht verstanden, dass ich etwas Großartiges vorhabe. Etwas, das die Welt verändern wird! Bianca hat mich verstanden. Sie hat mich unterstützt – doch das wäre eigentlich Saras Aufgabe gewesen. Du hast ihr eingeredet, ich sei ein schlechter Mensch! Du hast meine Familie zerstört!«

»*Lech Tisdajen*!« Perez atmete heftig und ließ ein paar Sekunden verstreichen, bevor er weiterredete: »Das hast du selbst, Leonhard. Du hast alles verloren.«

»Nein!«

Eichmüller machte einen Satz auf Perez zu. Bier spritzte aus dem Hahn. Perez duckte sich seitlich weg und schoss, doch die Kugel verfehlte Eichmüller. Maria machte einen Schritt rückwärts, um sich in Sicherheit zu bringen. Im selben Moment drehte Eichmüller sich um sich selbst, um im großen Bogen das Bier zu verteilen. Jens stand stocksteif, sein Gesicht angstverzerrt. Doch es war nicht Jens, der die volle Ladung abbekam. Katzengleich war Perez der Bewegung Eichmüllers gefolgt und stürzte sich auf ihn, um ihm den Hahn zu entwinden. Die Flüssigkeit ergoss sich über die beiden, während Jens nur wenig abbekam. Eichmüller, dem seine Verzweiflung anscheinend Kraft verlieh, versetzte Perez zwei harte Schläge in die Magengrube. Der sackte zusammen. Eichmüller nutzte die Sekunden und kletterte mitsamt des unförmigen Rucksacks über den Zaun zum Riesenrad.

Ein Schuss traf Eichmüller in den Arm. Er schrie schmerzerfüllt, blieb jedoch nicht stehen.

»Nicht schießen!«, rief Maria.

Jens setzte einen Fuß auf die unterste Sprosse des Zauns. Mit ein paar schnellen Schritten war auch Maria dabei ihm zu folgen.

»Maria! Nein!« Perez trat ihr in den Weg. »Ich mach das!«

In elegantem Schwung setzte er über den Zaun, den Jens bereits überwunden hatte. »Warte!«

Jens hielt inne und sah Perez an.

»Bleib hier! Nina braucht dich!«

Der Blickwechsel dauerte nur eine Sekunde – dann nickte Jens. Perez folgte Eichmüller, der zwischen den Streben des Riesenrads stehen geblieben war und sich den verletzten Oberarm hielt. Als er Perez bemerkte, sah er sich panisch um, fand aber keine Fluchtmöglichkeit. Polizeibeamte waren inzwischen rings um das Riesenrad postiert. Mit einem irren Lachen begann Eichmüller das Riesenrad zu erklimmen.

»Du kannst es nicht mehr aufhalten, Perez!« Eichmüllers Stimme klang hoch und schrill.

Er spritzte wieder Bier in Perez' Richtung, der gemächlich ein Stück hinterher kletterte, aber keinen Versuch machte, dem Strahl auszuweichen.

Eichmüller gefiel das nicht. Er hielt inne. »Du brauchst mich! Ich habe die Phagen gestern zerstört! Nur ich kann dir Neue besorgen! Du stirbst wie die anderen! Und es werden noch mehr sterben!«

Erstaunlich behände kletterte Eichmüller höher und höher. »Leonhard!«, rief Perez hoch. Er wartete, bis der sich ihm zuwandte. »Abba hat bereits welche. Und sie wirken. Wir haben sie ausprobiert!«

Das stimmte zwar nicht, aber Eichmüllers Antwort klang trotzdem aufgebracht. »Du lügst! Matti ist im Krankenhaus.«

»Er ist gerade in einem Labor an der Uni. Wir haben gestern morgen Wasserproben genommen und er hat Phagen gefunden – viele Phagen. Ich brauche dich nicht! *Wir* brauchen dich nicht, Leonhard. Es ist vorbei! Du wirst nicht derjenige sein, der den Ruhm bekommt, sondern Abba!«

»Neiiiiiiin!« Es klang wie der Schmerzensschrei eines Tieres. Eichmüller zerrte sich den Rucksack vom Rücken und schleuderte ihn von sich. Maria hielt die Luft an, als er durch die Luft flog, doch anstatt auf dem Boden zu zerplatzen, landete er – unversehrt – auf dem Dach des Kassenhäuschens.

Eichmüller kletterte noch höher. Als er ganz oben anlangte, stieß er einen wilden Schrei aus. Dann stürzte er sich in die Tiefe.

Maria schloss die Augen. Mit einem hässlichen Geräusch schlug Eichmüller auf dem Asphalt auf.

Als Erstes sorgte Maria dafür, dass Paul eine großzügige Sperrzone errichten ließ, und kontaktierte Leibl, damit möglichst wenig Gefahr für die Allgemeinheit entstehen würde. Perez war inzwischen hinuntergeklettert. Bevor jemand anderes es tun konnte, war sie bei ihm.

»Bleib lieber weg. Ich hab einiges von dem Zeug abbekommen.« Seine Kleidung tropfte.

»Setz dich dahin. Ich sorge dafür, dass dir niemand zu nahe kommt. Dann kann dich auch niemand fragen, wer du eigentlich bist.«

Sie hatte schon die Hand erhoben, um ihm auf die Schulter zu klopfen, doch mitten in der Luft hielt sie inne.

Er grinste schief. »Danke.«

»Jens!« Nina, die es nicht fertiggebracht hatte zu gehen, ohne zu wissen, ob es Jens gut ging, stürzte auf ihren Mann zu.

Als er sie kommen sah, hatte er eine Hand in Richtung Nina ausgestreckt, senkte sie aber wieder, bevor sie sie berühren konnte.

»Ich muss ins Krankenhaus«, antwortete er schroff. »Vielleicht bin ich infiziert.«

Sie öffnete den Mund, um etwas zu sagen, doch dann schwieg sie. Sie folgte seinem Blick, der Perez suchte. Er saß abseits auf dem Podest des Riesenrads.

»Er hat sich dazwischen gestellt«, sagte Jens rau. »Und er hat mich zu dir geschickt.«

Nina wusste nicht, was sie sagen sollte. Jens wandte sich zum Gehen. Nach ein paar Schritten hielt er inne, dann sah er über seine Schulter zu ihr zurück. Als er sah, dass sie ihn immer noch beobachtete, wurde sein Blick zärtlich und traurig zugleich.

Zaghaft lächelte sie. Mit den Fingerspitzen berührte sie ihre Lippen.

Schließlich ging er auf einen der Krankenwagen zu.

Maria reichte Perez eine Wasserflasche. In angemessener Entfernung hatte sich eine junge Polizeibeamtin postiert, um niemanden in seine Nähe zu lassen. Maria winkte die Frau fort.

Mit der Flasche in der Hand deutete Perez zu der Stelle, wo die inzwischen abgedeckte Leiche Eichmüllers lag. »Ich befürchte ja, dass Sara trotzdem deprimiert sein wird.«

Maria dachte an Andreas. Sie hatte längst aufgehört ihn zu lieben, doch sein Tod – vor allem unter solchen Umständen – würde ihr dennoch nahegehen. »Sie hat ihn schließlich irgendwann einmal geliebt. Sonst hätte sie ihn nicht geheiratet.«

Perez streckte seinen Rücken durch. »Er war ein … na ja, ein Arschloch. Das hab ich ihr von Anfang an gesagt, aber sie wollte ja nicht auf mich hören. Sie hätte sich vor Jahren von ihm trennen sollen.« Er schwieg einige Sekunden. »Ist Nina eigentlich in Ordnung?«

Maria nickte. »Ich habe sie gerade eben gesehen. Sie ist auf dem Heimweg.«

»Hm. Und Jens?«

»Ins Krankenhaus. Und du solltest da jetzt auch hin.« Sie deutete auf einen Krankenwagen in der Nähe. »Du bleibst erst einmal dort, bis ich alles geklärt habe. Hoffentlich werden die Phagen dir helfen.«

Perez schien ihre Besorgnis nicht zu teilen. »Ja, natürlich tun sie das. Abba bekommt das schon hin.« Er schnippte ein kleines Steinchen von dem Podest. »Nina hat mir vorhin gesagt, dass es mein Kind ist …« Es klang eher wie eine Frage.

»Ja, das stimmt«, antwortete Maria.

Ungläubig schüttelte er den Kopf. »Weißt du, ob sie es überhaupt … behalten will?«

»Sie schon«, antwortete Maria. »Sie will schon lange Kinder. Jens eigentlich auch, aber er hat ihr erst letzte Woche gebeichtet, dass er nicht kann.«

Plötzlich fing Perez an zu lachen. Erst leise, dann lauter. Schließlich hatte er Lachtränen in den Augen.

»Was ist los?«, fragte Maria verwundert.

Er wischte sich die Tränen ab und stand auf. »Das nennt man wohl Ironie des Schicksals.«

»Tut mir leid, aber ich verstehe gerade nur Bahnhof.«

»Weißt du, was das Wort ›Abba‹ auf Deutsch bedeutet?«

Maria schüttelte den Kopf.

»Ich erzähle dir die ganze Geschichte, wenn du mit mir Essen gehst.«

»Ach?«

Perez zwinkerte ihr zu. Immer noch verwirrt sah Maria ihm nach, wie er sich zu dem bereitstehenden Krankenwagen durchschlängelte, wobei er auf möglichst großen Abstand zu allen bedacht war.

Holzapfel war zu ihr getreten, und sein Blick folgte ihrem. »Oh.«

»Kein Kommentar, Paul!«

Paul lachte leise.

Mit einem Stöhnen ließ Maria ihren Kopf in den Nacken sinken. »Ja, leck mi a weng am Orsch!«, sagte sie im breitesten Fränkisch. »Ich bin urlaubsreif, das sag ich dir.«

»Aber erst müssen wir hier aufräumen.« Er deutete auf das Getümmel aus Polizisten, Schaulustigen und Sanitätern und reichte ihr die Hand.

Maria ließ sich hochziehen. »Ich hab's befürchtet.«

Plötzlich tauchte Michelle auf. »Maria! Weißt du schon das Neueste? Hab ich nämlich ganz vergessen, dir zu sagen.«

»Nein, weiß ich nicht! Aber ich nehme an, du wirst es mir jetzt erzählen.«

Die junge Frau strahlte. »Ich bleib noch bis zum Ende des Praxissemesters!«

Maria grinste. »In der langweiligen Provinz! Und weißt du was, ich hab auch gleich einen Job für dich!«

Michelle salutierte zackig.

»Kaffee. Schwarz. Jetzt.«

»Und eine von diesen Riesen-Brezen!«, sagte Michelle entschieden und verschwand in Richtung der Buden, die inzwischen wieder geöffnet hatten.

Bibel, Apostelgeschichte 1, 18

Dann aber stürzte er (Judas) vornüber zu Boden, sein Leib barst auseinander, und alle Eingeweide fielen heraus.

EPILOG, JUNI 2009

Ein älterer Mann mit einer auffallend großen, spitz zulaufenden Nase spazierte über den breiten Hauptweg des Bergkirchweihgeländes. Es regnete, doch das schien ihn nicht weiter zu stören, denn er trug einen Regenschirm, den er über die Schulter gelegt hatte. An der Stelle, an der einige Wochen zuvor das Riesenrad gestanden hatte, blieb er stehen. Mit leicht gesenktem Kopf verharrte sein Blick an einem Punkt mitten auf dem Asphalt.

»Schön, dass Sie gekommen sind, Herr Langenbach«, sagte er mit kratziger Stimme, als jemand neben ihn getreten war. Er wandte sich dem Sprecher zu. »Verzeihen Sie meine Sprechweise, doch ich fürchte, sie wird nie mehr ganz die Alte.«

»Guten Tag, Professor Leibl.«

Nur kurz streifte Jens' Blick die Stelle am Boden, auf die Eichmüller gestürzt war. Er trug eine Regenjacke und die Tropfen fielen von der Kapuze in sein Gesicht. Er trat von einem Fuß auf den anderen.

Leibl zupfte an seinem Ohrläppchen herum. »Geht es Ihnen gut?«

»Ja, danke. Ich bin ja nicht krank geworden.«

»Im Gegensatz zu vielen anderen«, erwiderte Leibl. Beständig tröpfelte es auf den Regenschirm.

»Dank Ihnen ist aber niemand mehr gestorben«, sagte Jens nach einer Weile.

Ein winziges Lächeln huschte über Leibls Lippen. »Gehen wir ein Stück«, schlug er vor.

Seite an Seite gingen sie über das verwaiste Gelände. Regen rauschte auf dem Blätterdach der hohen Bäume und plätscherte auf die leeren Bierbänke. In manchen Pfützen spiegelte sich der graue Himmel.

»Ich habe gehört, Ihre Frau sei in anderen Umständen und Ihnen missfällt das – was ich gut verstehe, wenn man bedenkt, wie es dazu kam …« Er endete in beredtem Schweigen.

Jens presste sekundenlang die Lippen zusammen.

Leibl drehte sachte seinen Schirm. »Seitdem ich dieses Treffen vorgeschlagen habe, versuche ich Worte zu finden, für das, was ich Ihnen sagen will. Aber ich muss zugeben, es fällt mir schwer.« Er schwieg einige Atemzüge lang. »Vor vielen Jahren baten mich mein Bruder und seine Frau um einen sehr … sehr persönlichen Gefallen. Ich bin nicht besonders gläubig und auch, wenn der Gefallen im Einklang mit dem Talmud stand, war das Vorhaben nach geltendem Recht verboten. Ich habe lange gezögert. Aber für die beiden – und im Laufe der Jahre auch für mich selbst«, er lächelte versonnen, »war die Erfüllung ihres sehnlichsten Wunsches das größte Glück. Sie haben innerhalb der Familie nie ein Geheimnis daraus gemacht, sondern Sara und Perez als ein Geschenk Gottes und eine Bereicherung ihres Lebens empfunden. Ich kann und will Ihnen keine Vorschriften machen, aber bitte – lesen Sie das. Vielleicht können Sie das Kind als eine Art Gottesgeschenk annehmen, auch wenn es in Ihrem Fall unfreiwillig … nun ja, geschehen ist. Ich habe die Stelle markiert.« Er reichte Jens ein Buch, das er aus der Jackentasche geholt hatte, verabschiedete sich knapp.

Zögernd griff Jens danach und erkannte überrascht, was er dort in der Hand hielt. Er stellte sich unter das Vordach eines geschlossenen Kellers und schlug die von Leibl gekennzeichnete Passage auf.

Bibel und Tora, Genesis/ 1. Buch Mose, 38: Die Familiengeschichte des Juda

... Da sagte Juda: Geh mit der Frau deines Bruders die Schwagerehe ein und verschaff deinem Bruder Nachkommen! ... Als Tamar niederkam, waren Zwillinge in ihrem Leib ... So nannte man ihn Perez (Durchbruch). Seinen Bruder nannte man Serach (Rotglanz).

Nachdem er gelesen hatte, blickte er auf.

Es hatte aufgehört zu regnen.

ENDE